어디로 가야 할지 모르겠다면
일단 가라

루이스 캐럴
『이상한 나라의 앨리스』 중에서

▪일러두기

1. 이 책은 『한번의 작은 생애』와 『그곳은 멀고 나는 여기에 있지만』(전2권 세트)의
   개정 합본입니다.
2. 이 책에 등장하는 인물 중 몇몇의 이름은 가명입니다.

이상한 나라의 괜찮은 말들

하정

좋은여름

1부. 아일랜드

그때 어떤 일이 있었냐면   8

무언가를 '안' 하는 연습   16

첫날   22

베이커리의 비극   28

새하얀 지옥   32

어른, 어른 노릇, 어른스러움   36

첫 번째 친구   42

좋은 캐치볼 상대란?   47

바람이 불기도 전에 고개를 숙이는 버릇   51

밥하듯이 만드는 빵   56

정리에도 용기가 필요해   62

이제 너를 조금 알 것 같다   68

온전한 축복   74

365개의 하루하루   80

싫은 마음도 중요하다   82

밤은 어둡지 않다 86

근사한 추락 92

시간의 파도, 경험의 산맥 94

사람이 있기에 일이 있다 100

더 자주 웃고 우는 인생 114

'완벽할 필요 없어' 주의 126

무슨 일이 있어도, 문은 꼭 열어두세요 134

'어찌어찌 된다'의 법칙 138

그렇게 케이크가 된다 142

"나도 그랬어"라고 말해주는 사람 148

이토록 아름다운 난장판 154

무지개 끝 금화 상자 158

지금이어서 좋은 일 165

우리가 서로에게 남는 법 168

내 것이 아닌 여름 대신 174

• 목차 •

2부. 벨기에 – 제2고 – 안트라이

여행의 레시피   192

문을 열어주는 사람   196

사람을 어떻게 믿습니까   206

친구. 때론 친구 이상!   210

벨기에 해변에서는 한 번도 없었던 일   214

모든 비는 그친다   222

여자들은 진짜를 만들지   226

3부. 프랑스 – 이탈리아

제대로 프랑스적인 삶   240

오해의 쓸모   248

죽은 마을의 산 것   251

같이 뛰어내리는 거야!   256

6

복숭아 씨앗을 발라내며 262

집에 가자 265

사라지지 않아도 좋은 상처 269

어디로 가야 할지 모를 때는 274

새로운 향을 맡을 준비 276

이탈리아에서 임자를 만나다 280

너는 젤라또 288

낭만에 대하여 296

나야, 나폴리 피자 306

괜찮아, 다 괜찮아 318

고양이를 버리다 324

되는 것도 없고 안 될 것도 없다! 328

떠나지 못하는 남자 333

만남도 이별도 없는 여행 338

시라쿠사의 처방전 342

시장이 좋으면 다 좋다 348

백지 사전 356

그때 어떤 일이 있었냐면

　1년의 여행을 마치고 돌아온 서른네 살의 나는 집도 절도 없는 처지에 새로운 직업을 갖기로 마음먹었다. 전처럼 출퇴근 행렬에 떠밀리고 사무실 칸막이 안에 갇혀 하루를 보내고 싶지 않았다. 무엇보다 바깥 날씨도 모른 채 인공적으로 조율된 공간에서 모니터를 상대하는 삶은 이제 내 것이 아닌 듯 어색하게 느껴졌다. 대신 몸을 적극적으로 쓰고 손에 잡히는 무언가가 남는 일을 하고 싶었다. 결정은 쉽고 자연스러웠다. 가난만 감수하면 됐다.

　우선 살 집부터 구했다. 방 두 칸짜리 다세대 주택. 주인은 팔순을 앞둔 할머니였다. 셋집살이 20년 차, 대개 집주인들이란 막무가내라는 것은 알겠는데 이분은 유난했다. 두 달에 한 번 세대원 수로 나누어 내는 수도 요금이나 계단 청소비를 원래 금액보다 2천 원, 3천 원씩 교묘하게 더 붙여 받았다. 반대로 이쪽의 요구에는 귀가 어두운 척, 온몸이 아픈 척, 심지어 집에 없는 척까지 했다. 이상하게도 나는 그게 너그럽게 넘겨졌다. 내가 이렇게 불의를 잘 참아내는 사람이었나? 아닌데…. 이유는 따로 있었다. 이 동네, 북촌의 고즈넉한 기운이 현실의 좀스러움을 씻어내 주었던 것이다.

창덕궁 숲이 힐끔 보이는 거실 풍경. 오르락내리락 보송보송 잘 마른 언덕 풍경. 검은 기와를 켜켜이 포갠 한옥 풍경. '머리방'이라는 이름을 여전히 쓰는 미용실 풍경. 볕 좋은 계단에 모여 앉아 주전부리를 드시는 동그란 할머니들. 마을버스가 정차하자 한 분이 후다닥 버스에 올라 기사에게 먹을 것을 나누는 풍경….

스크루지의 아랫집에 살면서도, 돌아서면 마음 부자가 되어 버리는 북촌의 마법. 그 속에서 5년을 살고 나니 나는 그림 그리는 사람이 되어 있었다. 어릴 때부터 땅바닥이고 교과서고 끄적이기 좋아했던 작은 재주. 가정용 프린터로 그림엽서를 출력해 동네 카페 앞에 매대를 펴고 천 원에 팔았다(첫 매출 5천 원). 그러다 지인의 소개로 의뢰를 한 번 받아 해내자, 일이 다음 일을 데려와, 어느덧 그림은 직업이 되었다.

처음부터 '그림이다!' 싶은 건 아니었다. 동네 담벼락에 붙은 '관광객 대상 요리 강습 보조 모집' 전단을 보고 전화를 걸어 외국인들과 김치를 만들기도 했고, 베이커리에서 빵을 굽기도 했다. 그때그때 눈에 걸리고 손에 잡히는 일을 선뜻 물었고 나의 전부를 사용했다.

고맙게도 이전 직장 동료나 가족들이 "그래도 제대로 된 일(=

취직)을 해야 하지 않냐"며 나 대신 불안해해 주었다. 그때마다 나는 말했다. "지금 할 수 있는 걸 하는 게 나의 일이랍니다."

대견하게 봐주는 사람도 많았다. 무작정 매대를 펴고, 무작정 수강생을 모집하고, 무작정 전시를 여는데, 대단히 성공하지도, 대단히 망하지도 않고 어찌어찌 되어가더니 종국에는 그럴싸한 추억으로 마무리되는 게 신기하다고 했다. 그 과정에 불안과 주저가 없는 게 이상하다고 했다. 우리(어느덧 '우리'가 되었다)는 말했다. "하는 사람이 재밌으면 돼요. 같이 할래요?"

여하튼 내일을 알 수 없는 하루하루였지만 리플릿이나 다이어리 등에 내 그림이 찍혀 나올 때, 수강생이 직접 그린 그림으로 청첩장이나 그림 액자를 만들어 보여줄 때면 모두 다 괜찮아지는 기분이 들었다.

그러던 어느 날, 한 지자체에서 콘퍼런스 포스터 작업을 의뢰했다. 그동안 사기업의 아기자기한 작업만 해오던 터라 공공기관은 처음이었고, 무려 포스터도 처음이었다. "전 그림을 전공하지도 않았고, 행사의 얼굴격인 포스터를 하기엔 내공이 약해서 어렵습니다"라며 정중히 고사하…기는커녕, 버릇처럼 무작정 수락했다. 일이란 어찌어찌 되기 마련이니까!

주제는 '베리어 프리 여행'. "그게 뭐죠?" 천진하게 묻자, 담당자는 본인도 이 주제를 어떻게 이미지로 풀어야 할지 난감하다며 A4용지에 볼펜으로 스케치한 아이디어를 핸드폰으로 찍어 보내주었다. 사진 속에는 서울을 나타낸 듯한 꿀렁꿀렁한 원 위에 나침

반, 휠체어 등이 멋쩍게 놓여 있었다. 더욱 미궁으로 이끄는 스케치는 못 본 것으로 하고 말로, 풀어 들은즉슨 '장애인이 어려움 없이 서울을 여행할 수 있도록 인프라를 마련하고 인식을 개선하자'라는 취지였다. 오케이!

동서남북에 광화문, 한강공원, 코엑스, 동대문디자인플라자, 중앙엔 남산타워 등 서울의 상징물을 넣고 사이사이에 상황 삽화를 넣었다. 장애인 전용 택시에 달린 리프트로 장애인을 태우는 상황, 휠체어 경사로가 설치된 건물, 장애인석이 마련된 공연장, 가족여행을 떠난 장애인, 휠체어를 자기 힘으로 시원하게 밀고 나가는 장애인. 쓱쓱 그려서 넘겼다.

담당자는 반색하며 시원하게 통과 사인을 내리더니 이런 구성을 어떻게 생각했냐고 놀라며 물었다. 그제야 깨달았다. 이 그림을 그리는 게 숨 쉬듯 자연스러웠다는걸. 궁리할 필요도 자료를 찾을 필요도 없었다. 나는 그 풍경 속 나라에서 살다 왔기 때문이다. 그곳에서 보고 겪은 장면들이 5년 만에 내 안에서 꺼내어져 종이 위에 펼쳐졌다. 마치 미래 여행에서 수집해 온 전리품들을 보여주듯.

그리고 보니 한국에 돌아와 내가 살고 있는 방식, 고르는 취향, 하는 말들의 대부분이 그 나라에서 온 것이었다. 마트도 없는 불편한 동네에 산다고 가족들은 이상하다 했지만, 나는 괜찮았다. 짐이 별로 없어 방 하나를 손님방으로 만들어 카우치서핑(여행자 대상 무료 홈스테이)을 한다고 친구들은 어떻게 낯선 사람을, 심지어

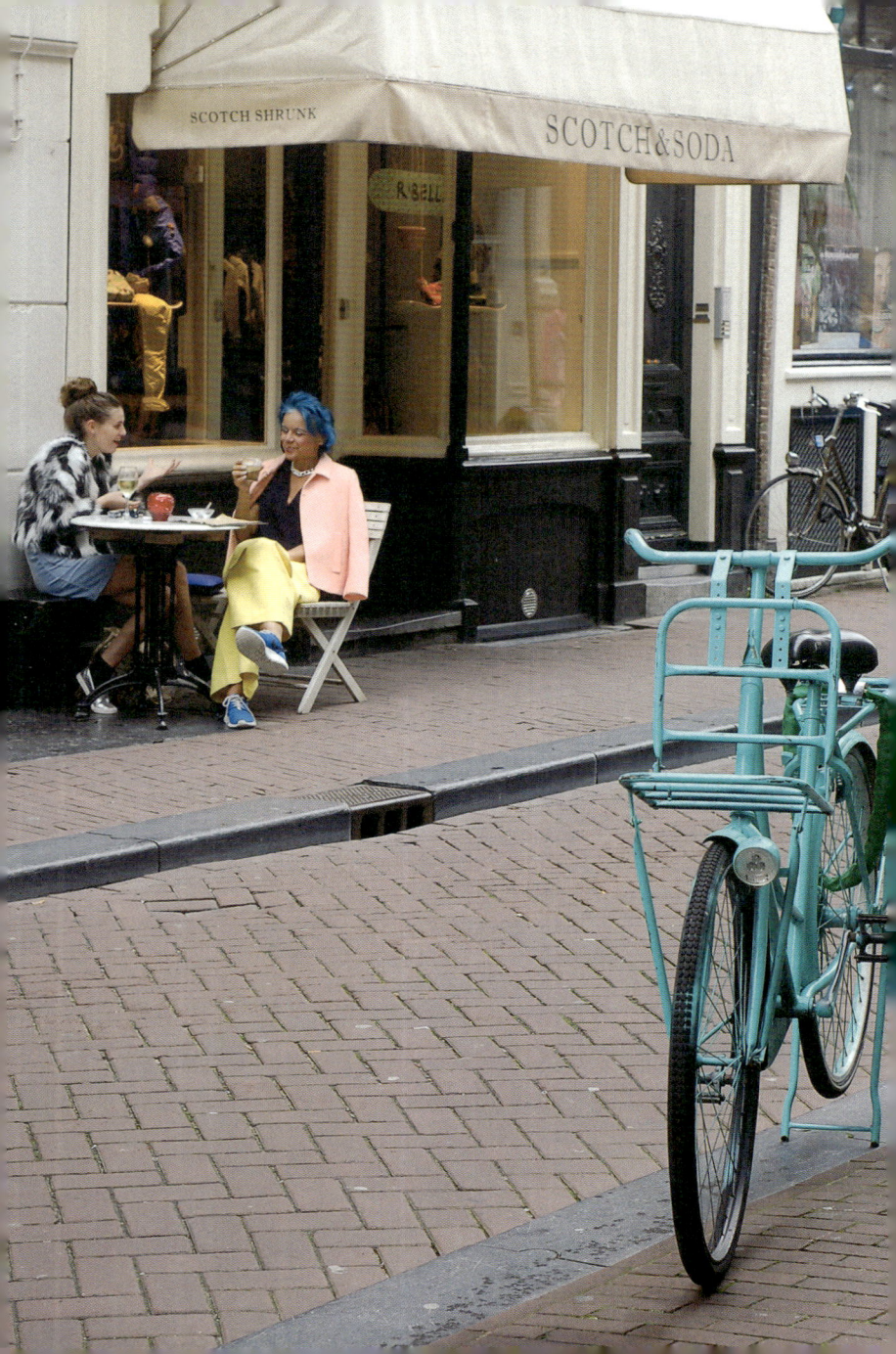

무료로 재워줄 수 있냐며 이상하다 했지만, 나는 자연스러웠다. 당장 할 수 있는 수준의 일을 경험하며 경력으로 다져가는 걸 누군가는 이상하다 했지만, 나는 익숙했다.

그 나라에서는 불편한 것, 모자란 것을 버리지 않고 삶에 데려가는 방안을 궁리했다. 공간과 물건, 시간은 점유하는 대신 타인과 나눌 수 있다고 했다. 일은 배워서 하는 게 아니라, 하는 것으로 배운다고 했다. 완벽하지 않아도 되며 하는 사람이 즐거워야 한다고 했다.

이상한 나라였다. 그곳에서 마주한 말들은 낯설고 때론 의심스러웠다. 그러다 차차 괜찮아지더니, 한국에 돌아와서는 처음부터 내 말이었던 양 자연스럽게 흘러나왔다. 그러자 그 말들을 닮은 사람들이 서로를 당겼다. 함께 취미를 즐기고 일을 도모하는 같은 결의 공동체가 되었다.

이상한 것들이 괜찮아진 경로, 365일의 여정을 여기에 적으려고 한다. 그러기 위해 나는 매정했던 가을, 아일랜드의 축축하고 어둑한 다락방으로 들어간다. 그리고 찬란했던 여름, 이탈리아의 풍요로운 어시장에서 빠져나온다. 그 안에는 하나도 늙지 않은 사람들과 조금도 낡지 않은 경험들이 되새겨지기를 기다리고 있다. 나에 의해서, 바라건대 당신에 의해서.

불완전한 수레바퀴들의
근면한 하루하루.
누구도 뒤에 두지 않는다.
어떻게든 끝까지 같이 간다!

북.

아일랜드

무언가 '안' 하는 연습

백밀빵과 호밀빵, 지난여름 졸여놓은 딸기잼, 사과잼, 그리고 따끈한 커피, 홍차와 허브차. 소박한 아침을 마치고 나면 다른 봉사자 두 명과 함께 15인분의 점심을 준비한다.

정원에서 샐러드용 채소를 따오는 일은 내가 항상 자청한다. 언덕 꼭대기의 비닐하우스 두 동. 기다란 호스에 한 뼘 간격으로 작은 구멍을 낸 핸드메이드 스프링클러가 고랑마다 놓여 있다. 아침이면 그곳에서 퍼져 나오는 물줄기가 채소를 촉촉하게 적셔놓는다. 채소를 따는 잠깐 사이 신발 속 양말까지 흠뻑 젖어버리지만 개의치 않는다. 정원에 신발을 벗어두면 햇볕이 말려줄 테고, 바짓단이며 양말은 아가* 앞에서 요리하다 보면 금세 마르니까.

정원 마스터(책임 관리자) 찰리는 이곳을 아침부터 저녁까지 지킨다. 채소를 따러 온 봉사자들에게 "이건 밑동을 남기고 잘라야

---

* Aga cooker. 1900년대 초 스웨덴에서 개발된 통주물 오븐 겸 보일러. 영국에서 특히 유행했다.

해" "이건 뿌리째 뽑아도 돼" "이건 아직 어리니 건드리지 말아라." 하며 고랑 사이를 분주히 오간다. 그러지 않으면, 대부분 도시 출신인 봉사자들이 소중한 유기농 채소밭을 쑥대밭으로 만들 것이 뻔하기 때문이다.

"Summer! How~~~ are~~~ you~~~?"

찰리는 저어 구석에서도 입구로 누군가 들어서기만 하면, 비닐하우스가 떠나가라 인사를 외친다. 인사를 챙기는 다정한 사람이지만, 그것은 단순 환영이 아니다. '나는 네가 어떻게 정원을 망칠지 알고 있다. 내가 널 지켜보고 있다!'는 경고의 기색이 담겨있다.

"Ve~~~ry well!"

'노력은 해볼게요. 하지만 장담은 못 해요!'라는 의미의 미소를 얹어 화답하는데 찰리가 이쪽으로 뚜벅뚜벅 걸어온다. 이런, 내가 벌써 사고를 친 건가? 막 움트고 있는 싹을 밟기라도 했나… 발밑을 확인하는 사이, 그는 어느새 토앞에 와 있다.

"썸머, 아이리시Irish들은 How are you에 어떻게 대답하는 줄 알아?"

"글쎄요. 아일랜드라고 다를까요? Fine, thank you and you?"

"잘 봐. 팔자 눈썹을 만들고 입꼬리 한쪽을 한 번 씰룩 들어줘. 어깨도 한 번 들썩. 아주 슬쩍, 한 듯 만 듯. 그리고 이렇게 말하는 거야. Not too bad!"

"Not too bad? 하… 여기 사람들 구뚝뚝하기론 최고라니까요. 제가 배운 영어는 그렇지 않았어요. 폭풍우 치는 날에도 'Good morning'이라며 화창하게 인사한다고 배웠다고요!"

"내 말이 그거야. 아일랜드도 봄, 여름, 가을, 겨울, 엄연히 사계절이 있는 나라지만, 문제는 하루에 사계절을 다 겪는다는 거지. 1분 앞을 몰라. 그러니까 지금 좋다 해도 호들갑 떨지 않고 지금 나쁘다 해도 한탄하지 않아. 그냥 좋지도 나쁘지도 않게, 적당히 Not too bad!"

20대에 캠프힐*에 들어와 정착한 지 40년이 다 되어가는 영국인 찰리. 깍쟁이에 본토 자부심이 강한 부인과는 달리, 그는 아이리시처럼 털털하고 투박하다. 영국보다 아일랜드에서의 자신을 더 좋아한다고 말한다. 영어 악센트만큼은 여전히 꼬들꼬들한 영국식을 고수하지만!

"기가 막힌 적응력이네요."

"지금 이렇게 따사로워도 금세 우박이 쏟아져. 그러다가도 언제 그랬냐는 듯 꿈결 같은 햇살이 쏟아지잖아. 그 기복에 일일이 반응한다고 생각해 봐. 끔찍하게 피곤할 거야. 외국에서 온 사람들은 우울증에 걸리기도 해. 그래서 채소랑 과일을 많이 먹어야 한단다. 비타민으로 활력을 채워야지."

찰리는 흐뭇한 눈길로 우리의 비타민 공급처를 내려다보았다. 정원은 목장, 베이커리와 함께 캠프힐 식구들의 먹을거리를 책임

---

* 캠프힐은 장애인들이 직업 교육과 문화 혜택을 받으며 살아갈 수 있도록 돕는 마을 형태의 공동체로 1년 이하의 단기 자원봉사자와 1년 이상 또는 평생을 거주하는 장기 봉사자들의 노력으로 운영한다. 봉사자에게는 숙식 이외에 매월 소정의 용돈과 의료 혜택 등의 복지가 제공된다. 미국, 캐나다, 인도 등 19개국에 100여 개 넘게 설립되어 있고 영국과 아일랜드에 48개가 집중되어 있다. Camphill.org.uk

지는 중요한 워크숍이다.

"아저씨, 사실 그게 제 문제예요. 하루에도 기분이 열두 번씩 바뀌어요. 당장 여길 떠나고 싶다가도 돌아서면 벅차도록 행복해요. 꼭 여기 날씨 같아요. 너무 불안해요. 한국에서는 이렇게까지 변덕스럽진 않았어요. 피곤하긴 했어드…."

"왜 피곤했지?"

"바쁘니까요. 할 일도 가득, 만날 사람도 가득, 봐야 할 영화, 가봐야 할 곳, 가져야 할 것도 가득하니까요."

"그거 아니? 지금 너, 미래나 의두에 대해 말하고 있다는 거. 하는 일, 가지고 있는 것이 아니라 해야 할 일, 가져야 할 것이 가득하다고. 내가 보기엔… 정말로 가득 차서 바쁜 게 아니라, 텅 비어버릴까 봐 두려운 거 아닐까?"

나는 침묵으로 Yes를 대신했다.

"일단 무언가를 '안' 하는 연습을 해봐. 여기 오는 한국 사람들을 보면, 1년이라는 시간을 마치 공간처럼 만들어 그 안을 꽉 채우려 해. 봉사 기간이 끝나고 'Very good' 배지를 받지 못하면 큰일이라도 나는 양, 눈에 보이는 성과가 없으면 실패했다고 여기지."

출국 전에 오랜 친구를 만났을 때 그의 질문도 그랬다.

"거기엔 왜 가는 건데? 뭘 얻으러?"

"1년 후에 돌아와서 보여줄게!"

그땐 똑 부러지게 답했지만, 사실은 당장 할 말이 없어서 내뱉은 말이었다. 나는 그 순간 당황해 눈동자가 흔들렸고, 친구가 눈치라도 챌까 어서 덮고만 싶었다. 그렇게 덮으면 끝인 줄 알았다. 하지만 아니었다. 그 질문은 내 뒤꿈치에 붙어 아일랜드의 시골 마을까지 따라와 있었다. 아무리 멀리 와도 따돌릴 수 없는 그림 자처럼.

그럴듯한 답을 찾으면 불안이 가라앉을까. 그런 다음 처음부터 다시 시작할 수 있을까. 나는 찬물에 샐러드 채소를 씻으며 지난 일들을 역주행하기 시작했다. 이 나라에 떠밀려온 그 첫날부터.

찰리 아저씨! 무언가 '안' 하는 연습은 도대체 어떻게 '하는' 거죠?

첫날

"와앗! 이 바퀴 엄청나네. 사람들 다 깨우겠어!"

귓속을 찢는 듯한 소음. 이민 가방 밑바닥에 장착된 바퀴 4개가 새벽의 벨파스트 공항 주차장 바닥을 사정없이 긁었다. 마중 나온 거인 같은 백인 남자 에드윈은 도저히 안 되겠는지 20kg이 넘는 가방을 번쩍 들고 가기에 이르렀다. 아껴 보겠다고 우레탄 대신 플라스틱 바퀴가 달린 싸구려를 산 것을 후회했다.

"이 정도 했으면 아이리시들이 네가 온 걸 다 알 거야. 어쨌든 웰컴! 유럽은 처음?"

"아뇨. 3년 전에 1주일간 체코, 오스트리아, 폴란드를 자동차로 돌았어요."

"1주일에 세 나라를? 그것도 차로? 대단하네. 출장?"

"그냥 여행요. 한국 회사는 휴가가 짧거든요."

에드윈이 트렁크에 가방을 욱여넣는 사이, 나는 조수석 문을 열었다. 아차, 이건 운전석이다.

"하하, 운전하려고? 길은 알아? 모두가 하는 실수야. 일본인만 빼고."

룰이 바뀌었다. 머리가 지끈거렸다. 에드윈은 며칠째 비가 바람에 휘감겨 내리는 주접스러운 날씨였다고 투덜거렸고, 창밖의 아일랜드는 보기에도 축축했다. 가토등도 건물도, 어쩌다 출몰하는 사람들도 흠뻑 젖어 줄줄 흘러내리는 듯했다. 비바람은 이 나라의 상징이다. 이 땅에서 예이츠나 제임스 조이스 같은 문학가들이 나올 수밖에 없는 이유다. 나가 놀고 싶게 만드는 날씨가 없으니, 집에 틀어박혀 뭐라도 해야 했을 테고, 그럴 때 제격인 것이 사색이나 독서 아닌가.

"원래 이렇게 사람이 없나요?"

"흠. 4년간 살아본 바로는… 사람보다 양이 더 많은 것 같긴 해."

자정 무렵, 고요한 마을 한복판에서 차가 멈췄다. 눈에 익은 노란색 3층 건물. 캠프힐 홈페이지에서 미리 보기도 했고, 작년에 이곳에서 일했던 한국인 봉사자 제니에게 상세히 들은 덕에 내부 구조까지 훤했다. 한국을 떠나기 전, 친언니에게 사진으로 보여주며 "위험한 데 가는 거 아니야. 안심해"라고 말했던 그 집. 언니의 걱정은 걷히지 않았지만, 그 정도가 내가 할 수 있는 최선이었다.

이제 막 고등학교를 졸업한 여자아이들, 캐시와 마리앤의 환영 인사는 동네 분위기와 다르게 발랄했다. 앞으로 이 둘, 그리고 장애인 한 명과 함께 이 집에서 산다. 아이들은 부엌과 욕실 등 공동 공간을 하나하나 보여주었고, 에드윈은 내 짐을 3층 방까지 올려다 주었다. 5단 서랍장, 2단 선반, 싱글 침대, 전등갓 없이 전구가 그대로 노출된 스탠드, 수도승의 방처럼 최소한의 물건만 간결하게 놓인 다락방이었다. 동시에, 어떤 공간이라도 금세 소녀 취향으로 만들어버리는 마법, 하늘로 난 창문이 있었다. 창은 부드럽게 열렸고, 새까만 하늘 아래 건물들의 윤곽이 어렴풋이 드러났다. 저것들이 무엇인지 내일이 되면 알게 되겠지.

침대 가운데에는 큰 수건과 작은 수건 하나씩, 도토리 비스킷 한 상자와 아이들이 손수 구운 쿠키가 놓여 있었다. 그리고 노란 쪽지가 있었다.

Welcome to Ireland. Welcome to Camphill!

쪽지를 침대맡에 붙이고 가만히 바라보다가 눈을 잠깐 감았다 떴을 뿐인데, 아침 9시였다. 핸드폰의 시계는 자동으로 이곳 시간에 맞춰져 있었다. 공간이 아니라 시간을 이동한 것 같았다. 한국보다 9시간 나중을 사는 세계로.

호기롭게 하늘창을 열었다가 들이닥치는 차가운 비바람에 그 자리에서 얼어붙었다. 겨울용 외투를 꺼냈다. 10월 중순인데 벌써 이걸 입게 될 줄이야. 밤 12시에서 아침 9시로, 가을에서 겨울로, 왼쪽에서 오른쪽으로, 우리말에서 영어로, 직장인에서 백수로, 현지인에서 이방인으로⋯ 피식. 이런 뒤죽박죽 속에서도 웃음은 났다.

옆 동네에서 걸어왔든 나처럼 지그 반대편에서 19시간을 날아왔든, 캠프힐에 오는 누구에게나 휴식은 하루뿐, 다음 날부터 바로 일을 시작한다. 소중한 휴일에 숙소에서 쉬지 않고 길을 나선 이유는 바다가 보고 싶어서였다. 100미터만 걸어 나가면 바다가 있다던 제니의 말을 나는 잘 기억해 두었다.

아일랜드라는 섬이 내 생의 배경이 되리라고는 두 달 전까지만 해도 상상조차 못 했다. 하지만 그 바다만큼은 여러 영화나 드라마의 배경이 된 덕분에 익숙한 이미지로 머릿속에 담겨있었다. 특유의 굴곡진 전통음악, 깎아지른 절벽, 짙푸른 대양, 새하얀 섬광으로 빛나는 수평선을 마주한 주인공. 화면 속 아일랜드 바다는 문명을 비껴간 세계처럼 보였다. 오직 물과 빛으로 이루어진 곳. 모든 이야기가 시작된 자리이자, 어떤 이야기를 털어놓아도 흔적이 남지 않을 것 같은 곳.

몇 발짝 걷지도 않았는데 물빛이 어른거렸다. 횡단보도 하나만 건너면 바로 바다라니. 바닷마을 베이커리, 하늘창, 친절한 거인 아저씨, 다정한 소녀들, 1년이라는 시간⋯ 비현실적이리만치 고마운 구성이라고 생각했다. 그 바다를 직접 마주하기 전까지는.

얼마 뒤, 내가 선 곳은 뚝 떨어지는 절벽도, 내려다볼 대양도 없는 해안이었다. 무덤덤한 아스팔트 산책로가 해안선을 따라 주욱 그어져 있고, 바다 건너편에는 섬광 대신 밋밋한 공동주택들이 늘어서 있었다. 새로운 것 없는 풍경도 그렇지만, 더 당혹스러웠던 건 바닷바람에 섞인 낯선 냄새였다. 어마어마한 짠 내. 마치 바람이 바다에서 소금기만 쫙 짜내, 콧속으로 불어넣는 듯했다. 그렇지. 영화는 냄새까지 데려오진 않지. 냄새는 상상의 영역에서 전혀 고려하지 않았던 터라 당황스러웠다. 바닷물에 들어가 있어도 이보다는 짜지 않을 텐데.

바다 마주보기를 관두고, 추적추적 비 내리는 산책로를 따라 걷기 시작했다. 나도 모르게 자꾸 고개를 세차게 내저었다. 장거리 비행 때문인지 시차 때문인지 비 때문인지 짠 내 때문인지… 알 수 없는 와중에 나는 생각의 길을 잃었다.

'큰일 났다. 나 이제 어떻게 살지?'

미국 이주를 준비했을 때도, 회사를 관두었을 때도, 미국 대신 캠프힐로 방향을 틀었을 때도, 공항까지 배웅해 준 친구에게 눈물을 보이기 싫어 서둘러 출국장에 들어설 때조차도, 하지 않았던 고민이었다. 캠프힐 생활 1년 동안은 절대로 하지 않겠다고 마음먹은 고민을 첫날부터, 그것도 철저하게 생활감으로 가득한 바다 앞에서 하고 있다니. 대책 없이 가출했거나, 예고 없이 해고당한 기분이었다. 곧이어 귀에 익은 목소리들이 파고들었다.

"나이가 몇인데 자원봉사랍시고 돌아다니는 거야? 어서 다시 자리를 잡아야지!"

"아빠가 걱정하니까 너 회사 그만둔 건 말 안 할게. 1년간 해외 연수 간 걸로 해둘 테니 그렇게 알아."

왜 나의 미래는 걱정의 대상이 되었는가. 왜 나의 선택은 사람들을 불안하게 하는가. 왜 나는 이런 모습으로 여기에 있는가. 빗방울이 무거워져 우산이 주저앉을 듯했다. 평화롭다가도 예상할 수 없는 타이밍에 불어닥치는 돌풍이 산책로를 어지럽혔다. 내 우산, 정확히는 양산 겸용 3단 우산은 완벽히 뒤집히기를 반복했다. 3단 우산은 일본에서 발명했지만, 정작 일본인들은 잘 쓰지 않는다. 왜? 바람에 약하니까! 바람이 드세기로 악명 높은 섬나라 아일랜드에 3단 우산을 들고 오다니. 심하게 무대책이다. 이 각성이 너무 늦은 건지 너무 이른 건지도 가늠이 되지 않았다.

흠뻑 젖은 채 어깨를 늘어뜨리고 숙소로 돌아오니 캐시가 카우치에 늘어져 있었다.

"헤이. 어디 갔다 와?"

"응. 바다에. 바람이 너무 세서 우산이 부러졌어."

너덜너덜한 우산을 본 캐시가 웃음을 터뜨렸다.

"이런… 여긴 아일랜드야. 우산 따위는 외국인만 쓰는 거야!"

재치 있고 쿨한 대답으로 받아치고 싶었지만, 영작이 얼른 되지 않아 머쓱한 웃음만 흘린 채 방으로 들어왔다. 젖은 외투를 벗고 침대에 앉으니, 어제의 노란 쪽지가 눈에 들어왔다. 분명 환영 인사였던 그 말은, 어느새 조롱으로 바뀌어 있었다.

Welcome to Ireland. Welcome to Camphill!
어서 와. 어디 한번 잘해보시지!

베이커리의 비극

소금에 절인 듯한 첫날을 보내고, 아직 어안이 벙벙한 채 다음 날 아침 7시 30분부터 베이커리 근무에 전격 투입되었다.

"요오~ 썸머, 어서 와!"

열여덟 살 독일 소년 알렉스가 푸른 눈을 반짝였다. 내 요란한 가방을 창피해하던 에드윈 역시 기다렸다며 반겨주었다. 늘 일손이 모자라는 캠프힐에서는 모든 봉사자가 환영받지만, 이들이 유난히 나를 기다린 데는 이유가 있었다.

캠프힐은 대체로 외딴 시골에 있는 공동체로, 정원과 목장, 베이커리, 위버리 등을 '워크숍'이라 부르며 운영한다. 워크숍의 생산물은 대부분 자체 소비되지만, 우리 캠프힐은 독특하게 마을 한가운데 위치하고 카페와 베이커리, 유기농 식품점을 운영한다. 지역 주민을 대상으로 수익 사업을 하는 것이다. 특히 베이커리는 옆 동네 캠프힐에 대량으로 납품도 하고 있다. 두세 명의 봉사자와 두 명의 장애인이 함께 빵을 만드는데 봉사자 대부분은 제빵 경험이 없었다. 그래서 제빵기능사 자격에 현장 경험까지 갖춘 내가, 우리 캠프힐 역사상 첫 번째 '전문 제빵사'로 반가운 존재였다.

그러나 그 전문가에겐 문제가 있었다. 에드윈은 친절하게 업무를 설명해 주었지만, 나는 일을 이해하기는커녕 그의 말을 번역하는 데 집중력을 동원해야 했다. 낯선 단어들은 귀에 닿자마자 바닥으로 떨어져 가루처럼 흩어졌다. 이곳에서 나는 유일한 전문 제빵사이자, 유일하게 영어를 모국어 수준으로 하지 못하는 사람이기도 했다. 알아들은 척 고개를 끄덕이자, 에드윈이 폴더 하나를 내밀었다. 표지에는 'Sweets recipes'라고 적혀 있었다.

"자, 너의 오전 업무는 스콘이야. 9시부터 아침 메뉴로 나갈 거야."

"What?"

정신이 번쩍 들었다. 바로 일에 투입된다는 건 알고 있었지만, 문제는 스콘을 만들어본 적도, 심지어 먹어 본 적도 없다는 데 있었다. 기능사 시험 항목이 아니라 관심조차 없었고, 카페 진열대에서 본 적은 있어도 딱히 끌리지 않아 시도하지 않았다. 알지도 못하는 것을 글에 의지해 만들어야 한다니. 나는 당황한 기색을 들키지 않으려고 애썼다. 국가공인 자격증을 가진 사람이 왔다고 다들 기대하는데… 저 상냥한 사람들의 눈동자에 실망이 어리는 것을 감당할 자신이 없었다.

---

* 나는 제과제빵 전문가 과정을 공부하고 자그마한 베이커리 카페를 운영한 경력이 있다.

다행히 레시피는 베이킹 경험이 없는 봉사자들을 위해 단순하게 정리되어 있었다. 하지만 손이 멈췄다. 데이트*는 무엇이며, 버터도 밀크도 아닌 버터밀크는 도대체 뭐람? 생전 처음 듣는 재료의 연속이었다. 알고 있던 재료조차 쉽게 찾을 수 없었다. 예를 들면 이랬다.

"알렉스, 마가린은 어디 있어?"

"What?"

마가린을 마가린이라고 발음했는데, 알렉스는 못 알아들었다. 레시피를 그의 코앞까지 가져다 대고 손가락으로 찍어 보였다.

"아하! 마아줘린."

세상에, 영어는 하나가 아니었다. 독일인 알렉스와 네덜란드인 에드윈의 영어는 미묘하게 달랐고, 한국인 썸머의 영어는 심하게 달랐다. 아이리시 직원들과 장애인들의 영어는 아예 새로운 언어처럼 들렸다. 이미 알고 있다고 믿었던 것들조차 다르다니. 아니, 알고 있다고 여기는 그 자체부터 의심해야 했다. 내가 아는 게, 정말 맞는 걸까?

무언가를 물을 때마다 동료들의 아리송한 표정과 함께 "뭐라고?" "응?" "그게 뭐야?" 같은 반응이 되돌아왔고 내 목소리는 점점 작아졌다. 대형 반죽기 두 대가 맹렬히 돌아가고 모두가 분주하게 움직이는 아침의 베이커리, 그 속에서 나 홀로 확연히 다른 속도로 반죽을 매만지고 있을 때, 빨간 곱슬머리 소녀가 녹색* 앞

---

* Date. 대추야자열매. 건포도처럼 말린 것을 베이킹에 쓴다.

치마를 펄럭이며 뛰어 들어왔다.

"스콘 나왔어?"

벽시계를 보니 9시를 넘기고 있었다. 베이커리에 있던 네 명과 이제 막 베이커리에 들어온 한 명이 일제히 나를 쳐다보았다. 열 개의 눈동자가 나의 작업 테이블을 훑었다. 플레인 스콘, 데이트 스콘, 건포도 스콘, 치즈 스콘, 글루텐 프리 스콘… 레시피 폴더와 재료, 도구, 반죽이 뒤엉킨 난리법석 속에 정작 내다 팔 스콘은 없었다. 얼굴이 확 달아올라 눈동자까지 데워지는 듯했다.

"하하. 아직 냄새도 안 나네?"

소녀는 오렌지색 주근깨가 가득한 코를 한 번 찡긋하더니 다시 주방으로 달려 나갔다. 캠프힐에 전문 제빵사가 영입된 역사적인 첫날, 스콘은 점심부터 서빙되는 초유의 사태가 벌어졌다.

---

* 녹색은 아일랜드를 상징하는 색. 캠프힐도 이를 대표색으로 사용하고 있다.

새하얀 지옥

비극은 한 번으로 끝나지 않았다. 밀가루라면 딱 세 종류, 강력분, 중력분, 박력분으로 족했던 한국은 천국이었다. 제빵용 백밀가루/강력분White bread flour, 제과용 백밀가루/박력분White plain flour, 통밀가루Wholemeal flour, 갈색 중력분Brown plain flour, 일반 밀가루Wheat, 스펠트밀Spelt, 호밀Rye, 라이트 호밀Light rye, 글루텐 소화 장애가 있는 사람들을 위한 Gluten-free flour, 팽창제가 들어 있는 밀가루 Self-raising flour도 있었고 그마저도 일반과 글루텐 프리 두 종류… 이곳은 지옥이었다. 새하얀 지옥.

자기 작업으로 바쁜 와중에도 나의 작업대를 슬쩍슬쩍 확인하는 에드윈의 눈빛에 얼굴이 따끔따끔했다.

"썸머, 글루텐 프리 스콘용 밀가루나 도구는 그렇게 일반 재료랑 섞으면 안 돼. 일반 밀가루가 들어간 걸 먹으면 배탈이 날 수 있

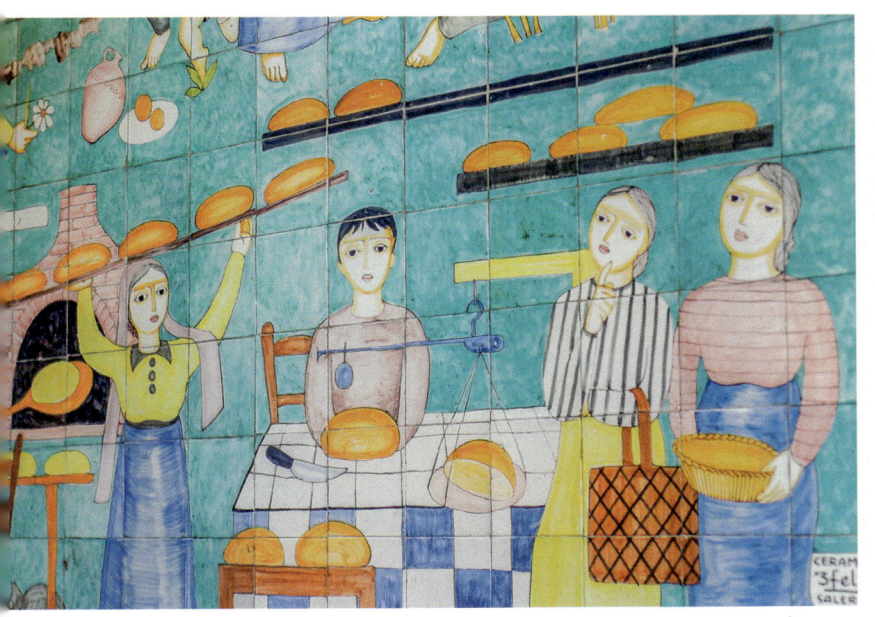

어. 장애인들은 소화기관이 약하니까 더 주의해야 해. 일반 스콘을 먼저 끝내고, 작업대를 깨끗이 닦은 다음에 글루텐 프리 작업을 해야 안전해."

아직 글루텐 프리에 대한 개념이 확실히 서 있지 않던 나의 작업방식이, 에드윈은 불안했다. 일을 빨리해야 한다는 조바심만으로도 숨이 찼는데, 나의 실수로 누군가 아플 수 있다니… 정신 바짝 차려야 한다!

카루부대의 습격에 휘청대다가 기어이 사고를 쳤다. 강력분 10킬로그램으로 반죽을 해야 했는데 박력분을 써버린 것. 반죽기 안을 들여다보던 에드윈이 그 차이를 알아차릴 때까지, 나는 내 실수를 전혀 몰랐다.

"하하, 괜찮아. 다시 하면 돼."

에드윈은 웃었다. 하지만 최상급 유기농 밀가루와 버터가 통째로 버려지는 모습을 보자니, 영혼이 지옥불 속에서 타오르는 듯 아무 말도 들리지 않았다. 스콘을 제시간에 만들지 못한 것보다 밀가루를 혼동했다는 사실이 더 참담했다. 제빵을 함께 공부한 동료끼리 이런 농담을 하곤 했다. "나중에 네가 베이커리를 차리면, 밤에 몰래 가서 강력분이랑 박력분을 바꿔놓을 거야." 그만큼 밀가루를 잘못 쓰는 일은, 누가 사주하지 않는 이상 벌어질 리 없는 실수였다.

이후로도 실수는 끝이 없었다. 같은 실수, 새로운 실수, 엉뚱한 실수, 심각한 실수… 평생 할 실수를 이곳에서 다 하고 있었다. "언니가 베이커리를 평정할 거예요!"라던 제니의 말이 귓가를 허망하게 맴돌았다. 휘어잡기는커녕 실수만이라도 하지 말자는 처지가 되다니. 어깨가 잔뜩 움츠러들었다. 잘하려고, 도우려고 온 건데, 내가 겨우 이 정도밖에 안 되는 사람인가… 퇴근하면 온몸이 쑤셨고 아침마다 출근하는 발걸음은 천근만근이 되었다.

3주쯤 지난 어느 아침이었다. 9시가 되자 손님들이 몰려와 커피와 홍차, 요거트에 그래놀라, 스콘을 주문하기 시작했다. 10시를 조금 넘긴 무렵, 주근깨 아이리시 소녀 헤르미온느가 또다시 베이커리로 뛰어 들어오더니, 이렇게 소리치고는 후딱 사라졌다.

"썸머! 오늘 스콘을 먹은 손님이 불평을 하고 갔어!"

식은 땀이 흐르고 눈앞이 하얘졌다. 이쯤에서 고백하자면, 나는 늘 불안했다. 먹어 본 적 없는 스콘을 만들고, 그걸 현지 손님들이 먹는다는 사실이 늘 마음에 걸렸다. 같은 재료, 같은 레시피를 써도 뭔가는 다를 텐데. 스콘 따위, 근처 카페에서 한 번쯤 사 먹어 볼 수도 있었지만, 나는 아무 ㅅ도도 하지 않았다. 주방으로 달려가 헤르미온느를 붙들었다.

"스콘 줘 봐."

"무슨 스콘?"

"아까 손님이 불평했다는 거!"

이미 버렸다면 쓰레기통에서라도 꺼내 먹을 작정이었다. 다시는 그렇게 만들지 않으려고 노력할 작정이었다.

"응? 불평이 아니라 칭찬이었는데?"

순간, 숨이 멎었다. 불안에 잠식당한 나는 과하게 예민해져, 불평Complaint과 칭찬Compliment마저 헷갈리는 지경에 이른 것이다.

"아주 맛있다고 했어. 여기서 일하면서 스콘 칭찬받은 건 이번이 처음이야. 축하해."

해맑게 웃는 헤르미온느와 달리 나는 조금도 기쁘지 않았다. 맥없이 쪼그라들어 있던 나에게, 눈치만 보며 불안을 주워 먹고 있던 나에게 화가 치밀어올랐다.

어른, 어른 노릇, 어른스러움

나는 카페와 베이커리가 들어선 건물의 3층에서 지낸다. 함께 사는 이들은 두 봉사자, 캐시와 마리앤, 그리고 장애인 헬렌이다. 헬렌은 자폐 스펙트럼을 가지고 있으며, 듣지도, 말하지도 못한다. 대신 서번트 증후군을 지녀, 그림과 도예에서 천재적인 재능을 보인다. 우리는 헬렌의 약 챙기기, 수영장 동행, 도자기 공방 확인, 용돈 지급 같은 일들을 나눠 맡는다. 셋이서 3분의 1씩.

이곳에 오기 전, 나는 캠프힐에 관한 몇몇 경험자들의 블로그를 읽었다. 거기서 본 캠프힐은 이랬다. 장애인을 도우며 친절한 유럽의 10대들에게 영어도 배우고, 퇴근 후엔 함께 펍에 가서 스트레스를 풀고, 서로의 문화를 나누는 건전 명랑한 공동체. 만약 나도 그런 생활을 했다면, 이곳에서 흘린 눈물 3분의 1쯤은 내 인생에 언젠가 있을 감동적인 순간을 위해 비축할 수 있었을 것이다.

현실은 달랐다. 캐시는 지금까지 다섯 번 이상 거짓말과 모략

울 했다. 내가 직접 본 것만 해도 그 정도다. 퇴근 후 열리는 봉사자 교육을 아프다며 빼먹고, 몰래 데이트를 나간 건 애교였다. 최악은, 점심을 먹고 치우지 않은 걸 매니저가 지적하자 헬렌의 짓이라며 발뺌한 일이었다. 스스로를 변호할 수 없는 헬렌에게 그런 식으로 덮어씌우다니.

곧 독일로 떠날 마리앤은 눈감는 눈치였다. 나는 진실을 알고 있었고, 캐시와 매니저의 대화도 바로 곁에서 들었지만 나서지 못했다. 한국이었다면 단호하게 정의 구현을 했을 텐데, 이 나라에서 나는 무력했다. 서툰 영어로 떠엄떠엄 말하는 나를 누가 진지하게 받아들일까? 무시당하느니 차라리 침묵을 택했다. 내 입에서는 영어도, 진실도 튀어나오지 않았다.

내가 진실을 알아도 말을 못 한다는 걸 눈치챈 캐시는 점점 터 과감해졌다. 며칠 전 밤, 잠타 깨어 화장실을 가려는데 계단 난간에 쪽지 한 장이 놓여 있었다.

우리 클럽에 다녀올게. 헬렌은 자고 있어. 무슨 일 있으면 전화해.
= 캐시 & 마리앤

나는 쪽지를 집어 방으로 고이 모셨다. 그리고 다음 날, 할 말을 미리 머릿속으로 영작한 뒤 캐시를 불러내 쪽지를 내밀었다.

"이게 뭐니?"

"아, 어제 기분이 좀 울적해서 클럽에 갔다 왔어."

"나는 너희가 나간 줄도 모르는 상황을 만들었다고? 헬렌에게 무슨 일이 생겼으면 어쩌려고?"

"괜찮아. 헬렌은 잠들면 잘 깨지 않거든."

"그건 네가 아는 거지. 난 아직 헬렌에 대해 잘 모르고 수화도 못 해. 헬렌도 나를 신뢰하는 단계가 아니고. 그런데 나한테 알리지도 않고 클럽에 가셨다?"

"쪽지 남겼잖아."

"내가 그 쪽지를 못 봤다면?"

"그걸 못 볼 리가 없잖아."

"네가 어떻게 확신해? 내 방문도 아니고 계단 난간에 있었어. 바람에 날아갔다면?"

"창문도 닫혀 있는데 무슨 바람이야?"

"100퍼센트 확신해? 네가 신이야?"

목소리가 커지자, 마리앤이 끼어들어 말렸다. 그러지 않았다면 "아무 일 없었잖아"와 "네가 신이야?" 두 문장이 꼬리에 꼬리를 물고 뱅뱅 도는 소란을 밤새 들어야 했을 테니까. 나는 이 일을 매니저에게 보고하지 않기로 했다. 윗사람에게 이르는 건 유치한 일이고, 이 정도면 캐시가 조심하겠지 싶었다. 그게 어른스러운 행동이라고 생각했다. 하지만 그것이 나의 오판이었음을 깨닫게 된 사건이 곧장 벌어졌다.

다음 날, 매니저가 일정에 없던 회의를 소집했다. 안건은 미리 공유되지 않았고, 그저 '긴급회의'라고 했다. 봉사자 다섯과 매니저 둘, 본부 직원 한 명이 거실에 둘러앉았다. 우리 집을 관리하는 매니저 미아가 먼저 입을 열었다.

"곧 마리앤이 떠나고 새 봉사자 두 명이 올 거예요. 오늘 이렇게 모인 건요. 음… 새 사람들이 공동체에 잘 적응하도록 우리가 뭘 도와줄 수 있을지 이야기 나누고 싶어서예요."

무슨 이런 주제로 회의를 하나 싶어 고개를 갸웃하는데, 미아가 목을 가다듬고 말을 이었다.

"흠흠. 최근에 새로 온 봉사자가 적응에 어려움을 겪고 있다고 들었어요. 이 문제에 대해, 우리가 어떻게 도울 수 있을지 같이 이야기해 봐요."

그 '부적응 중인 새 봉사자'가 나라는 것은 자명했다. 알고 보니 캐시가 미아에게 "썸머는 퇴근하면 방에 틀어박혀 나오지도 않고, 다른 봉사자와 소통하지 않는다. 헬렌과도 좀처럼 가까워지지 않는다. 헬렌을 잘 도울 수 있을지 모르겠다"며 상냥하게 보고했다는 것이다.

거실에 모인 사람들은 서로 눈치만 보며, 아무 말도 하지 못한 채 시간이 흘렀다. 그러다가 본부 직원이 "저는 약속이 있어서…"라며 어색하게 일어나자, 모두 기다렸다는 듯 불편한 자리를 우르르 털고 일어났다. 나는 미아를 붙잡았다.

"당신들은 모두 영어를 잘하니까 모르겠지만, 이런 자리가 있으면 미리 알려줘야 해요. 저 같은 사람은 영어를 '만들어서' 말해야 하거든요. 지금 당장 내 의견을 달할 수 없지만, 하나는 말할 수 있어요. 나는 거짓말쟁이와는 살 수 없어요."

미아는 곤란한 표정을 지었다. 우리의 이야기를 엿들은 캐시는 자신은 거짓말쟁이가 아니라며, 발이라도 저릴지 길길이 날뛰었다. 그러거나 말거나, 나는 신원을 마치고 얼굴이 벌게진 채 방으로 올라와, 문을 박찰 듯 세차게 닫았다. 작은 방이 뒤흔들렸고, 곧장 초라함이 밀려왔다. 이따위가 내가 표현할 수 있는 분노의 최대치라니…….

방 안은 어지러웠다. 한국에서 가져온 물건들이 한 달 넘게 이곳저곳 흩어져 있었다. 왜 우리를 이 낯선 곳에 데려온 거지? 원래 자리로 데려다줘……. 나를 빤히 쳐다보는 물건들 속에 원망이 서려 있었다. 마주할 용기가 없어 불을 켜지 못했다. 어디서든 잘 적응하던 나였는데, 왜 부적응자가 되어 있을까. 왜 나는 내가 아닌 걸까. 베개에 얼굴을 파묻고 소리 죽여 울었다.

"네가 지금 그리고 다닐 나이야?"

아일랜드로 1년간 자원봉사를 떠나겠다고 했을 때, 지인들이 걱정스레 말했다. 나는 이해할 수 없었다. 이렇게 건강하고 활기찬데, 대체 뭐가 걱정이란 말인가. 남들 가는 길 대신 엉뚱한 곳에서 타시 시작하려는 친구를 향한 염려일 거로 생각했다. 하지만 지금, 지구 반대편의 어느 컴컴한 다락방에서 이러지도, 저러지도 못한 채 시간을 잡아먹고 있는 나는 통감했다. 나는, 늙었다.

이제 고등학교를 졸업한 열여덟, 많아야 스물한두 살의 어린 싹들과 한집에서 먹고, 같은 공간에서 일하고, 같은 언어로 말한다. 여기서는 누구도 나이를 따지지 않는다. 나는 누구누구 언니

토 투구투구 탐도 아니다. 그냥 쌤마, 그리고 You일 뿐이다. 캐시는 못된 구석이 있었지만, 적어도 나이에 대한 잣대를 들이대지는 않았다. 반면 나는 나이와 경력은 많으면서도, 말은 서툴고, 실수는 반복했고, 자꾸 체면을 구겼다. 속에서는 반발심과 자격지심만 커졌다.

어쩌면 내가 완벽하게 잘했더라도, 그건 그거대로 '어른 짓'을 했을지도 모른다. 작은 꼬투리를 하나 잡아놓고 "너는 어리니까 배워야 해"라며, 기어이 이기려 들었을 것이다. 어설픈 나잇값이 나를 늙게 했다. 나는 친구도 동료도 되지 못한 채, 심각하고 다가가기 힘든 사람, 겉도는 사람이 되어 있었다. 캐시가 매니저에게 한 말은 과장일지언정, 모두 거짓은 아니었다.

돌아보면, 나는 연장자가 좋았다. 선배들, 언니 오빠들, 이모들, 할머니들… 함께 있으면 그들의 연륜과 여유에 기댈 수 있었으니까. 무엇보다 그들은 좋은 경청자였다. 내 말이나 행동 너머의 보이지 않는 맥락까지도 찬찬히 이해해 주었다. 진짜 어른 노릇을 하려면, 내가 받았던 너그러운 품을 캐시에 돌려주어야 한다. 그럴 수 없다면 나이 따위는 접어치우고, 그냥 녀석과 함께 뒹굴어도 괜찮다.

어느 쪽을 선택해야 할지, 내가 어느 쪽을 잘할지 가늠조차 되지 않는다. 나는 지금, 빠릇한 새싹들 틈에 낀 오래 묵은 돌풀, 뻣뻣한 잡초가 된 기분이다. 나의 치안들은 그럴 작정했던 것일까. 자꾸 끝까지 날아와 굳이 '늙음'이나 자작하는 상황을.

첫 번째 친구

형가리에서 온 소시는 옆 동네 캠프힐에 살았다. 열여섯 살 고등학생인 그는, 자원봉사자인 엄마를 따라 1년 동안 그곳에 머물렀다. 봉사자의 가족도 함께 지낼 수 있는 이곳의 방침 덕분에, 소시는 숙식은 물론 학업 지원까지 받았다. 하지만 마냥 받기만 할 수는 없어, 우리 캠프힐에 와서 파트타임으로 주방 일을 돕겠다고 자원했다.

소시는 눈에 띄는 아이가 아니었다. 조용히 걷고 조용히 웃고 조용히 한자리에 서서 설거지만 했다. 사람들과 어울리는 일은 좀처럼 없었다. 그런 그가 먼저 내게 말을 걸었다. 활짝, 하지만 소리 없이 웃으며 "Are you Korean? How old are you?"라고.

뭐라고? 내가 몇 살이냐고? 이렇게 신선하고 반가울 수가! 나이를 물으며 첫인사를 건넨 사람은 소시가 처음이었다(이후로도 없었다!). 나이 많은 사람에게 '대접'이란 걸 좀 해줬으면 하는 우리의 바람은 이곳에서 통하지 않는다. 싸우다 말문이 막힌다고 "How old are you? Don't you have a mother or a father?"라고 따질 수 없는 노릇이다.

게다가 일상 영어에는 존댓말이랄 게 없다. 상대의 태도와 표정, 말투의 뉘앙스로 이 사람이 나를 어떻게 대하는지 가늠해야 한다. 나 역시 무례한 사람이 되고 싶지 않기에, 신경을 쓰다 보면 대화가 금세 피곤해진다.

나이를 묻는 소시의 첫인사에서 나는 한국을 느꼈던 것 같다. 다른 문화에 눌려 한껏 움츠러들었던 어깨가 스르르 펴지더니, 동포라도 만난 듯 와락 껴안고 싶어졌다. 그날 이후, 우리는 마주칠 때마다 소리 없이 웃으며 따뜻한 눈인사를 주고받는, 어쩐지 애틋한 사이가 되었다.

어느 날, 설거지만 하던 소시가 들뜬 얼굴로 다가왔다.

"나 이제 카푸치노랑 라테 만들 줄 알아"

"정말? 그럼, 카푸치노 한 잔 만들어줄래?"

내 응답에 첫 손님을 맞이하는 카페 주인처럼 기쁘면서도 긴장한 표정으로 "응!"하고 대답하는 소시. 그가 건넨 카푸치노는 그의 미소만큼이나 아늑했다.

"헝가리로 돌아가면 카페를 열어도 되겠어."

칭찬을 건네자, 소시는 나와 눈만 마주치면 이렇게 물었다. "카푸치노?" 나는 늘 "좋아!"라고 답했다. 카페인 과민증이 있는 나는 그렇게 매일 커피를 마셨다. 손이 부들부들 떨리고 심장은 싸정없에 뛰었제맘 내 친구의 케퍼는 마셔야지!!

그렇던 소시가 곧 떠난다고 했다. 엄마의 자원봉사 기간에 끝나 형가리로 돌아간다는 것이다. 소시는 파트타임였고 우리 캠프힐 소속도 아니었지만, 우리는 송별회를 열기로 했다. 나는 케이크를 만들겠다고 나섰다. 소시가 스치듯 말한 적 있다. 헬로키티를 좋아한다고. 그 말이 떠올라, 한국에서 가져온 천연 색소로 헬로키티를 그려 넣었다. 판매용이 아닌 케이크를 만드는 건 처음이었다. 이곳 레시피와 상관없이 내가 하고 싶은 대로 만들었다.

소시의 마지막 근무일이었던 어제, 우리는 케이크를 테이블에 가져다 놓고 소시를 자리에 앉혔다. 소시의 큰 눈이 더욱 커지더니 눈물이 뚝뚝 떨어졌다. 정말 정말 고맙다고 했다. 사진을 찍으려 하자 손으로 얼굴을 가리며 "안 돼, 안 돼!" 하길래, 나는 웃으며 말했다. "싫어. 너랑 네 눈물을 찍을 거야." 그제야 소시는 터쳐 나오듯 웃었다.

캐시는 케이크를 보고 놀라더니, 정말 예쁘다느니 자기가 좋아하는 색이 뭐라느니 별 궁금하지도 않은 정보를 쏟아냈다. 나는 캐시에게 인자한 미소를 띄워 보내며 속으로 말했다. '네 케이크를 만들 생각은 없어. 꿈도 꾸지 마.'

소시와 첫인사를 나눈 후, 나는 그쪽 캠프힐 사람을 통해 소시가 외롭게 지낸다는 이야기를 들었다. 봉사자들보다 어리고 내성적인 소시는 누구에게도 제대로 챙김을 받지 못했고, 무리에도 끼지 못했다. 그러다 어떤 한국인 봉사자가 소시를 다정하게 대해주었고, 그때 처음 한국인의 정을 맛본 소시는 한국인을 무척 좋아하게 되었다고 했다. 웃음에조차 소리를 담지 않고, 무존재로 존재하던 그가 나를 발견했을 때, 용기 내어 먼저 말을 건 사연이다.

나 역시 이곳에서 불안과 초조에 시달리며 버거운 나날을 보내고 있었다. 마음껏 웃은 일도, 내 뜻을 시원하게 말한 기억도 가물가물했다. 동병상련… 우리는 서로가 가여웠겠지. 소시가 떠난다는 소식을 들었을 때, 그쪽 캠프힐에서는 송별회가 없을 거라는 건 어렵지 않게 짐작할 수 있었다. 그래서 더욱 잊히지 않을 선물을 만들어주고 싶었다. "소시야, 너는 참 예쁜 아이야. 이런 선물을 받을 자격이 있어." 이렇게 말해주고 싶었다.

나는 누구에게나 나의 첫 번째 캠프힐 친구는 소시라고 말한다. 이제 그 친구는 이곳에 없지만.

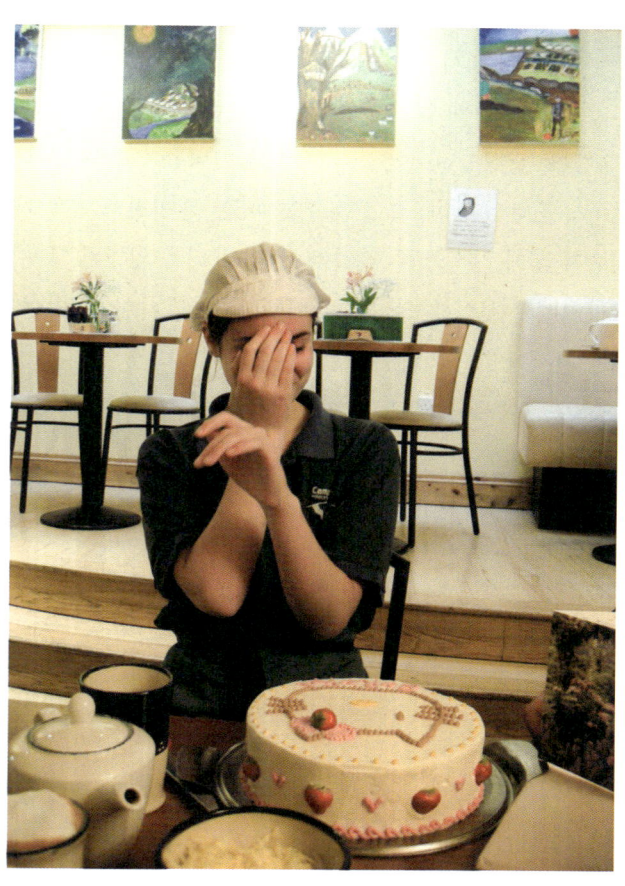

좋은 캐치볼 상대란?

대화는 테니스나 탁구처럼 상대방이 받아내지 못하도록 공격하는 게임이 아니다. 캐치볼처럼 주거니 받거니, 상대가 잘 받을 수 있도록 힘과 방향을 조절해야 한다. 그렇다고 마냥 오냐오냐한 공만 주고받다 보면 금세 지루해진다. 미묘한 선을 눈치껏 타야 또 하고 싶은 놀이가 된다.

영어로만 대화한 지 한 달쯤 되어가는 지금, 나는 내가 좋은 캐치볼 상대가 되지 못하는 것이 분하고 슬프다. 미국에서 온 제이슨은 이곳 카페에서 3년 넘게 일한, 농담을 좋아하고 시끌벅적한 남자다. 가끔 멈출 타이밍을 놓치고 한없이 가는 바람에 사람들과 티격태격 하지만, 그저 힘든 일상을 조금이라도 재미있게 보내고 싶어 그러는 것뿐이다. 다정한 포물선을 그리며 떨어지는 평이한 공보다는, 커브나 슬라이더처럼 아슬아슬한 긴장을 즐긴달까? 제이슨과 나의 캐치볼은 그래서 위험했다.

한국어라면 그의 농담을 시원하게 받아칠 자신이 있다. 하지만 그게 안 됐다. 할 말을 머릿속으로 영작하느라 번번이 타이밍을 놓쳤고, 공은 파울볼이 되어 엉뚱한 곳으로 날아갔다. 다음번엔 잘 해야 한다는 각오와 긴장뿐인 대화는 더 이상 소통이나 교감이 아닌 '시험'이 되어버렸다.

체이슨이 친해지자는 의도로 공을 던져도 나는 여전히 밋밋하게 받아쳤고, 가끔은 아예 못 들은 척했다. 이해하지 못한 걸 들키느니, 차라리 카는 귀가 어두운 사람으로 오해받는 편이 나았다. 체이슨은 "썸머는 나를 싫어해, 내 말을 무시해"라며 공공연히 말하고 다녔고, 그러던 어느 날, 치명적인 빈볼Bean ball 하나가 나를 향해 날아와 정확히 꽂혔다.

"헤이! 스콘 아직도 안 나왔어? 네가 온 후로는 토무지 팔 게 없어, 우리 카페 망하겠어!"

나는 할 말을 잃고 그 자리에서 엉엉 울고 말았다. 내가 우리 카페를 망치고 있다니… 내 모습이 믿기지 않았다. 체이슨은 깜짝 놀라 굳어버렸고, 소란을 들은 매니저가 나를 따로 불러냈다.

"썸머, 걔는 아무 뜻 없이 한 말이야."

매니저의 위로는 뻔했다. 한참을 울고 나서야 겨우 말을 꺼냈다.

"제가 첫날부터 실수한 거 아시죠?"

"알지, 그런데 왜?"

"전 그런 실수를 하던 사람이 아니란 말예요."

"세상에. 그걸 아직도 마음에 품고 있단 말이야?"

"제이슨이 맞아요. 전 제대로 못 하고 있어요. 그게 절 미치게 해요."

"여기 있는 누구나 실수로 일을 시작하고 꾸준히 실수하고 있어. 에드윈은 4년째 베이커리에서 일하지만 아직도 빵을 태워. 아무도 그걸 심각하게 여기지 않아."

"사람들이 제게 어떤 기대를 하고 있는지 알아요. 그런데 이렇게 돼버렸네요…."

"잘 들어. 우린 어떤 기대도 하지 않아. 넌 지금 너무 날카로워. 이러면 누구와도 친구가 될 수 없을 거야."

기대를 하지 않는다고? 이해할 수 있는 말이 아니었다. 제이슨은 나를 찾아와 사과했다. 절대로 공격할 의도가 아니었다고 했다. 나는 기운 없이 고개만 끄덕였다. 시도 때도 없는 실수 때문에 예민해지고 농담도 받아주지 못했다고, 모든 걸 제대로 설명하기엔 힘겹고 창피했다. 그날 이후, 제이슨은 내게 어떤 공도 던지지 않았다. 우리의 캐치볼은 끝나버렸다.

다른 사람들과도 서서히 문제가 생겼다. 이제 형식적인 대화를 넘어설 때가 되었는데, 커브도 슬라이더도 던져보고 싶은데, 보통 때보다 멀리 던져 상대가 바둥바둥 뛰어가 멋지게 캐치하는 것도 보고 싶은데, 내 공은 여전히 평범하다 못해 지루했다. '카페 망하겠어 사건' 이후, 사람들은 내게 말을 걸기를 꺼렸다. 나는 농담도 모르는 심각한 사람이 되어 있었다.

오해는 깊어지고 억울함은 쌓여갔다. 여기가 한국이었다면, 한국어로 말했다면… 그런 가정은 아무런 소용도 위안도 되지 않았다. 긴장과 불안 속에서 낯선 날들이 흘러갔다.

바람이 불기도 전에 고개를 숙이는 버릇

마리앤이 독일로 떠나고, 두 명의 봉사자가 하루 차이로 연달아 들어왔다. 열아홉 살 인도네시아 소녀 티카와 스물여덟의 폴란드인 올라였다. 그사이 나는 에드윈 가족이 사는 집으로 숙소를 옮겼다. 캐시를 피해 달아난 것이다. 그렇게 나와 마리앤 대신, 올라와 티카가 장애인 헬렌과 함께 살며 카페에서 일하게 되었다.

지난 두 달간 우리 캠프힐의 유일한 아시아인이었던 나는 티카가 겪을 외로움이 걱정되었다. 나는 그나마 옆 동네 캠프힐의 한국인, 일본인 봉사자들과 가끔 만나 그 충을 나눌 수 있었지만, 티카는 완전히 혼자였다. 게다가 그의 영어는 내 영어보다도 더 엉망이었다.

그런데 웬걸, 티카는 자주 웃었다. 아니 늘 신이 나 있었다. 작은 새처럼 지저귀는 그의 목소리는 어디에서나 들렸다. '같이 사는 올라가 잘 챙겨줘서 그렇겠지… 뭘 해도 재밌을 나이니까….' 나는 내가 가지지 못한 것을 부러워하고 있었다.

베이커리와 카페 주방은 마주 보고 있어서, 굳이 찾아가지 않아도 누가 빵을 태웠는지 누가 컵을 깼는지 소리만 들어도 알 수 있었다. 언젠가부터 내 몸은 베이커리에 있었지만, 귀는 카페 쪽으로 주파수를 맞추고 있었다. 티카와 사람들의 캐치볼을 라디오처럼 듣고 있노라면 나도 모르게 입꼬리가 올라갔다.

어느 날 베이커리에 대량 주문이 들어오면서, 올라가 우리 일을 돕게 되었다. 일하는 틈틈이 그가 물었다. "한국 베이커리에서는 어떤 빵을 만들어?" "유럽 빵은 어떻게 생각해?" 모자란 영어에 손짓, 발짓을 보태며 답하는 사이, 빵이 나와 있었다. 대화를 나눴을 뿐인데 일이 되어 있다니. 생각해 보니 알렉스와는 오로지 일만 했었다. 대화마저도 당장의 작업을 위한 것이 전부였다. 내 영어가 모자라니 깊이 있는 소통은 어렵다고, 어쩔 수 없는 일이라고 체념했었다.

쉬는 시간, 알렉스는 독일 부모님께 편지를 부치러 우체국에 가고, 올라와 단둘이 차를 마셨다. 그 30분 동안, 나는 지난 두 달보다 더 많은 말을 했다. 당연히 영어로, 그것도 박장대소와 함께. 내 영어가 갑자기 늘었을 리도 없는데 신기한 일이었다.

올라는 남자 친구의 뜨거운 구애를 받는 아가씨였다. 결혼이라는 인생의 큰 결정을 앞두고 심사숙고할 시간을 갖고 싶어 캠프힐에 왔고, 석 달간 머물 계획이라고 했다. 그의 말은 간결하고, 생각은 깊었다. 마음을 터놓을 수 있는 사람이란 느낌이 들었다.

"올라. 나도 카페에서 일하고 싶어."

"무슨 소리야. 넌 베이커잖아. 설거지나 하고 싶다는 거야?"

"하지만… 재밌지가 않아."

의아해하는 올라에게 며칠 전 있었던 일을 털어놓았다. 플라스틱 스크래퍼로 빵 반죽을 나누고 있는데 알렉스가 대뜸 나섰다.

"헤이, 반죽은 손으로 떼어내는 게 좋대. 제이슨이 그러는데 믹싱이 끝난 반죽은 글루텐이 한창 형성되는 중이라, 스크래퍼로 그렇게 싹뚝 자르면 글루텐 조직이 끊긴대."

제빵학원에서도 현장에서도 스크래퍼를 써 왔는데…. 나는 군말 없이 스크래퍼를 내려놓았다. 손으로 반죽을 떼내며 작업 속도는 현저히 떨어졌지만 따라야 한다고 생각했다. 며칠 후, 에드윈이 왜 스크래퍼를 쓰지 않느냐고 물었다. 나는 말없이 알렉스를 바라보았다. "쟤가 시켰어요"라는 뜻이었다. 알렉스는 내게 했던 말을 반복했고, 다 들은 에드윈은 스크래퍼를 알렉스에게 흔들어 보이며 말했다. "이 도구의 명칭이 뭔 줄 알아? Dough cutter야."

Dough 반죽, Cutter 자르는 도구. 상황은 단숨에 정리되었다. 그날 이후, 모두 다시 스크래퍼로 반죽을 잘랐다.

"봐. 알렉스는 내 방식은 무시하고, 제이슨이나 에드윈 말은 곧장 따르잖아. 늘 이런 식이야. 난 베이커리가 싫어."

올라가 내 편을 들어줄 줄 알았는데, 의외의 답이 돌아왔다.

"너야말로 왜 스크래퍼를 쓰는지 알렉스에게 설명하면 좋았잖아. 에드윈처럼 말이야. 심지어 넌 에드윈보다 전문가인데 왜 아무 말도 안 했어?"

"그야 알렉스가 나보다 먼저 온 선배고, 베이커리에 대해 더 잘 아니까…."

나는 올라의 물음에 답하는 말을 만들면서 내 생각의 맹점을 깨달았다. 베이커리에 대해서는, 캠프힐에 와서 처음 밀가루를 만져본다는 알렉스보다 내가 한참을 더 안다. 그런데 왜, 나는 스스로에게 물어볼 생각조차 하지 않았을까. 언제부터 타인의 말에 나를 지우고, 고개를 숙이는 습관이 생긴 걸까.

"하하! 농담이지? 알렉스가 제이슨이나 에드윈 말을 들은 건 그들이 먼저 왔기 때문이 아니야. 그만한 이유를 댔거든. 누구나 자기 의견을 말할 수 있어. 그렇게 주고받으며 배우고 일하는 거야."

말문이 막혔다.

"캠프힐은 누굴 일방적으로 따르는 곳이 아니야. 보스라는 건 없어! 아무도 네게 알렉스 말을 들으라고, 알렉스를 모시라고 시킨 적 없어. 알렉스에게 권위를 준 건…?"

나다. 누구도 시킨 적 없었다. 베이커리의 불편한 침묵을 만든 것의 정체가 드러났다. 바로 나, 한없이 위축된 나였다.

"누구에게도 그런 힘을 주지 마. 난 누가 내 자존심을 건드리거나 속상하게 하면 속으로 이렇게 외쳐. '너는 나를 화나게 할 힘이 없어!' 그렇게 떨쳐내고 나면, 내 안에서 어떤 힘이 솟는 게 느껴져. 휘둘리지 않게 된다고 할까? 꼭 정답은 아니겠지만 네게 도움이 될지도 몰라. 한번 해봐! Good luck!"

　　다음 날. 나는 베이커리 역사상 첫 '회의'를 열었다. 참석자는 알렉스와 나, 단둘. 먼저 나는 주문 확인, 계량, 굽기, 포장, 설거지, 청소를 두 덩어리로 나눠 일주일씩 번갈아 맡자고 제안했다. 초반에는 그렇지 않았는데 어느샌가 알렉스가 내게 일을 떠넘긴다는 느낌이 들기 시작했다. 특히 설거지나 청소는 내 전담이 되어가고 있었다. 알렉스의 꼼수가 훤히 보이는데도 나는 신참이 허드렛일을 하는 건 당연하다고 받아들였다. 그 태도부터 바로잡아야 했다. 업무 전반에 걸쳐 비효율적이라고 느꼈던 것들 역시 이야기했다. 전날 미리 수첩에 적어둔 내용을 보면서 또박또박 읽는데, 하나도 창피하지 않았다. 말을 끝내고 침을 꼴깍 삼키며 알렉스의 반응을 살폈다. 가만히 듣던 그는 이렇게 말했다.

　　"네 의견을 말해줘서 정말 좋다! 으늘부터 바로 그렇게 할까?"

밥하듯이 만드는 빵

"반드시 저울을 이용해 정확히 계량하세요. 베이킹에 눈대중, 손대중이란 없습니다. 정해진 시간과 조건에 맞춰 반죽하고 발효도 철저히 관리해야 해요. 굽는 과정이나 보관할 때도 온도와 습도를 꼼꼼히 체크해야 합니다."

강사의 말에 학생들이 고개를 끄덕인다. 다들 진지하고 심각한 얼굴이다.

"베이킹은 어렵습니다. 밀리리터, 퍼센트, 그램, 분… 단위들과 친해지고 레시피를 따르세요. 레시피는 '어명'입니다."

나에게 베이킹은 과학이었다. 무엇 하나 놓치거나 어기면 결과가 달라진다. 대신 검증된 공식을 고스란히 따르면 약속된 결과물이 손에 들어온다. 나는 그런 베이킹의 깐깐함과 예측 가능성이 아름답다고 생각했다.

세계 각지의 캠프힐 지부들을 살펴본 끝에 지금 이곳을 선택한 이유는 바로, 베이커리 때문이었다. 대부분의 캠프힐 베이커리가 공동체 내부에서 소화할 빵만 굽는 데 비해, 이곳은 카페를 운영하고 마켓도 출점하는 본격적인 베이커리였다. 자원봉사를 통해 유럽 베이커리 현장을 생생하게 경험할 수 있다니, 그야말로 절호의 기회였다.

아니나 다를까, 이 나라의 베이커리는 신기한 세상이다. 알렉스가 빵을 만들다니, 그 자체부터 그렇다. 알렉스는 대부분의 봉사자가 그렇듯 오븐 한 번, 세탁기 한 번 돌려본 적 없이 고등학교 교실에서 캠프힐 베이커리로 공간 이동한 인물이다. 그는 베이킹 파우더와 이스트가 어떻게 생겼는지도 여기 와서야 알았다고 했다. 그런데 단 3개월 만에, 매일 아침 15종이 넘는 빵을 수십 개씩 척척 구워낸다. 더 놀라운 건, 나를 제외한 누구도 이 상황을 이상하게 여기지 않는다는 사실이었다.

지난 두 달간 관찰한 알렉스의 베이킹 프로세스는 이랬다. 레시피에 '소금 40그램'이라고 쓰여 있다 치자. 저울이 38이나 42그램을 가리켜도, 더하거나 덜지 않고 그대로 넣는다. 물 1리터? 2리터짜리 계량컵에 대강 절반쯤 채워 붓는다. 반죽기가 돌아가는 중간중간 반죽을 손가락으로 쿡 찔러보고는 물이나 밀가루를 더 넣는다. 저울은 무슨, '감'으로 넣는다. 어느 정도 되었다 싶으면, 반죽 표면을 손바닥으로 눌러보며 반죽기를 더 돌리기도, 그냥 꺼내기도 한다. 보통은 반죽을 조금 떼어 양손으로 쭉쭉 늘려가며 글루텐이 제대로 형성됐는지 확인하는데, 알렉스는 그런 거, 안 한다. 발효 상태 점검? 그런 절차의 존재 자체를 몰랐다니… 말 다한 것 아닌가!

진기명기의 절정은 '굽기'였다. 오븐은 늘 210도 고정. 호밀빵이든 백밀식빵이든, 스콘, 브라우니, 케이크용 스펀지, 사과파이까지 전부 똑같은 온도에서 구워낸다. 심지어 서너 종의 빵을 한 칸에 넣고 한꺼번에 굽기도 한다. 알렉스는 온도를 조절할 생각이 없고, 그래야 할 이유조차 모른다.

내가 배운 베이킹과는 천지 차이였다. 계량 오차는 그렇다 치자. 하지만 빵 종류마다 글루텐 형성 기준도, 발효 조건도, 굽는 온도도 다르다. 나는 반죽을 마친 뒤엔 반드시 반죽 온도까지 체크해야 한다고 배웠다. 현장에서도 마찬가지였다.

알렉스가 만든 빵의 맛이 궁금해졌다. 나는 빵 주문 수량을 체크해 적어놓는 일을 맡고 있었는데, 알렉스가 모든 빵을 한 개씩 더 만들도록 수량을 살짝 조정했다. 여분의 빵을 챙겨 적당히 식힌 뒤, 발효 향, 수분 정도를 확인하고 맛을 보았다. 놀랍게도, 이것은, 보통의 빵이었다. 글루텐이 잘못 잡혀 질기다든가 발효가 지나쳐 쉰내가 난다든가, 어느 한 군데에 뚜렷한 결함이 있으리라 예상했는데… 완벽히 평범한 빵이었다. 내가 정확히 계량하고, 반죽하고, 발효해서 구워내면 딱 이런 빵이 나올 것이다. 아니, 애초에 이런 보통의 빵을 만들기 위해 그 엄격한 절차들을 준수하는 것인데!

나는 알렉스의 정체를 의심했다. 이 녀석, 사실 독일 제빵왕이면서 정체를 숨기고 캠프힐에 잠입… 엉뚱한 상상이 무색하게 알렉스는 이렇게 털어놓았다.

"글쎄, 그냥… 하는 건데? 그냥 빵 만드는 거야."

모호하게 답하고는 총총 사라지는 알렉스. 비싼 수강료를 내고 배운 나도 조심스러운 일을, 아무 경력도 없는 그가 훨씬 더 자연스럽게 해내다니, 분하기도 부럽기도 했다.

얼마 후, 저녁으로 김밥을 만들기로 한 날이었다. 쌀을 씻는데 올라가 밥 짓는 법을 가르쳐 달라며 다가왔다. 노트와 펜까지 챙겨서.

"우선 쌀을 씻어야지."

"어느 정도?"

"대충 두어 번 헹궈. 너무 열심히 안 해도 돼. 그러고 나서 손바닥을 이렇게 쌀 위에 대. 손등 높이만큼 물을 채우면 끝!"

"아니! 이게 도대체 뭐야? 계량컵은? 쌀 한 컵에 물 한 컵 반… 뭐 이런 레시피 없어?"

"하하. 계량컵? 레시피? 우린 그런 거 안 써. 손만 있으면 돼."

올라는 우리 민족의 '손등 측량법'에 깊은 의심을 품고 집요하게 파고들었다.

"사람마다 손두께가 다르고 냄비 크기도 다 다를 텐데?"

"글쎄? 달라봤자 얼마나 다르겠어. 일단 불에 올려보고 물이 모자라다 싶으면 더 붓고, 질다 싶으면 생쌀을 좀 넣거나 뚜껑을 열어서 수분을 날리면 돼."

"물이 많은지 적은지는 어떻게 알아?"

"그냥, 하다 보면 알아."

올라의 질문은 멈추지 않았다. 몇 컵? 몇 분? 몇 도? 언제? 왜? 나는 대부분 대답할 수 없었다. 밥은 공식이 아니라 몸으로, 느낌으로 하는 것이니까. 올라가 혀를 내두르며 말했다.

"어떻게 그렇게 쉽게 해? 나는 절대 못 할 거야."

"글쎄, 그냥… 하는 건데. 그냥."

아… 이건 알렉스가 내 질문에 했던 말 그대로였다. 웃음이 났다. 한국에서 베이킹을 하던 시절, 내가 얼마나 정밀함과 절차에 집착했는지, 알렉스가 어떻게 그 모든 것을 초월한 채 기적의 빵(?)을 만들고 있는지, 나는 올라에게 이야기를 들려주었다.

"아, 네가 밥을 짓는 건 우리가 빵을 만드는 거랑 비슷한 거야. 너무 자연스러워서 어떻게 하는지 의식조차 안 되는 것. 오히려 의식하면 어려워지는 거지. 그렇게 생각하니까 밥이 좀 쉬워지는 것 같아. 그냥 빵 만들 듯이 하면 되겠지?"

너무 자연스러워서 대수롭지 않은 일, 처음부터 완벽할 필요 없는 일, 지금 틀어졌다고 끝이 아닌 일, 하면서 고칠 수 있는 일. 그건 밥 짓기나 빵 굽기에서만 통하는 룰이 아니었다.

"참, 썸머. 이 말은 꼭 해주고 싶어. 네 영어 말이야."

가슴이 쿵 내려앉았다. 올라의 입에서 나올 말이 두려웠다.

"충분해."

"무슨 말이야. 사람들은 아직도 내 영어를 잘 못 알아듣는걸. 다시 말해야 할 때마다 창피해 죽겠다고."

"다른 생각 하느라 놓쳤을 수도 있고, 말투나 억양 때문일 수도 있잖아. 한국어로 대화할 때를 생각해 봐. 넌 사람들 말을 늘 한 번에 알아듣니?"

아니다, 전혀 아니다.

"우린 배려하는 마음으로 다시 묻고 다시 말해주는 거야. 그게 왜 창피해? 도리어 친절한 태도지. 그러니까 완벽한 문장으로 말하려고 애쓰지 마. 넌 뉴스 앵커도 엉어 강사도 아니잖아. 알렉스가 빵 굽는 것만 관찰하지 말고, 우리가 어떻게 대화하는지도 잘 들어봐. 나라마다 사람마다 영어 악센트가 얼마나 다른지, 어지간히 서로 못 알아듣고 딴소리 해대는지! 힘 좀 빼. Take it easy. 밥하듯이 말이야!"

올라의 영어는 문법도 완벽하지 않고, 발음도 교과서적이지 않지만, 의도는 분명히 전달한다. 그야말로 충분한 영어다.

"문법을 의식하지 말고, 관계를 의식해 봐. 얼마나 유창하게 말하느냐가 아니라, 얼마나 서로를 알고 싶고 존중하는 마음으로 대화하는지를. 다시 말하지만, 네 영어는 충.분.해! 김밥 만들기 재밌었어. 고마워."

올라의 인사가 바람이 되어 살랑 날아들었다. 고마워할 사람은 나였다. 올라가 알 리 없겠지만, 무겁기만 하던 나의 다이어리는 그가 온 후 조금씩 가뿐해지고 있었으니까. 그날은 12월 12일, 캠프힐에 온 지 60일째였다. 첫눈이 내렸다.

정리에도 용기가 필요해

"어쩌나… 이런 일은 처음이야."

에드윈은 곤란한 얼굴로 나를 바라보았다. 매년 최소 두어 명은 캠프힐에 남아 크리스마스와 신년 연휴를 보냈는데, 올해는 봉사자도 장애인도 모두 제 나라와 집으로 돌아간다는 거였다. 그말은 곧, 나 혼자 연말연시를 보내야 한다는 뜻이었다.

"괜찮아요. 혼자가 익숙해요."

에드윈을 안심시키려던 말이 도리어 그를 더 미안하게 했다. 가족과 함께하지 않는 크리스마스는 상상할 수 없다는 에드윈.

"흠… 열흘이나 쉬는데, 뭘 할 거니?"

"No plan is the best plan!"

12월 24일, 크리스마스 벨 콘서트가 카페에서 열렸다. 이날을 위해 봉사자들은, 지난 한 달간 퇴근 후 졸린 눈을 비비며 연습을 이어왔다. 악보를 읽을 줄 모르는 나는 '도레미파솔라시도'와 '하나둘셋넷'만 알면 된다는 지휘자의 말을 반만 믿고 시작했는데, 그 말은 사실이었다. 한 옥타브 안에서 해결되는 4분의 4박자 쉬운 캐럴을 봉사자 여섯이 두 음씩 맡아 연주했다. 나는 반음 낮은 라와 솔을 맡았는데, 어떤 곡에서는 벨을 딱 한 번 울리면 끝이었다. 하지만 이 단순한 움직임이 여럿 모이자 몽롱하고 아름다운 음악이 되었다. 손님들과 함께 캐럴을 부르고 대청소까지 마친 뒤 카페 문을 잠갔다. 모두들 비행기로, 차로, 기차로 각자의 집을 향해 떠났다.

떠나기 전날 밤, 알렉스가 내 방을 노크하더니 설렘 가득한 얼굴로 "Merry Christmas, Summer!"를 외치고는, 전에 없이 다정하게 안아주었다. '우린 이 정도로 친하지 않은데? 얘가 왜 이럴까?' 잠깐 당황했지만 곧 알게 되었다. 크리스마스 시즌엔 전쟁도 멈춘다. 이 시기만큼은 어떤 감정도 접어두고 서로에게 착한 사람이 되어주자는 캠페인이라도 있는 듯 모두가 갑자기 친절해진다. 나는 한국에 가져가려고 사두었던 기네스 맥주잔 모양의 초콜릿을 건넸다. 부모님께 아일랜드 토산품으로 드리라고 하니, 알렉스는 또 한 번 천사 같은 표정을 짓고는 독일로 날아갔다(물론 돌아와서는 곧바로 어색한 사이로 복귀). 에드윈은 난방 시스템과 집 관리 방법을 세세히 인수인계한 뒤 네덜란드로 떠났다. 그렇게 나는 3층짜리 저택에 홀로 남았다.

12월 25일, 옆 동네 캠프힐을 찾았다. 그곳은 우리보다 20배쯤 큰 공동체로, 연말연시에 남아있는 사람도 훨씬 많았다. 한국

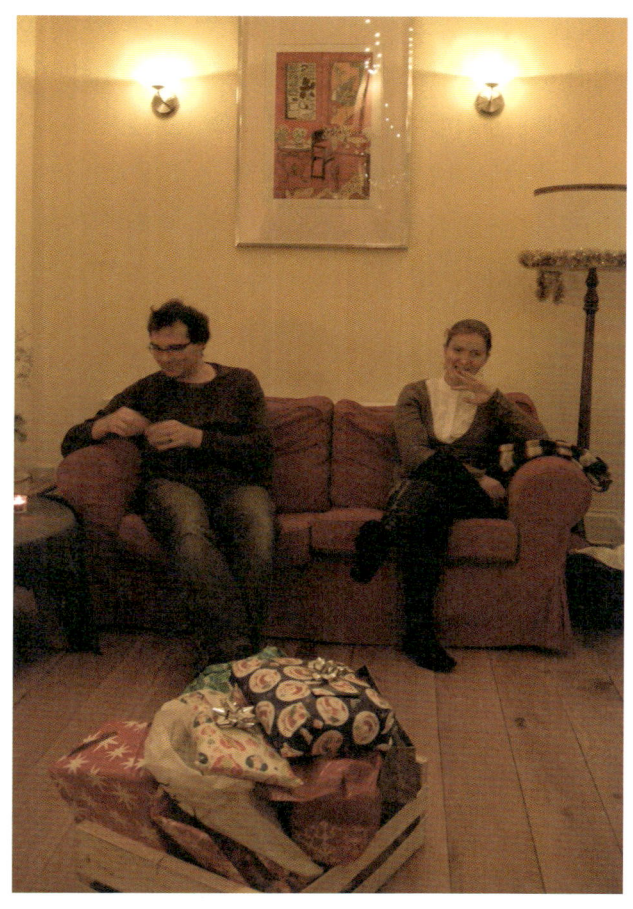

서로에게 줄 선물을 11월 말부터 준비해 거실 한편에 쌓아두고, 크리스마스 직전에 모여 풀어보는 시간을 가진다. 방한용품이나 간식같이 빤한 것들이지만, 매서운 겨울 아침 출근길에 선물더미가 눈에 들어오면 기분이 좋아지는 건 어쩔 수 없다. 1년 열두 달의 마지막 고개를 앞두고 포기하지 않도록 힘을 주는 장치랄까. 사진은 선물 풀어보는 날의 에드윈과 올라

봉사자 여섯 명도 모두 남아있었다. 아담한 교회에서 크리스마스 예배가 열렸다. 예배 끄트머리에 목사 세 명이 참석자 한 사람 한 사람 앞에 다가가 축복을 내려주었다. 원하지 않는 사람은 자리에 그대로 앉아있으면 된다고 했다. 나는 기독교도, 가톨릭도 아니지만, 자리에서 일어나 축복을 기다렸다. 어느 신이든 상관없었다. 내 앞에 선 목사가 읊조렸다. "네 마음에 예수가 있으리니…." 예배가 끝나고 자정이 가까워졌을 무렵, 캠프힐에 남은 모두가 소 축사로 이동했다. 우리는 소 떼를 마주 선 채, 아주 조용히 찬송가를 불렀다. 예수가 마구간에서 태어난 것을 기리는 의식이었다. 찬송가를 부르는 우리와, 나지막하게 우는 소들의 입김이 새벽 공기에 섞여 들었다.

12월 26일, 다시 혼자가 되었다. 아일랜드의 12월 26일은 'Boxing day'다. 달력에도 빨간 글씨로 새겨진 공휴일이다. 국가적으로 큰 복싱 경기가 있는 날이라는 알렉스의 농담에 깜빡 속았지만, 여기서 말하는 Boxing은 권투가 아니라 '박스에 넣기', 즉 정리를 말한다. 크리스마스 장식이나, 선물로 받았지만 당장 쓸 일이 없는 물건들도 박스에 넣어 창고 깊숙이 밀어 넣는 날이란다.

이 생소한 기념일의 시기와 의미가 내게는 각별하게 다가왔다. 단지 물건만 정리하는 게 아니라 새해를 앞두고 내 삶을 무겁게 만드는 것들, 이를테면 지나간 감정이나 쓸모없는 습관, 낡은 기준 따위가 있다면 정리하자는 뜻이 아닐까. 꼭 필요한 것만 남기고 머릿속과 마음속, 그리고 삶 자체를 단출하게 만드는 일. 어쩌면 그런 의지의 하루.

　나는 한국에서 가져온 짐들을 대충 방 여기저기에 늘어놓고 살았다. 발 디딜 틈조차 없어지자, 겨울 옷가지만 남기고 나머지는 도로 이민 가방에 욱여넣은 지 석 달째. Boxing day를 맞아 나는 청개구리가 되어 'Unboxing'을 하기로 했다. 오래 미룬 만큼 용기가 필요한 일이었다.

　이민 가방을 뒤집어 와르르 짐을 쏟아냈다. 사계절용 옷가지며, 열두 달 치 생리대, 상황별 신발, 갖가지 크기의 가방, 최신형 전자사전, 제과제빵 책까지… 모든 경우의 수를 대비하겠다고, 리스트까지 짜며 챙겨온 '필수품'들. 웃음이 새어 나왔다. 정작 필수품일수록 세상 어디에나 있고, 사람 사는 방법도 결국 다 비슷한데, 우리가 서로를 이해하지 못할 때 필요한 것은 사전이 아닌데… 짐을 쌀 땐 그걸 몰랐다. 오히려 빈틈없는 리스트를 보며 뿌듯해했다. 나는 이렇게 철저히 계획하고 갖추는 사람이라고, 당황할 일은 없으리라 자부했다. 내가 가져온 물건들은, 나의 한계이자 나의 아집을 증명하고 있었다.

　짐 더미 앞에 앉아 정리를 시작했다. 자선단체 기부함에 넣을 것을 빼두고, 나머지는 접고 개고 짝을 맞춰 수납장에 넣었다. 제짝, 제자리를 찾은 물건들을 마주 보며 다짐했다.

　'한국에 돌아갈 땐 데리고 가지 않을 거야. 이 나라에서 잘 쓰이고 우리 헤어지자.'

　1월 2일, 초인종 소리에 문을 열자 바스락거리는 햇살과 함께 건강한 아이들이 뛰어 들어왔다. 에드윈 가족의 얼굴에 고향의 활기가 고스란히 묻어 있었다.

"헤이, 썸머. 뭐 하고 지냈어?"

"묵은 청소!"

"개운해?"

"아주! 진작 해야 하는데 너무 늦었죠."

"늦은 때라는 건 없어. 네가 했을 때가 가장 알맞은 때지. 그건 그렇고 Happy new year!"

"그건 확실히 늦었네요. Happy new year!"

에드윈이 등을 구부려 나를 안아주었다. 나는 느낄 수 있었다. 새로운 해가 오고 있다는 것을, 아주 확실히 새로운 해가.

이제 너를 조금 알 것 같다

매주 화요일 저녁, 모든 봉사자와 매니저가 한자리에 모여 회의를 한다. 지난 한 주간 있었던 일과 다음 주에 해야 할 일을 공유하는 자리다. 회의가 시작되면 두어 시간 동안 빠르게 영어가 오가기 때문에, 내가 끼어들어 한마디 거들 틈도 없다. 귀에 걸리는 단어를 수첩에 적느라 정신없을 뿐이다. 사실상 매우 빠른 속도의 받아쓰기 시간이랄까.

이 시간이 버거운 건 나만이 아니었다. 고된 일과를 마친 터라 모두 어서 끝나기만을 기다리는데, 매니저 미아가 '마지막으로 한 가지만 더' 이야기하자고 한다. 우리는 동시에 미아를 향해 원망의 눈빛을 쏘아 보냈지만, 미아는 아랑곳하지 않았다.

"우리가 이곳에 처음 왔을 때, 무엇이 힘들었는지 나누고 싶어요. 새 봉사자들에게 도움이 될 거예요."

침묵이 흘렀다. 회의를 피하거나 대충 끝내려는 건 아니다. 이곳 사람들은 대화의 공을 받으면 외면하지 않는다. 현란한 솜씨든 헛발질이든, 주도해서 드리블한다. 대로는 회의와 상관없는 개인적이고 사소하며 심지어 한심한 얘기까지 등장하는데, 놀랍게도 모두 그 이야기를 진지하게 듣는다. 나는 종종 어디에도 초점을 두지 않고 무표정한 얼굴로 가만히 앉아 있는 버릇이 있는데, 그 모습이 마치 수심에 찬 사람처럼 보였나 보다. 그걸 본 매니저가 다가와 이렇게 조언한 적이 있다. "Silence never protect us." 걱정이든 불만이든 의견이든, 그게 무엇이든 간에 말해야 한다고, 누구든 붙잡고 이야기하라고. 하지만 감정을, 특히 부정적인 감정을 밖으로 잘 드러내지 않는 문화 속에서 33년을 살아온 나로서는 그게 쉽지 않다는걸, 이들은 모른다.

3개월 차인 나, 6개월 차 알렉스, 3년 차 제이슨과 미아 부부, 4년 차 에드윈, 평생을 캠프힐에 몸담은 60대 부부 벤과 베로니카까지. 모두 어느새 회상에 잠겼다. 막 들어온 올라와 티카만이 눈을 반짝이며 우리 입에서 나올 말을 기다렸다. 제일 먼저 입을 연 사람은 독일 제빵왕 알렉스였다.

"저는 첫날부터 사고를 쳤죠. 빵 반죽에 Warm water를 넣으라길래, 전기 주전자로 물을 끓여 넣었거든요. 에드윈이 부리나케 달려왔어요. 이스트를 삶아 죽일 셈이냐고. 제 기준으로는 그게 warm인데 좀 뜨거웠나 봐요? 하하!"

"말도 마! 이 친구는 소금을 빼먹은 적도 있다니까. 옆 캠프힐 100명이 일주일간 먹을 빵이었는데 말이지." 에드윈이 웃으며 거들었다. "신기한 건 아무 불만도 없었다는 거야. 가끔 소금을 뺄까 봐. 재료비도 줄고 좋잖아?"

회의실이 웃음으로 일렁였다.

"한번은" 알렉스가 말을 이었다. "재료 업체에서 배송이 왔는데 트럭에서 박스를 내리다가 그만 박스 옆구리가 터진 거예요. 안에 요거트랑 딸기잼이 있었는데 온 도로에 하얀 요거트가 쫙 퍼지고 그 위에 빨간 잼이 뚝뚝… 백설 공주 오프닝이 따로 없었죠!"

터져버린 웃음이 수습되기도 전에 헤르미온느가 나섰다.

"하루는 전화 주문을 받았는데 아이리시 악센트를 도저히 못 알아듣겠더라고요. 나도 아이리신데 말이지… 그냥 끊었죠. 뭐!"

우리 캠프힐에서 가장 수다스러운 헤르미온느가 전화 응대를 포기했다니! 회의는 어느새 흑역사 대방출 경쟁으로 흘러갔다.

"다들 얼간이 같았어. 그렇지?"

40년째 캠프힐에 몸담은 베로니카 할머니가 한마디를 보탰다. 온갖 실수와 해프닝을 하나하나 지켜본 그 눈가의 주름이 너그러웠다. 캠프힐 사람들은 자신의 실수에 관대하다. 나였으면 쥐구멍에 들어가 칩거했을 일들도 그들에겐 에피소드일 뿐이었다. 스스로를 쿨하게 용서하는 만큼, 남의 결점도 물고 늘어지지 않는다. '누구에게도 어떤 기대도 하지 않는다'던 말의 뜻이 이제야 조금 알 것도 같다.

미아가 날 바라보았다. "바깥으로 꺼내면 사실 별거 아니야. 네가 쉽지 않다면 우리부터 먼저 꺼내 보여줄게." 하고 말하는 듯

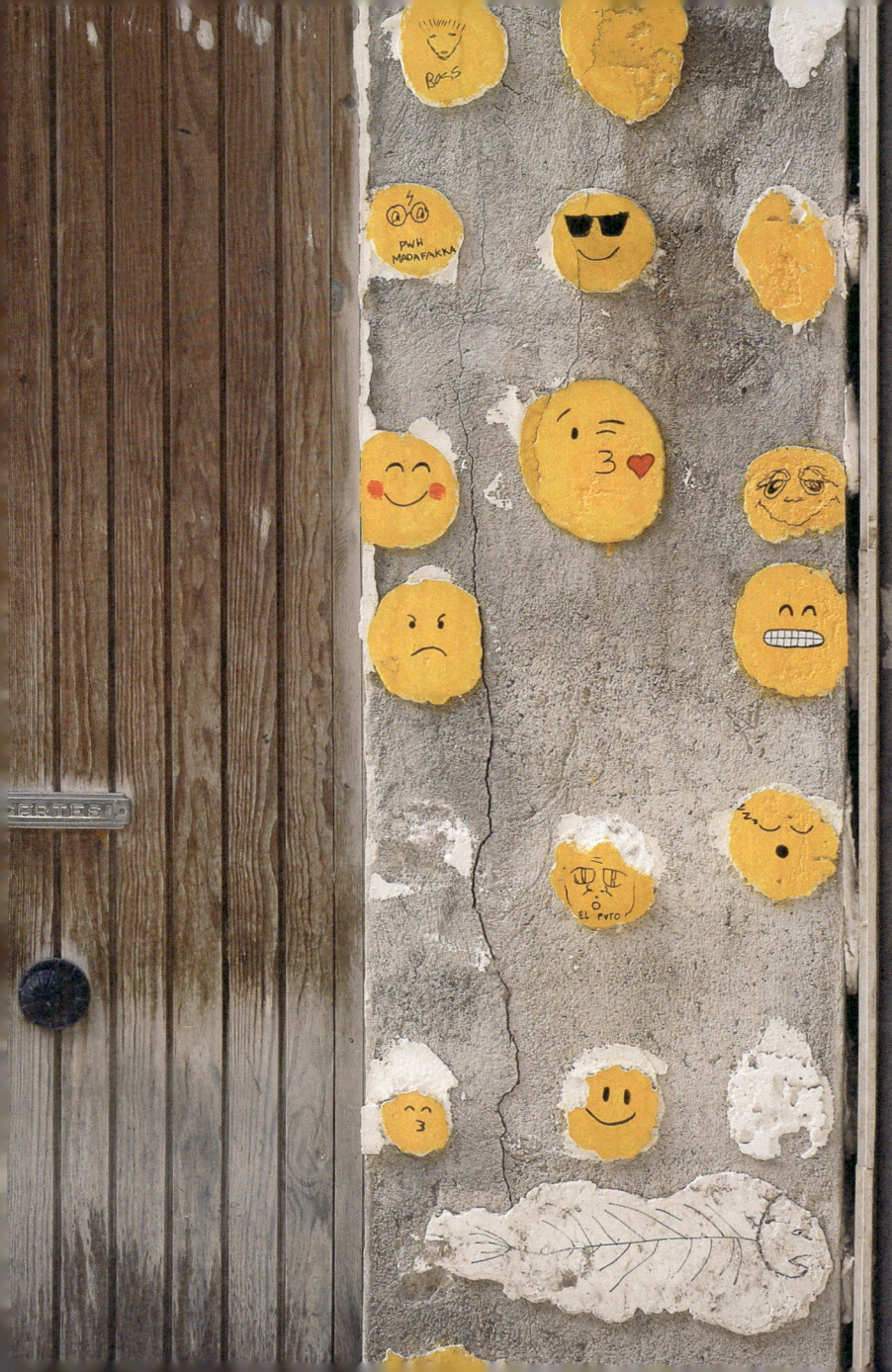

한 눈빛. 나는 소리를 내지 않고 입 모양과 수화로 답했다. "Thank you" 그리고 내 이야기를 꺼냈다. 늘 마음속으로 되뇌던 생각이라, 영작을 준비할 필요도 없었다.

"전 이곳의 제가 어색해요. 한국에서는 주장도 뚜렷하고 곧잘 나서는 사람이었는데, 여기선 제대로 표현하지 못해서 오해를 사고… 이런 모습이 낯설어요. 자기를 잃어버린다는 게 이런 기분일까요?"

호들갑스러운 위로나 연민은 없었다. 그 대신 "이제야 너를 조금 알 것 같다"는 듯한, 가볍고 넉넉한 미소가 돌아왔다. 창피한 이야기, 힘든 이야기를 남에게 털어놓으면 못난 사람이 되는 줄 알았는데 아니었다. 내가 무엇에 고통을 느끼는지 알아간다는 것, 그 과정을 누군가와 나눌 수 있다는 것, 상황에 매몰되지 않고 가볍게 털어놓는 경험. 나는 처음으로 이곳에서의 내가 좋았다.

지금껏 나는, 깜깜한 속을 손바닥으로 더듬듯 내 범위를 알아가고 있었다. 얼마나 더 바닥까지 내려가야 하는지, 그 끝이 있긴 한 건지 막막했다. 그런데 어느 순간, 손가락 끝으로 나의 경계를 단단히 느끼게 되자, 모든 것이 놀랍도록 명료하고 단순해졌다. 나는 내가 정의하고, 그 정의만이 내 삶의 유일한 지표가 될 것이다. 평판도 오해도 이제 두렵지 않다. 과정이 치열했던 만큼 응답은 확고했다.

일주일 후, 같은 요일, 같은 시간. 다시 회의가 열렸다. 회의의 첫머리에는 서로에게 고마움을 표현하는 시간이 있다. 어색하고

민망하지만, 슬쩍 미소를 짓게 만드는 시간. 나는 손을 번쩍 들었다. 처음으로 '나서서' 말을 꺼내는 순간이었다.

"저는 로이에게 감사합니다. 오늘 오후에 일을 하는데, 로이가 베이커리 하늘창을 뚫어져라 바라보다가 저를 부르더라고요. 그리고 손가락으로 하늘을 가리켰어요. 쌍무지개였어요. 저는 밖으로 나가 사진을 찍었어요. 쌍무지개는 행운의 상징이니까요. 그리고 오늘, 한국에서 열린 온라인 이벤트에 당첨돼 상품으로 책을 받게 되었어요. 저는 로이가 행운을 가져다줬다고 생각해요."

자리는 한동안 쌍무지개 이야기르 들썩였다. 나는 그 짧은 문장을 말하면서도 얼굴이 뜨거워졌ㄷ-. 회의가 끝날 무렵, 미아는 "더 하실 말씀 있나요?"라며 좌중을 훑었다. 나는 또 손을 들었다. 두 번이나 스스로 목소리를 내는 나를 모두가 신기하게 바라보았다. 마음을 가다듬고 에드윈을 한번 바라보았다. 그는 고개를 가볍게 끄덕였다. 나는 미리 외워둔 문장을 또박또박 꺼냈다.

"아시다시피, 그동안 저에겐 힘든 일이 있었습니다. 그 문제가 이곳에서 깨끗이 해결될 것 같지 않습니다. 저는 여길 떠나기로 했습니다."

온전한 축복

캐시와 같은 공간에서 숨 쉬는 것조차 싫을 만큼 사이가 틀어졌다. 어느 쪽도 먼저 다가갈 엄두를 못 냈다. 아니, 안 냈다. 캐시는 나를 빼고 파티를 열었고, 나는 옆 캠프힐의 일본인 봉사자와 일본어로 캐시의 험담을 했다. 그것도 캐시가 보는 앞에서. 더 옹졸한 사람이 이기는 싸움이었다.

우리 캠프힐의 큰 어른, 베로니카 할머니는 나와 캐시 사이의 대립각이 다른 사람들을 찌르는 것을 원치 않았다. 그래서 우리는 할머니에게만 둘의 문제를 풀어놓기로 약속했다. 하지만 끝내 "더 이상 캐시를 견딜 수가 없다"라는 나의 마지막 토로에, 할머니는 조용히 다른 캠프힐에 자리를 알아봐 주겠다고 약속했다.

2주 후, 두 시간 거리의 다른 지역 캠프힐에서 연락이 왔다. '베이커리'에서 일할 '여자' 봉사자가 필요하다고 했다. 정원과 들판, 목장이 있는 시골 마을이었다. 아침을 먹으러 오는 손님도, 납

품도 없는 곳이었다. 생각보다 빠른 연락에 두 가지 이유로 두근 거렸다. 하나는 새로운 환경에서 다시 시작할 수 있다는 설렘. 다른 하나는, 더 이상 이 일을 비밀로 할 수 없다는 부담감.

그 사이 정이 들어버린 티카와 올라, 사랑스러운 에드윈 가족, 특히 에드윈에게 실망을 안길 생각에 마음이 무거웠다. 아픈 데는 없는지, 방은 춥지 않은지 늘 살펴준 에드윈의 배려들이 떠오르자 미안함이 밀려왔다. 나 때문에 '한국인은 무책임하다'라는 이미지가 생기면 어쩌나 하는 걱정도 생겼다.

새 캠프힐에는 에드윈과 상의한 후 연락하겠다고 전해두었다. 며칠간 혼자 고민하다 더 이상 미룰 수 없을 때, 나는 에드윈과 마주 앉았다.

"베로니카 할머니에게서 이야기 들었어. 결정은 내렸니?"

그는 너무나 담담했다. 오늘 저녁 메뉴를 묻는 정도의 무게랄까? 내가 떠나는 일이 이렇게 아무렇지도 않은 문제인가? 당장은 서운했지만, 이내 홀가분했다. 마치 볼링공을 혼자서 끌어안고 있다가 툭 내려놓고는, 슬렁슬렁 캐치볼을 하는 기분이었다.

"우리야 아쉽지만 전적으로 네 선택이야. 아무도 어떤 강요도 하지 않아."

나는 그동안 우려하던 것들을 털어놓았다. 결론은 쉽게 입 밖으로 나왔다. 전적으로 이 무덤덤한 공기 덕이었다. 내 마음의 짐을 덜어주려고 에드윈이 애써 서운함을 감춘 것이라고 나는 지금도 믿고 있다.

"캠프힐은 누구나 올 수 있고, 또 누구나 떠날 수 있는 곳이야. 네가 떠나도 여긴 굴러가게 되어 있어. 그리고 넌 너희 나라 홍보 대사가 아니야. 우리에게 너는 '썸머', 너 자신이야. 너 자신만을 대표하렴. 그리고 이 단어 하나만 생각해. Happy. 네가 어디에서 무얼 해야 행복할지!"

에드윈은 잘 맞이할 줄도, 잘 보낼 줄도 아는 사람이었다. 모든 쓸데없는 무게 반대편에 세상 그 어떤 가치보다 묵직한 추 하나가 놓였다. 나는 행복하기로 했다.

"사람들에게 어떻게 알려야 할지 모르겠어요."

"전체 회의에서 말해."

"문장 말이에요. 평소처럼 어설픈 영어로 말하면 이 상황이 가볍게 여겨질 것 같아요. 이번만큼은 제대로 된 영어로 진지하게 말하고 싶은데…."

"그럼 내가 써줄게!"

아시다시피 그동안 제게는 힘든 일이 있었습니다.
그 문제가 이곳에서 깨끗이 해결될 것 같지 않습니다.
저는 여길 떠나기로 했습니다.

공동체를 떠나겠다는 사람의 마음을 대신 써주는 에드윈의 속 뜻이 어땠을지, 나는 알 수 없다. 단 하나, 그가 나의 행복을 무조건 바란다는 것만은 안다. 에드윈이 내 사정을 완벽히 이해해서도, 이해관계가 없어서도 아니다. 행복을 아는 사람은 누군가의 행복도 사심 없이 마주할 수 있다.

며칠 후, 전체 회의에서 나의 선언은 에드윈과 베로니카를 제외한 모두를 놀라게 했다. 눈물을 비치며 서운해하는 사람도, 자기 알 바 아니라는 표정을 지은 사람도 있었다. 남은 시간은 즐거웠다. 올라, 티카와 함께 큰 도시에 나가 불량식품을 사 먹고, 봉사자들을 모두 초대해 불고기와 김밥을 대접했다. 베이커리와 카페 멤버들에게는 케이크 장식 팁도 전수했다. 그렇게 내가, 이 공동체에 있었음을 기록했다.

에드윈의 말대로 나는 누구에게도 미안하지 않았다. 의무감이나 아쉬움에 발걸음이 떨어지지 않는다거나 하지 않았다. 나는 온전한 축복을 받으며 행복의 속도로 내달렸다.

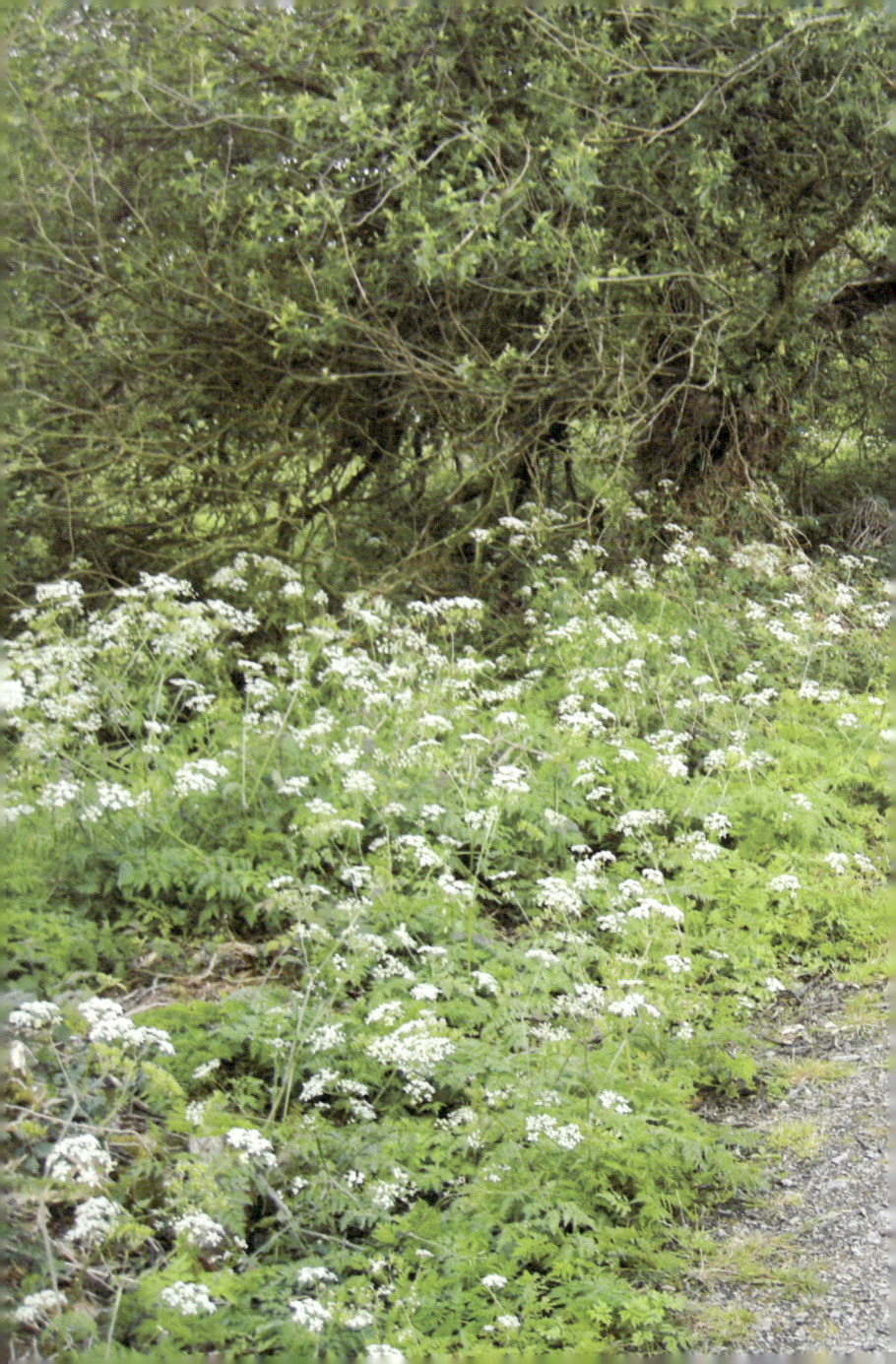

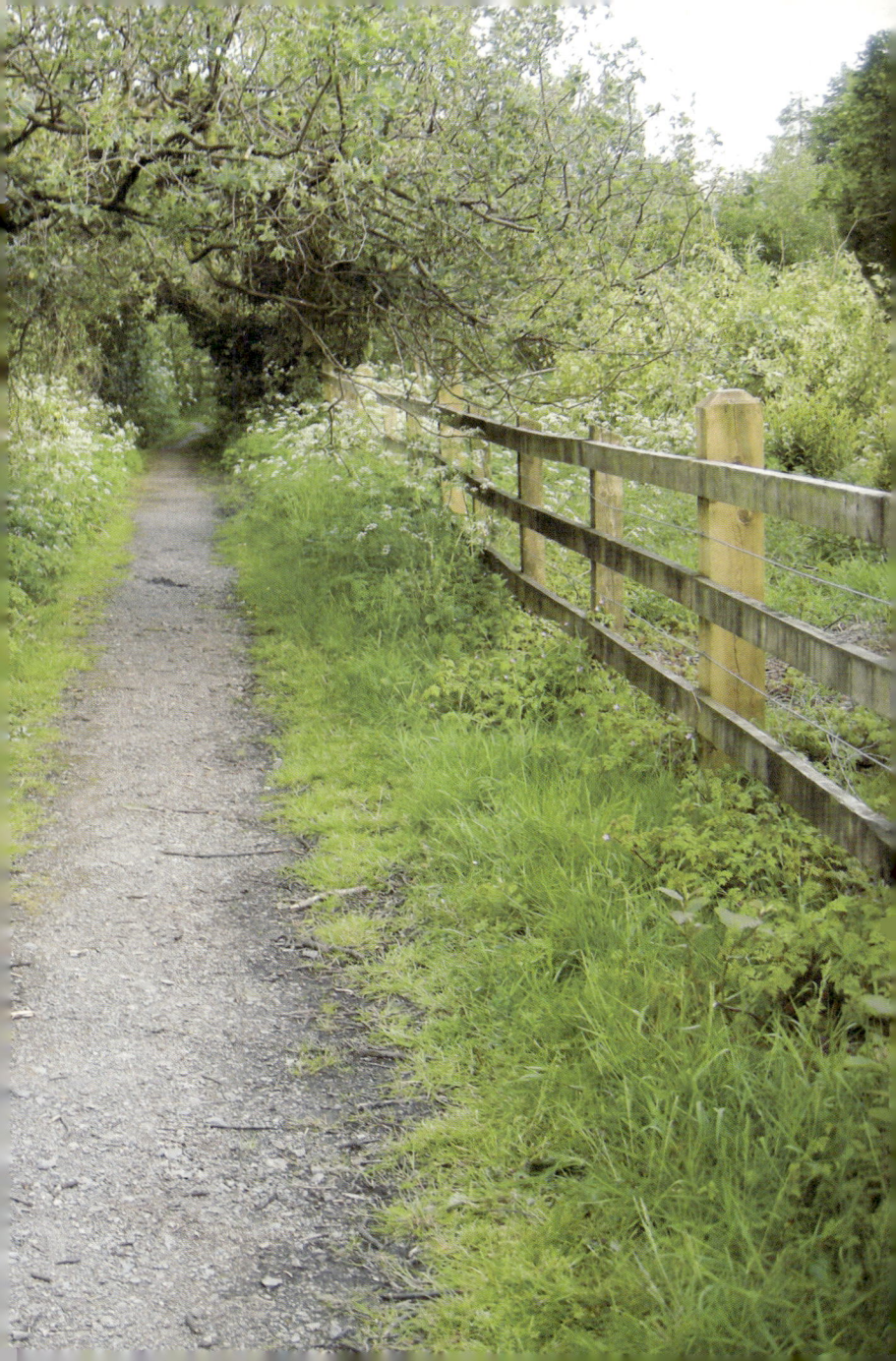

365개의 하루하루

"우리 캠프힐에서는 설날 전야에 큰 파티를 해요. 사실 난 전야보다 설날이 더 좋아요. 전야에는 후회만 가득한데, 설날엔 이상하게 힘이 나요. 새로운 365일을 선물 받는 거잖아요. 딱 하루 차이지만, 두 날짜 사이에 선이라도 그어진 듯 정말 달라요."

조앤이 두 주먹을 불끈 쥐며 말했다. 수척한 얼굴에 웃음이 돌고, 입술에도 반짝임이 스쳤다. 조앤의 남편은 캠프힐 생활에 적응하지 못했고, 지난해, 조앤과 두 아이를 남겨두고 혼자 본국으로 떠났다. 그날 이후 조앤은 반년 가까이 심하게 앓았다. 겨우 털고 일어났다가도 다시 자리보전하기 일쑤였다. 자신을 도와 집을 이끌어줄, 어느 정도 나이가 있는 여자 봉사자가 필요하다고 했다. 가냘픈 조앤의 손에 내가 먼저 악수를 청했다.

"깨끗한 365개의 하루하루가 현관으로 뛰어들 거예요. 하얀 토끼처럼. 우리, 친구 해요."

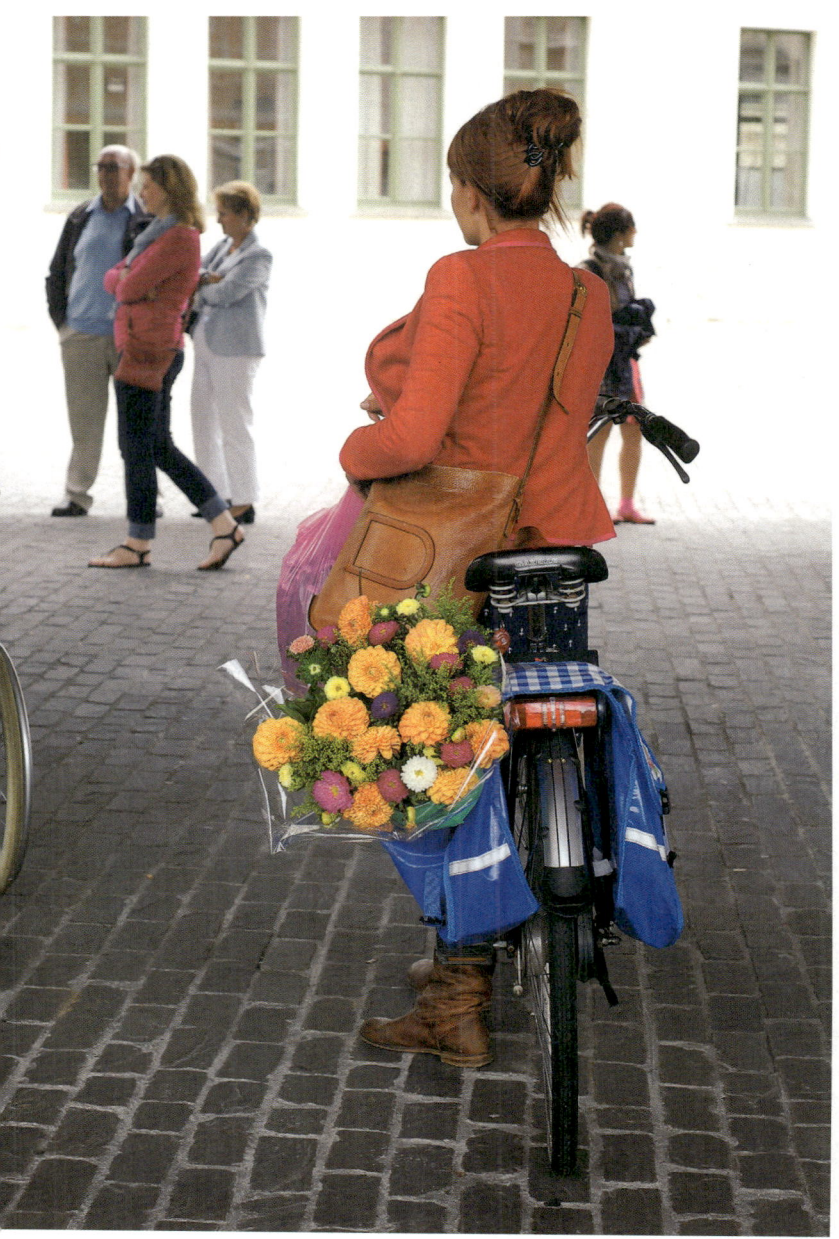

싫은 마음도 중요하다

새 캠프힐에서의 내 업무는 꽤 복잡하다. 나는 아터반Artaban 이라는 집에 소속되어 있지만, 그 집에서 살지는 않는다. 내가 머무는 곳은 1층에 소 축사가 있어 팜 플랫Farm flat이라고 불리는 건물로, 2층에 방이 두 개 있다. 그중 하나를 내가, 다른 집 매니저가 나머지 하나를 쓴다.

나는 하루에 네 번 출근한다. 첫 출근은 아침 8시, 아터반으로 가서 아침을 만들고, 그 집의 장애인, 봉사자들과 함께 식탁에 앉는다. 두 번째 출근은 리버사이드Riverside라는 집으로, 그곳의 봉사자인 말리, 마가야와 함께 점심을 짓는다. 점심을 차려놓고 나는 다시 아터반으로 돌아가, 봉사자 마티아스와 장애인 조세핀이 준비한 점심을 함께 먹는다.

세 번째 출근은 베이커리. 공동체가 먹을 빵을 굽는다. 베이커리 퇴근 후 네 번째 출근은 다시 아터반, 저녁을 준비하고 먹고 치우면 하루가 마무리된다. 정리하자면, 나는 아터반 소속으로 팜플랫에 살면서 리버사이드와 베이커리로 파견을 나가는 셈이다. 처음엔 의문이었다. 제빵 기술이 있는 사람을 그냥 베이커리 붙박이로 두는 게 훨씬 효율적일 텐데 왜 이렇게 일을 배정했을까? 하지만 곧 알아차렸다. 이곳에서는 일의 '효율'이란 전혀 중요하지 않다는 것을(그 이야기는 「사람이 있기에 일이 있다」꼭지에서 풀어놓겠다).

보다시피 부엌에서 보내는 시간이 확연히 늘었다. 이전 캠프힐에서는 아침은 각자 해결했고, 점심은 카페 메뉴로 때웠다. 저녁을 함께 지어 먹었지만, 봉사자 셋에 장애인 한 명뿐이라 조리 규모도 작았다. 지금은 다르다. 한 집에 열 명이 넘고, 삼시 세끼를 함께한다. 요리 '일'이 제대로 시작됐다.

단언컨대, 캠프힐의 이념을 체감하고 싶다면 반드시 요리를 해봐야 한다. 예를 들자면 이렇다. 오늘 리버사이드의 점심은 김밥이었다. 물론 내 제안이었지만, 예상치 못한 난관이 기다리고 있었다. 자고로 김밥이란 '오늘은 귀찮으니 있는 재료로 대충 말아볼까' 하는 기분으로 슬렁슬렁, 이것저것 다 넣고 만들수록 맛있는 음식 아닌가? 하지만 이곳은 달랐다. 김밥을 만들 때야말로 세심함과 창의성을 최대치로 끌어올려야 했다. '그냥 김밥, 채식 김밥, 채식주의자이되 파프리카를 못 먹는 사람을 위한 김밥, 김 냄새를 싫어하는 사람을 위한 김 없는 김밥, 온갖 알레르기가 있는 사람을 위한 파프리카와 배추만 넣은 김밥, 그밖에 채식도 아니고 김 냄새도 괜찮지만, 파프리카를 싫어하는 두 사람을 위한 김밥'까지, 이렇게 총 여섯 종, 스무 줄의 김밥을 싸야 했다. 이쯤 되면 '김밥천국 캠프힐 지점' 아닌가!

식사 준비 전, 우리는 이런 과정을 매번 거친다. 누가 어떤 음식에 알레르기가 있는지, 누가 어떤 음식을 싫어하는지(못 먹는지가 아니다. 싫어하는지다!) 하나하나 꼽아가며 이야기를 나눈다. 그리고 그에 맞춰 메뉴와 레시피를 조정한다. 테이블에 둘러앉을 사람들의 면면을 파악하는 것, 그것이 최우선이다. 그것도 매일, 끼니마다.

알레르기야 치명적이니 그렇다 쳐도, 그저 '싫다'는 이유마저 존중받는 곳이 캠프힐이다. 나는 어릴 때부터 단무지를 정말 싫어했다. 엄마가 김밥을 만들 때 단무지를 빼달라고 하면 귀여운 셋째 딸의 취향을 존중하…기는 커녕 등짝을 한 대 맞으며 이런 소리를 들어야 했다. "그냥 먹어. 가리지 말고 다 먹어야지!" 그래야 사람들이 흉을 보지 않는다면서. 하지만 나는 이곳에서 당당하게 오이를 빼고, 고기를 빼고, 심지어 김을 뺀다! 엄마가 이 광경을 보면 얼마나 아연실색할까. 하하하!

어제는 음악에 맞춰 몸으로 감정을 표현하는 유리드믹스 Eurhythmics 수업이 있었다. 강사가 독일인 봉사자 한나에게 피아노 반주를 부탁했지만, 한나는 고개를 저었다. "그 곡은 치기 싫어요. 대신 다른 곡을 연주할게요." 강사가 재차 부탁했지만 한나는 굽히지 않았다. 이곳의 봉사자들은 세미나 강사나 매니저들과 동등하게 의견을 나눈다. 나이가 어리다고, 직급이 다르다고 자기 자신을 달리하지 않는다. 연장자를 You라고 부르는 것조차 여전히 죄스러운 나에게는 문화충격이 일상이다.

아무튼, 이제 갓 고등학교를 졸업한 열아홉 살 봉사자가 열댓 명분의 요리를, 그것도 각종 식이요법과 호불호의 지뢰를 피하며 해내는 것은 경이로울 따름이다. 이건 단순히 '요리'가 아닐지도 모른다. 끼니때마다 이름을 떠올리며 함께 사는 존재를 기억하고 확인하는 일이다. 타인의 취향을 존중하면서도 내 개성을 잃지 않는 방법, 집단 속에서 나를 희석하지 않으면서도 함께 살아가는 법을 배우는 시간이다. 남에게 휘둘리는 이기적인 삶이 아닌, 타인을 받아들이는 주체적인 삶. 우리는 그런 삶을 부엌에서 익히고 있다.

밤은 어둡지 않다

나의 파란만장한 캠프힐 생활은 2011년 3월 7일 월요일, 아주 작은 해프닝을 기점으로 확 바뀌게 된다. 나는 그날을 기준으로 내 캠프힐 인생을 BC와 AC 즉, Before Clara와 After Clara로 나누기로 했다.

이곳은 시내에 나가려면 콜택시를 부르거나 두 시간을 걸어야 하는 시골이다. 평일엔 심심하고 휴일엔 한층 심심하다. 봉사자들은 각기 다른 요일에 하루씩 쉬는데, 휴일인 봉사자는 투명 인간 취급한다. 마주쳐도 업무 이야기는 절대 꺼내지 않고, 일에서 완전히 벗어난 시간을 보장해 준다. 그러나 한국에서도 아일랜드에서도 쉼에 익숙하지 않던 나는 넘치는 여유시간을 두고 어찌할 바를 몰랐다. 그러다 문득, 남들은 어떻게 일하나 궁금한 마음에 숙소 1층에 있는 소 축사에 들렀다.

그때, 기점이 찾아왔다. 말 한마디 나눈 적 없던 더벅머리 여자가 대뜸 말했다. "안녕, 난 클라라야. 우유 짜기 해볼래?" 그 말이 없었다면, 방으로 돌아와 우유 짜기의 뭉클함이 채 가시지 않은 손과 마음으로 그의 캐릭터를 그리지 않았더라면… 다음 날 클라라에게 내 그림을 보여주지 않았더라면, 그가 "오늘 내 방에 놀러 올래?" 하지 않았더라면… 그날 저녁까지도 망설이다 전화를 걸어 "나더러 오라고 한 거 맞지?"라고 재차 묻지 않았더라면 나는 지금도 일만 하며 방 안에 틀어박힌 음침한 봉사자로 살고 있었을지 모른다.

처음 가보는 동료의 방. 클라라의 방은 히피의 동굴 같았다. 침대는 프레임 없이 바닥에 매트리스로 끝, 책상도 의자도 없었다. 어둑한 조명 아래 영적인 그림이 가득했고, 바닥엔 동양인인 나도 가지고 있지 않은 오리엔탈 스타일의 소품들로 제단을 쌓아두었고(캠프힐에서 불상을 볼 줄이야!), 그 꼭대기선 향이 피어오르고 있었다. 조약돌, 양털 뭉치, 깃털 그리고 정체를 알 수 없는 자연물들이 가득 담긴 상자도 있었다. 클라라는 또 대뜸, 방에서 이상한 냄새가 나지 않느냐고 물었다. 나는 "네가 모은 물건들의 냄새와 향이 콤비네이션되어 야릇한 냄새가 난다"고, "자연물 중 일부는 부패하고 있을지도 모른다"고 알려주었다. 그는 검지 손가락으로 머리카락을 베베 꼬며 곤란해했지만, 어떤 조처도 취하지 않았다.

동굴, 아니 방의 분위기도 냄새도 익숙해질 무렵, 우리는 서로의 흑역사, 캠프힐 수난기, 남부끄러운 취향까지 속속들이 알아버렸는데, 자정이 넘은 것은 알아채지 못했다. 클라라는 공동체 바

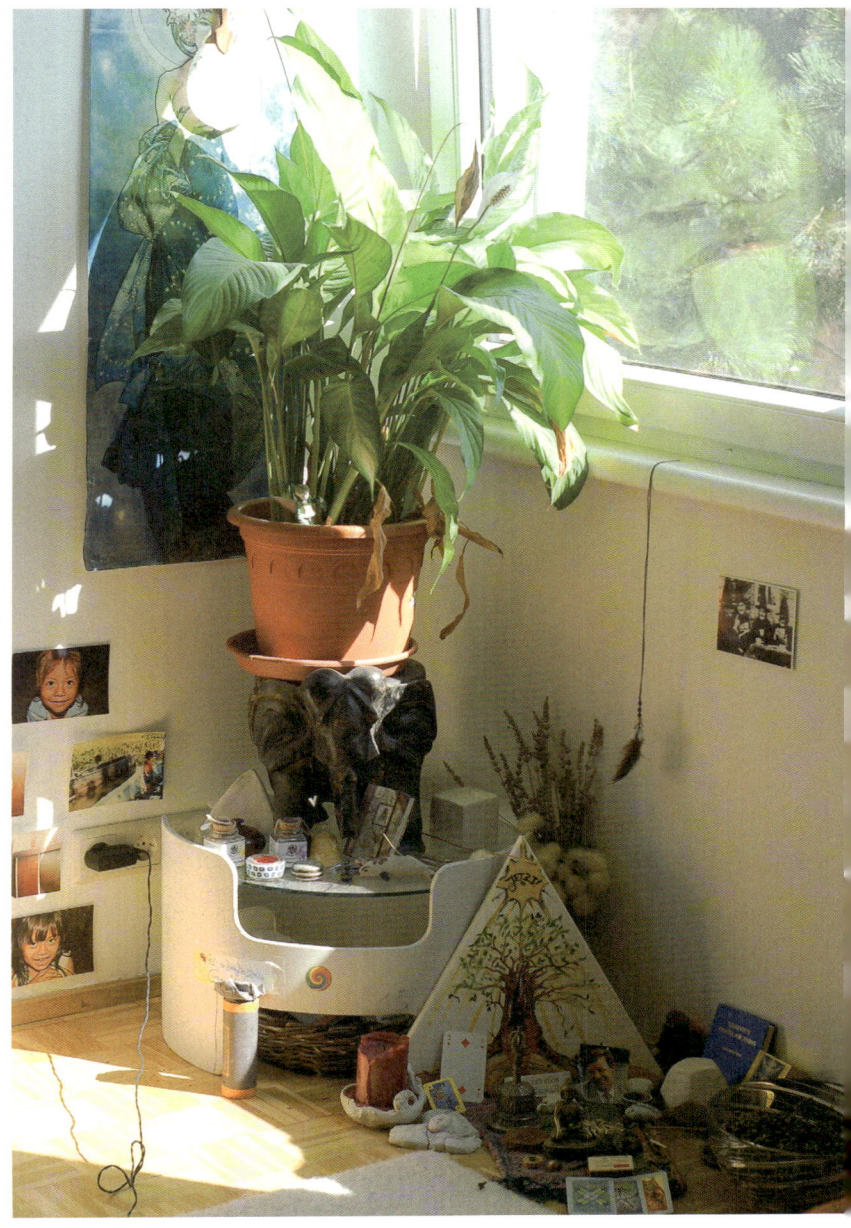

깥 시골집에서 은퇴한 할머니 봉사자와 살고 있었고, 거기서 공동체까지는 새까만 시골 밤길을 걸어야 했다. 나는 클라라에게 입구까지만 데려다 달라고 부탁했다. 그는 어이가 없다는 눈빛을 보냈다. 하지만 자연의 때가 묻지 않은 순수한 도시 겁쟁이 썸머와 엮여버린 걸 어쩌겠는가!

클라라와 함께 시골길을 걸으며 처음 알았다. 밤은 어둡지 않다. 밝다. 그것도 아주 밝다. 달님은 땅 위의 모든 것에게 차별 없이 자기 빛을 뿌리고 있었다. 길은 물론 축사며 농기구, 울타리에 기대둔 자전거의 바퀴살에까지. 그리고 클라라를 바라보았을 때, 나는 달빛이 사람 몸에 반사되어 사람 자체가 빛이 되는 순간을 보았다.

그 후로도 우리는 서로의 방에 늦도록 머물렀다. 어느 순간부터 나는 클라라의 배웅 없이도 혼자 집으로 돌아올 수 있게 되었다. 우리가 얻은 결론은 이랬다. 우리는 아주 다르지만, 결국 You are me, I am you, 똑같은 사람이라는 것. 사람은 원래 외롭지만 원래 혼자도 아니라는 것. 늘 존재했지만, 미처 느끼지 못했던 위대한 섭리를 깨닫게 해준 사람. 클라라.

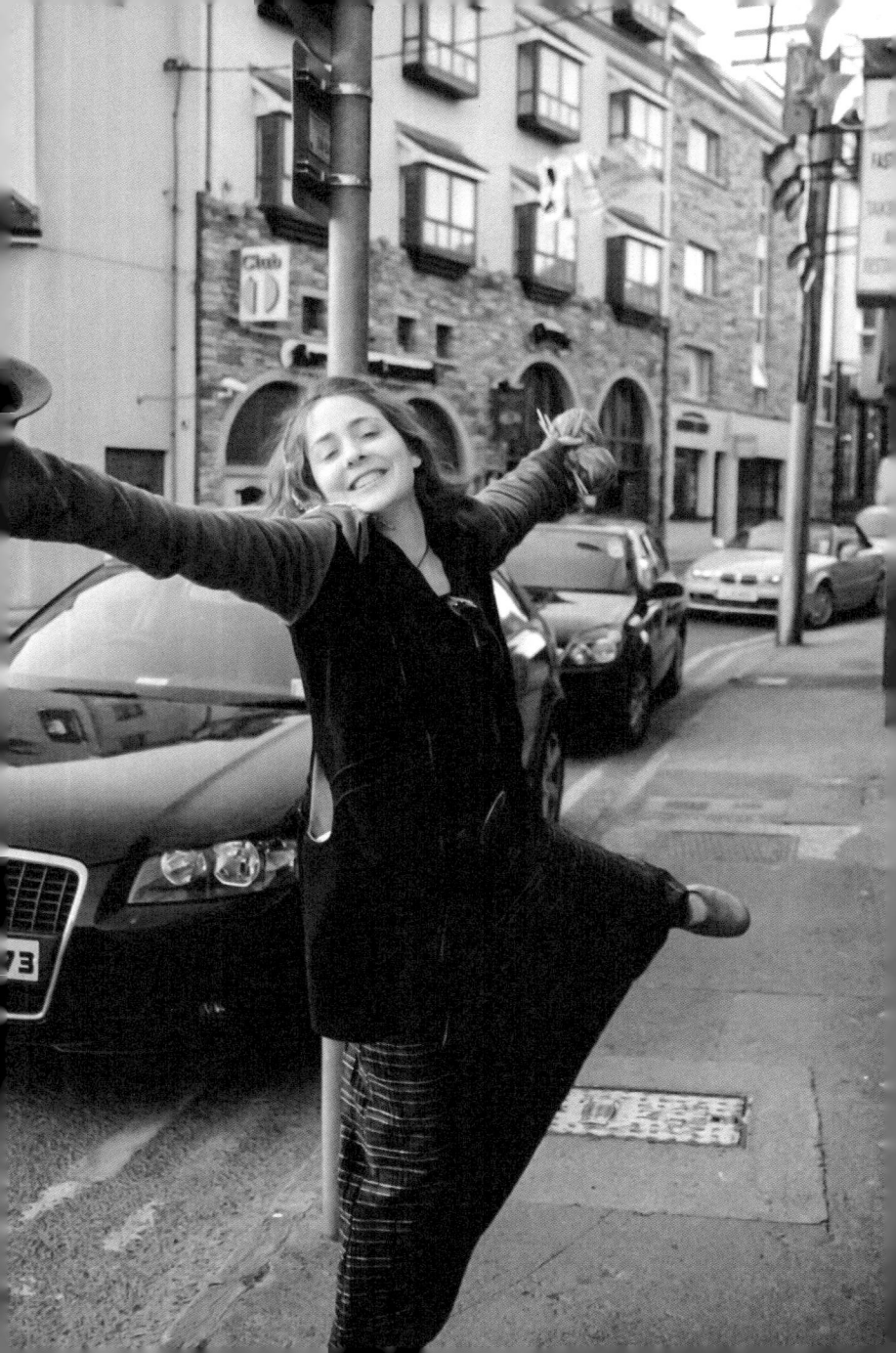

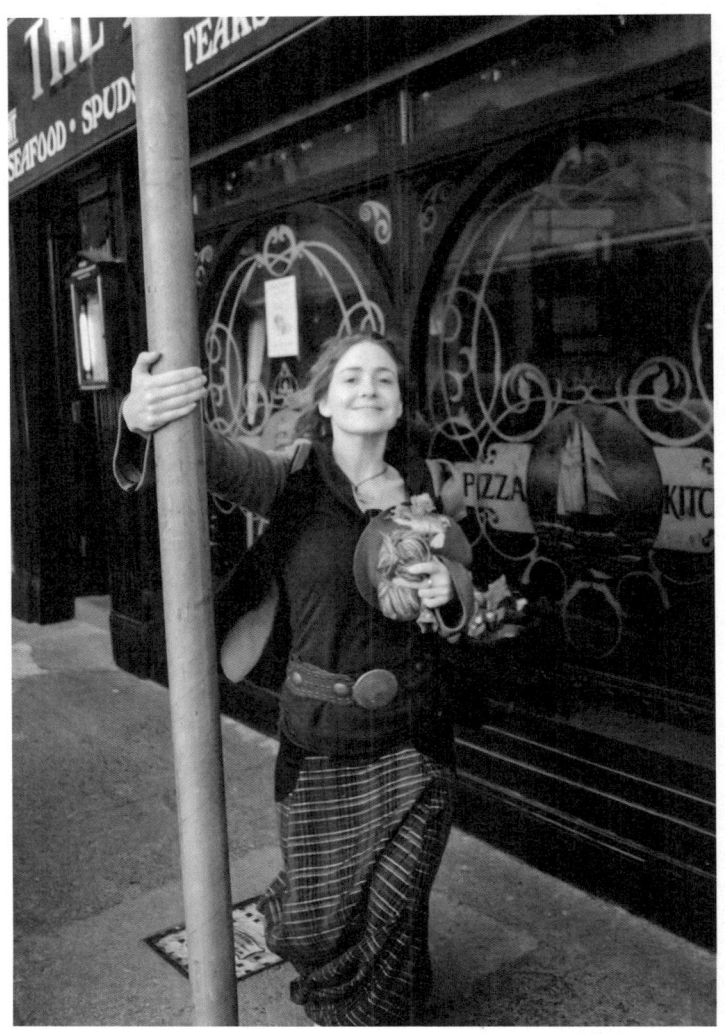

철저한 도시 여자였던 클라라. 오스트리아 비엔나 출신인 그는, 남미 여행 중 우연히
유기농장에 발을 들였다. 그 일을 계기로 식물과·동물을 대하는 일이 좋아졌고, 지구
곳곳의 농장을 다니며 손으로, 몸으로 삶을 배워가고 있다. 그의 손에는 늘 뜨갯감이
들려 있다.

근사한 추락

"썸머! 네가 그려준 클라라 봤어. 나도 하나 그려줄래?"

얼굴만 알고 지내던 옆집 매니저의 딸이 다가와 말을 건넸다. 그릴 수는 있지만 '그냥'은 안 된다. 추억이 쌓이고 마음이 따르지 않으면 그리고 싶어도 그릴 수가 없다. 클라라를 시작으로 말리, 디타를 차례로 쉽게 그리며 나는 웃는다. 단순히 익숙해져서, 적응해서라고 말하긴 아쉬운, 어떤 힘이 있다.

평범했던 삶의 궤도에서 벗어나 즉흥적인 결정으로 낯선 곳에 도착했다. 언어의 장벽, 문화의 차이, 세대 간의 틈까지 모든 것을 시험으로 여기던 나는 사람을 만나는 일이 고역이었다. 즐거웠던 기억도 있었지만 내 상처가 더 먼저, 더 아프게 떠올라 좋은 순간들을 덮어버렸다. 우린 너무 다르다는 말을 쉽게 꺼냈고, '그래서 어쩔 수 없다'라며 마음의 벽에 회칠을 했다. '그래도 어떻게 해보자'라는 말은 그 벽 너머로 건너지 못했다.

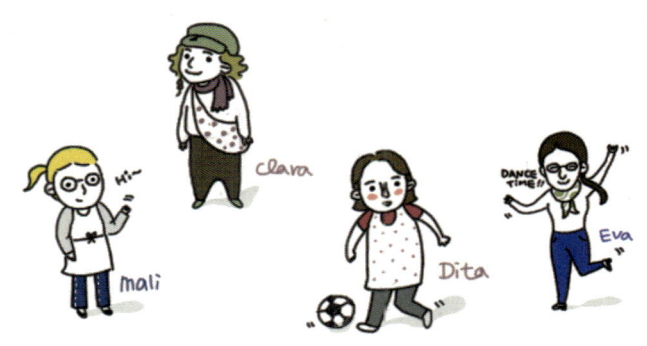

나의 요리 짝꿍 말리, 히피 클라라, 쉬는 시간이면 음악을 틀고 춤을 추는 위버리 마스터 이바, 살림꾼 디타. 사람들을 그리는 일이 즐거워지기까지, 꼬박 석 달이 걸렸다.

마음을 연다는 건 천천히 다가갔다가 물러서고, 내지르고는 무를 수 있는 여유 속에 오는 줄 알았다. 하지만 지금 떠오르는 건 낙하산이 펼쳐지는 장면이다. 마음도 낙하산처럼, 펴질 때 쓸모가 있다. 낙하산을 사용하는 순간은 절체절명이다. 펴져도 그만, 아니어도 그만이 아니다. 물러설 수 없그, 주저할 수 없다. 한순간에 전부를 열어젖혀야 한다. 마음을 열어야 하는 순간, 아니 열리고야 마는 순간은, 어쩌면 추락 중에 올 수도 있음을 나는 캠프힐에서 배운다.

낙하산은 제대로 펼쳐졌고, 나는 안도하며 근사한 추락을 즐긴다. 간질간질한 발끝 아래 펼쳐진 장관을 이제야 즐긴다. 누가 나를 비행기에 태웠는지, 누가 나를 떠밀었는지는 중요하지 않다. 나는 낙하산을 펼쳤고, 이제 안전하다.

시간의 파도, 경험의 산맥

같은 집에서 일하는 열아홉 살 독일인 봉사자 마티아스와 몇 번이나 티격태격했다. 10대와의 대립은 이전 캠프힐에서 끝난 줄 알았는데… 이번 상대는 신경전도, 얄미운 짓도, 논쟁도 통하지 않았다.

지난 일요일 아침이었다. 서로가 맡은 일에 대해 잘 몰라 오해가 생겼다. 별 대수롭지 않은 일인데도 녀석은 공동체 만방에 자신의 삐침을 전시했다. 심지어 안톤과 마르탱을 불러 미주알고주알 고자질했다. 고자질이야 하든 말든 상관없지만, 내가 좋아하는 안톤과 마르탱을 끌어들였다는 부분은 참을 수 없었다. 공동체의 어른, 하이디 할머니에게 상황을 보고했지만, 돌아온 반응은 실망이었다. 내 이야기를 듣는 둥 마는 둥, 그저 흘려보내라며 무마하실 줄이야.

그날 밤, 클라라가 낌새를 눈치채고 내 방을 찾아왔다. 나는 울

94

분을 쏟아냈다. 마티아스 때문에 못 살겠다, 녀석이 내 이미지를 스크램블드 개떡으로 만들어놓았다, 해명도 못 하고 흐지부지된 상황이 억울하다, 다 관두고 집에 가고 싶다고 구구절절 털어놓았다.

"흥!" 클라라는 대번에 콧방귀를 꼈다.

"나도 처음에 왔을 때 그랬어. 애들이 나를 따돌렸거든. 울며 불며 오스트리아까지 국제전화 걸어서 친구한테 하소연했단 말이지. 딱 너처럼. 흑… 여기 독일 애들이 나 따돌리고 흑… 이상한 소문 내고… 너무 힘들다. 친구야… 흑흑… 이랬더니 친구가 뭐라고 한 줄 알아? "클라라, 걔들 몇 살이니? 열여덟, 열아홉? Fuck up, Clara! 틴에이저에게 뭘 바라는 거야. 그게 그 나이에 하는 일이야. 우리도 그랬잖아." 위로 좀 받으려다 욕만 얻어먹었지. 썸머, 마티아스는 오늘 있었던 일, 내일이면 까맣게 잊을걸? 그러니까 제발 오버하지 마셔. 걔들은 그저 10대야. Fucking teenagers라고!"

Fuck이라는 단어가 이토록 입에 짝 달라붙는 용례를 내 사전에 본 적이 없다. 아랫입술을 살짝 깨문 후 터트리는 강력한 F의 에너지 덕분인지 나는 불끈 용기가 솟는 동시에, 현명한 하이디 할머니가 왜 이 문제를 무심하게 넘겼는지 단박에 이해했다.

각양각색의 10대들과 수십 년을 함께한 공동체의 어른들은 그들을 꿰뚫고 계셨던 것이다. 고등학교 졸업 후 갭이어*를 채우기 위해 이곳에 온 아이들. 혈기 왕성한 그들이 제한된 공간과 단조로운 시간 속에서 어떤 재미로 사는지를! 무리 짓고 구시렁대고 잘난 척하고… 그런 재미마저 제거한다면 아이들은 지루해서 나 자빠질 테고, 무릎 꿇려 가르치려 든다면 튕겨 나갈 게 뻔하다. 여긴 수련회도 템플 스테이도 아니다. 그들이 오늘 맹랑한 짓을 했다면 오늘로 끝내고 말 일.

아아, Fuc…아니, 이 잔망스러운 10대들! 쥐뿔만 한 사건을 소뿔만 하게 키워놓고 절망했던 내가 민망해졌다. 클라라가 이어 말했다.

"5년 후에 마티아스를 만나면 완전히 딴사람이 되어 있을걸?"

나는 10대가 아닌 마티아스와, 10대들이 없는 캠프힐을 상상해 보았다. 아일랜드는 양과 소의 속도로 움직이는 나라, 그 안에서도 더 느릿느릿 살아가는 캠프힐 사람들. 자칫 침울해질 수도 있는 이곳에 활기를 불어넣는 건, 바로 그 10대들의 들쑥날쑥한 진동과 리듬이다. 아일랜드 출신 작가 오스카 와일드는 말했다. "젊은이들은 별 이유 없이 웃는다. 그것이야말로 그들의 가장 큰 매력이다." 그는 별 이유 없이 웃고, 별 이유 없이 들썩이는 존재들의 소중함을 알았다. 웃으려면 별 이유가 필요한, 이른바 철든 사람들끼리 산다면 세상은 얼마나 지루할까.

영혼의 정화수 안톤. 김밥 한번 싸달라고 눈망울을 아롱대는 탄야. 올라와 티카가 우리 캠프힐에 놀러 왔을 때 기타를 가져와 한밤의 콘서트를 열어준 음악 청년 니클라스. 그와 함께 첼로를 커며 즉흥연주를 했던 네덜란드 청년 마르탱까지. 삐죽삐죽 제각기 자라나는 나무들이 뿜어내는 생명력이야말로 캠프힐의 연료다.

클라라, 네가 옳다. 녀석들은 시간의 파도를 타고, 경험의 산맥을 넘으며 성장하겠지. 어른 노릇 할 필요도 없고 함께 뒹굴 필요도 없다. 다만 우리 자리에서 지켜보자. 우리는 이미 그때를 지나온 사람들. 우리의 그림자를 돌아보듯, 그들을 봐주자.

5년 후, 10년 후… 우리들은 어떤 모습일까? 마르탱은 바라는 대로 제약회사 연구원이 되어 있을까? 안톤은 축구 잘하는 언어학자일까? 니클라스는 농부가 되어, 낮에는 밭을 갈고 밤에는 클럽에서 에릭 클랩턴 못지않게 기타를 연주하고 있을까? 그리고 너와 나는 녀석들이 봤을 때, 나름 괜찮은 어른이 되어 있을까.

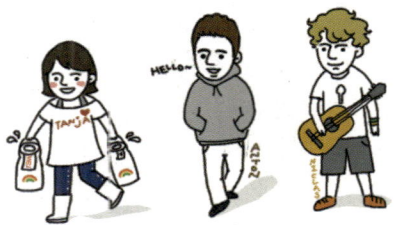

* Gap year. 유럽 일부 국가에서는 고등학교 졸업 후 바로 대학에 진학하거나 취업하지 않고 일정 기간 '빈 시간'을 갖는 문화가 있다. 당시 독일에서는 이 갭이어가 의무였으며, 청년들은 입대 또는 자원봉사 중 하나를 선택해야 했다. 입대를 하면 상대적으로 많은 수당을 받을 수 있었고, 자유로운 생활이나 새로운 경험, 여행을 원한 이들은 캠프힐 같은 자원봉사 공동체에서 그 시간을 보내곤 했다.

I don't know yet. Everything is still open.
아직 모르겠어. 내가 뭘 좋아하는지, 뭘 해야 할지.
모든 가능성은 열려있어.

"갭이어를 마치면 뭘 할 거야?"라는 질문에 너희는 이렇게 말하곤 하지.
모른다는 것이 곧 불안을 의미하지 않는 대답, 시간을 날 것 그대로 즐기는
너희들의 아무렇지 않은 그 대답이 참 좋아.

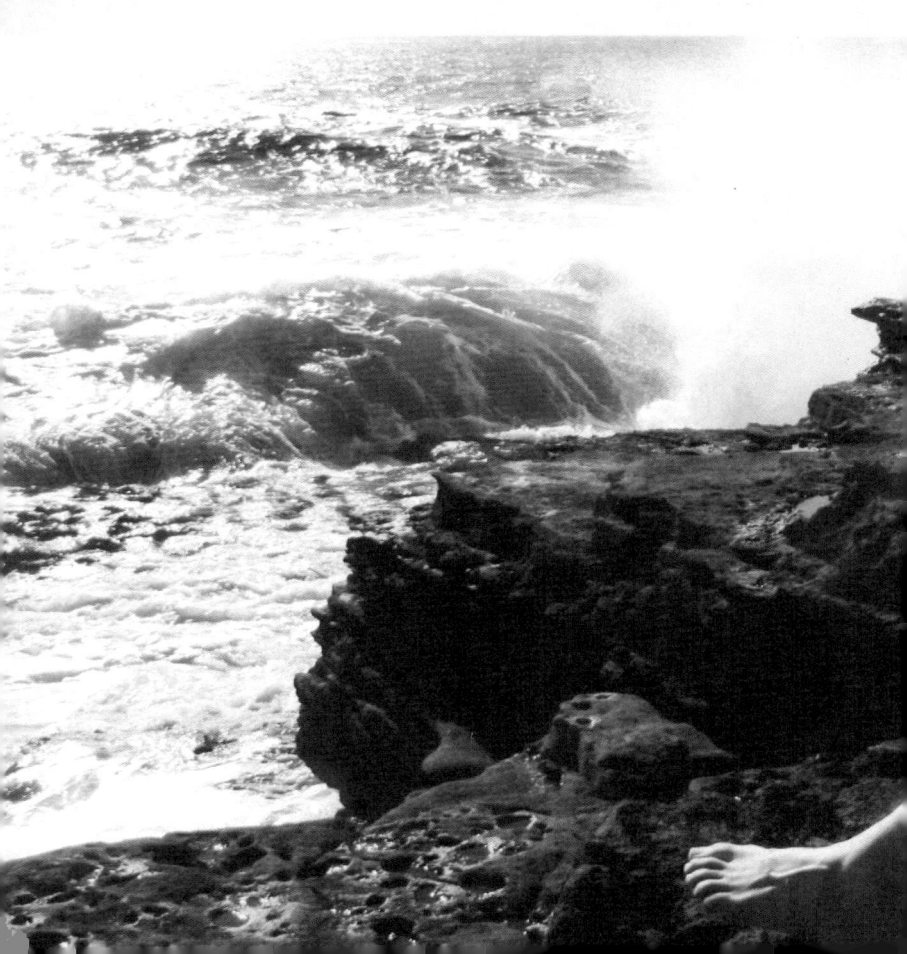

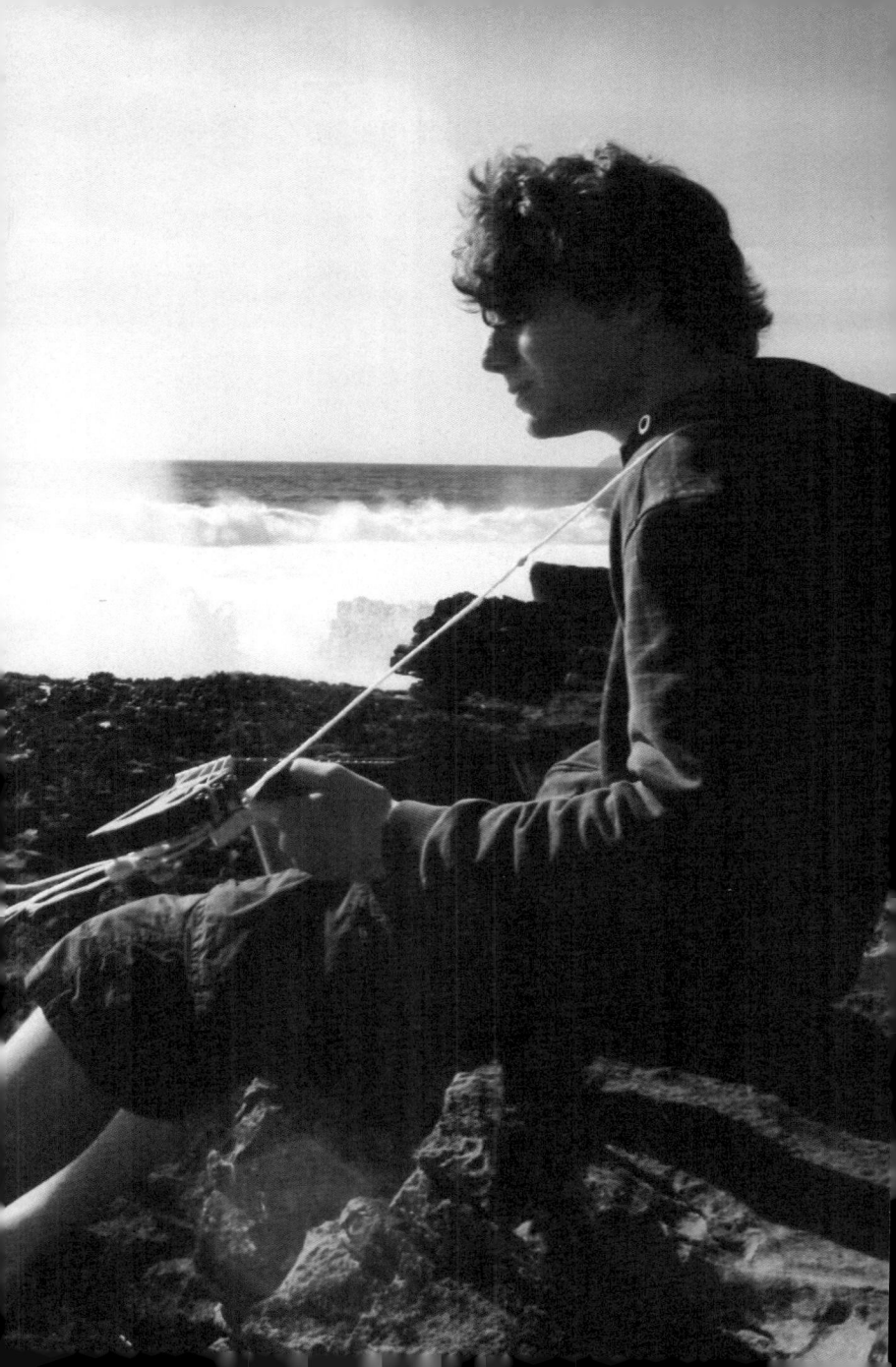

사람이 있기에 일이 있다

캠프힐에서는 봉사자는 물론 장애인도 반드시 일을 한다. 금요일마다 베이커리에서는, 토요일 아침 식사를 위해 모닝롤 200개를 굽는다. 베이커리 마스터(책임 관리자)와 내가 커다란 반죽을 200개로 나누면, 마틴은 그것들을 하나하나 베이킹팬에 올린다. 빵을 굽고 식힌 뒤, 내가 20개씩 비닐봉지에 담고 데니스가 봉지 입구를 끈으로 묶는다. 베이커리 문 앞에 차곡차곡 쌓아둔 봉지들은 제임스가 토요일 아침 일찍 와서 수거해 집마다 배달한다.

언뜻 보면 섬세하게 짜인 분업 시스템처럼 보이지만, 여기엔 만만하지 않은 개념이 숨어 있다. 본디 분업은 효율을 목적으로 하지만 이곳의 분업은 효율과는 무관하게 굴러간다. 나는 토요일마다 조세핀이라는 장애인과 함께 점심을 준비한다. 내가 채소를 씻어 넘기면 조세핀이 썬다. 사실 채소를 손질한 내가 바로 썰어버리는 편이 훨씬 빠르고, 그야말로 '효율적'이다. 하지만 채소 썰기가 필요 없는 메뉴라면? 조세핀은 할 일 없이 그저 부엌에 서 있어야 한다. 그래서 나는 조세핀과 함께 부엌에 있는 한, 그에게 '일을 만들어주는 일'을 해야 한다. 이곳에서는 일이 있어서 사람이 필요한 것이 아니라, 사람이 있기에 일이 생긴다.

베이커리도 마찬가지다. 한국이든 외국이든 보통 베이커리는 시장통처럼 분주하다. 육중한 반죽기가 맹렬히 돌아가고, 무겁고 뜨거운 철판이 날아다니며, 냉장실과 냉동실의 문이 열릴 때마다 소음과 냉기가 휘몰아친다. 기계 소음을 뚫고 지시와 대화가 쏟아지고, 그 와중에 베이커들은 서로 부딪히지 않도록 기민하게 움직인다. 그런데 여기 베이커리는 뭐랄까… 베이커리라는 것과 어울리지 않는 정서가 있었다. 바로 '평화로움'이다.

베이커리에 있으면 정원의 새가 노래하는 소리도, 꽃이 피는 소리조차 들릴 것만 같다. 여기서 봉사자의 역할은 생산 목표를 달성하는 것이 아니라, 장애인이 안전하고 수월하게 일할 수 있도록 돕는 것이다. 예를 들어 1,550그램의 밀가루가 필요하다면, 우리는 1,000그램, 500그램, 50그램으로 나눠 계량하도록 레시피를 조정하고, 장애인이 제대로 계량하는지 옆에서 지켜본다. 장애인과 봉사자는 짝을 이루어 일하는데, 반죽기나 오븐처럼 위험한 작업을 제외하고 대부분의 일은 장애인이 한다. 봉사자는 곁에서 지켜보며 소극적으로 돕는다.

마틴이 스테인리스 볼에 쿠키 반죽을 넣고 나무 주걱으로 휘젓는 동안, 볼이 흔들리지 않도록 붙드는 것이 내 일이다. 그러다가 갑자기 일하기 싫다며 뛰쳐나가는 그를 추격해 붙잡아온다던가…
말하자면, 왼손은 아니 '봉사자는 거들 뿐!'

한 사람이 한 가지 일만 맡지 않는다는 원칙도 있다. 클라라는
오전엔 농장에서, 오후엔 위버리(직조 공방)에서 일하고, 어느 날 보
면 나무 공방에서 나무를 깎고 있다. 나도 풀타임 베이커가 아니
라 부엌과 농장, 공방에 나뉘어 일한다. 처음엔 이런 비효율적인
업무 배치가 이해되지 않았다. 과정을 줄이고 효율을 높여 군더더
기 없이 딱 떨어져야 개운한 우리 민족 아닌가!

마틴이 얼른 반죽을 철판에 올려놓아야 굽든 찌든 할 수 있는
데, 그는 멍하니 천장만 바라보기 일쑤. 내 속만 타들어 간다. 조
세핀에게 "이 감자는 오븐에 구워야 하니 큼직하게 썰어주세요"
라며 시연까지 해 보였건만, 얼마 후 내 눈앞에는, 채 썬 감자의
언덕이…. "어휴! 내가 하고 말지!" 직접 나서서 해치우고 싶은 순
간들이 수두룩했다.

그러나 시간이 흐르면서 나는 조금씩 변했다. 이제는 채 썬 감
자의 언덕을 앞에 마주해도 당황하거나 책망하지 않는다. 오히려
"그렇다면! 오늘 점심은 코리안 포테이토 팬케이크다!"라고 외치
며, 감자 축제의 성공에 사활을 건 부녀회장에 빙의해 대량의 감
자전을 부치고 있는 나 자신을 발견하게 된달까?

그 변화는 체념이 아니다. 그저 사고를 수습하는 것도 아니다.
이곳 사람들의 태도를 지켜보며 자연스레 일어난 변화다. 토요일
아침마다 모닝롤을 배달하는 제임스는, 금요일 오후가 되면 반드

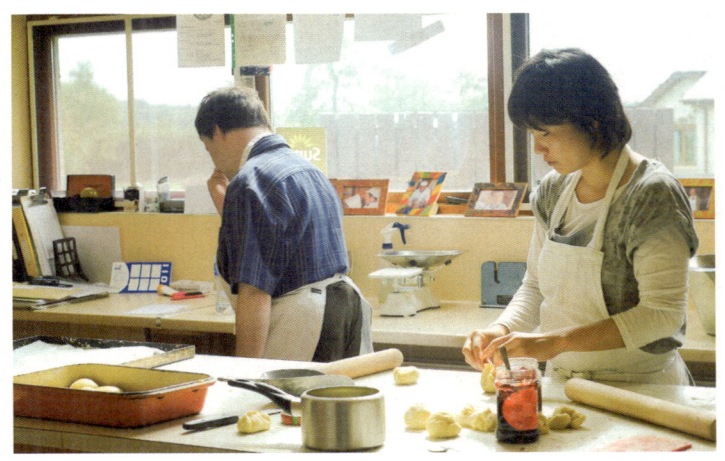

멀쩡히 일하다가 슬슬 도망칠 준비를 하는 마틴과, 빵을 만드는 척하지만 슬슬 마틴을 잡으러 뛸 준비를 하는 나 사이에 나름 숨 막히는 눈치전이 펼쳐지는 중이다.

시, 100퍼센트, 꼭 베이커리에 들러 빵을 뜻하는 수화를 마스터에게 반복해 보이며 자기 일을 재확인한다. 장난기 많은 크리스는 저녁마다 다음 날 아침 식탁을 준비하는데, 이때만큼은 누구보다 차분하고 진지하다. 접시, 시리얼 사발, 칼과 포크, 스푼, 냅킨을 한 사람 한 사람의 자리에 정성껏 배치한다. 빨리 끝내고 퇴근하고 싶은 마음에 도우려 들면, "No! It's my job!"이라며 정색하고 뿌리친다. 모두가 자신에게 주어진 일을 자랑스럽게 여기고 애착이 강하다.

그래서 나는 이제 "어떻게 하면 빨리, 많이, 잘할까"가 아니라, "어떻게 하면 더 쉽게, 모두가 함께할 수 있도록 잘 쪼갤까" 궁리한다. 그리고 우리 사람들이 각자의 일을 흡족히 마칠 수 있도록 지긋이 지켜보면서, 인내의 탑을 쌓아 올리는 '일'만 잘하면 된다.

엊그제 조세핀과 채소를 준비하다 문득 떠오른 기억이 있다. 20대 후반, 동업으로 베이커리를 운영하던 시절이었다. 그때 나는 모든 일을 내 손으로 했다. 기존 시설을 철거할 업체를 찾는 일부터 전구 한 알 고르는 것까지, 모두 내 발로 뛰고 내 손으로 엮었다. 내가 더 잘 아니까, 내가 하는 게 빠르니까 동료에게 맡기지 않았다. 결국 나는 지쳤고 동료는 서운했다. 일은 오래가지 못했다. 내 옆에 사람이 있었는데 나는 모른 체 했다. 일을 일로만 여기던 시절이었다.

이 이상한 나라에서 6개월을 살아낸 지금, 나는 다른 생각을 한다. 일이란 어쩌면, '신호'가 아닐까? 인간으로서 일을 한다는 것은, 서로의 이름을 부르고 손을 맞추며 존재를 인지하는 것. 그러면서 실은 자기 존재를 확인하는 것. 깜빡이는 파란불처럼 '내가 여기 있다'고 말하는 간절하고도 아름다운 신호.

캠프힐에서 내가 맡은 진짜 일은 그 신호를 예의주시하는 것이다. 우리 사람들의 신호를 놓치지 않고, 내 신호를 충실히 보내며 함께 살아가는 것. 그것이 나의 일이다.

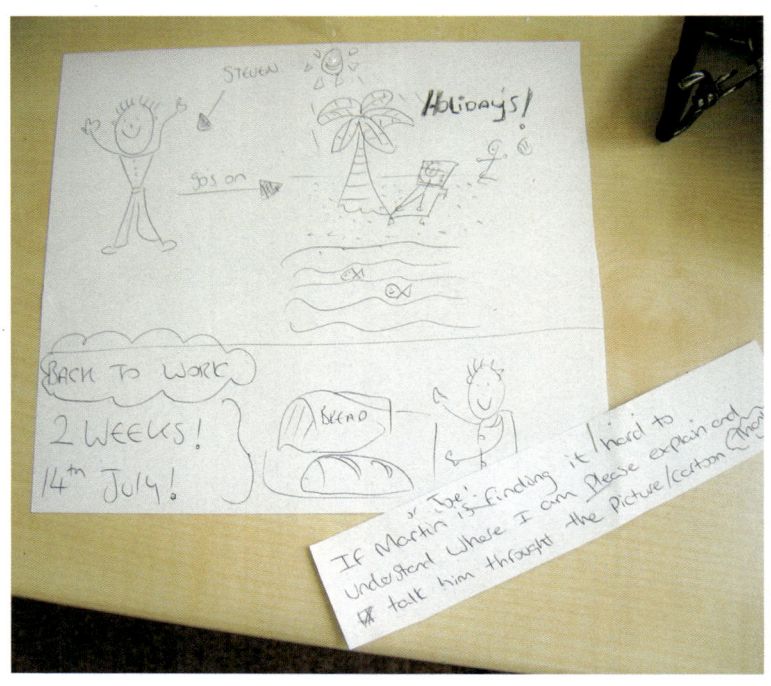

내가 왜 베이커리에 없=지 마틴이 잘 이해하지 못하면, 이 그림을 이용해 설명해 주세요. 베이커리 마스터 스티븐이 여름휴가로 자리를 비우며 남긴 메모. 자신의 상황을 다른 사람이 쉽게 이해할 수 있도록 마음을 쓰는 것도 중요한 '일'이다.

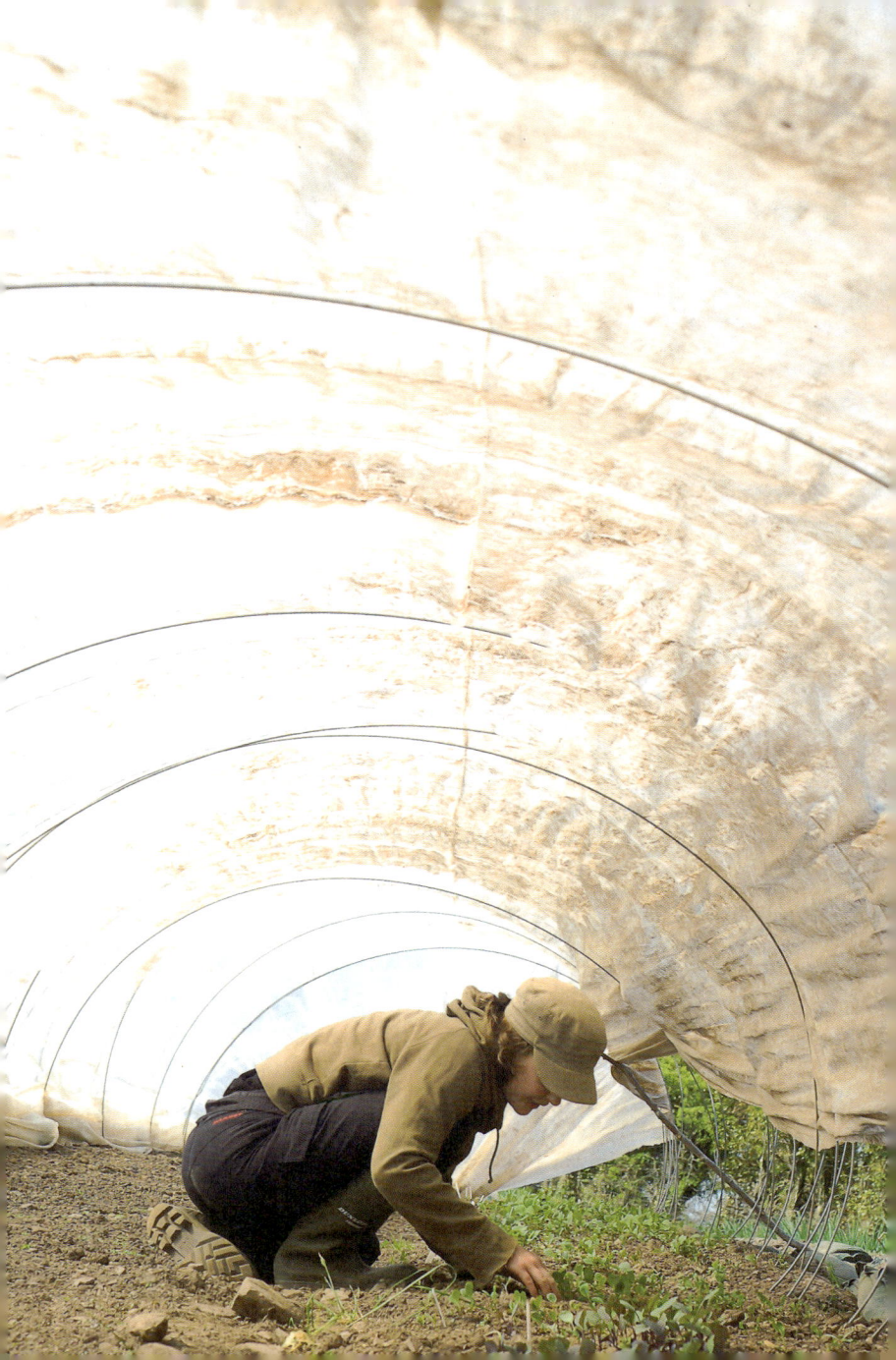

Learning by Doing

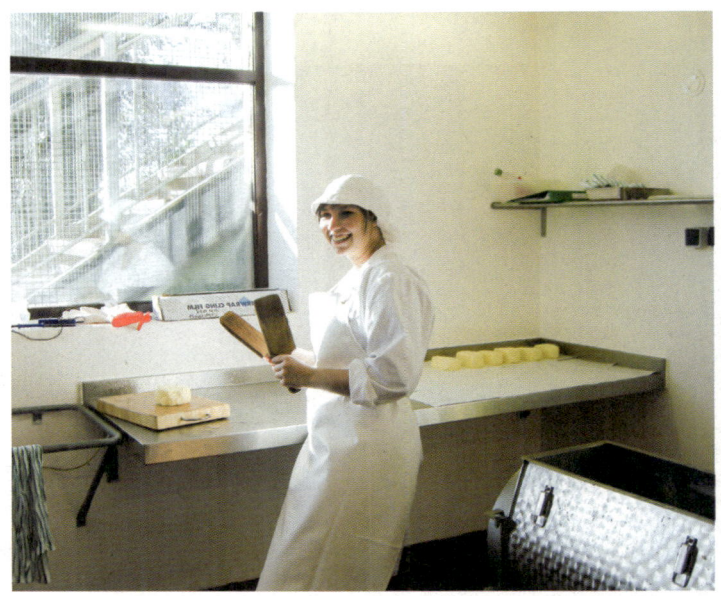

'일은 하면서 배운다' 캠프힐의 근간이 되는 철학. 이 공동체를 만들고 초기에 정착한 사람들은 의사, 간호사, 교육자 등 육체노동과는 거리가 있던 이들이었다. 그들은 농부가 되고, 제빵사와 목수, 정원사, 보모가 되어 소매를 걷어붙이고 어떤 일에든 뛰어들어야 했다. 모든 노동이 온전히 대접받는 공동체를 만들기 위해 자신부터 원래의 자리에 연연하지 않았고 서로의 수고에 감사하며 살았다고 한다.

봉사자들도 본래 익숙하던 자리를 떠나 낯선 일과 환경에 몸을 담는다. 일을 배우는 과정에서 잘해야 한다는 압박은 없다. 캠프힐에서는 우리 삶을 이루는 **모든 것이 '일'이 될 수 있고, 일이란 몸으로 익히는 것**이라고 말한다. 나 역시 캠프힐에서의 시간을 통해 직업이라는 개념을 한결 유연하고 넓게 바라보게 되었다.

(위) 크리머리(유제품 공방)에서 버터를 만들고 있는 탄야
(왼쪽) 클라라는 농장, 목장, 위버리를 오가며 다양한 일을 익힌다.

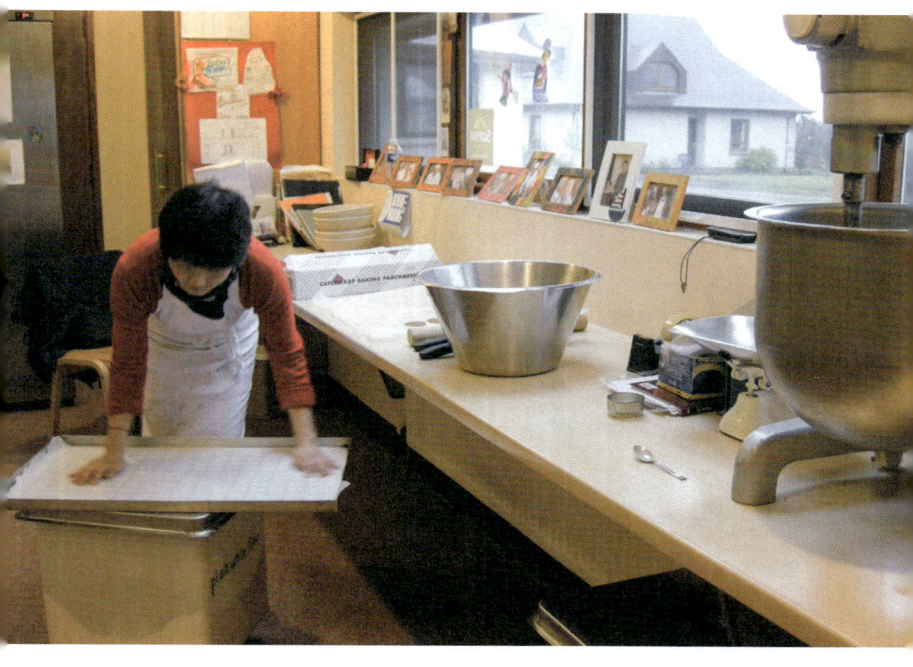

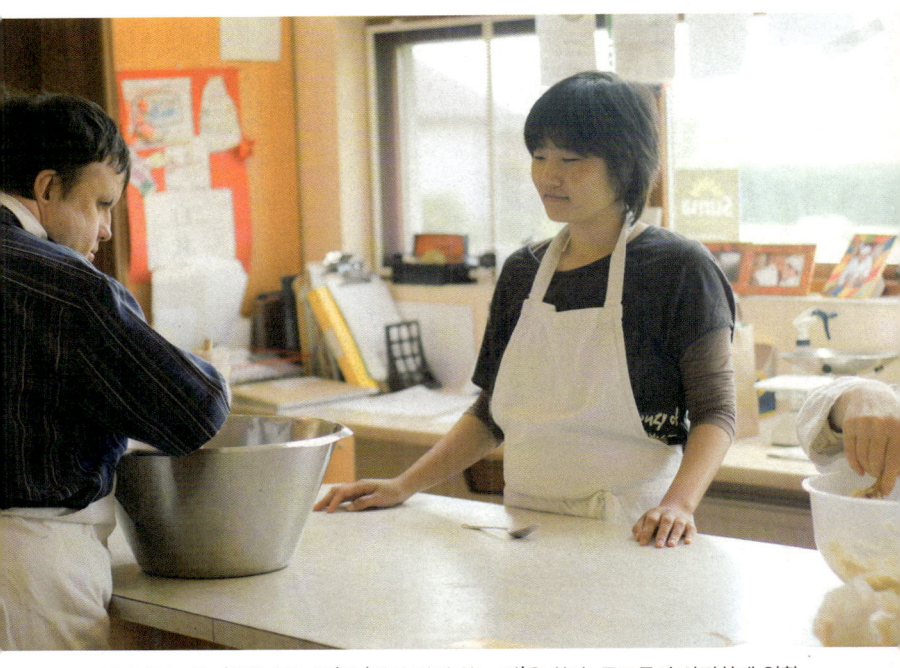

이곳에서 나는 '일을 돕는 일'과 '일이 되게 하는 일'을 한다. 동료들이 안전하게 일할 수 있도록 환경을 준비하거나 독려하며 지켜봐 주는 일이다.

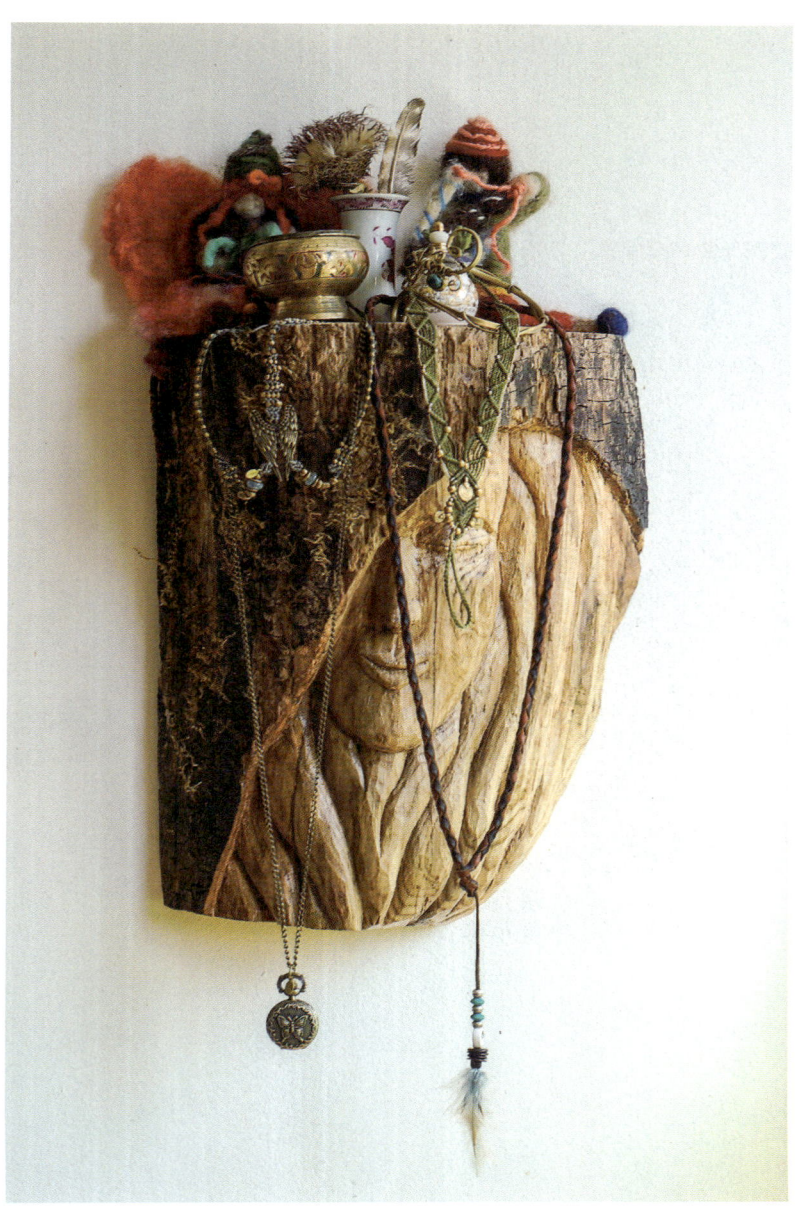

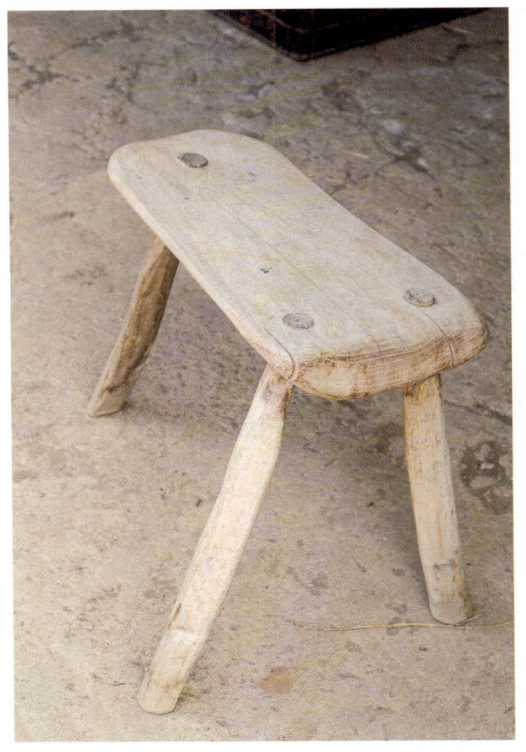

나무 공방의 멤버들은 캠프힐에 필요한 가구와 장식품을 만든다. 독특한 형태와 색감 덕분에 오픈 데이마다 인기를 끌며 봉사자들도 귀국할 때 기념품으로 사 가는 일이 많다.

(왼쪽) 클라라의 오스트리아 집을 장식하고 있는 공예품

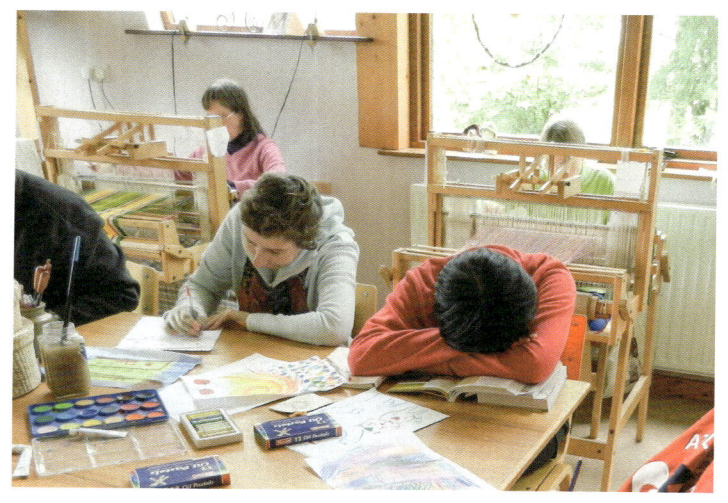

일 도우러 왔다가 잠에 빠져버린 검은 머리 외국인.
여기는 캠프힐에서 가장 고요하고 시간이 느리게 흐
르는 곳, 바로 위버리다. 베틀을 이용해 아일랜드 양
모로 테피스트리나 카펫을 짜는데, 그 작업을 볼 때
마다 뭔가 늘 비슷한 상태여서 '위버리 사람들은 도
대체 일을 하긴 하는 걸까' 싶었다. 그런데 어느 날 문
득 보면 그 작업이 완성되어 있곤 했다. 한 작품을
완성하는 데 수개월이 걸리는 작업. 아무도 재촉하
지 않는 곳에서도 일은 마무리된다. 시간은 힘이 세
니까.

(오른쪽) 장애인이 짠 테피스트리를 캔버스 삼아 클
라라가 니들펠트로 어린왕자 이야기를 새겨 넣었다.

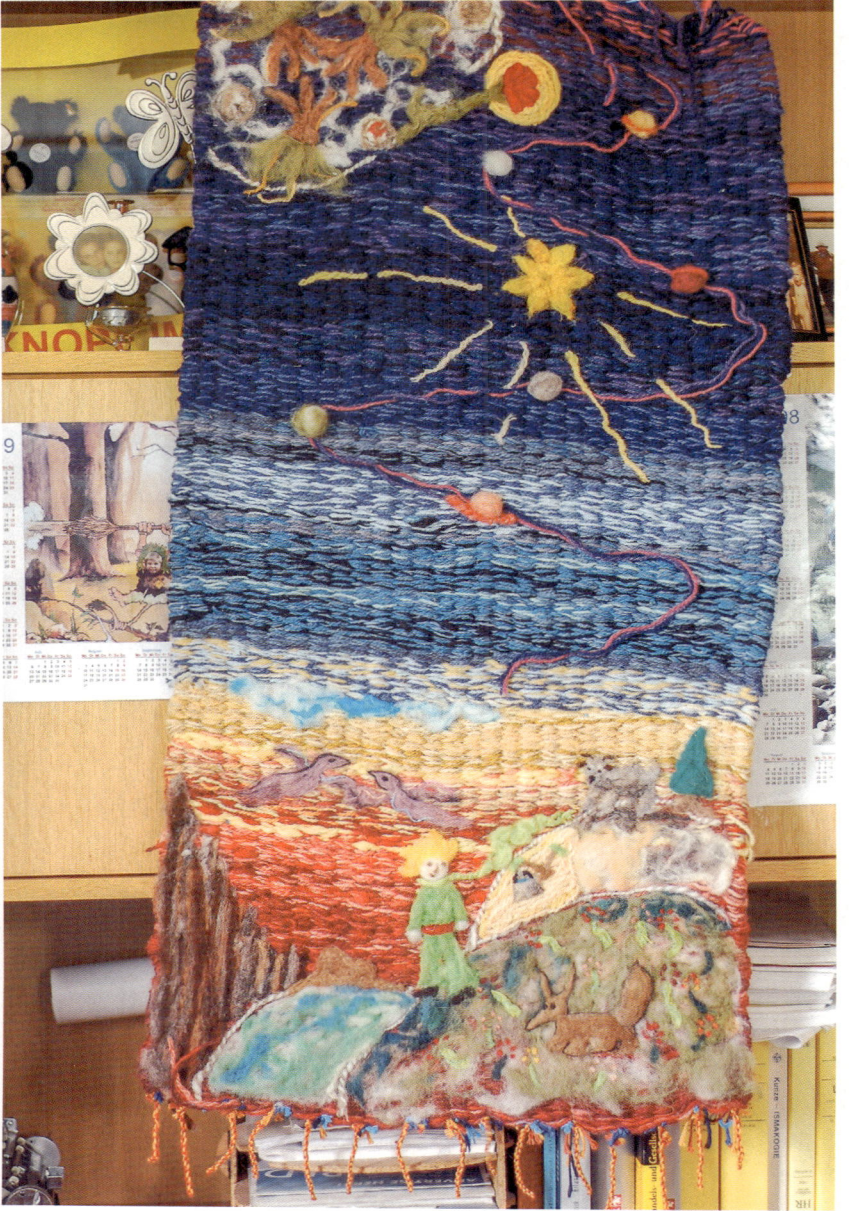

더 자주 웃고 우는 인생

정원이와 나는 중학교 때 단짝이었다. 같은 가수를 좋아하고 고등학교도 대학도 같이 가자, 어른이 되면 한집에 살자며 노트에 공간 배치도를 그려보는 소녀 시절의 친구. 학교 근처 아파트 단지나 주택가에 옹기종기 살던 다른 아이들과 달리 정원이는 시내를 벗어난 한적한 동네에 살았다. 방과 후에는 으레 우리 집에서 놀았고 내가 정원이네 집에 가는 일은 없었다. 그러던 어느 날, 정원이가 나를 집에 초대했다. 초대라고는 했지만, 특별한 이벤트가 있는 건 아니었다. 정원이는 '그냥' 자기 집에 가자고 했다. 버스를 타고 흙길을 달려 도착한 그 집에서, 정원이네 엄마가 준비해 준 간식을 먹으며 우리는 평소처럼 놀았다.

다음 날, 학교에서 그 일을 이야기하자 한 친구가 다가와 물었다.

"정원이네 오빠 봤어?"

오빠라니? 정원이는 첫째였다. 여동생이 하나 있다고 해서 새 필통을 준비해 선물했는걸. 친구는 말을 이었다.

"방에 숨겨둔다고 했어. 집에 누가 오면."

그 친구는 정원이네 가족과 어릴 때부터 알고 지낸다고 했다. 정원이에게는 세 살 많은 오빠가 있는데 장애인이라고 했다. 늘 집에만 있고 가족은 그 존재를 아무에게도 말하지 않는다고도 했다. 나는 놀라지 않았다. 중학생이지만 철이 들어 타인의 사정을 헤아릴 수 있었던 게 아니라, 가족 중에 장애인이 있다는 것이 어떤 의미인지, 또 가족의 일원을 숨겨야 하는 상황이 어떤 의미인지 몰랐기 때문이다.

내 인생에 '장애인'이라는 키워드가 들어온 건 그 찰나가 유일했다. 비행기 바퀴가 아일랜드에 닿기 직전까지는 말이다. 정원이가 먼저 말하지 않으니 나는 못 들은 일로 삼았고 그 일은 순수하게 잊혔다. 20년 후, 해외 이주 계획이 어그러져 당장 갈 곳이 없던 나는 한국을 떠나고 싶던 참에 캠프힐을 소개받았다. 자원봉사자 비자가 나오자마자 비행기 티켓을 샀는데, 봉사 기간 1년 역시 비자 유효기간이 1년이라 그에 맞췄을 뿐, 특별한 의도는 없었다.

첫 캠프힐에 사는 장애인들은 외견상 비장애인과 다르지 않았다. 스스로 먹고 자는 것은 물론, 방 청소와 빨래, 다림질까지 해냈다. 기차나 버스를 혼자 타고 일터에 나갔고, 돈 계산도 척척 했다. 말을 하지 못하는 경우를 제외하면, 모두 나보다 영어를 더 잘했다.

이런 상황을 미리 알았던 나는 내 사정, 내 걱정만 잔뜩 들고 날아왔다. 실은 쉽겠다고 생각했다. 봉사를 하겠다고 인생의 1년을 비웠으면서도, 힘든 일은 피하고 싶은 마음이 있었으니까.

캠프힐에 도착 후, 예상대로 장애인들과 어려움 없이 생활을 이어갔다. 그러던 어느 주말, 옆 동네 캠프힐의 일본인 봉사자가 라이어* 콘서트에 출연한다며 나를 초대했다. 매니저 미아는 콘서트홀까지 태워다 줄 사람을 주선해 줬는데, 그가 동네 교회의 목사님이고 장애인 한 명도 함께 온다고 했다. 숙소 앞에서 인상 좋은 목사님을 만나 차에 올라타려는데, 그가 뒷좌석에 이미 앉아 있는 한 청년을 가리켰다. "여긴 콜린이예요. 콜린, 여긴 썸머!"

차에 타려던 동작이 순간 멈췄다. 작은 머리, 두꺼운 목, 벌어진 입… 다운증후군의 전형적인 얼굴이었다. 콜린은 나를 힐끔 보더니 부정확한 발음으로 "안녕"이라고 말하고는, 두 손을 양 볼에 대고 계속 떨었다. '아, 나는 캠프힐에 와 있었지.' 이상한 시점, 이상한 곳에서 이런 실감을 하는 나였다.

콘서트홀 입구에 도착하자 목사님은 뭔가를 놓고 왔다며 다시 차로 돌아갔고, 나는 콜린과 단둘이 남겨졌다. '어떡해! 어떡해!' 마음의 소리가 온 정신을 사로잡았다. 그때까지 장애인과 단둘이 있어 본 적도, 다운증후군에 대해 배운 적도 없었다. 당황스러움과 두려움이 밀려오는데, 내 사정을 봐줄 리 없이 콘서트는 정시

---

* Lyre. 아일랜드 전통 악기 중 하나로 품 안에 쏙 들어오는 크기의 하프. 아일랜드의 저비용 항공사 라이언 에어Ryan Air의 상징이기도 하다.

에 시작했고, 목사님은 보이지 않았다. 나는 쭈뼛대며 콜린의 옷자락을 붙잡고 안으로 들어가 빈자리에 앉았다. 콜린은 콘서트 내내 두 눈을 천장에 고정한 채 입을 벌리고 앉아 있었다. 나는 라이어의 선율이 하나도 들리지 않았다. 일이 터지면 즉각 대처해야 한다는 긴장감, 그것도 처음 겪는 어려운 '업무'가 주어졌으니까. 베이커리에서도 실수 연발인데, 아는 사람 하나 없는 콘서트홀이라니….

땀으로 미끈거리는 손바닥을 연신 바지에 비볐다가 팔짱을 꼈다가 어수선한 나와 달리 콜린은 점잖았다. 돌발 상황은 없겠다는 안도감이 들자, 나는 콜린을 관찰하기 시작했다. 그는 음악이 흐르든 멈추든 아무 반응도 하지 않았다. 자신이 콘서트에 와 있는 것을 알까? 그는 앉혔기 때문에 앉아 있는 걸까? 음악을 알까? 예술은 그에게 어떤 의미일까? 그동안 베이커리 일과 인간관계에 치여 미처 떠올리지 못했던 의문들이 문득 고개를 들었다.

콜린과의 인연은 거기서 끝나지 않았다. 새 봉사자들이 한꺼번에 들어와 방이 동난 적이 있다. 동네 교회의 빈방에서 누군가 2주 정도만 지내주면 좋겠다는 매니저의 부탁에 내가 자원했다. 교회에 가보니 익숙한 얼굴이 있었다. 콘서트 때 나를 데려다준 바로 그 목사님이었다. 나의 임시 거처는 소공녀가 머물렀을 법한 교회 꼭대기 방이었다. 그리고 옆방의 주인이 바로, 콜린이었다. 알고 보니 젊은 스위스인 목사와 간호사 부부가 척박한 아일랜드로 넘어와 평생을 봉사하며 살았고, 자녀들을 다 키운 후 콜린을 입

양했다고 했다. 콜린은 어느 시골 캠프힐에서 지내다가, 주말이나 휴일에 이곳으로 돌아온다고 했다. 응접실에서 마주친 콜린은 여전히 시선을 바닥에 두고, 두 손은 볼에 댄 채 조용히 DVD를 보고 있었다. 나는 멀찌감치 서서 어색하게 "안녕!"이라고 인사한 뒤, 어쩔 줄 몰라 황급히 자리를 피했다. 얼마 후 나는 지금의 캠프힐로 옮겨왔는데, 콜린이 평일을 보낸다던 그 시골 캠프힐이 바로 여기였고, 심지어 나는 콜린이 사는 집에 배정되었다.

새 캠프힐은 아주 달랐다. 몇몇 장애인들은 스스로 씻을 수 없었고, 신경이 마비되어 침대와 휠체어 위에서만 지내는 사람도 있었다. 여기에서 내 일은 '직업'이 아니라 '생활'이 되어야 했다. 베이커리 출근 첫날부터 달랐다. 앞치마를 다부지게 고쳐 매고 당장 빵을 구울 채비를 하는데, 베이커리 마스터 스티븐이 휴게실로 불러냈다. 그는 검은 폴더 하나를 건넸다.

"이곳에서 일하고 살기 위해 네가 알아야 할 것들이야. 오늘은 여기 앉아서 이 서류만 읽으면 돼."

두툼한 서류에 적힌 것은 빵 레시피도, 처리할 주문도 아니었다.

- 데이비드는 홍차에 집착한다. 하루에 석 잔 이상 마시지 않도록 확인한다. 몰래 마시려고 할 테니 주의. 기분이 좋을 때는 코를 만진다. 식사 자리에서 코를 만지면 주의를 준다.
- 마야는 화가 나면 소리를 지른다. 그냥 두면 스스로 진정하니 자극하지 말고 시간을 준다.
- 데이브는 손등을 긁는다. 피가 날 수 있어 주의 깊게 본다.
- 마이클은 정리정돈에 집착한다. 그의 물건을 빌려 썼다면 제대로 돌려 줄 것

함께 살 장애인들에 대한 섬세한 관찰이었다. 스티븐은 서두르지 말라고 했다. 앞으로 베이커리나 집에서 누군가와 일이 생기면 이 폴더를 열어 그 사람의 특징을 살펴본 후 대처하라고 했다. 예를 들어 마야가 갑자기 이해할 수 없는 행동을 한다면 무서워하거나 외면하지 말고 마야의 방법으로 그를 도우라는 것.

이전 캠프힐에서 용을 쓰며 베이킹 용어와 겨우 친해지니, 이번에는 생소한 질환명과 심리학 용어가 쏟아졌다. 사전을 옆에 두고 수십 명분의 파일을 꼬박 읽는 동안 문득 이런 생각이 들었다. 누군가가 나를 관찰해서 행동, 버릇 같은 걸 정리해 이 폴더 어딘가에 끼워 넣었다 해도 크게 도드라지지 않았을 거라고. 이런 식의 '누구누구 설명서'가 내 인생에 있었더라면 인간관계가 훨씬 수월했을 거라고….

스티븐이 덧붙였다. 장애인들은 루틴과 습관에 민감하고, 일상이 틀어지면 돌발 행동을 할 수도 있다고. 세상에, 누군들 그런 점이 없겠는가! 정도의 차이가 있을 뿐이지. 나는 한국에서 '장애인도 우리와 같은 사람'이라는 뉘앙스가 담긴 캠페인을 자주 보았다. 이상할 것 없는 말이었다. 하지만, 이 서류를 넘기며 깨달은 것은 '내가 장애인과 같은 사람'이라는 점이었다. 자꾸 '이거 난데? 나도 그런데?'라고 중얼거리면서 말이다. 그렇게 새로운 지점을 더듬으며 두 번째 캠프힐 생활이 시작되었다. 일이 곧 생활이고 생활이 곧 일인 채로.

한집에는 장애인과 봉사자가 비슷한 수로 배정된다. 폴은 잠자기 전 얼굴과 등에 연고를 발라줘야 했고, 사지마비인 데이비는 하루 두 번 기저귀를 갈아야 했다. 나는 매일 아침 콜린의 면도를 도왔다. 면도를 해주는 것이 아니라 면도기를 들고 거울 앞에서 멍하니 서 있는 그에게 "You shave! You handsome!"이라며 외마디 영어를 외쳐가며 독려한다. 그러면 콜린은 스스로 면도를 했다. 결코 베이는 일 없이! 콜린은 변비 때문에 건포도를 규칙적으로 먹어야 했다. 집에 건포도가 끊이지 않게 조달해 두는 것도 내마음이 늘 기억하는 일이었다. 신발을 왼발 오른발 바꿔 신으면 다시 신도록 알려줬다. 어려운 말은 필요 없었다. "Your shoes, left here! Right here!" 정도면 충분했다. 단순한 내 영어로도 뜻은 모두 전달됐고, 내 목소리는 차츰 단단해져 갔다.

두 달이 지났을 때, 콜린이 다른 집으로 옮기게 되었다. 한 봉사자가 특정 장애인을 전담하진 않지만 아무래도 조금 더 정이 드는 사람이 생기기 마련이다. 나에게 콜린이 그랬다. 떠나보낸다고 하니 '콜린에게 나는 어떤 존재였을까' 싶은 마음에 조금 착잡해졌다. 그에게 '관계'나 '추억'은 어떤 모양일까? 오늘 일도 내일이면 잊는 그에게 '지금'이란 어떤 의미일까?

콜린이 떠나기 전날 송별회를 열었다. 여느 때처럼 열댓 명이 둘러앉아 정신없이 식사하고 케이크를 나누어 먹었다. 마티아스와 나는 설거지를 맡고 다른 봉사자들은 장애인들의 취침 준비를 도왔다. 보통이라면 저녁 약을 받고 세수하러 갈 콜린이 부엌을 떠나지 않고 서성였다. 왜인지 안절부절못하던 그에게 "You're moving tomorrow! Give me a hug!" 나는 양팔을 활짝 벌렸다. 그러자 콜린은 내 품에 달려와 나를 꼭 안았다. 평소 느릿느릿 걷던 콜린이 이렇게 빠른 적이 없었다. 그제야 알았다. 콜린이 작별 인사를 하고 싶어서 방으로 가지 않았다는 것을. 콜린은 나보다 어리고 체구도 작은데, 그 순간은 어른의 포옹 같았다. 이어서 자기보다 50센티미터는 더 큰 마티아스를 아이 대하듯 다정히 안고 눈을 지그시 감는 콜린. 아무 말 없이 한참 그렇게, 어른의 포옹이 이어졌다.

콜린에게 시간이나 관계란 단편적일 거라 넘겨짚었던 내가 틀렸다. 콜린 안에는 오늘과 어제, 어제보다 더 먼 날들이 켜켜이 쌓여 있었다. 그 방식이 나와 다를 뿐, 눈을 지그시 감은 그의 표정에 그것이 고스란히 비쳤다. 내 무지와 오만이 부끄러웠다.

생각해 보니 콜린은 내가 처음부터 지금까지 겪은 과정을 모두 지켜본 사람이었다. 차 문을 벌컥 열더니 갑자기 난감해하던 이상한 사람, 평화로운 콘서트 내내 왜인지 혼자 초조해하던 사람, 부모님 집의 하숙생이었다가 어느 날 같은 집 식구가 된 사람, 처음에는 눈도 못 마주치더니 엉터리 영어로 자신의 일상을 돕던 웃긴 사람, 굿바이 케이크를 구워준 사람, 작별 인사를 하자며 먼저 품을 연, 그냥 사람…. 콜린은 그런 나에게 포옹으로 말하는 듯했다. "이제 조금 자연스러워졌는데?"

장애인과 함께 생활한다는 것, 나와 다른 언어를 쓰고 다른 문화권에서 자란 사람과 함께 산다는 것은 '시험'이 아니었다. 잘하려고 애쓰며 좋은 평가를 기대하지 않아도 되었다. 비유하자면 좋아하는 TV 채널 하나를 늘리는 일이었다. '내 인생'이라는 TV에 '관계'라는 채널을 추가하는 것. 채널의 스펙트럼이 다채로워지고 경험의 해상도가 높아지면 세상에서 벌어지는 갖가지 현상을 이해하는 폭이 넓어진다. 이전보다 더 자주 웃고 더 자주 우는 인생이 된다.

서로 다른 사람들이 함께 만든 빵, 함께 먹은 음식, 함께 걸은 산책길을 통해 우리도 모르는 사이에 수많은 채널이 추가된다. 그 과정은 사람이 사람에게 주는 선물이다. 오랜 시간과 수많은 감정이 집약된, 꼭 진주알 같은 선물.

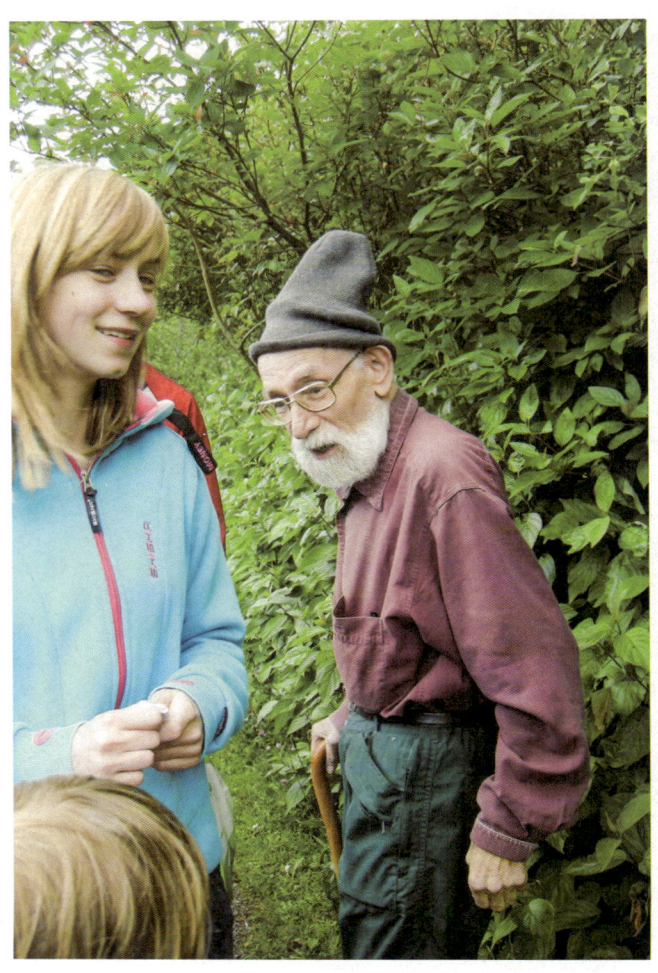

산책 중 마주친 은퇴한 할아버지 봉사자. 평생을
헌신하며 살아온 후 일선에서 물러난 봉사자들은
캠프힐의 보호와 혜택을 받으며 여생을 보낸다.

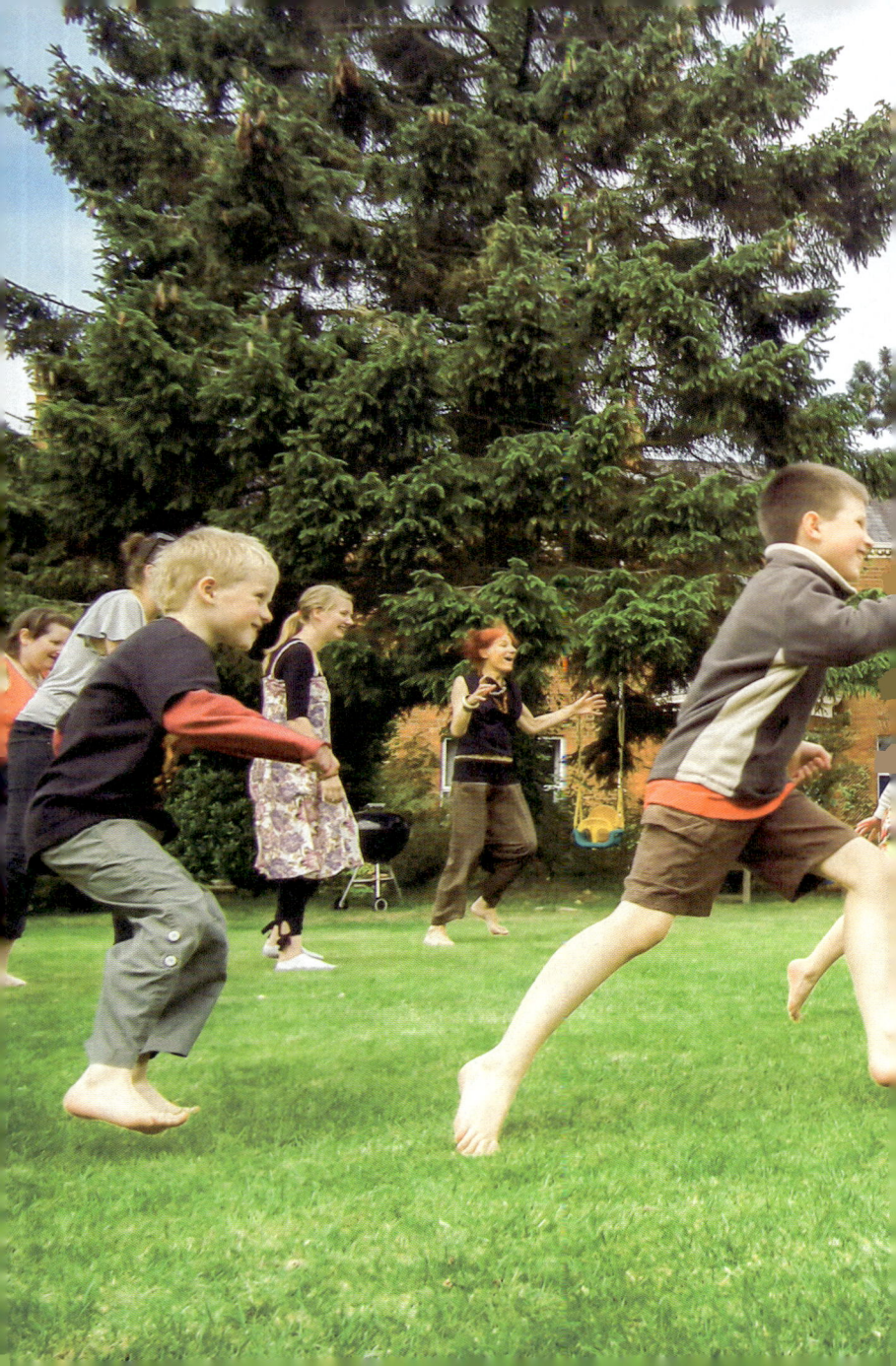

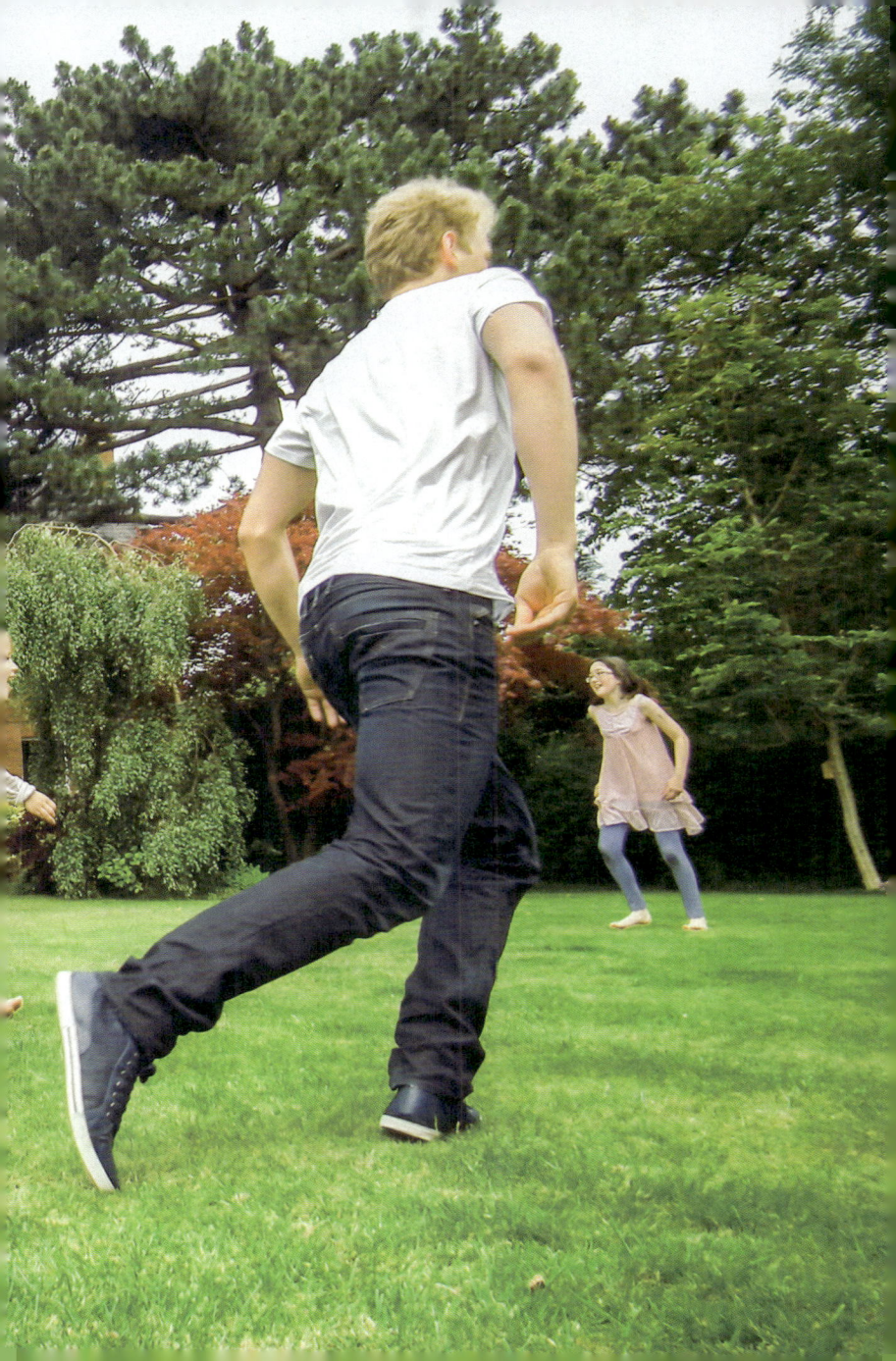

'완벽할 필요 없어' 주의

음악가 김태원 씨에 관한 기사 제목이 눈에 띄어 클릭해 보았다. 정확히는 그의 '아픈 아들'에 대한 내용이었다. 그의 아들은 '마음의 병'을 앓고 있고, 가족은 한국 땅에서 많은 상처를 받았으며 현재는 해외에 머물고 있다는 내용이었다. 기사는 마음의 병이 무엇인지 명시하지 않았지만, 김태원 씨가 "아들과 대화해보는 것이 소원"이라고 말한 걸 통해 짐작할 수 있었다. 눈을 마주치지 않는 아이, 마음을 닫은 아이, 자폐스펙트럼이다.

우리 캠프힐 사람들을 떠올렸다. 자폐증에 듣지도 말하지도 못하는 아주머니, 의사 표현은 Yes와 No만 가능한 할아버지, 막대로 반죽을 휘젓거나 옮기는 정도만 가능한 다운증후군 청년도 있다. 우리는 주 1회 이상 마트, 극장, 콘서트홀, 수영장을 드나들지만, 그곳에서 불편한 시선을 받은 적이 없다. 장애인 본인도 가족도 위축되지 않는다. 공동체 소속이 아닌 장애인을 길에서 마주치는 것도 일상이다. 한마디로 장애를 이유로 태어난 나라를 떠날 필요가 없는 사회다.

캠프힐의 시스템은 장애인들을 격리하고 봉사자들이 일방적으로 돌보는 방식이 아니다. 장애인들은 사소할지라도 각자 맡은 일이 있고, 베이커리, 나무 공방, 위버리 등으로 출퇴근한다. 휠체어를 탄 사지마비 할아버지도 봉사자가 베이커리에 데려다주면 사람들이 일하는 것을 지켜본다. 그 자체로도 엄연한 '일'이다. 워크숍과 집에서 열리는 정기 회의에도 장애인들이 모두 참여하며, 자신의 의견을 자유롭게 표현하고 의사 결정에 영향을 미친다.

때때로 먼 공원이나 타 도시로 소풍을 가기도 한다. '중증 장애인은 야외 활동에서 제외되겠지?'라고 예상했지만 오산이었다. 장애인 전용 택시를 불러 휠체어에 탄 채 그대로 탑승한다. 택시 내부는 지붕이 높고 널찍하며, 휠체어 고정용 벨트와 안전장치가 이중 삼중으로 설치되어 있다. 이 장치들을 채우고 푸는 데만 한나절이 걸리지만, 아무도 재촉하거나 툴평하지 않는다. 여행지에 도착하면 모두 휠체어의 속도에 걸음을 맞춘다. 먼 길을 돌아가기도 하고, 여의치 않으면 휠체어를 번쩍 들어올리기도 한다. 이곳에서는 누구라도 못 하거나 안 되는 일이 없다. 어떻게든 함께 간다.

고작 반년 만에 내 나라의 사정이 먼 나라의 이야기처럼 생소해지다니. 그만큼 이곳 생활에 익숙해진 나는, 장애인들이 사회의 일원으로 인정받지 못하고 안으로 숨겨지거나 밖으로 내몰리는 이유를 어렴풋이 짐작할 수 있었다.

경쟁과 생존에 대한 강박. 한 번의 실패로 다시 일어서기 힘든 사회. 한 가지만 잘하는 것으로는 불안하고, 더 빨리 더 많이 가지려는 압박 속에서 손톱을 물어뜯는 분위기. 그런 환경에서 자란 내가 캠프힐에서 가장 많이 듣는 말이자 가장 해내기 어려운 일은 바로…

It doesn't need to be perfect.

완벽할 필요 없어.

잘하면 주목받고 못하면 그림자가 되는 사례에 익숙한 나로서는 처음엔 그 말이 단지 부담을 덜어주려는 빈말인 줄 알았다. 하지만 참말이었다. 이 캠프힐에 온 지 2주쯤 되었을 무렵, 봉사자들이 마을 주민들을 초대해 자선 콘서트를 연다고 했다. 누군가 악기를 기가 막히게 다룬다거나, 노래를 잘하는 사람이 있겠지 싶었다. 하지만 리허설을 보고는 깜짝 놀랐다. 기타를 제법 치는 아이가 하나 있었고 또 다른 아이는 기타 케이스를 퍼커션 삼아 손바닥으로 두들겼으며, 나머지 사람들은 노래방 기계에서 "음치는 아니시네요." 판정을 받을 정도로 노래를 부르고 있었다. 그 와중에 놀라운 점은 모든 봉사자가 한 명도 빠짐없이 참여한다는 사실이었다.

강제 동원? 아니면 근거 없는 자신감? 콘서트가 당장이고 연습은 단 두 번 남았다는데, 이건 아니 될 수준이었다. 리허설이 끝난 후 콘서트의 총기획자라는 기타 소년 니클라스가 상기된 얼굴로 내게 물었다.

"헤이, 썸머. 우리 공연 어때?"

나는 답했다.

"이걸… 이틀 후에 한다는 거지?"

니클라스가 나의 걱정을 눈치채길 바랐다. 그런데 걱정은커녕 "괜찮아. 완벽할 필요 없어. 우리가 즐거우면 돼. 뭐라도 좋으니 같이 하자!"라며 웃는 것 아닌가! 나는 그가 속으로는 걱정하면서 겉으로는 센 척하는 거로 생각했다. 이 콘서트는 하는 사람도 보는 사람도 민망할 거라고 확신했다. 함께 하자고 권하는 것도 기겁하며 거절했다. 나는 누구 앞에 내세울 만큼 노래도, 연주도 못한다. 내가 왜 사서 창피를 당하겠는가!

결론부터 말하자면 콘서트는 매우 훌륭했다! 피나는 노력에 벼락같은 기적이 더해져 봉사자들이 '콘서트'라는 이름에 걸맞은 실력을 갖추게 되었…을 리 없다. 흠집을 찾자면 한도 없을 테지만 그런 마음은 티끌만치도 들지 않았다. 봉사자들은 무대 위의 긴장과 흥분을 즐겼다. 시간이 흐를수록 봉사자들의 노래, 연주, 춤이 아니라 그들의 입과 손과 몸이 보였다. 누군가를 위해 무언가를 하는 '사람'이 보였다.

봉사자들의 뺨이 사과처럼 반짝이는 것을 바라보며 나는 그동안 간과했던 중요한 포인트를 깨달았다. 콘서트는 공연자만의 일이 아니다. 관객과의 협업이다. 이날 함께한 우리 캠프힐 식구들과 마을 주민들은 최고의 관객이었다. 신나는 곡이 나오면 환호와 박수를 아끼지 않았고, 진지한 곡에는 숙연한 분위기로 답했다. 연주자와 관객이 서로의 빈틈을 채우고 응원하면서 만들어 가는 콘서트. 나는 니클라스에게 인사치레가 아닌 진심으로 말했다. Perfect 했다고. 그리고 후회했다. 나도 뭐라도 할걸, 나도 저 위에 함께 있었으면 좋았을걸….

일에서도 다르지 않았다. 이곳에도 자기 일을 제대로 못 하는 민폐 봉사자들이 도사리고 있지만, 신기하게도 어찌어찌 잘 굴러가고 당사자들도 움츠러드는 기색이 없다. 한번은 피에르라는 봉사자가 대충대충 일하고 요령을 피우기에, 나는 참지 못하고 하이디 할머니에게 일러바쳤다. 그러자 돌아온 대답.

"썸머, 누구도 완벽할 순 없어. 피에르를 있는 그대로 받아들이렴."

이에 나는 "완벽해지길 바라지도 않아요. 성인인데 자기 일은 제대로 해야죠!"라고 발끈했다가 더 기가 막힌 답을 들었다.

"피에르가 그 정도인 건 그의 한계이자 그의 인생이지, 네가 화낼 일이 아니야. 피에르가 나아질지 아닐지는 스스로 결정할 문제야."

나는 투지를 잃었다. '나아진다'는 개념, '이상'을 추구하는 기준 자체가 사람마다 다르다는 걸 인정해야 한다니. 그래서 "그 수준으로는 곤란해!"라는 일이 이곳에선 존재하지 않는다는 것을 깨달았다. 스스로 나서서 '하겠노라' 하면 그 길로 나의 역할과 자리가 생긴다. 잘하기 이전에 '스스로 하기'와 '함께하기'가 우선이다. 바이올린을 켤 줄 아는 마이올랭은 일요일 예배에서 연주를 자청하고, 클라라는 화요일 저녁마다 봉사자들을 모아 요가 세션을 연다. 나는 케이크가 필요한 자리가 생기면 기꺼이 굽는다. 이곳의 모두는 각자의 재주를 거리낌 없이 드러내며 산다.

캠프힐 뜨내기들(나 포함)의 좌충우돌에 정신이 아득해질 때면, 나는 농장의 대장 안야와 하이디 할머니 같은 어른들에게서 힌트를 얻는다. 안야의 집에 새 봉사자가 온다고 하기에 무심결에 "좋은 사람이 오면 좋겠네요"라고 말했더니 그는 웃으며 답했다.

"어떤 사람이 와도 괜찮아."

그 말이 그렇게 싱그러울 수 없었다. 그 사람이 어떤 사람이든, 그 사람의 시간과 마음이 허락하는 만큼 받아들인다는 태도. 수많은 봉사자가 길게는 1년, 짧게는 몇 주 머물다 가는 이곳에서 '괜찮다'는 말이 나오기까지 얼마나 많은 부침이 있었을까. 그럼에도 이곳의 어른들은 새 만남에 거리를 두거나 벽을 치지 않는다. 아이들이 만든 엉터리 음식을 앞에 두고 그들의 애씀에 감사하는 기도를 올린다. 밖에서 받은 상처를 고스란히 품고 들어오는 우리들을, 그 뾰족한 각을 묵묵히 받아낸 삶이다.

완벽이라는 말을 한자로 풀면 온전할 완 完, 둥근 옥 벽 璧, '온전하게 둥근 옥구슬'이다. 불완전한 구성원을 울타리 바깥으로 내몰면 남은 이들끼리 옥구슬처럼 또르르 굴러갈 수 있을까? 지금 내가 사는 나라는 아무도 완벽에 관심을 두지 않는 곳. 삐걱거리고 엉성할 듯하지만, 놀랍게도 오래, 꽤 멀리 굴러가고 있다.

이 모난 수레바퀴를 굴리는 힘은 무엇일까. 이곳에는 인간의 불완전을 아는 지혜, '함께'에 가치를 두는 여유가 있다. 그것은 체념이나 나태와는 전혀 다른 에너지를 발산하며 서로에게 용기와 감동을 준다.

혼자 일을 하는 게 편했던 나는 이제 이스트와 베이킹파우더도 구분 못 하는 봉사자, 그들의 자녀, 그리고 우리 장애인들과 함께 뭐라도 만들 궁리를 한다. 저효율과 불완전의 틈새는 함께라는 가치로 자연스레 메워져 동그르르해진다. 견고하고 건강하고, Perfect 해진다.

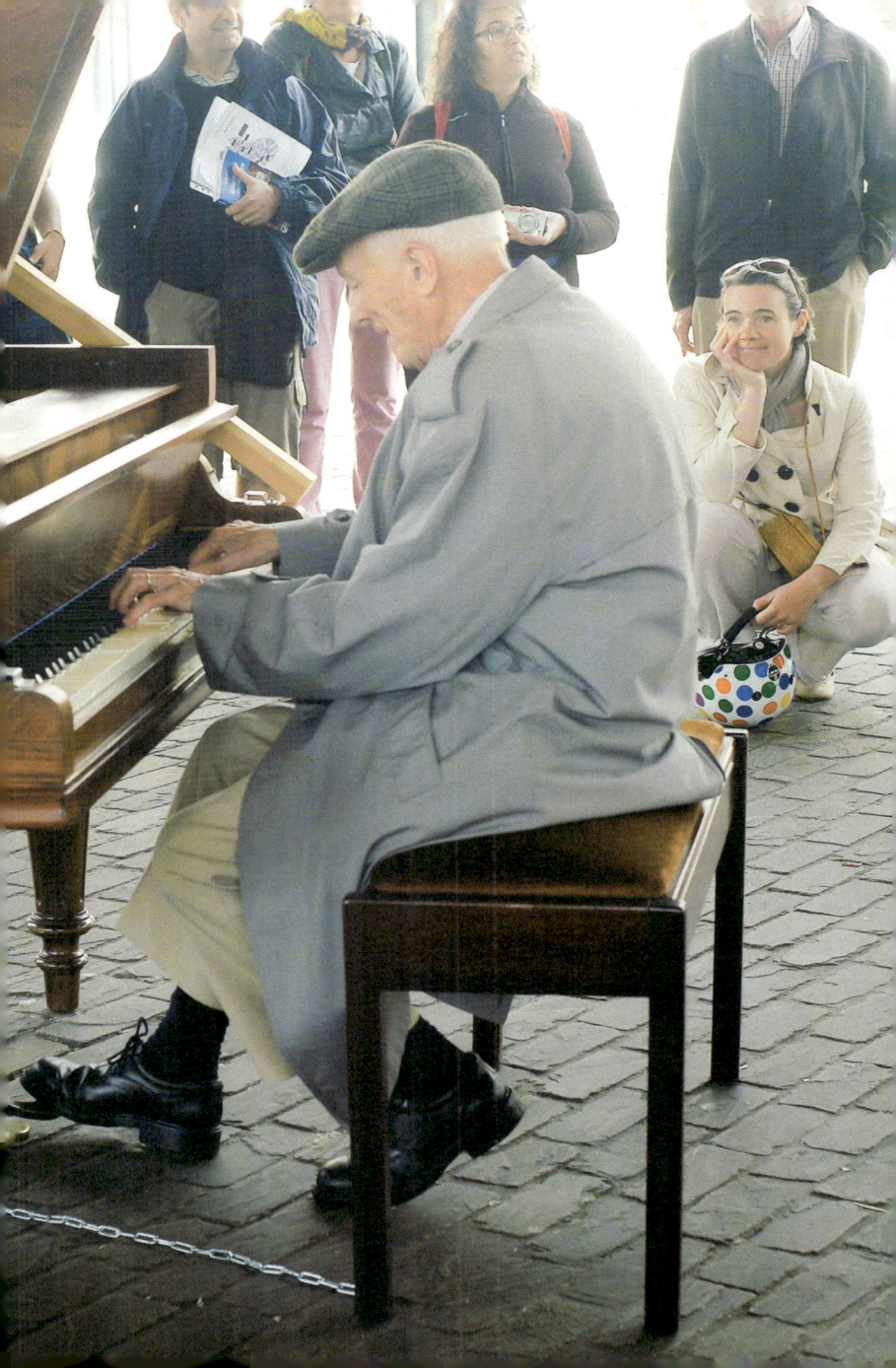

무슨 일이 있어도, 문은 꼭 열어두세요

캠프힐은 기독교적 배경을 가진 공동체다. 달력엔 이런저런 축제나 기념일이 가득하지만, 신앙을 강요하지는 않는다. 기독교인이 아닌 나는 문화적이거나 역사적인 호기심으로 이곳의 행사를 즐기곤 했다. 이번 달에는 '봄의 크리스마스'라 불리는 부활절이 있다. 모두가 한참 전부터 날짜를 손꼽으며 그날을 기다렸다. 다른 캠프힐 봉사자와 근황을 나누어보니 이쪽이나 그쪽이나 하는 일은 똑같았다. 색색의 달걀로 집 안을 장식하고 숲속에 달걀과 토끼 인형을 숨겨놓고 보물찾기를 한다. 그리고 캠프힐 전통인 부활절 연극을 올린다.

연극의 내용은 이렇다. 신전 앞에 한 시각장애인이 도움을 청하며 서 있다. 그 뒤로 청각장애인, 기형아를 안은 어머니, 한센병 환자, 지적장애인, 뇌전증 환자 등이 하나둘 모여든다. 로마 군인들이 이들을 잡아 섬에 격리하려는 탓에 무리는 공포에 떨고 있다. 그 와중에 서로의 결함을 두려워하고 멸시하기도 한다. 하지만 마침내 몸과 마음의 병을 극복하기로 결심한 사람들은 로마 군인들과 당당히 맞선다.

이 연극은 캠프힐의 창작극이다. 1930년대, 나치 독일이 장애인을 잉여 인간, 부적격자 분류하고 수용소에 격리해 학살했던 상황을 고대 로마 시대로 옮겨 은유한 것이다. 캠프힐은 나치의 박해를 피해 장애인들을 데리고 유럽 대륙을 거쳐 스코틀랜드까지 도망친 학자, 의사, 예술가들이 만든 공동체다. 주축은 발달장애 아동을 연구하던 오스트리아인 소아과 의사이자 교육자 칼 쾨니히(Karl Koenig, 1902~1966)였다. 연극은 캠프힐의 태동을 보여주고 있었다.

하이디 할머니가 총감독을 맡고 강당에 모여 배역을 나누었다. 가장 많은 대사를 하는 배역부터 꺼내어졌다. 우리는 하이디 할머니와 눈을 마주치지 않으려 애쓰며 일사불란하게 마르탱을 바라보았다. 마르탱은 우수한 성적으로 고등학교를 졸업한 모범생이었고, 은연중에 모두가 그의 공부머리를 믿고 있었다. 셰익스피어의 작품처럼 시적인 표현이 많고 지금은 쓰지 않는 오래된 영어로 쓰인 어려운 대본이었다. 마르탱은 난감한 표정을 지었지만 결국 수락했다. 우리 상태(?)를 보니 자기가 십자가를 매는 편이 낫겠다고 여긴 것 같았다.

나는 아주 특별한 역할을 받았다. 다들 서 있는 가운데 혼자 끝까지 앉아 있는 Woman이라는 배역이었다. 게다가 무리의 정중앙에서. Woman은 강보에 싸인 아이를 안고 주변의 소란을 묵묵히 지켜보다가 마지막 순간에 "자기 자신을 당당하게 바라보시오"라고 묵직하게 타이르는 사람이었다. 그렇다. Woman은 무려, 피에타의 성모 마리아였다. 지저스! 내가 마리아라니! 난 불곤데!

그렇게 난생처음 배우로서 무대에 서게 되었다. 역할극을 해본 적도 없으면서 극을 정리하는 중요한 인물을 맡은 것이다. 원어민들도 어려워하는 영어 대사를 소화해야 한다는 부담감에 밤잠을 못 이루기는커녕, 소풍을 앞둔 아이처럼 마냥 두근거렸다. 봉사자들의 콘서트를 지켜본 후로는 사람들 앞에 나를 있는 그대로 내놓는 것이 두렵지 않았다. 무대 뒤의 두근거림, 무대 위의 긴장과 교감, 다시 무대 뒤의 벅차오름을 처음으로 맛볼 좋은 기회였다.

최종 드레스 리허설을 마치고 방으로 돌아온 나는 생경한 경험이 주는 감동을 한참 붙잡고 있었다. 전환점은 예상하지 못한 계기를 타고 온다. 갈 곳이 없어서 비상 착륙한 캠프힐, 그마저도 첫 착륙지에서 도망쳐 온 이곳에서 다음 기회를 얻는다. 그것이 우리가 너무 일찍 인생을 닫지 말아야 하는 이유다. 닫았다 하더라도 다시 열어야 할 이유다.

이윽고 2011년 4월 22일, 부활절 금요일 오후 3시, 우리는 무대에 섰다. 입던 옷, 신던 신발, 쓰던 말을 벗고 우리는 같은 옷을 입고 맨발로 서서 주어진 말을 하고 눈동자로 뜻을 맞추었다. 숨을 곳을 허락하지 않는 조명 아래에서, 수많은 관객의 시선이 주는 무게를 고루 나누어 받으며 우리와 나는 하나의 무대에 섰다. 마르탱은 두 번쯤 대사를 실수했지만, 누구도 당황하지 않았다.

마가야는 대사를 읊다가 감정에 복받쳐 목이 메었다. 몇몇 관객이 눈물을 훔쳤는데 그것이 장애인인지 그들의 가족인지 봉사자인지… 객석이 어두워 알 수 없었다.

나는 처음부터 끝까지 묵묵히 앉아서 우리를 바라보았고, 나도 모르게 속으로 영어 대사 대신 한국어 문장을 반복해 읊조렸다.

'나는 지금이 더없이 좋다. 나는 우리가 더없이 좋다. 나는 삶의 무대를 더없이 사랑하겠다.'

자, 이제 내 차례다.

You should never turr against yourself.

자신에게서 등을 돌리지 말라.

Become what you are.

있는 그대로의 너 자신이 되어라.

His heart was dumb, not he himself.

말을 잃는 것은 사람이 아니라

사람의 마음이다.

Therefore he can not speak.

그런 연유로 사람은 말을 하지 못하는 것이다.

'어찌어찌 된다'의 법칙

대부분의 캠프힐은 설립 기념일 즈음에 '오픈 데이Open day'를 열고 마을 주민들을 초대한다. 마켓, 서커스, 인형극 같은 다양한 이벤트와 먹을거리가 펼쳐지고 아이나 어른, 장애인이나 봉사자, 주민들 모두가 한데 어우러지는 시골 마을의 작은 축젯날이다.

오픈 데이는 워크숍들이 경쟁하는 장이 되기도 한다. 각 워크숍은 공간을 개방해 자신들의 작업을 소개하고 직접 만든 물건을 팔아 수익도 낸다. 나무 공방과 위버리는 조각품과 직물을 판매하고 농장에서는 햄버거와 아이스크림 스탠드를 운영한다. 내가 속한 베이커리는 사워도우 브레드(캠프힐의 사워도우는 이 동네에서 명성이 자자하다), 피자, 케이크를 팔고, 어린이들이 할 수 있는 '컵케이크 장식하기. 1개에 단돈 80센트!' 코너도 마련했다.

베이커리는 매년 빵과 피자만을 준비했다는데 올해는 달랐다.

"케이크를 꼭! 만들었으면 좋겠어!"

나와 눈을 맞추고 간절하게 말하는 베이커리 마스터 스티븐에게 "일단, 케이크를 미리 만들어두어야 하는데 보관할 냉장고가 없어요. 이단, 행사 당일에 쓸 냉장 쇼케이스도 없어요. 삼단, 포장 용기도 없어요. 결론은 무리무리!"라고 똑 잘라 거절할 수가 없었다. "그래, 합시다!"라고 저질러 버린 데에는 나 또한 믿는 구석이 있기 때문이었다. '완벽할 필요 없어' 주의를 뒷받침하는 '어찌어찌 된다'의 법칙. 캠프힐 생활에서 얻은 삶의 위대한 교훈이었다.

동네에서 가장 큰 마트에서도 원형 케이크 틀을 구할 수 없어 급히 사각 케이크와 무스케이크로 아이템을 변경한 것은 빙산의 일각에 불과했다. 알루미늄 베이킹 컵조차 파는 곳을 못 찾아 집마다 부엌을 뒤져 먼지 낀 머핀 틀을 찾아낸 일까지… 열거하자면 눈물이 날 지경이다. 그때마다 저 두 가지 '믿는 구석'은 우리를 어떻게든 해내게 했다.

좌충우돌 그러나 신나게 준비한 으픈 데이는 대성공이었다. 행사 전 일주일 내내 태풍이 불어닥쳤고(흔한 아일랜드 날씨), 당일도 바람이 거셌지만(역시 평소와 다름없는 날씨) 많은 마을 주민이 찾아와 주었다.

행사가 끝나자, 워크숍들은 그날 벌어들인 돈을 세느라 여념이 없었다. 스티븐은 하루 종일 피자를 굽느라 얼굴이 달아올랐는데 매출을 확인한 후 한층 더 벌게질 수밖에 없었다. 베이커리 사상 최고 매출을 경신한 데다 늘 1등이던 나무 공방을 제쳤다! 베이커리 식구들은 팔짝팔짝 뛰며 기쁨을 나누었다.

집에 돌아오니 봉사자들이 기분 좋게 방전되어 카우치며 식탁에 젖은 수건처럼 널브러져 있었다. 그들은 이날 있었던 각종 사건, 사고를 쏟아내며 눈물이 나도록 웃고 있었다. 너무 들뜬 나머지 일어나자마자 밥도 약도 안 먹고 집을 뛰쳐나간 마틴을 잡으러 다닌 이야기부터, 독수리 활공 서커스에서 독수리 녀석이 조련사의 팔뚝 대신 나무 위로 날아가 앉더니 영 돌아올 생각을 안 했다는 안타까운 소식까지. 하지만 가장 큰 이슈는 따로 있었다. 평소엔 순둥이 같은 워크숍 마스터들도 경쟁심으로 불타게 만든 단 하나, 바로 매출! 아직 결과를 모르는 봉사자들은 서로 떠보기에 여념이 없었다.

"너희 얼마 팔았어?"

"너희는?"

"내가 먼저 물었잖아!"

"됐고, 너희는?"

유치한 탐색전이 난무하는 가운데, 팔다 남은 아이스크림과 피자, 햄버거를 해치우며 오픈 데이가 저물어갔다. 완전히 에너지를 쏟아낸 스티븐이 말했다.

"이런 날이 일 년에 한 번이라 다행이야!"

그래 맞아. 생일은 하루면 족해. 두 번이면 그건 생일이 아니지!

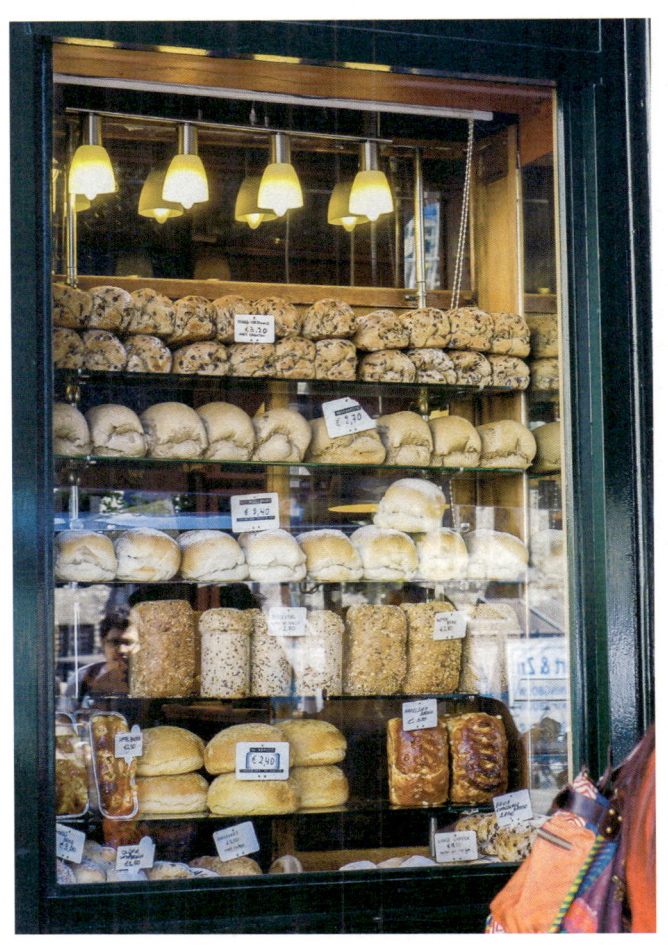

똑같이 모양을 잡아도 발효나 굽기를 거친 뒤에는 어
디는 많이 부풀고, 어디는 터지고, 어디는 유독 주저앉
는다. 제과가 '원하는 모양대로 나무 인형을 깎는 것'
이라면, 제빵은 '나무를 심고 지켜보며 물과 시간을 주
는 것'에 가깝다. **어찌 할 수 없고 미리 알 수 없는 부
분이 있다면, 시작은 내가 해도 끝은 내맡길 수밖에.**
'어찌어찌 된다'의 법칙에 기대며!

그렇게 케이크가 된다

캠프힐에서 대외업무를 담당하는 해티가 사무실로 와달라고 했다. 우리 베이커리에서 굽는 케이크에 관한 기사를 소식지에 싣고 싶다며 캠프힐 본부에서 연락이 왔다는 것이다. 케이크를 만들 때마다 사진을 찍어두었기에 이미지 자료는 걱정이 없었다. 문제는 원고였다. 이건 '영어' 소식지 아닌가! "제가 뭔가를… 직접… 써야… 하나요?" 하고 옹알이를 하자 눈치 빠른 해티가 웃으며 말했다. "허허허~ 내가 자네를 인터뷰해서 원고를 작성하겠네."

며칠 후, 해티와 마주 앉아 베이킹에 얽힌 기억들을 하나하나 꺼내며 이야기를 나눴다. 가정집에 오븐이 흔치 않던 시절, 휴가차 묵었던 숙소에서 주인 할머니가 직접 구워 내민 블루베리 머핀이 그 시작이었다. '머핀'이라는 단어도 그때 알았다. 그저 모든 걸 '빵'이라고 부르던 때였다. 그 할머니는 외국 생활을 오래 하다 귀국해 펜션을 열었고, 집에서 이런 걸 만들 수 있다는 걸 처음 보여준 사람이었다. 당장 제과제빵을 배웠고 배운 김에 작은 베이커리

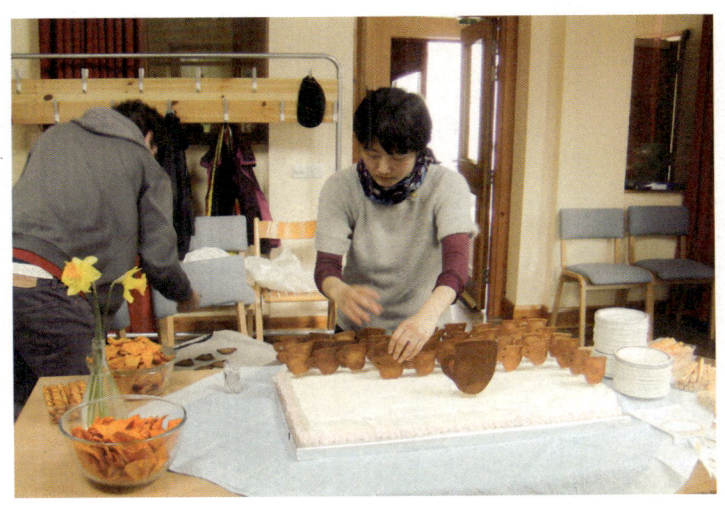

카페를 열었다. 그 기간은 길지 않았다. 카페를 정리한 뒤에는 복지관에서 아이들과 케이크를 장식하는 정도의 봉사를 했다. 그리고 지금, 그 할머니가 살았다던 유럽에서 오븐 불을 지피고 있다. 그리고 한 번도 생각해 본 적 없던 질문을 받고 있다.

질문 1. 케이크를 만드는 데 가장 중요하게 생각하는 것은 무엇인가요?

질문 2. 정성껏 만든 케이크가 순식간에 먹히는 걸 보면 허무하거나 아쉽지는 않나요?

글쎄… 케이크를 만든다면, 우선 주인공을 알아야 하지 않을까? 케이크를 만들 일이 정해지면, 나는 그 사람에 대한 정보를 모으기 시작한다. 마틴은 리버풀과 아스널을 좋아하는 축구 광팬. 하이디는 공동체의 큰 어른으로, 우아하고 따뜻하면서 겸손한 분.

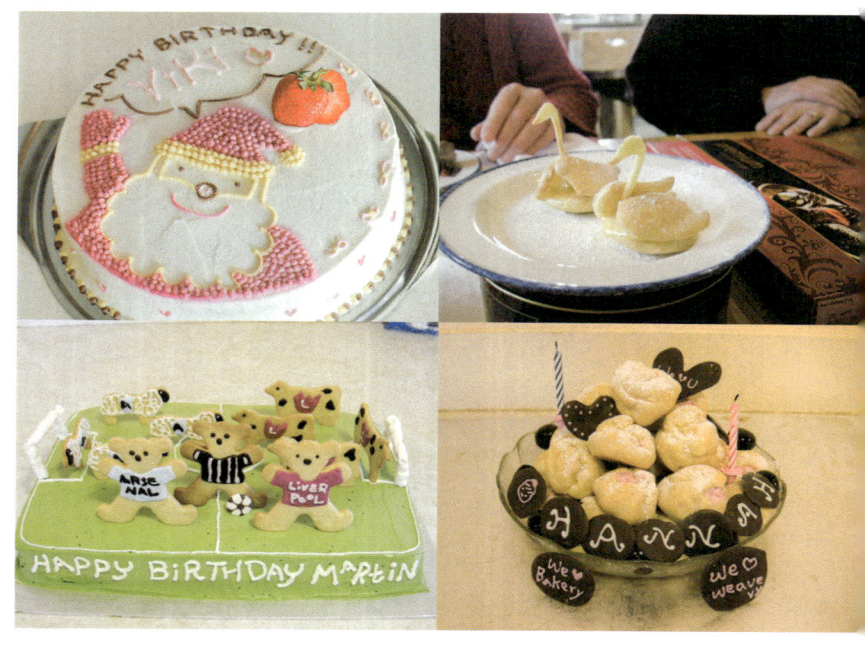

한나는 패션도 사고방식도 톡톡 튀는 아이, 평범한 건 사절! 비키는 사시사철 산타클로스를 찾는 꼬마.

케이크는 특별하다. 어떤 음식이라고 특별하지 않겠냐만 케이크는 조금 더 그렇다. 일 년에 단 하루, 내가 주인공인 날 차려지는 테이블 한가운데에는 내 나이만큼 초를 꽂은 케이크가 놓여 있다. 모두가 케이크와 나를 바라본다. 생일 주인공과 케이크는 일종의 커플이다. 나는 생일을 맞은 사람에게 꼭 맞는 옷을 선물하듯 꼭 맞는 케이크를 만들고 싶다. 그래서 사람을 관찰한다. 그러다 보면 자연스레 그 사람이 가까워진다. 누군가의 취향을 살피고 그를 위해 무언가를 하는 것, 그것이 '관계'라는 단어의 정의가 아닐까.

케이크는 잠깐이면 사라진다. 예뻤던 모양도 간데없다. 그렇다고 잊히는 것은 아니다. 하나, 생일 주인공을 관찰하고 케이크를 만든다. 둘, 주인공이 보지 못하도록 숨겨두었다가 파티 시간에 맞추어 초에 불을 붙여 들고 나온다. 셋, "Happy birthday to you" 노래를 부르며 주인공에게 다가간다. 넷, 그 순간 주인공의 표정을 나는 본다. 이 시간은 잠깐이면서도 평생이다. 그렇게 케이크는 평생 산다.

언젠가 가수 이소라가 이런 말을 했다. "내가 노래를 부를 때만큼은 상대방이 나를 사랑하게 만들고 싶어요." 해티의 질문에 더듬더듬 답하는 동안, 나는 그 말의 뜻을 조금 알 것 같았다.

데이비드 할아버지는 뇌 손상의 후유증으로 홍차
에 대한 집착이 생겼다. 시도 때도 없이 하루에도
수십 잔의 홍차를 마시려 드는 할아버지와 그걸 막
으려는 봉사자들의 술래잡기가 일상이 되었다. 그
의 60세 생일에는 찻잔 모양의 비스킷 60개를 올
린 대형 케이크를 만들어드렸다.

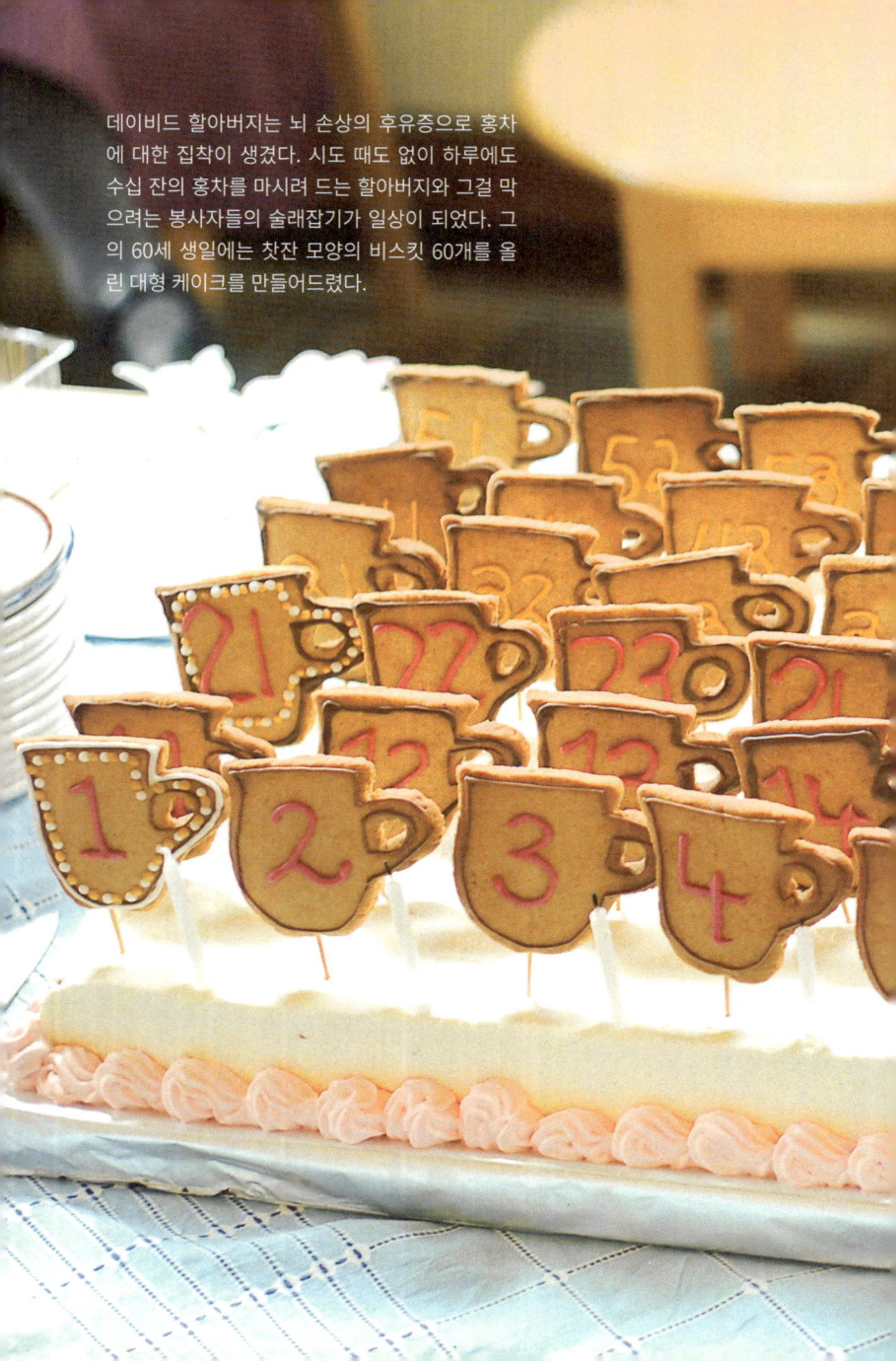

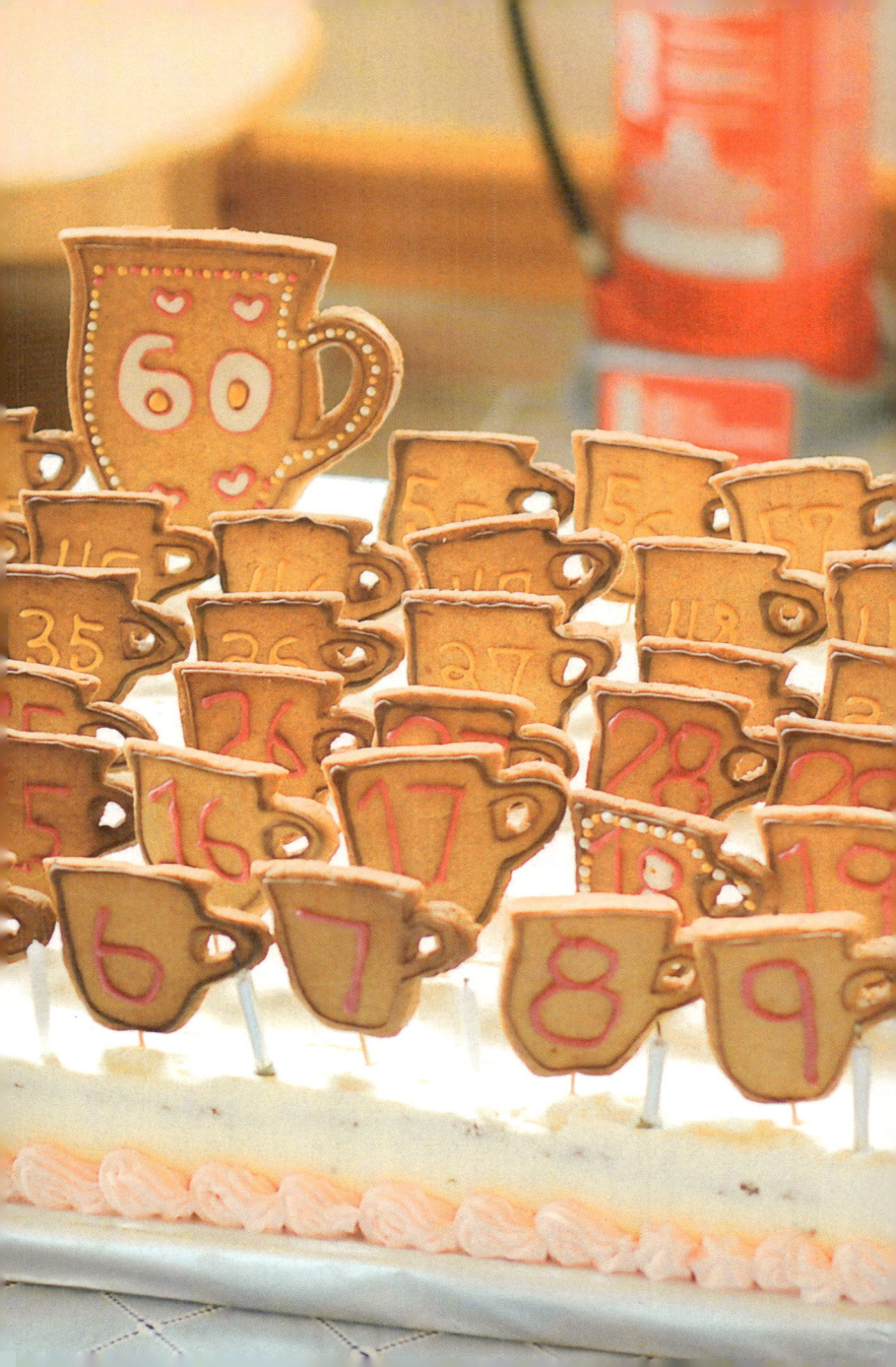

"나도 그랬어"라고 말해주는 사람

"10대한테 뭘 바라니? 우리도 그땐 그랬잖아!"

클라라와 신나게 뒷담화했던, 그 얄미운 마티아스가 독일로 돌아간다. 그리고 곧 고2짜리 독일 여자아이가 새로 온다고 했다. 탄야나 말리처럼 듬직한 아이? 아니면 한나처럼 발랄한 아이? 나는 새 식구를 맞을 생각에 한껏 들떠 있었다.

일주일 후, 우리 집에 온 그 아이는 색달랐다. 발도르프 학교에 다니는 사라는 이번 여름방학을 캠프힐에서 보내야 한다고 했다. 일종의 현장 실습이었다. 길쭉하고 바싹 마른 몸, 푸르고 큰 눈망울, 호기심으로 가득 차 이것저것 들춰보기를 좋아하는 아이. 명랑하고 사랑스러운 이 아이에게 치명적인 결함이 있었으니… 바로 영어를 못한다는 것. 어느 정도로 못하냐면, 나보다 못했다. 그 말은 곧 우리 공동체에서 제일 못한다는 뜻이다. 보통 독일 봉사자들은 독일어 억양은 있어도 영어를 모국어 수준으로 구사하는

데, 이런 경우는 처음이라며 다들 놀라고 있다. 사라는 원, 투, 쓰리 숫자 읽기도 힘들어하고, 무슨 말을 해도 배시시 웃거나 무조건 "옛스"라고 답하기 일쑤였다.

첫째 날, 사라는 영어로 힘겹게 자기소개를 하다가 뚝 막히자 자못 전위적인 질문을 했다.

"음… 독일어 할 줄 알아요?"

나는 답했다.

"영어도 못해."

내 말을 잘못 이해한 건지 아니면 뻔뻔한 건지, 이 아이는 말하다가 막히면 독일어로 조잘댔다. 심지어 영어 공부도 안 하는 나에게 독일어를 가르치려 들었다. 칼을 가리키며 "이게 독일어로 뭐랬죠?" 하루에도 몇 번씩 교육을 시작했다. "몰라. 저리 치워!" 아무리 무시해도 사라는 기죽지 않았다. "메사! 메사라고 했잖아요. 나 원 참…" 어이없으면서도 자기가 영어를 배우는 것보다 내가 독일어를 배우는 게 빠르겠다는 이 아이의 판단에 잠깐 감탄했다. 어쩌면 이 녀석, 메타인지를 가진 건가?

정체가 종잡을 수 없는 가운데 또 하나의 결함이 발견되었다. 태어나서 한 번도 요리를 해본 적 없다는 고백…. 자르다, 볶다, 끓이다, 튀기다 등의 동사가 가리키는 행위를 해본 적이 없다고! 샐러드용 채소를 뜨끈한 물에 담가 씻는 사람을 본 적 있는가? 나는 있다. 이유는 "손이 시려서"였다. 참치캔을 20분째 못 따고 있는, 선진 과학의 나라 독일에서 온 소녀에게 지렛대의 원리와 응용을 설명하는 날이 올 줄이야. 장영실 1승.

사라와 일주일을 보낸 후 나는 협심증과 부정맥이 동시에 오는 느낌이었다. 내가 여길 떠나면 사라는 새 봉사자와 조세핀을 데리고 10인분이 넘는 요리를 해야 한다. 어서 가르치지 않으면 우리 집 식구들 굶는다! 마음이 급해졌다. 계속 시범만 보이다가 어제 처음으로 과제를 내주었다. 아가 오븐으로 쌀밥 하기 미션! 유리 볼(Bowl이란 단어도 물론 몰랐다지)에 쌀과 물을 넣고 아가 오븐에 넣었다가 30분 후에 빼기만 하면 되는 일이었다. 그 간단한 일을 하면서도 사라는 대형 사고를 쳤다. 오븐에서 유리 볼을 빼면서 장갑도 없이 맨손으로 그 뜨거운 유리를 잡아버린 것! 그리하여 사라는 열 손가락을 공평하게 데었다.

다행히 큰 화상은 아니었지만, 사라는 지옥불 위에서 탭댄스라도 추듯 펄쩍펄쩍 뛰었다. 일단 카우치에 앉히고 찬물 그릇에 손가락을 담그게 했다. 자꾸 손가락을 빼서 들여다보길래 차가워도 그냥 두라고 당부했다. 그렇게 두어 시간 후, 요리를 마치고 돌아보니 평소 엉터리 영어든 독일어든 늘 재잘대던 아이가 조용했다. 찬물 속 열 손가락을 오도카니 내려다보는 모습이 안쓰러웠다.

"넌 어떤 음악을 좋아해? 팝? 클래식?" 시답지 않은 질문을 하며 옆자리에 털썩 앉았다. 그때 보았다. 사라의 큰 눈에 눈물이 그렁그렁 맺혀 있는 것을.

엄마, 아빠, 언니가 보호막처럼 지켜주던 집을 떠나온 막내. 말도 통하지 않는 곳에서 아침 8시부터 오후 7시 반까지 요리하고 나무 공방에서 일하고 장애인의 생활을 돕는다. 그러고 보니 사라는 내가 만난 첫 '신입' 봉사자다. 탄야, 말리, 안톤, 마티아스… 모두 내가 오기 몇 달 전부터 이곳에서 살아온 선배들. 대량의 요리를 척척 해내는 그들도 처음엔 사라처럼 서툴렀을까? 다른 사람을 예로 들 필요도 없다. 나도 얼마 전까지 낯선 유럽 생활에 치여 몸도 마음도 고단했으니까. 피해의식에 젖어 작은 일도 확대해석하며 언제든 눈물 흘릴 준비를 하고 살지 않았나.

사라의 눈물이 기어코 떨어졌다. "Are you okay?" 대신 나는 "에구, 요 녀석아!"라고 한국어로 말하며 이마에 딱밤을 콩! 하고 놓았다. 사라는 "What? What?" 하며 배시시 웃었다. 서러운 와중에도 생소한 한국어가 궁금했나 보다.

오늘 아침, 사라는 부엌으로 출근하자마자 열 손가락을 활짝 펼쳐 물집을 보여주었다. 웬만큼 들여다보지 않으면 보이지도 않는 쥐똥만 한 물집을 두고 이것 좀 보라고 마구 들이민다. "세상에, 진짜 아프겠다. 오늘은 일하지 말고, 그냥 앉아서 언니 하는 거나 봐." 이 꾀병 환자는 사양도 없이 넙죽 받아들이더니 파스타 15인분을 만드느라 분주한 나에게 자꾸 말을 걸어 더 정신없게 만드는 '일'을 했다. 그래, 캠프힐에서는 누구나 '일'을 하지. 성실한 녀석 같으니….

사라야, 지금 넌 막막하고 까마득할 테지. 당장에라도 가족에게 돌아가고 싶을 거야. 그래도 그냥 뛰어드는 거다. 비록 잠깐일지라도 언니가 같이 뛰어줄게! One, two, three, jump!!!

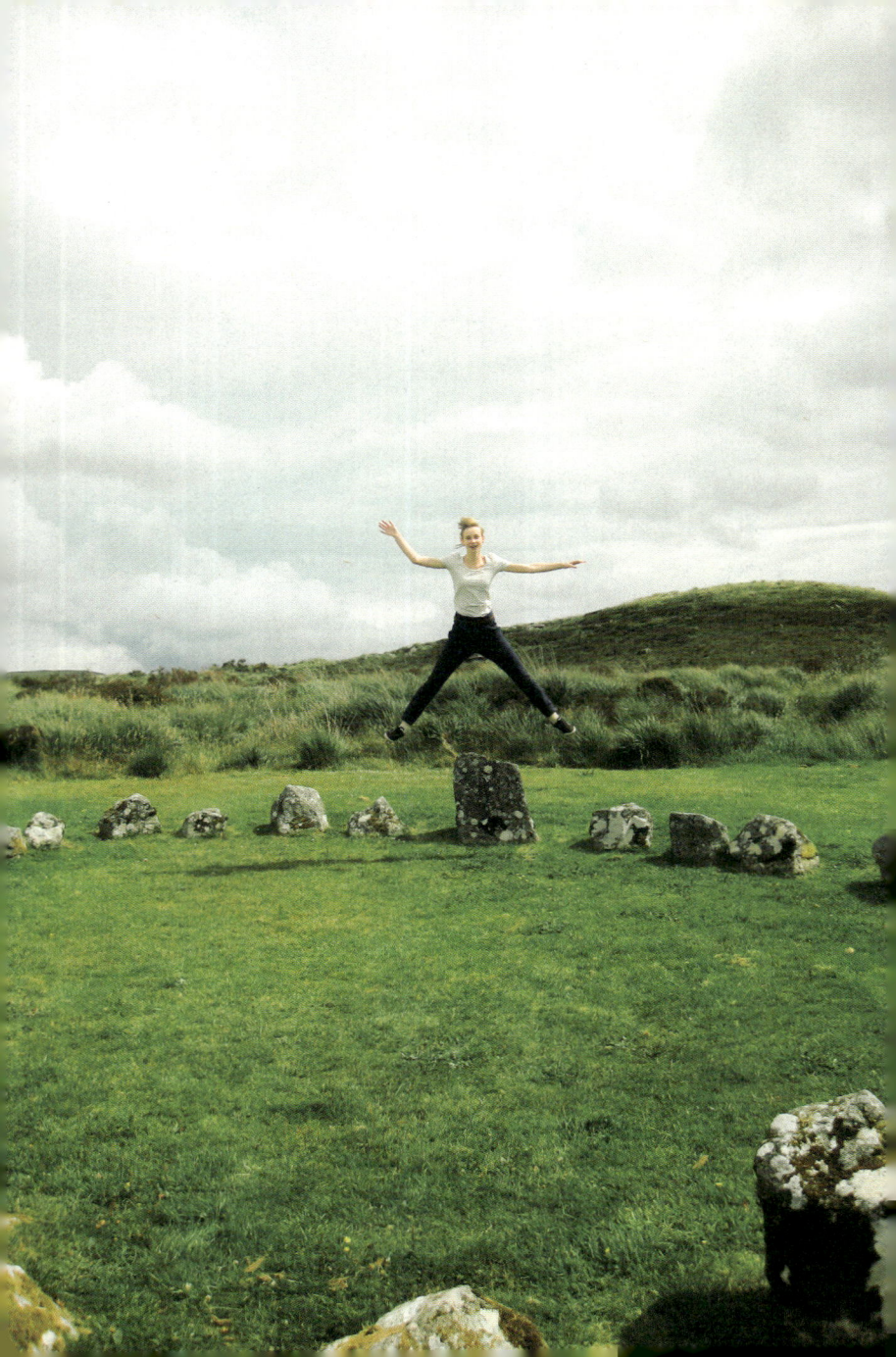

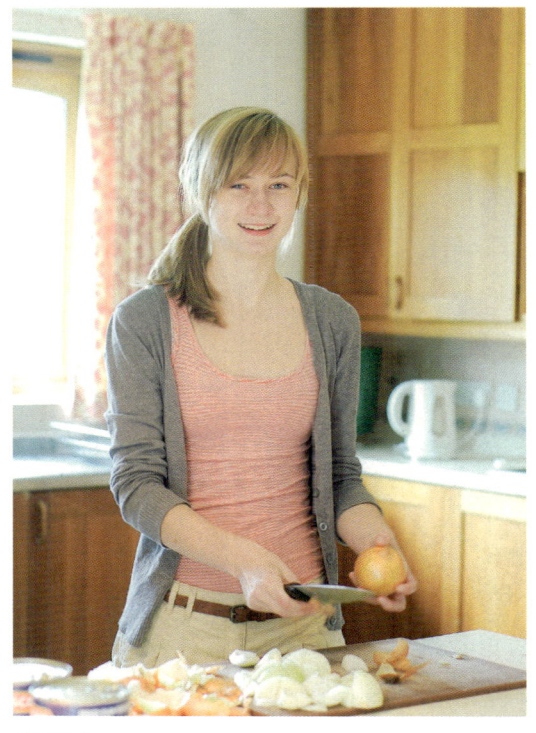

사라에게,
2025년 지금, 서른하나가 되었겠구나. 이제 참치캔을 능숙하
게 따고 양파를 깔 때 울지 않는 어른이 되었니? 어떤 아이의
곁에서 함께 뛰어주고 있니?

추신. 나도 따뜻한 물에 채소를 씻어. 겨울에, 가끔.

이토록 아름다운 난장판

엎친 데 덮쳤다. 예르카라는 체코 출신 봉사자가 우리 집에 들어왔다. 그는 50대 후반의 아저씨로 집안일이라고는 해본 적 없는 듯했고, 세상에나 영어를 못했다. 사라와 각축을 벌이거나 약간 더 못했다. 우리 집 봉사자 구성을 보라. 양파 하나 까면 오열하느라 다음 일을 못 하는 독일 청소년, 부엌에 서 있는 것 자체가 어색한 체코 아저씨, 거리상으로나 문화적으로나 캠프힐에서 가장 먼 곳에서 온 한국 여자. 우리 집은 봉사자의 블랙홀인가 버뮤다 삼각지대인가 아니면 분리수거함인가….

그 와중에 최고참이 되어버린 나는, 예르카가 합류한 시점부터 본격적으로 멘탈이 무너졌다. 낮에는 각자의 워크숍에서 일을 하니 괜찮았지만, 문제는 저녁 식사 준비였다. 장애인 여섯 명, 매니저 두 명, 은퇴한 할머니 할아버지 봉사자 부부, 매니저의 아이 두 명, 봉사자 세 명까지 총 열다섯 명의 식사를 우리 셋이서 준비해야 했다.

사라, 예르카, 썸머가 차리는 테이블은 식사 시작 시각을 넘기기 일쑤였다. 마티아스와 내가 단둘이 할 때보다 훨씬 늦었다. 아무도 타박이나 불평하지 않는데 나 혼자만 초조했다. 새 봉사자 두 명을 이끌고 척척 해내는 모습을 보이고 싶었지만(물론 아무도 기대하지 않음) 우리 부엌은 어수선하고 위태로웠다.

지루한 아일랜드 시골에서 우리 집 시곗바늘만 광속으로 내달리던 어느 날 저녁이었다. 사라는 양파 하나를 까면서 누가 죽기라도 한 듯 눈물을 쏟아냈고 나는 파스타를 삶다가도 녀석이 바닥에 흩뿌려놓은 양파 껍질을 주우러 다니는데, 한쪽에서 치즈 커터를 들고 체더치즈 덩어리와 씨름을 하는 예르카가 눈에 들어왔다. 치즈는 엉망이었고 저 속도라면 분명 또 늦을 판이었다. 나는 반사적으로 예르카의 손에서 커터와 치즈를 획 낚아챘다. 슥슥슥! 재빠르게 치즈를 썬 후 접시에 올려 테이블로 옮기려고 예르카를 등지는 순간, 귓불과 뺨이 화끈 달아오르는 걸 느꼈다. 이 행동은 내가 이전 캠프힐에서 도망치게 만든 사람, 캐시가 내게 하던 짓과 똑같았기 때문이었다.

장애인이 하는 말을 제대로 알아듣지 못하면 캐시는 인상을 팍 쓰고 나타나 일을 대신 처리하고는 획 사라졌다. 물건 사용법을 몰라 헤매고 있을 때도 툭 치고 들어와 딱딱딱 해결하고는 또 획 사라졌다. 내가 받은 모욕을 다음 사람에게 전달하다니… 올챙이 적 기억을 상실한 개구리가 되다니.

식사 시간 내내 예르카를 제대로 쳐다보지 못했다. 내가 겪었던 수모와 상처의 그림자 속에 그를 세워두었다는 사실이 너무나 창피하고 미안했다. 어쩌면 나는 그 이후로도 예르카를 마주하지 못하고 피했을지도 모른다. 식사가 끝난 후 그가 먼저 다가와 주지 않았더라면 말이다. 예르카는 띄엄띄엄 천천히 말을 건넸다.

"내가 여기 온 지 얼마 안 돼서 일을 잘 몰라. 특히 부엌일은 더 그래. 그러니까 조금만 시간을 줄래? 천천히 가르쳐줄래?"

나는 더욱 고개를 들지 못했다. 사과해야 할 사람이 바뀌었다는 것과 또 하나⋯ 내가 예르카처럼 말했더라면, 이전 캠프힐에서 캐시에게 "조금만 기다려줘. 천천히 가르쳐줘"라고 말했더라면, 쪼그라들고 미워할 게 아니라 바라는 바를 진솔하게 말했더라면⋯. 그랬다면 캐시와 나는 달라졌을까?

예르카는 산책을 하자고 했다. 이곳에서 더 오래 산 나도 몰랐던 숲에 데려갔다. 거기엔 그가 각별히 여긴다는 커다란 나무가 있었다. 예르카는 그 나무를 자신의 Mother tree라고 소개했다.

"마음이 어지러울 때면 이 나무에 와서 기대. 그러면 한결 나아져."

그 후로 나는 혼자 걸음을 옮겨 예르카의 Mother tree를 찾곤 했다. 예르카는 치즈나 썰러 캠프힐에 온 것이 아니었다. 우리 집은 블랙홀이 아니었다. 예르카와 사라는 나를 가르치러 왔다. 내가 온 길을 잊지 않는 법, 상처를 전가하지 않는 법, 문제를 드러내어 말하는 법, 먼저 손을 내미는 법을 나는 그들에게서 배웠다.

그래, 진심을 말하면 된다. 쉬운 말토, 천천히, 있는 그대로. 인간에 대한 예의를 갖추어서.

오늘도 우리 집 부엌은 카오스다 예르카는 고기를 태웠고 사라는 아무것도 안 했는데 손을 베었다. 나는 고기의 탄 부분을 잘라내고, 사라에게 상비약의 위치를 일러준다. What a beautiful mess! 이 아름다운 혼돈 안에서 나는 안도한다. 나의 좋은 선생님, 사라와 예르카. 우리 집이 그들의 여정 위에 있어서 얼마나 다행인가!

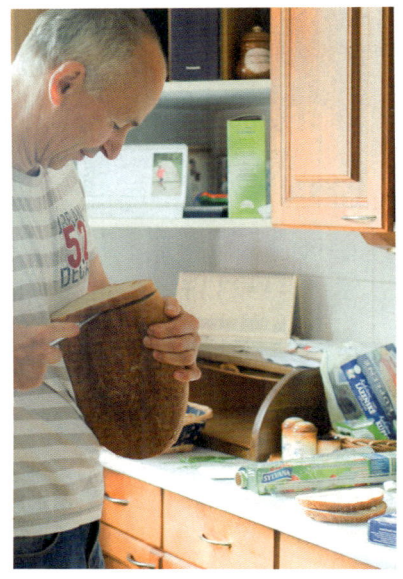

예르카 아저씨! 칼날을 몸 방향으로 쓰시면 위험하지 말입니다! 빵도마가 있지 말입니다!

무지개 끝 금화 상자

7월은 프랑스, 8월은 스페인, 9월은 이탈리아. 나는 캠프힐을 석 달 일찍 떠나 여행하기로 결심했다. 한국인들이 캠프힐에 올 때는 대부분 1년짜리 영국 자원봉사 비자*를 얻어 입국하며, 이는 캠프힐에서 1년간 봉사하겠다는 약속에 준한다. 적응하지 못하거나 피치 못할 사정으로 중도에 귀국하는 봉사자도 있지만, 나처럼 여행을 이유로 조기 퇴근(?)을 선언한 경우는 흔치 않은 듯했다. 내 계획을 말하자 매니저 조앤이 펄쩍 뛴 걸 보면 말이다.

캠프힐 봉사자는 매주 휴일 하루와 매월 월차 하루를 받는다. 누구는 그때그때 쓰고 누구는 캠프힐을 떠나기 직전에 몰아서 사용하기도 한다. 보통 이때는 아일랜드의 다른 도시나 스코틀랜드, 영국, 프랑스 등지를 여행하는데 나는 여행을 할 줄도, 쉴 줄도 모르는 사람이니 월차가 차곡차곡 쌓였다. 더불어 서랍 속에 돈도

---

* 아일랜드 섬 안에서도 영국령인 북아일랜드Northern Ireland의 캠프힐에 지원했기 때문에 영국비자가 필요했다.

쌓였다. 캠프힐마다 액수는 다르지만, 봉사자들은 매월 포켓머니 Pocket money(용돈)를 받는다. 우리 캠프힐은 120파운드(한화 약 20만 원)를 지급하는데, 삼시 세끼와 각종 간식, 생활용품이 모두 제공되고 나는 외출도 도통 하지 않고 술도 마시지 않아서 돈 쓸 일이 없었다. 용돈 봉투를 열어보지도 않고 서랍에 던져둔 것이 쌓여 어느새 목돈이 되어 있었다.

그즈음, 옆 동네 캠프힐의 일본인 봉사자가 스페인 바르셀로나에 3박 4일 여행을 가지 않겠냐고 제안했다. 라이언에어를 타면 저렴하게 갈 수 있고 가우디가 어떻고 파에야가 어떻고 하는데, 무슨 말인지는 모르겠지만 Why not! 나는 월차를 이틀 끌어오고 서랍 속 저축금을 조금 꺼내어 바르셀로나로 향했다. 그리고 돌아오는 길에 결심했다. 나는 여행을 해야겠다.

조앤은, 아까 말했듯, 펄쩍 뛰었다

"여름은 가장 바쁜 시즌인데 네가 그만두면 난 여름휴가를 못 갈 수도 있어."

울상인 조앤에게 나는 말했다. "나는 당신의 휴가를 보장하려고 있는 사람이 아니다. 캠프힐 수칙에 따르면 조기 퇴소는 두 달 전에 미리 알리는 것이 권장된다. 나는 7월부터 여행하고 싶은데 지금 5월이니 노 프라블럼"이라고. 조앤은 곧 상황을 받아들였다.

방으로 돌아오면서 묘한 기분이 들었다. 전 직장을 관둘 때 무려 3년을 고민하고 주저했다. '내가 퇴사하면 이 일을 누가 한담, 우리 팀은 어떻게 되고….' 그러다가 누군가 퇴사를 한다고 하면 '나마저 관둬버리면 회사가 곤란하겠지' 하며 주저앉았다. 그 팀, 그 회사는 지금도 잘 굴러간다. '내가 아니면 안 될 일'은 없었다. 그때의 나였다면 조앤의 사정이나 계약 기간을 채우지 못한다는 죄책감을 이유로 여행을 포기했을 것이다. 지금의 나는, 남의 사정에 편승해 포기할 때의 비겁한 안도감을 더 이상 바라지 않는다.

내 이야기가 알려진 후에도 달라진 것은 없었다. 공동체는 그동안처럼 굴러갔다. 모두가 여행을 응원해주고 계획에 관해 물었다. 여행을 결심한 계기는 바르셀로나의 보케리아 시장La Boqueria이었다. 느긋하면서도 활기 넘치는 그 시장을 걷다가 문득 유럽의 식문화와 로컬푸드, 그 동네 사람들이 어떤 밥을 지어 먹는지가 궁금해졌다. 국경을 넘나드는 대신 한곳에 오래 머물기로 한 것이 계획의 전부였다. 그 결과 미식의 천국인 프랑스, 파스타의 고향 이탈리아, 그리고 이번 일탈의 원인을 제공한 스페인까지, 3개월간 세 나라를 여행하는 루트가 완성되었다.

이토록 간결했던 루트는 사람들과 이야기를 나누다 보니 알 수 없는 방향으로 가지를 뻗기 시작했다. 첫 타자는 위버리 마스터 이바. 그와의 대화는 이랬다.

"나 7월 8일에 떠나."

"그래? 나는 7월 16일부터 20일까지 체코 엄마네 집으로 휴가 가는데 올래? 우리 엄마는 허브로 약이랑 차 만드셔. 요리야 말해서 뭐 해. 전형적인 체코 가정을 볼 수 있을 거야. 시골이라 심심

할지 모르지만, 그냥 선베드에 누워만 있어도 좋잖아.”

이렇게 체코가, 그러니까 허브로 약을 짓는다는 마녀 엄마(?)가 사는 시골집이 추가되었다. ‘한 달에 한 나라’ 플랜은 가볍게 접혔다. 다음 타자는 클라라. 그와의 대화는 압박 협상에 가까웠다.

“프랑스에 가기 전에 체코에 들르게 됐어.”

“그럼, 오스트리아도 가야지.”

“굳이…?”

“무슨 소리야. 체코까지 갔으면 오스트리아에 가야지. 내 여동생이 비엔나 중심가에 살거든. 여행하기 딱 좋은 위치야. 남동생은 시내에서 20분 떨어진 곳에 살아. 거기로 가도 돼. 외곽이긴 하지만 내 아파트에는 사촌 동생이 대신 살고 있는데 거기에도 빈방이 있어. 그라츠랑 린츠도 꼭 가줘. 정말 멋진 곳이야. 내 친구들도 많고!”

“그럼… 3, 4일쯤 있어 볼까?”

“뭐???”

“1주일?”

“뭐???”

“2…주일?”

“2주 정도면 괜찮지. 그냥 집에서 킬렉스하는 것도 좋잖아~”

이렇게 체코 옆 나라 오스트리아가, 클라라와 말투까지 똑같다는 여동생의 비엔나 아파트가 추가되었다. 클라라는 현지인만 안다는 곳을 소개해 주고, 손님맞이를 무척 좋아한다는 이모와 엄마까지 동원하며 관광객 유치(?)에 열을 올렸다. 이렇게까지 했는데 내가 가지 않는다면 오스트리아의 국격이 손상될 지경이었다.

체코와 오스트리아가 추가되고, 벨기에를 맨 앞에 끼워 넣으며 현재 상황은 벨기에-체코-오스트리아-프랑스까지 항공권 예매 완료. 지출도 늘고 이 나라 저 나라 이동하느라 체력도 꽤 소진되겠지만, 내 마음은 애초보다 더 부유하고 힘차다.

"이건 캠프힐이 내게 주는 선물 같아요."

베이커리 마스터 스티븐에게 말하자 그는 긴 설명이 필요 없다는 듯 고개를 끄덕였다. 다정한 초대들로 가득한 결말은 예상하지 못했다. 머리 아픈 현실을 벗어나 여유롭게 봉사하며 외국 생활을 즐기면, 마음은 자연스럽게 너그러워지고 누구와도 친구가 될 줄 알았다. 그것은 큰 착각이었다. 낯선 세계에서 나는 누구에게도 이해받지 못해 외로워 죽을 지경인 날이 많았고, 점점 나의 바닥으로 파고들기 일쑤였다. 타인의 자극과 영향에서 벗어난 곳에서야 비로소 '나'를 만날 수 있을 거로 생각했다. 지금은 정반대다. 우리는 사람이라는 거울 속에서 자신을 만나기도 한다. 좋은 거울이 되어주는 내 사람들의 존재가 어느 때보다 고마워 나는 하루에도 몇 번씩 되뇐다. '캠프힐에 오길 잘했어.'

이 나라에선 하루에도 여러 차례 햇살과 비가 번갈아 내린다. 그래서 무지개가 자주 뜬다. 그저께였던가, 무지개를 함께 본 하이디 할머니가 무지개 끝에 묻힌 금화 상자 우화를 들려주었다.

"금화 상자를 찾으려는 많은 이들이 무지개 끝을 바라보며 걸어가지만, 아무리 가도 그 끝을 알 수 없어 대부분 도중에 포기한단다. 마침내 무지개 끝에 다다랐을 때, 그곳에 묻혀있는 것이 과연 내가 기대한 만큼일지, 실망스러울지, 아니면 상상을 뛰어넘는 보물일지는 아무도 몰라. 확실한 건 끝까지 가야만 알 수 있다는 것뿐이야."

캠프힐에 오는 사람들의 목적은 저마다 다르다. 사회복지 분야에 관심이 있어서, 영어 실력을 키우고 싶어서, 외국에 살아보고 싶어서, 혹은 잠시 쉬고 싶어서. 1년이 지난 후 우리는 각자의 금화 상자를 하나씩 안고 이곳을 떠난다. 눈부신 금화가 가득 든 상자를 짊어진 나는 집도 직장도 없지만 더없이 부자다. 이 상자를 늘 품고 다니며 '나'라는 무지개를 만난 사람들에게 금화 한 닢씩 손에 쥐여주고 싶다. 나의 끝까지 와 주어서 고맙다고, 포기하지 않아 주어서 고맙다고 인사하며.

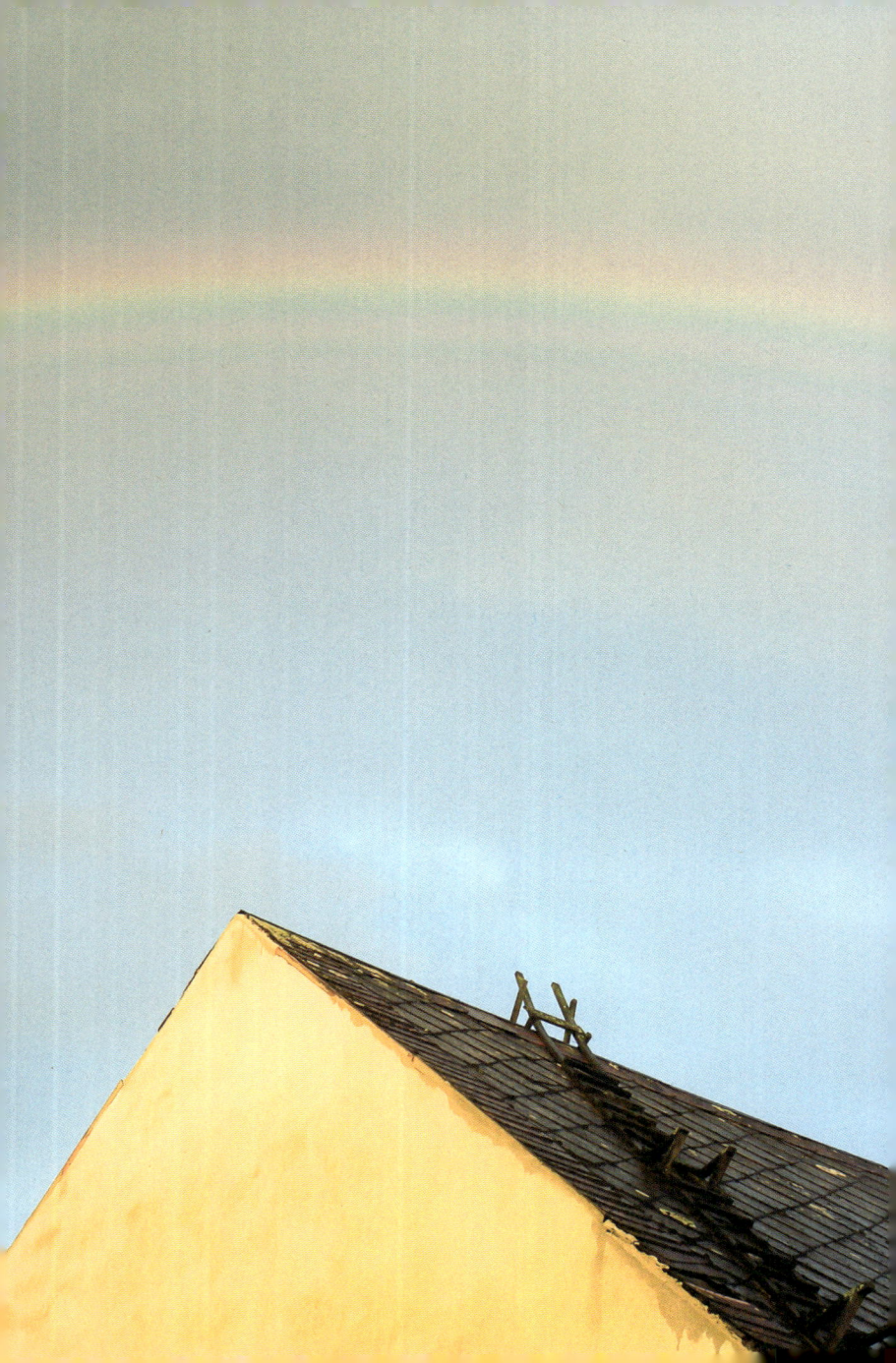

지금이어서 좋은 일

남은 월차를 모조리 써서 옆 동네 캠프힐에서 지내고 왔다. 그곳에는 한국인 봉사자 여섯 명이 일하고 있는데, 그 아이들이 묻는다. 마지막 휴가를 왜 또 캠프힐에서, 그것도 한국인들과 보내느냐고. 근사한 마무리를 기대했다면 실망이겠지만, 정작 나는 이 시간을 어떻게 쓸지 망설이지 않았다. '한국 사람'과 '밥'을 지어 먹고 싶었다. 유럽 시골 끝자락까지 날아와 일하는 우리 사람들과 우리 식대로 밥을 먹는 것. 지금이 아니면 못 할 일이다.

많은 한국인이 캠프힐에 온다. 비슷한 꿈과 기대를 안고 와서 비슷한 고민과 절망을 겪는다. 모국어가 아닌 언어로 소통하다 보면 하고 싶은 말을 삼키거나 어설프게 표현하게 된다. 그러다 어느 순간 주관이 없는 사람, 부족한 사람으로 오해받고 있는 자신을 발견하고 충격을 받는다. 한국에서 나름대로 경력을 쌓고 잘 살아왔지만, 이곳에서는 생전 해본 적 없는 일을 우격다짐으로 해내야 한다. 문화 차이를 넘어서겠다며 내 방식을 먼저 버리는 게 버릇이 되어 껍데기만 남은 기분이 들기도 한다. 캠프힐은 화내고 슬퍼하고 상실감에 빠지기 좋은 곳, 그런 자신을 미워하기 딱 좋은 곳이다.

여섯 명의 친구 역시 크게 다르지 않다. 우리는 서로에게 해줄 수 있는 일이 많지는 않다. 그저 이야기를 들어주고 고개를 끄덕이며 말할 뿐이다. 너만 그런 게 아니라고. 혼자가 아니라고.

지난 3일 동안, 우리 입맛에 익숙한 따뜻한 밥 한 끼를 만들어 먹으며 우리말과 우리 관념으로 이곳 생활을 마음껏 이야기했다. 캠프힐 식탁을 가득 채운 한국 여자들의 낯선 풍경을 바라보며 나는 왜 이런 자리를 만들고 싶었는지를 자연스럽게 깨달았다.

지금도 나는 우리 캠프힐의 유일한 한국인, 유일한 아시아인이다. 다른 캠프힐에는 한국인이 한두 명 더 있다지만 나는 줄곧 혼자였다. 떠날 때가 된 나에게 필요한 것은 등 뒤의 시간에서 얻어지는 힘이었을까. 내가 지나온 길을 더듬더듬 걷고 있는 사람들을 응원하며 얻는 힘. 나는 그들에게 밥 한 끼를 대접하겠다고 했지만, 사실은 우리 음식과 언어를 나에게 먹이며 기운을 충전했다. 타인을 위로하려고 왔지만 결국은 같은 어려움을 겪었던 나를 되돌아본 시간이었다.

얘들아, 한국에 돌아가면 우리 모두 이곳에서와는 전혀 다른 사람일 거야. 지금 당장은 우스꽝스럽고 곤혹스러운 일투성이지만, 그런 모습이 되어보는 시간도 나쁘지 않아. 이 시간은 짧을 테고 우리는 언젠가 분명 "그때 정말 좋았어!"라고 말하게 될 거야. 그러니 이곳의 추억을 실패 아니면 성공으로 나누지는 마. 그리고 온 마음과 몸을 다해 행복하렴.

우리가 서로에게 남는 법

휴가에서 복귀하자마자 클라라가 문을 두드리더니 다짜고짜 노트를 펼쳐 적어 온 목록을 읽기 시작했다.

"자, 내가 배우고 싶은 건… 치즈케이크, 바게트, 크루아상. 그리고 너에게 가르쳐줄 건 뜨개질, 펠트 공예… 참, 우리나라 빵도 하나 가르쳐주고 싶어. 넌 베이커니까."

뜨개질, 펠트 공예… 모두 관심 밖이지만 끄덕끄덕. 그러나 마지막 부분에서 정신이 번쩍 들었다. 클라라가 요리를 하는 현장을 목격한 적이 있는데 그때 나는 이렇게 말했다.

"세상엔 여러 종류의 사람이 있고, 타고난 기질이 각자 있지. 넌 수공예에 능하지, 밭일도 잘하지, 우유도 기가 막히게 짜지, 요리 체질은 아니지."

모양이나 맛은 차치하고, 요리하는 공간은 늘 산만한 데다 뭐라도 깨야 요리가 나오니까 하는 말이었다.

사양은 사양하겠다는 듯 다음 날 오전, 키친 터미네이터가 베이커리에 들이닥쳤다. 독일어로 괴발개발 적은 레시피 한 장을 팔랑거리며, 늘 그렇듯 자신감만큼은 충만하게! 아니나 다를까, 클라라는 순식간에 베이커리를 뒤집어놓더니 뭔가를 하다가 뚝뚝 멈추고는 나에게 물어보기 시작했다

"밀가루를 지금 넣어야 할까?"

"반죽 되기는 어느 정도면 좋을까?"

단답식으로 대답할 수 있는 질문들이 이어진 후, 결국 치명적인 질문이 나왔다.

"음… 발효를 하라는데 발효가 뭐야?"

머리카락을 베베 꼬며 청순한 표정을 짓고 있는 클라라. 그대로 놔뒀다간 오후 베이커리 스케줄이 무너질 것 같았다. 레시피를 영어로 번역해달라고 한 뒤 도대체 무엇을 만들자는 건지 추측 시작.

호떡 반죽처럼 약간 묽은 반죽을 만들어 속에 딸기잼을 넣고 빚는다. 여러 덩어리를 다닥다닥 붙여 팬에 넣고 발효한 후 구워내는 빵인 듯한데, 완성된 모양새가 다행히도 비슷하게 맞아떨어졌나 보다. 신이 난 클라라는 빵을 떼어 한 조각씩 접시에 담고 이삿날 떡 돌리듯 이집 저집 나누러 다녔다. 물론 뒷정리는 내 몫. 사람들의 반응이 좋으니 녀석은 한껏 들썩들썩했다.

"우리 오스트리아 전통 빵이야. 내가 오늘 썸머에게 가르쳐줬지!"

분명 내 기억 속의 클라라는 자기가 뭘 만드는지도 모르고 베이커리를 무간지옥 일보 직전까지 만들었던 것 같은데, 그의 기억 속에는 아시아에서 온 베이커에게 자기네 전통 빵의 비법을 전수해 준 위대한 오스트리아인이 있나 보다.

이 비밀은 캠프힐 사람들에게 폭로하지 않을 생각이다. 내가 무엇에 관심이 있을지, 자기가 무엇을 해줄 수 있을지 고민하며 만들었을 '썸머에게 해줄 것 리스트'가 너무 귀여우니까.

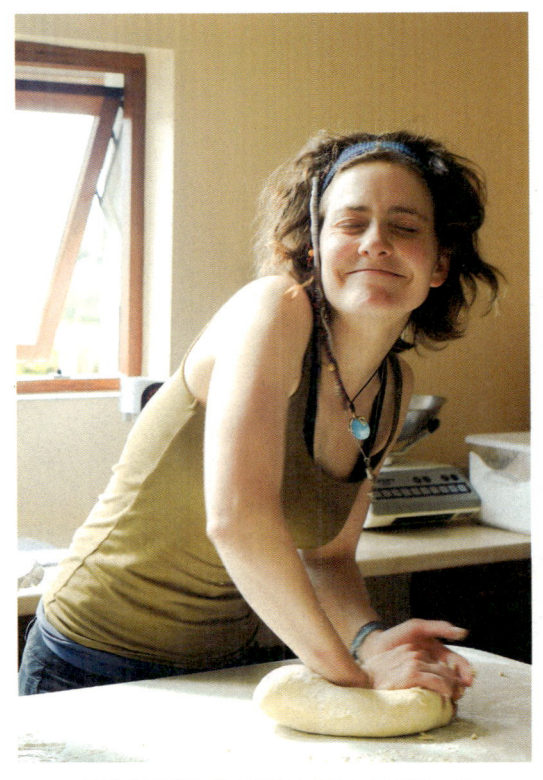

그런데 클라라, 리스트에서 요리는 좀 빼자. 응?

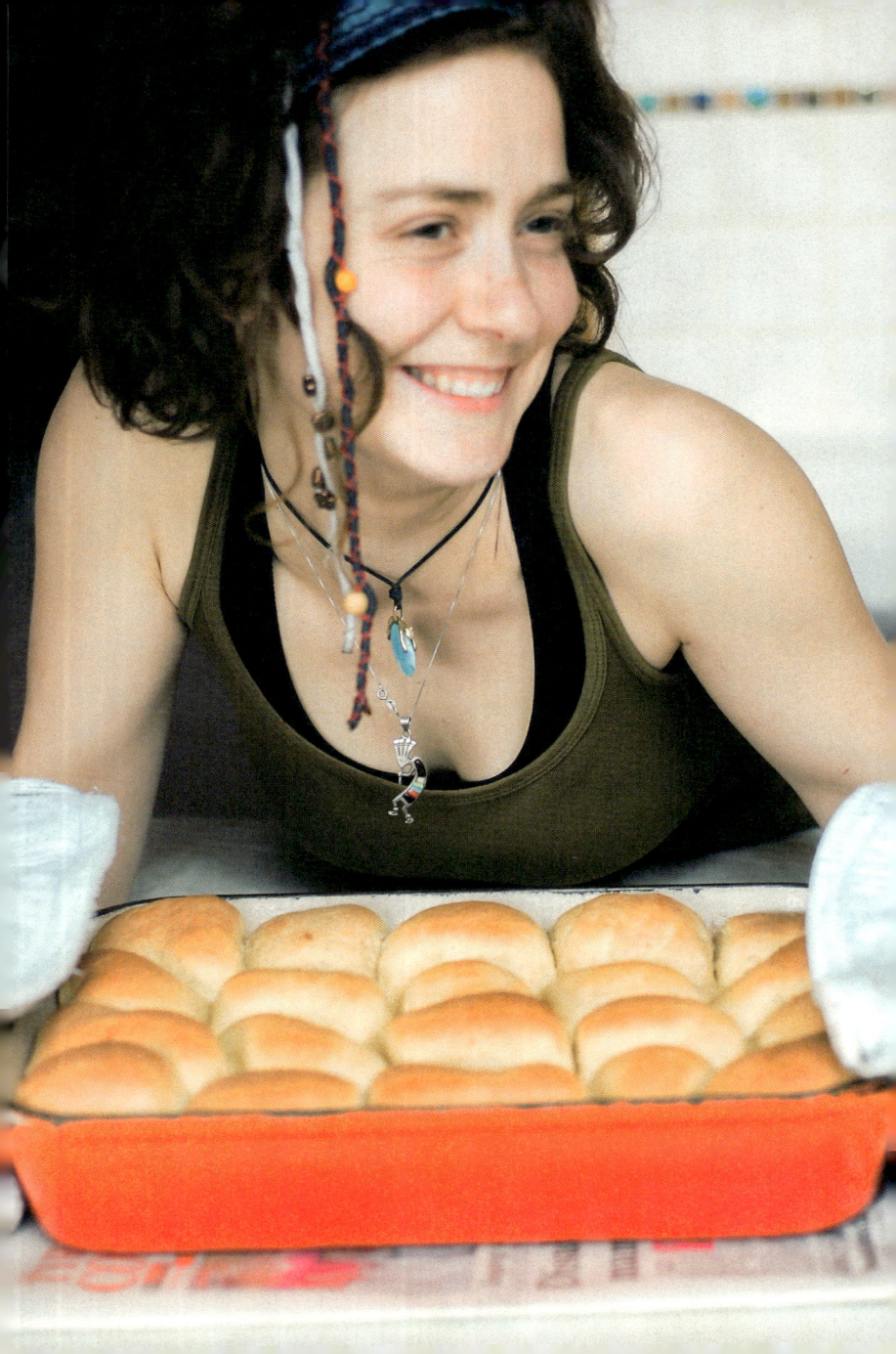

클라라도 만든다!
쉽고 맛있는 오스트리아 빵, 부흐텔른 Buchteln

Buchteln

{ 반죽 }
밀가루 500g
미지근한 우유 300ml
생이스트 30g
(또는 드라이 이스트 60g)
녹인 버터 100g

{ A }
달걀 노른자 4개
설탕 60g
말랑한 버터 80g
레몬껍질 다진 것 1개분
바닐라에센스 1tsp
(또는 바닐라빈 1/2개분)

{ 필링 }
잼 또는 꿀

❶ 우유 80ml를 덜어내어 이스트와 밀가루 70g을 잘 섞는다. 윗면에 밀가루를 살짝 뿌리고 따뜻한 곳에서 20분간 발효시킨다.

❷ ❶에 남은 밀가루, 우유와 A를 섞고, 다시 1시간 발효시킨다.

❸ 덧가루를 사용하며 반죽을 치댄다. 손에 반죽이 들러붙지 않을 정도까지 반복한다.

❹ 반죽을 20등분 한 뒤, 호떡처럼 반죽 안에 잼을 넣고 봉한다.

❺ 베이킹 팬과 반죽에 녹인 버터를 고루 바르고, 반죽을 팬에 올린다(왼쪽 사진 참고).

❻ 170도로 예열한 오븐에서 25~30분간 굽는다.

내 것이 아닌 여름 대신

　지난겨울, 아일랜드에는 유례없이 많은 눈이 내렸다. 눈이 녹은 다음에는 한파가 몰아닥쳤고 땅은 돌덩이보다 단단하게 얼어붙었다. 봄이 되자, 부지런한 정원사들은 차가운 땅을 갈아 햇빛을 심었다. 목장 일꾼들은 소와 말의 배설물로 거름을 만들어 그 위를 덮었다. 그렇게 기름진 땅에 심긴 묘목들은 유독 키가 작고 처음 보는 것들이었다. 3월, 4월, 5월, 6월… 봄을 다 보내고 꽃이 열매로 바뀌는 것을 보며, 나는 아쉬움에 한숨을 토했다. 사랑스러운 딸기밭. 딸기를, 여름을 여기에 두고 나는 가야 한다.

　7월이 되면 딸기랑 사과랑 토마토가 지천이라고, 손이 빨개지도록 딸기를 따서 겨우내 먹을 잼을 만드느라 모든 집이 달달한 냄새로 가득 찬다고, 까치들이 용케도 맛있는 사과만 골라 똑똑 따 물고 날아가는 장면을 볼 수 있다고, 토마토는 속이 차져서 한 개만 먹어도 밥처럼 배가 부르다고, 이곳에서 한 계절만 있으라면 그건 여름일 거라고, 눈동자에 여름을 담고 말하는 클라라가 나는 부러웠다.

덤불에서 바로 따낸 라즈베리, 블랙커런트, 구스베리를 우리 목장의 우유로 만든 요거트와 함께 먹을 수 있는 아침이 이제 일곱 번 남았다. 블랙베리는 아직 꽃이다. 이 녀석이 햇빛을 가득 받아 새까맣게 영글 때, 나는 어디에서 무엇을 하고 있을까.

내 것이 아닌 여름을 이곳에 두고, 나는 떠난다. 내 것이 되었던 그 가을과 겨울, 봄을 온 힘으로 끌어안고서.

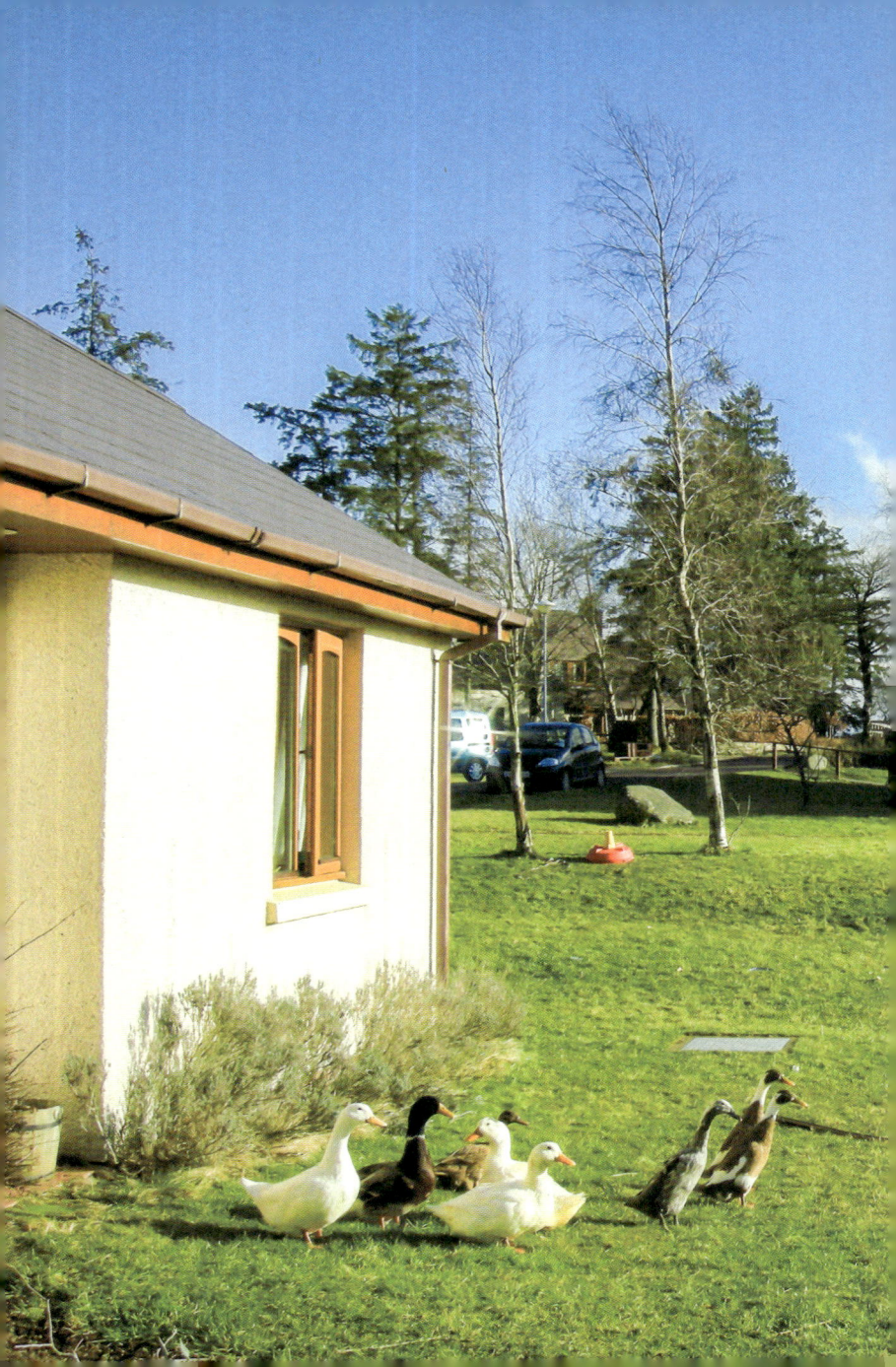

너른 들판과 숲, 정원, 농장, 집 대여섯 채. 캠프힐은 어느 지부나 비슷한 모습을 하고 있다. 어떤 캠프힐은 아동과 성인이 함께 사는 공동체로, 기숙형 발도르프 학교를 운영한다. 우리 캠프힐은 성인 전용이지만, 지역 아동을 대상으로 발도르프 유치원을 운영한다. 장애인들은 평일에는 이곳에서 지내고 주말이나 휴가철에는 가족과 시간을 보내고 돌아오곤 한다.

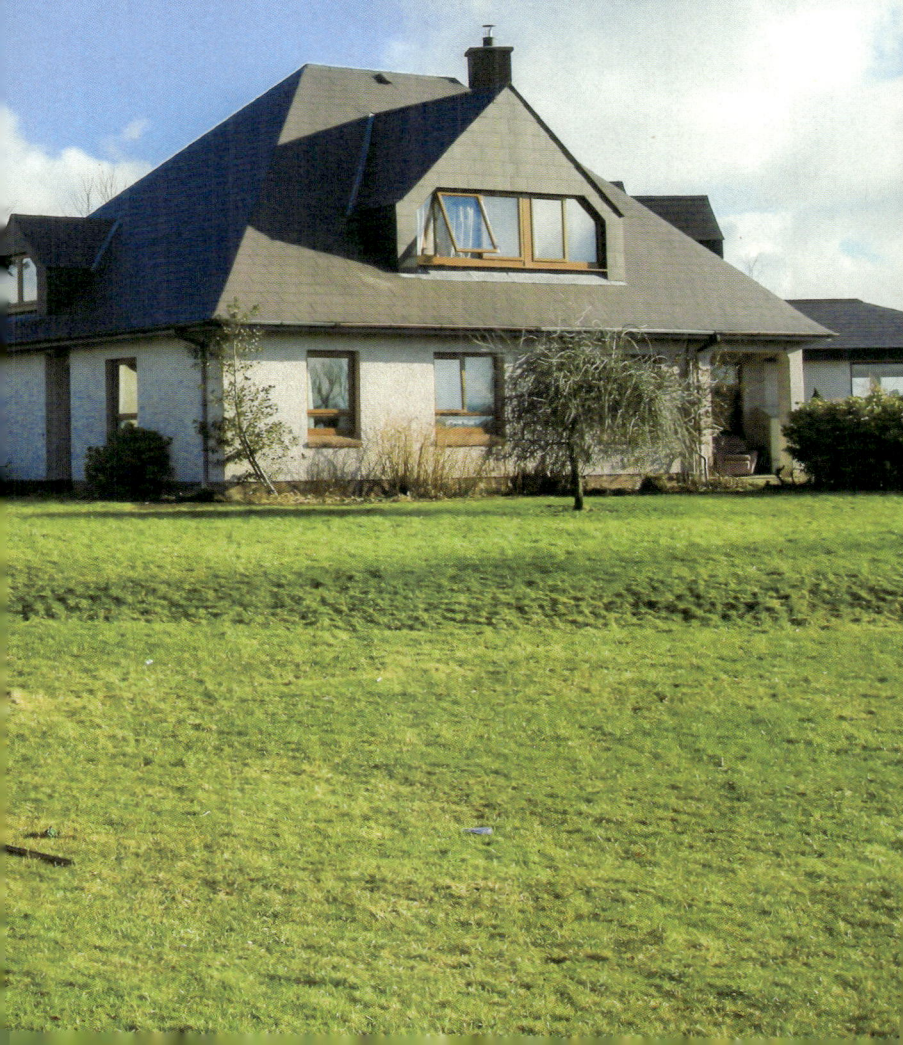

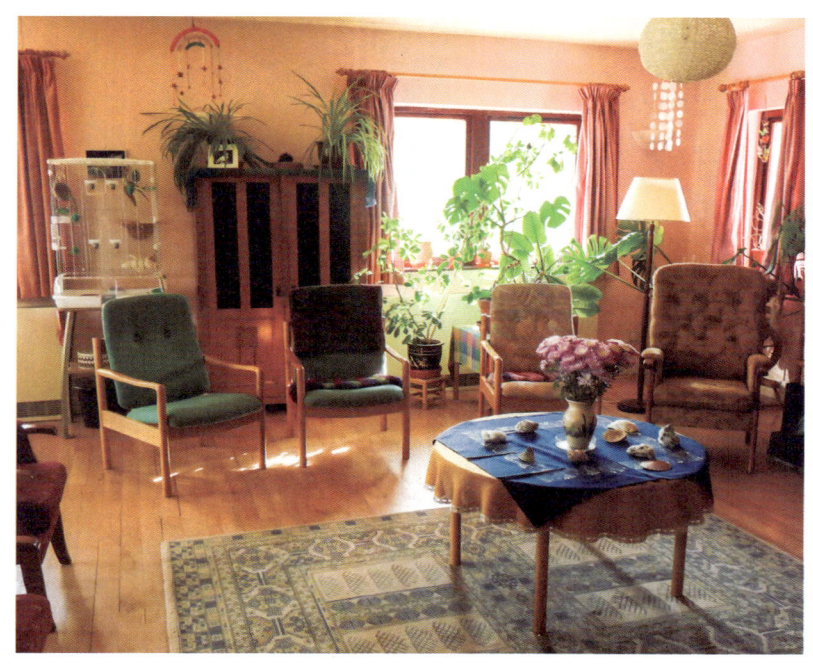

누구의 것도 아닌 우리의 것. 캠프힐에서는 물건도 공간도 모두의 것이다(개인 숙소 예외). 나는 아터반 하우스 소속이었지만 내 숙소에서는 선라이즈 하우스가 더 가까웠다. 휴일에는 선라이즈에 들어가 냉장고를 열고 뭐든 만들어서, 그 집 거실이나 정원에서 먹곤 했다. 이런 생활이 나도 모르게 익숙해져, 유럽 여행을 할 때는 어디를 가든 내 집처럼 편안하게 느껴졌고, 귀국 후에는 누가 내 집에 오든 주인-손님 개념 없이 지내게 되었다.

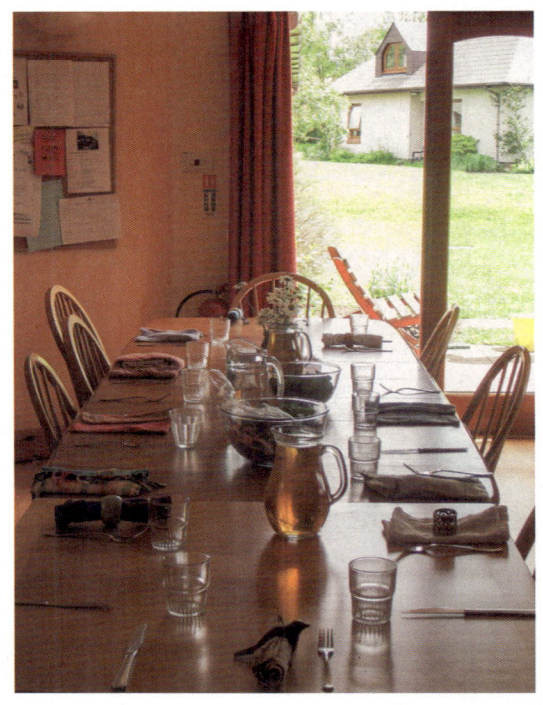

캠프힐은 사람의 의식과 상상, 직관을 중시하는 인지학에 기반을 두고 있다. 친환경 로컬 먹거리를 구비하고 채소나 고기를 직접 생산하거나, 패브릭과 나무 소재로 온화한 인테리어를 하며 허브와 천연 성분 의약품을 사용하는 등, 거주자와 봉사자의 정서에 좋은 영향을 주도록 생활의 면면이 꼼꼼히 설계되어 있다. 그래서 발도르프 교육, 인지학, 사회복지 등에 관심 있는 사람들이 봉사자로 오는 일이 많다. 규모가 큰 캠프힐에서는 1~3년 과정의 특수교육 학위 과정을 운영하기도 한다.

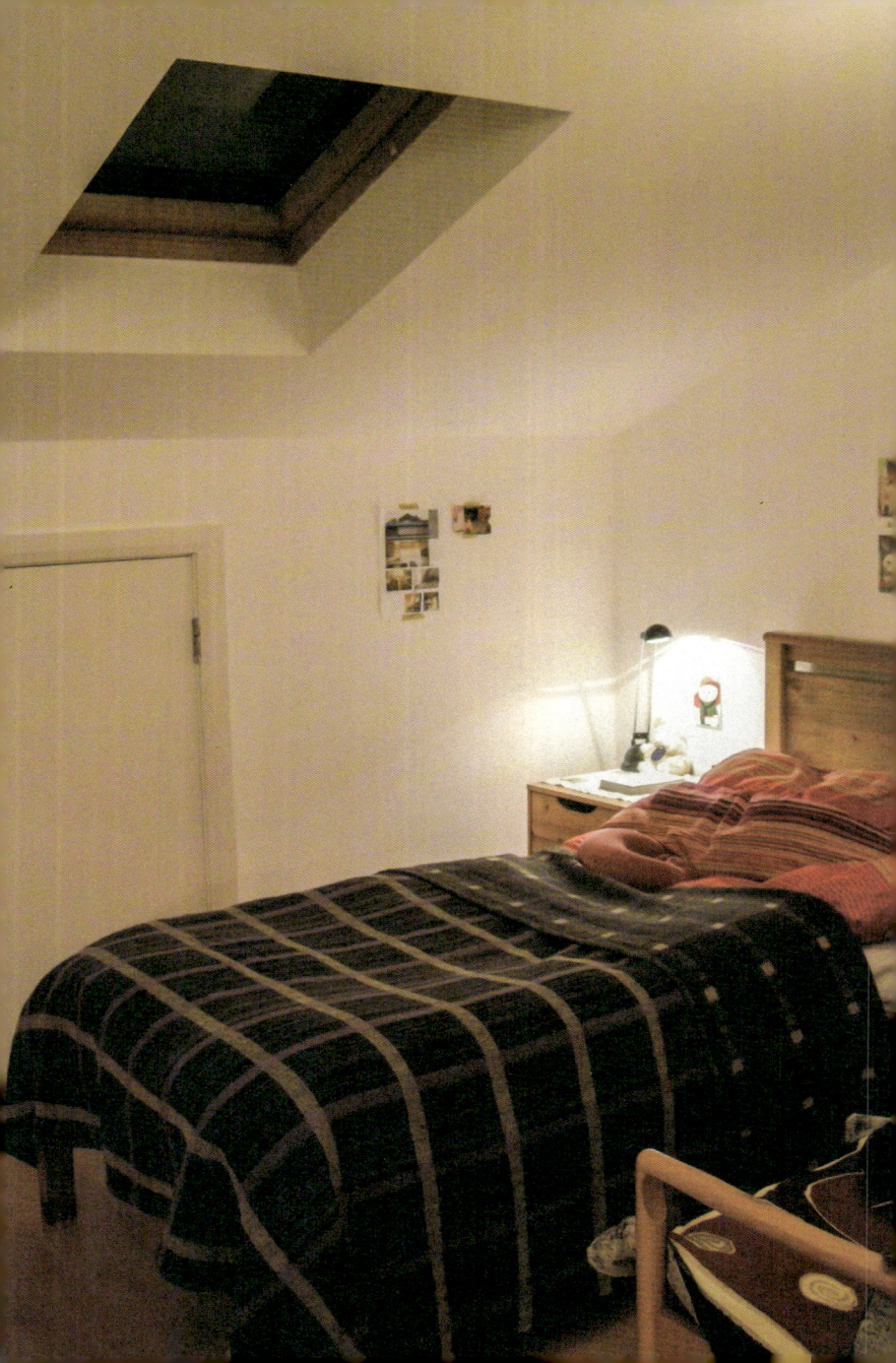

봉사자의 복지도 중요하다. 1인 1실은 물론, 가구나 침구 역시 질 좋은 제품이 제공된다. 9개월 동안 방을 세 번 옮겼는데, 운 좋게도 늘 하늘창이 있는 방이었다. 눈비가 내리는 날이나 별과 달이 예쁜 날에는 침대를 창 밑으로 옮겨, 하늘을 보며 잠들곤 했다. 창을 열어놓고 출근했다가 갑자기 내린 비에 매트리스가 흠뻑 젖은 적도 있었지만!

(오른쪽) 클라라가 만들어 준 드림캐처. 거미줄 한가운데에는 머리 장식으로 쓰던 푸른 스톤을 달았다. 이 드림캐처는 지금도 나의 침대 머리맡에 놓여 있다.

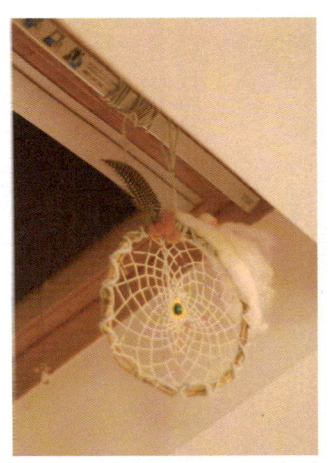

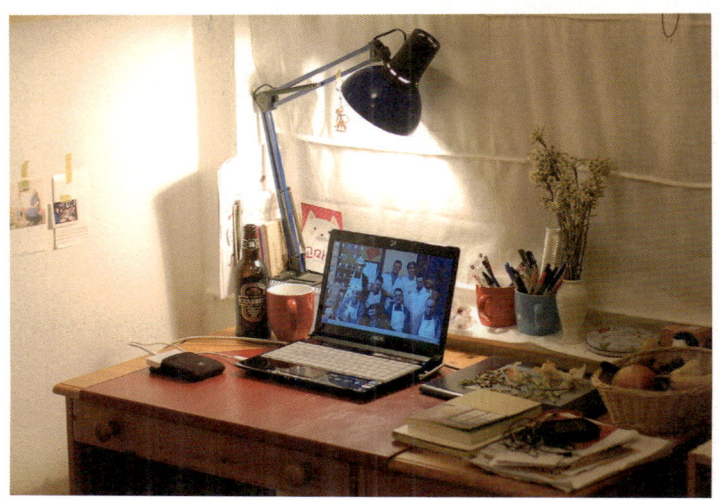

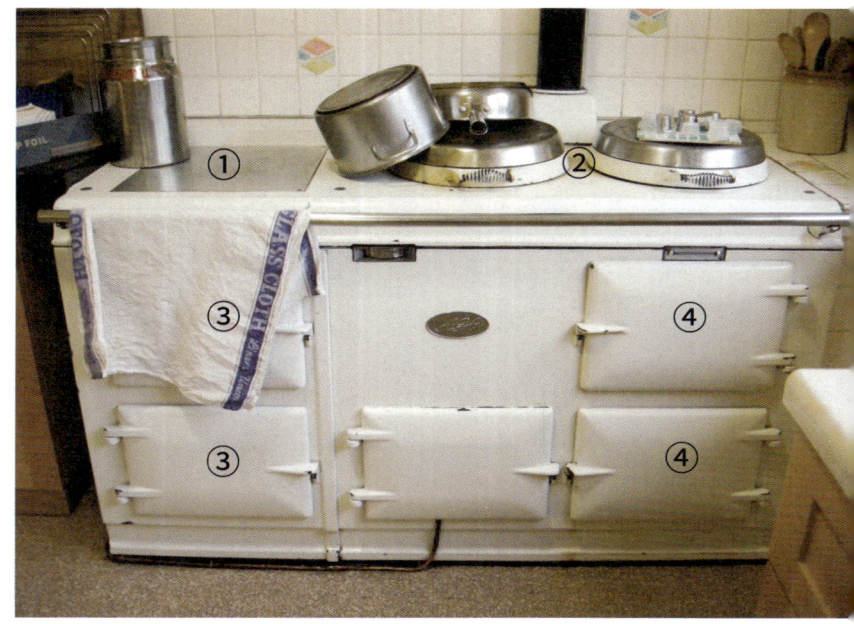

아, 내 사랑 아가! 통주물 냄비 하나만 있어도 든든한데 통주물 오븐이라니! 요리를 좋아하는 사람이라면 뛰는 심장을 주체하지 못할 듯. 캠프힐의 중앙 보일러실에서 나무를 때어 모든 집의 아가를 동시에 가동하는데, 연중 내내 24시간 켜져 있어 근방이 늘 따뜻하다. 그 덕에 설거지한 그릇과 행주도 금방 마르고 겨울엔 난방기 역할을 톡톡히 한다. 하양, 파랑, 빨강 등 색상도 다양하다.

① 40도 정도로 온도가 유지되는 부분. 우유 통에 살균한 우유와 요거트를 담아 올려두면 다음 날 요거트가 완성된다.
② 아가에서 가장 뜨거운 부분. 끓이기, 볶기 등 일반적인 조리를 한다. 은색 뚜껑을 들어 올리면 버너가 드러난다(오른쪽 사진).
③ 저온 오븐 칸. 음식을 따뜻하게 보관하거나 식기를 데울 때 사용한다.
④ 고온 오븐 칸. 케이크부터 각종 구이와 피자까지, 보통 오븐이 하는 일을 한다.

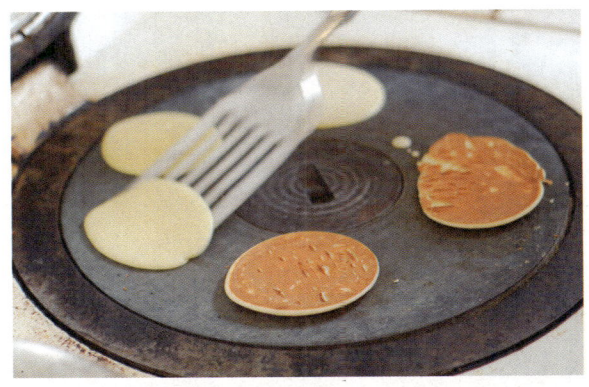

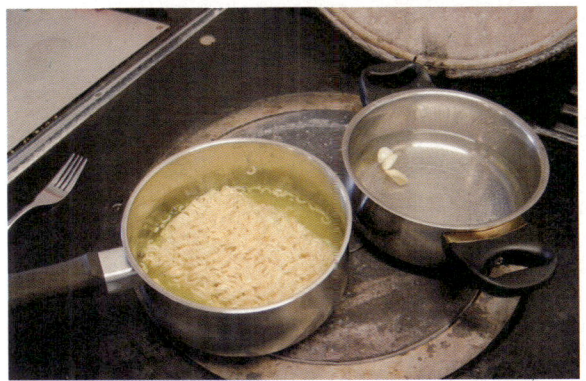

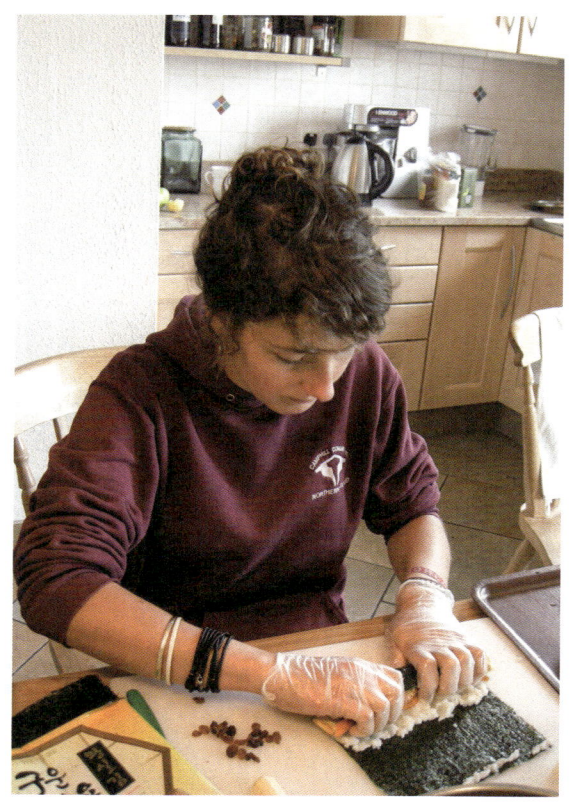

부엌은 서로의 세계를 탐험하기 좋은 곳. 나에게 아가 오븐이 신세
계라면, 이곳 사람들에겐 김밥이 로망이었다. 덕분에 평생 말 김밥
을 다 말고 왔다.

사진은 아무 재료나 좋아하는 걸 넣으면 된다는 말에 건포도와 바
나나를 넣는 영국인 봉사자 클레어. Nice try!

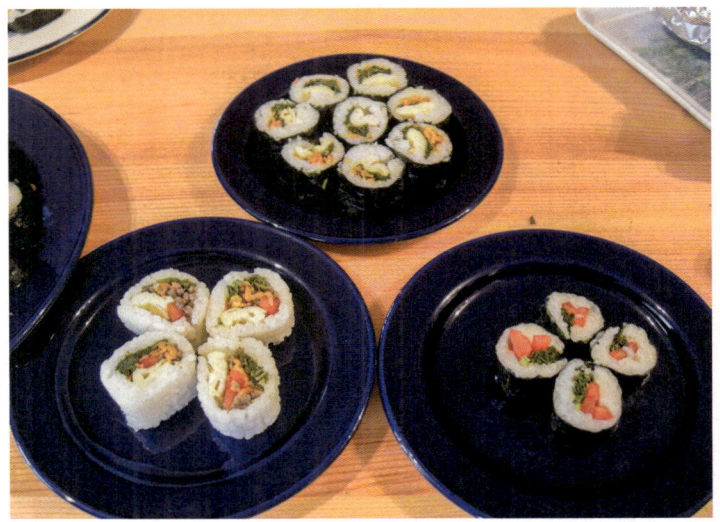

"김밥은 믿음직스러워요. 재료를 한눈에 볼 수 있어 예상 밖의 식감이나 맛에 놀랄 일이 없습니다."

자폐인을 주인공으로 한 드라마 「이상한 변호사 우영우」에 나오는 대사다. 시리즈를 보는 내내 캠프힐 사람들 얼굴이 떠올랐는데, 二중 김밥 에피소드는 제작진의 사전 조사가 정말 섬세했다. 우리가 김밥을 좋아하는 이유를 덧붙이자면, 김밥을 마는 게 재미있기도 하고, 잘린 단면이 꽃처럼 예쁘기도 해서다. 그리고 같은 재료로 여러 사람 입맛을 맞출 수 있다는 점도 공동체 생활에선 큰 장점!

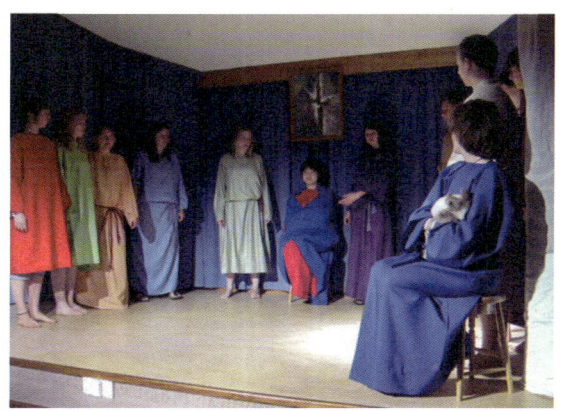

'내가 마리아라니! 난 불곤데!'의 현장. 내게 마리아(가운데)가 배정된 이유는 단 하나, 대사가 가장 적은 역할이었기 때문이다.

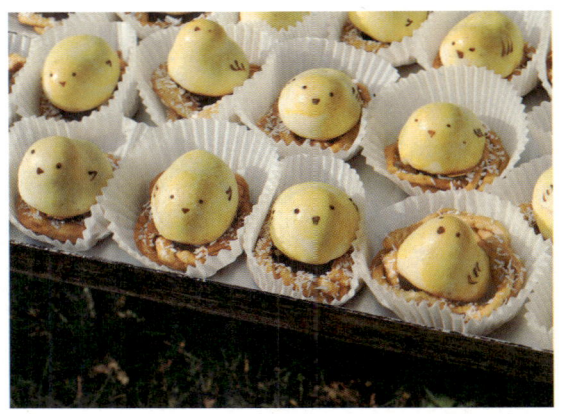

부활절을 맞아 모든 워크숍에서 달걀을 삶을 때 베이커리에서 준비한 병아리 만주. 모양 만들기는 봉사자들이, 노랗게 달걀물 바르기와 눈코입 장식은 장애인들이 맡아주었다.

너희는 좋은 그룹이야.
내가, 우리 캠프힐이 너희 같은 그룹을
다시 만날 수 있을지 모르겠구나.

하이디 할머니는 우리 봉사자들을 두고 '좋은 그룹'이라 칭하곤 했다. 단순한 말이지만 나는 그 표현이 참 좋다. **좋은 개인이 만드는 좋은 그룹, 좋은 그룹이 만드는 좋은 개인… 어느 것이 시작이고, 어느 것이 결과일까. 뫼비우스의 띠 위를 걷**는 듯한 하루하루가 빠르게 흘러 떠날 날이 다가왔다.

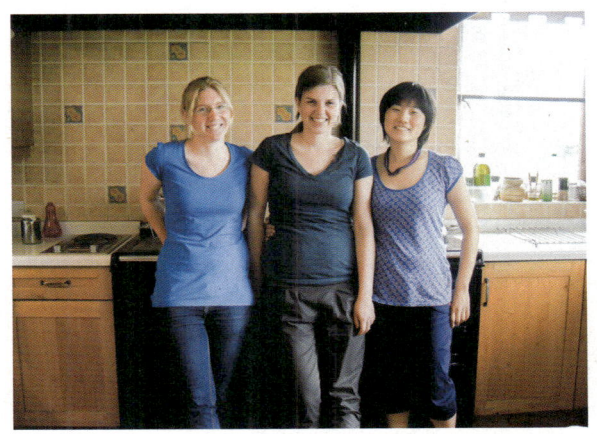

"말리, 마가야! 내일은 파란 옷 입고 출근해야 해. 꼭!"
마지막 근무일, 4총사(우리 셋 그리고 아가 오븐)의 기념사진. 6개월 동
안 매일 점심을 준비했던 이 부엌에는 근사한 감청색 아가가 있었다.
아가 색에 맞춰 파란 옷을 입고 오라니. 무슨 그런 곰살맞은 짓을 시키
냐며 퉁퉁거리던 말리, 네가 제일 파란 건 어떻게 설명할 거니?
이렇게 웃으며 안녕, 나의 좋은 그룹!

모르면 더 많은 걸 알 수 있어.
이 여행은 아는 것을 찾으러 갔다가
원하는 것만 가지고 나오는,
그런 여행이 되지 않을 거야!

2부.

벨기에 - 체코 - 오스트리아

여행의 레시피

여행 오기 전에 무얼 했느냐는 루카의 질문에 캠프힐 이야기를 들려주자, 그의 눈이 반짝였다.

"유럽에 그런 곳이 있어? 전혀 몰랐어! 내 꿈도 그런 곳에 사는 거야. 우물에서 물 긷고, 발전기로 전기도 만들고, 농사도 지어서 자급자족하는 삶. 농담이 아니야. 얼마 전엔 젖소를 한 마리 살까 해서 시세도 알아봤다고! 우유도 짜고 치즈도 만든다니, 정말 쿨하잖아!"

루카는 단단히 오해하고 있다. 이것은 장담컨대, 캠프힐을 묘사하기에 내 영어 실력이 부족해서가 아니다. 그는 외동으로 태어나 모든 일을 스스로 해내며 살아온 완벽주의자다. 모든 것은 잘 정리되어야 하고, 제때 제대로 이루어져야 한다.

"일을 제대로 하려면 스스로 해야 해. 절대 남에게 기대지 않아. 그게 내 인생의 황금률Golden rule이야."

그런 루카에게 자급자족이란, 자신의 완벽을 증명할 수 있는 궁극의 미션이다. 캠프힐에 간 루카를 상상해 보았다. 난데없는 봄의 함박눈과 하룻밤 사이 밭을 다 잡아먹는 벌레 떼, 보폭이 제각기 다른 사람들, 짐작으로 소통하는 언어* 앞에서 그는 어떻게 대처할까? 한 사람이 조물주가 되었다가 미물이 되었다가, 어제는 배신하고 오늘은 또 기꺼이 희생하는 일이 그야말로 자연스러운, 그런 날들을 보낸 후에도 그의 황금률은 여전히 유효할까?

루카는 나더러 '좋은 사람'이라고도 했다. 자원봉사를 했다는 이유로 나는 좋은 사람이 되었다. 미안하게도 그 역시 오해다. 남을 돕겠다는 마음으로 떠난 여행이었지만, 사실은 버거운 현실과 사람을 피해 감행한 도피였다. 도망친 곳에는 천국 대신 이상한 나라가 있었다. 깊이 숨으려면 시장통에서 사람들과 뒤섞이라던가. 우연히도 그렇게 되었다. 사람에 대한 불신과, 자신에 대한 의심으로 가득한 그때의 도피는, 화약을 짊어지고 불에 뛰어든 격이었다. 당연히 폭발이 있었다. 다치고 다치게 하고, 화내고 위안받다가, 언뜻 돌아보니 가면을 쓰지 않고 사는 사람들을 만난 곳, 그들을 따라 안심하고 가면을 벗어보는 나를 발견한 곳이 캠프힐이었다.

캠프힐은 실험실이었다. 공동체를 존재하게 하는 '좋은 의도', 그것의 성분과 응용 레시피를 궁리하는 물리와 화학, 심리 실험이

---

* 마카톤Makaton. 영국, 아일랜드 등 유럽에서 사용하는 특수 언어. 간단한 수화와 그림으로 이루어져 있다.

연이어 이루어졌다. 불같은 꽃이 피기도, 눈과 마음을 아리게 하는 화학반응도 일어나던 아홉 달의 실험 끝에, 나는 몇 가지 공식을 얻고 캠프힐을 떠나왔다.

7월, 8월, 9월의 여름. 세상 속에서, 다시 한번 사람 속에서 문제를 풀 차례다.

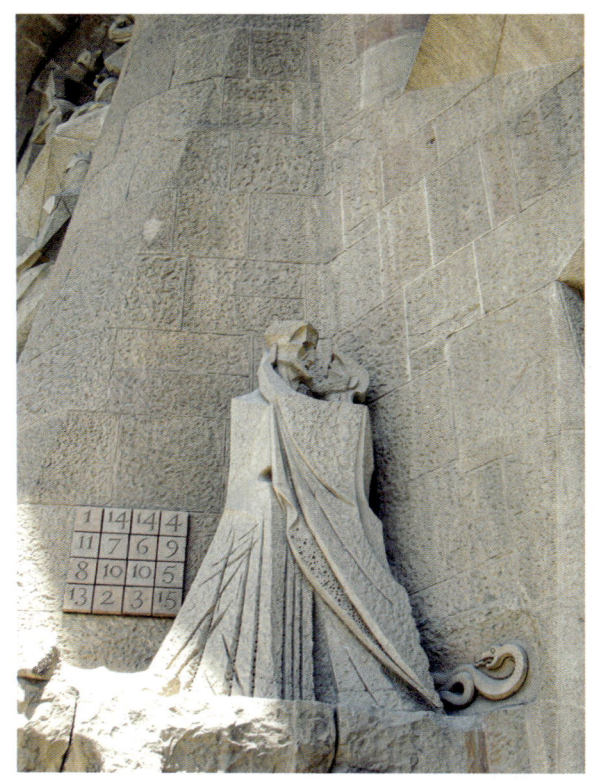

스페인 바르셀로나, 성가족성당 정문에는 4가지 숫자를 어떤 조합으로 더해도 그 합이 33이 되는 마방진이 있다. 예수가 십자가에 못 박힐 때의 나이다. 힘든 겨울을 지나 마음이 노곤해지던 5월의 봄, 간신히 익숙해진 캠프힐을 떠나게 만든 그 숫자는 설명할 수 없는 끌림이었다. **서른넷이 되기까지 남은 석 달, 나는 여행을 해야겠다.**

문을 열어주는 사람

여기가 어디지… 이불의 감촉, 베개의 높이가 다르다. 소리의 리듬도, 공기의 질감도 다르다. 무엇보다 눈을 뜨면 바로 보이던 하늘창이 없다. 대신 알록달록한 티베트 경전 깃발과 무지개 깃발, DVD가 가득한 진열장이 보인다. 숨을 깊이 들이마시자 익숙한 냄새가 올라온다. 이건 일본에서 맡아본… 다다미 냄새. 내가 지금 일본에? 나는 기억을 더듬었다.

저녁 6시, 캠프힐을 떠나 밤 11시, 아일랜드 더블린 공항에 도착했다. 벨기에 브뤼셀행 비행기는 아침 8시, 공항 벤치에서 눈을 붙였다. 오전 10시, 브뤼셀에 도착해 공항 화장실에서 세수를 했다. 이민 가방에 배낭, 노트북 가방을 이고 지고 브뤼셀 중앙역에서부터 걷기 시작했다. 분주히 이동하는 사람들과 노래처럼 들리는 프랑스어, 버스와 택시, 땅 밑으로 달리는 기차, 빼곡히 들어선 상점들… 낯선 풍경 사이로 부슬비가 내리기 시작했다. 가게 처마 밑에서 가방을 열어 방수 재킷을 꺼내 입었다. 지도를 인쇄해 온

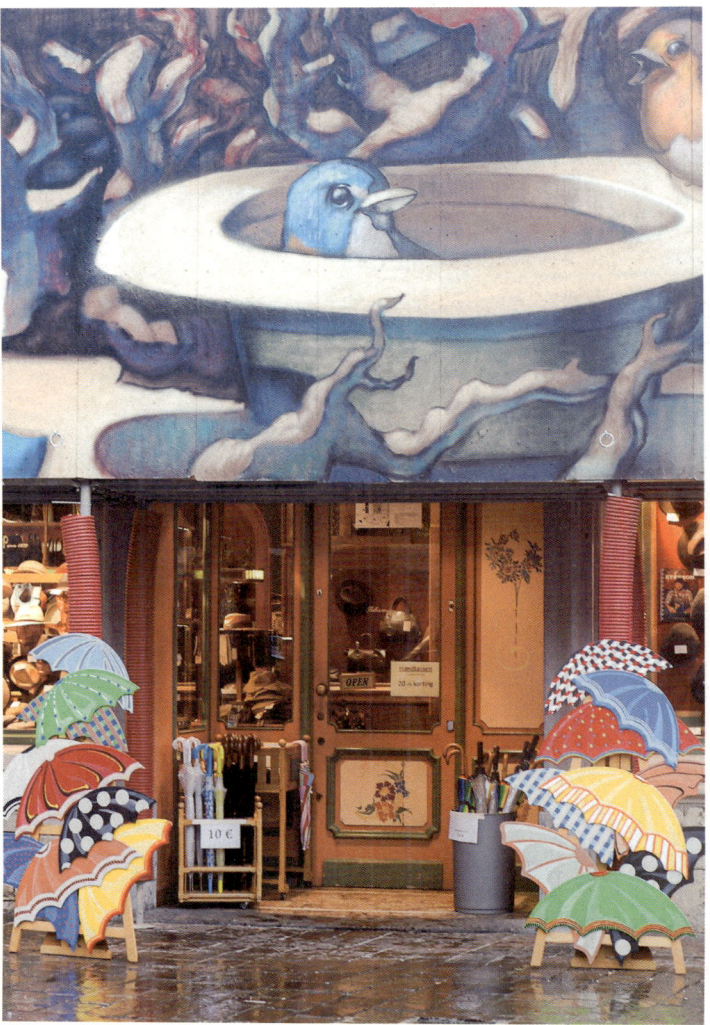

종이가 다 젖었을 즈음 문 앞에 도착했다. '역에서 집까지 도보 15분'이라고 했지만, 50분이 걸렸다. 초인종을 누르자 회색 나이트가운을 걸친 남자가 문을 열었다.

녹색과 파란색, 회색이 섞인 눈동자. 나의 첫 번째 호스트, 니코였다. "신세 좀 지겠습니다" "나야말로 잘 부탁해!"로 시작된 우리의 첫 대화에서 나는 일본어 존댓말을, 그는 반말을 썼다. 현관 앞에 가방과 함께 어찌할 줄 모르고 서 있는 나를 보고 싱긋 웃더니, 그는 익숙한 듯 집 안을 안내해 주었다. 냉장고며 찬장이며 맘껏 열어도 좋다고, 필요한 게 있으면 묻지 말고 쓰라고 했다.

내가 샤워하는 동안, 정원 테이블에 세 명분의 브런치가 차려졌다. 식사를 마치자 니코는 오늘 이사하는 친구를 도우러 간다며, 저녁 6시에 돌아오겠다고 열쇠를 건네고 서둘러 나갔다. 다다미가 깔린 거실에 앉아 노트북을 켜고, 페이스북에 접속해 '벨기에 무사 도착' 메시지를 남긴 후, 그대로 곯아떨어졌다. 맞다. 나는 어제 캠프힐을 떠났다. 어젯밤부터 지금까지의 12시간이 아득했다. 고작 2시간 거리가 까마득했다. 아홉 달 전에 그랬듯 나는 또 순식간에 별세계로 옮겨졌다. 다시 시작이다. 긴 숨이 새어 나왔다.

"잘 잤어? 나가자!"

뒤통수 쪽에서 들리는 목소리에 자지러질 뻔했다. 브런치 테이블에 있던 또 한 사람의 존재를, 잠깐 쉰 후에 함께 시내 구경을 하기로 한 약속을, 완전히 잊고 있었다. 이 방에서 어젯밤을 보내고 오늘 겐트Ghent로 떠나는 알릭이다. 대만 출신으로 파리에서 건축을 공부하는 대학생인 그는 차돌멩이 재질이었다. 겉은 반들반들 말끔하고, 속은 단단히 채워진 사람.

"벨기에엔 흥미로운 건축물이 많아서 종종 와. 파리에 오면 연락해. 재워주고 구경도 시켜줄게. 파리에선 여기처럼 넓고 좋은 집은 기대하지 말고."

똘망똘망한 목소리가, 눈만 끔뻑거리는 얼치기를 상쾌하게 깨웠다. 알릭은 방금 처음 만난 내게 스스럼없이 전화번호, 이메일 주소, 페이스북 계정을 적어주었다. 나는 현지인의 집에서, 집주인이 사정껏 제공하는 공간을 빌려 지내는 '카우치서핑'을 시작했다. 익숙한 사람들과 함께 살며, 혼자만의 공간도 분명하게 주어졌던 캠프힐의 울타리가 사라졌다. 대신, 파리에 가면 지낼 곳과 만날 친구가 순식간에 생겼다.

"이 건물은 2차 세계대전 이후에 세워진 거야."

"그런 걸 어떻게 알지? 건축 양식을 다 외우는 거야?"

"물론 외우기도 하지만, 조금만 생각해 보면 돼. 자, 전쟁 후엔 어땠을까?"

"그야 뭐… 먹고 살기 힘들다?"

"맞아. 그래서 다른 건물들에 비해 장식성이 현저히 떨어져. 대리석 대신 투박한 벽돌, 발코니 창살도 간결한 직선. 여기 사람들은 유행이 바뀐다고 해서 건물들을 쓸어버리고 새로 짓지 않았어. 덕분에, 한 골목에 여러 양식의 건물들이 공존하면서 이렇게 멋진 건축 박물관이 자생하는 거지."

3년 전, 첫 유럽 여행으로 오스트리아와 체코에 왔을 때, 나는 아무것도 몰랐다. 황홀해 보이던 건물들이 조금 지나자 식상해졌고, 거리를 걷는 것도 지루해졌다. 건축, 미술, 패션, 역사, 철학, 음악… 백과사전이 꽂혀있는 웅장한 서재 같은 유럽에서, 한 분야에 정통한 친구와 걷는 시간이란 얼마나 소중하고 감사한지. 그것도 이렇게 우연히.

중앙역 앞에서 알릭과 작별하고 나니, 니코가 돌아오기로 한 시간까지 1시간 반이 남았다. 그가 오기 전에 짐을 정리할 요량으로 서둘러 집으로 돌아갔는데 황당한 일이 일어났다. 열쇠가 먹통이었다. 왼쪽으로 오른쪽으로, 밀었다가 당겼다가, 모든 방법을 시도했지만, 도무지 열리지 않았다.

무용지물이 된 열쇠를 내려다보았다. 니코가 열쇠를 건네기 전까지, 나는 이 쇳덩이가 앞으로 필요할 거라는 사실을 인지하지 못했다. 캠프힐에는 열쇠가 없었다. 모든 문은, 모든 이에게 열려 있었다. 아무 집이나 들어가 냉장고를 열고 뭐든 먹어도 되었다. 방 열쇠는 있었지만, 아무도 남의 방에 들어가지 않으니, 서랍에 두고 잊고 살았다. 하지만 이제부터는 내게 열린 문을 찾아야 한다. 맞는 열쇠가 없다면 어디에도 들어갈 수 없다.

안 될 일에 힘 쏟기를 관두고, 정원 한쪽에 앉아 눈을 감았다. 엉터리 콧노래를 흥얼거리자, 소리가 바깥으로 빠져나가지 않고 정원 안을 빙빙 돈다. 이곳은 큼지막한 철제 정문을 열고 들어가면, 3층짜리 아파트 네 채가 'ㅁ' 자를 형태로 정원을 둘러싸는 구조로, 아파트의 현관은 모두 정원을 향해있다. 아파트들은 모양이 각각 다르고, 자그마한 창문과 섬세한 레이스 커튼, 슬쩍 보이는 부엌과 거실이 내부를 궁금하게 만든다.

정문 앞에는 프랑스어와 영어로 쓰인 안내판이 있다. 그 밑에 생활 쓰레기봉투가 놓여 있어 쓰레기 배출일을 안내하는 줄 알았는데, 예상치 못한 내용이 적혀있었다. 이 건물은 '황금사자Au Lion d'Or'라는 이름의 17세기 유적이며, 안내판은 그 역사를 설명하고 있었다. 1980년대에 재건되기 전까지 수녀원의 양조장과 베이커리로 쓰였다. 어제까지 베이커리에서 일하던 내가 이곳에 와 있는 것은, 우연이 아닐 거라는 생각이 들었다. 먼 곳에 온 줄 알았는데, 익숙한 곳이었다.

정원의 모서리에는 오래된 수로의 흔적이 있다. 한때 센 강 Seine river으로 연결된 수로였지만, 지금은 그 기능을 못 한 지 오래, 물이 고여 작은 연못을 이루고 있다. 붉은 금붕어 스물다섯 마리가, 두어 송이 피어 있는 연꽃 사이를 느긋하게 헤엄치고 있다. 이 수로는 니코의 아파트 바깥쪽 벽에 붙어 흐르고, 마침 내 방 창문이 수로를 향해 나 있다. 방바닥과 수면이 얼추 비슷한 높이라, 벽돌 몇 장을 사이에 두고 금붕어들과 나란히 잠을 자는 셈이었다. 잔잔히 비가 오던 밤, 수로에 떨어지던 빗방울 소리는 실로폰처럼 몽롱했다. 귀를 기울이면, 금붕어들이 수면에 입을 대고 뻐끔대는 소리도 들리는 것만 같았다.

나는 수로의 철제 울타리에 양다리를 하나씩 끼우고 앉아 금붕어 수를 세곤 했다. 그러고 있으면 관광 가이드가 소규모 그룹을 데리고 들어와 조용하고 낮은 목소리로 유적에 관해 설명하고는, 정문 맞은편 후문으로 사뿐히 빠져나가곤 했다. 한번은 신사 두 명이 들어왔는데 한 사람은 관광객, 한 사람은 이곳에 정통한 사람 같았다. 정통한 신사가 다가왔다.

"여기 사나요?"

"네. 친구네 집이에요."

"여기 사는 사람들은 행운아예요. 브뤼셀 어디에도 이렇게 시내 중심에 있으면서 아늑하고 조용한 곳은 없지요. 게다가 스토리까지 있잖아요. 이런 데 사는 친구를 두었다니, 당신도 행운아군요. 내가 당신이라면 돌아다니지 않고 이 안에서 온종일 빈둥거릴 겁니다."

"이미 그러는 중인걸요."

정원에서 고개를 들면 네 채의 아파트가 만든 액자 안에 가로수 꼭대기, 교회 첨탑, 브뤼셀의 파란 하늘만 보인다. 정문에서 한 발짝만 걸어 나가면 온 유럽의 젊은이들이 모이는 문화의 중심 브뤼셀, 심지어 클럽이 가득한 밤 문화의 메카인데도, 이런 고요가 존재한다. 신사들은 또 보자는 인사를 하고 총총 떠났다. 금붕어를 다시 세어보니 스물아홉 마리, 금붕어는 셀 때마다 늘어났다.

문을 다시 열어보려고 돌바닥에 차가워진 엉덩이를 털고 일어났다. 보물 상자라도 여는 듯, 준비의 숨을 한 번 내쉬고 열쇠를 구멍에 꽂으려는 순간, 등 뒤에서 숨찬 목소리가 들려왔다.

"아, 다행이다! 딱 맞춰 왔어! 우리 집 문이 가끔 잘 안 열려! 미안해. 제대로 설명해 줘야 했는데."

"괜찮아요. 나도 방금 왔어요."

니코는 문고리를 이리저리 돌리더니 문을 쉽게 열었다. 그 모습을 멀찌감치 떨어져 보다가 나도 모르게 그 자리에서 한 바퀴 뱅그르르 돌았다. 캠프힐 근처 중고 가게에서 산 5파운드짜리 회색 면 원피스 끝자락이 무릎께에서 동그란 원을 만들었다. 딱 맞는 곳, 딱 맞는 시간에 딱 맞는 사람이 왔다. 다행이다.

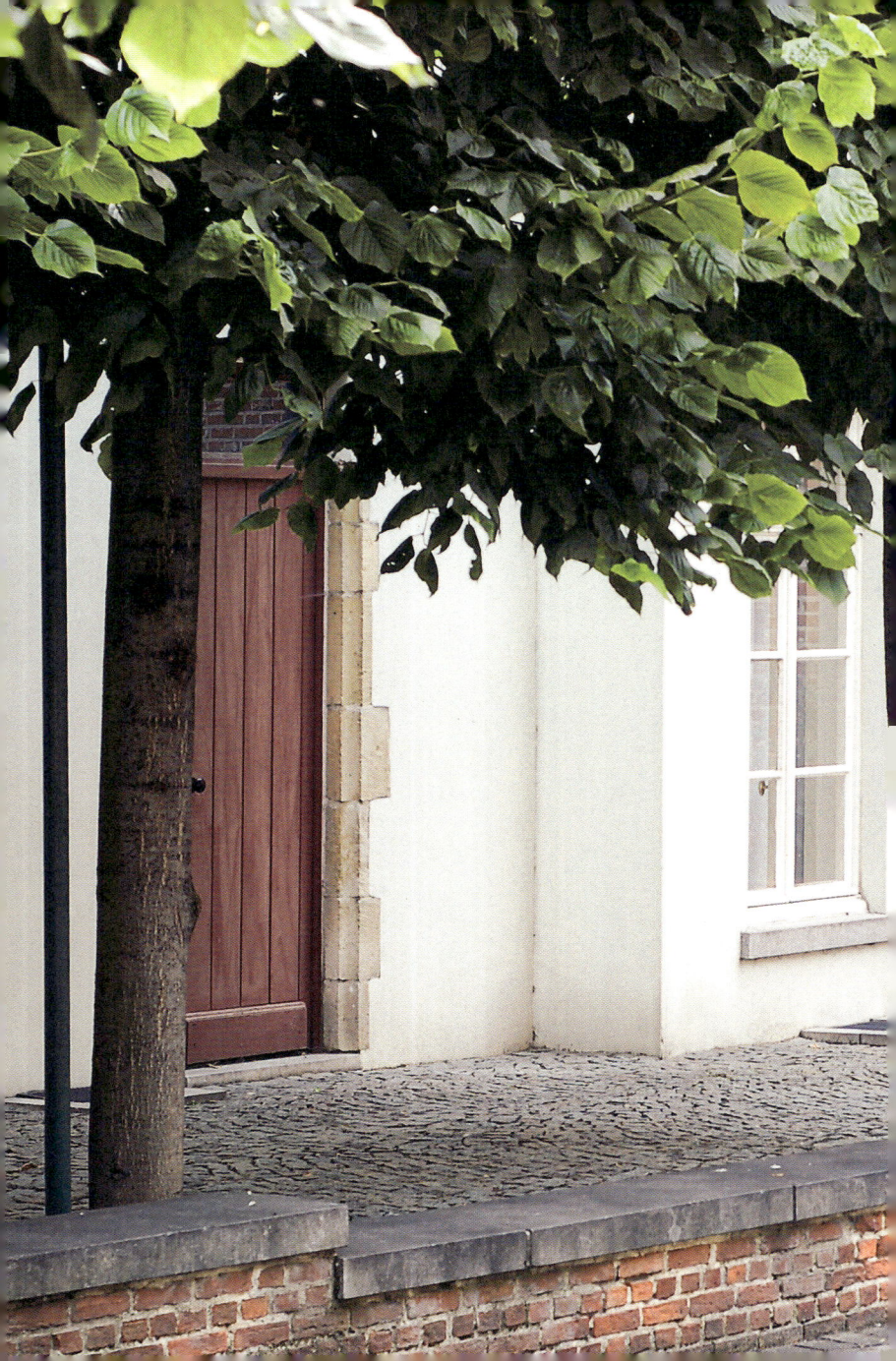

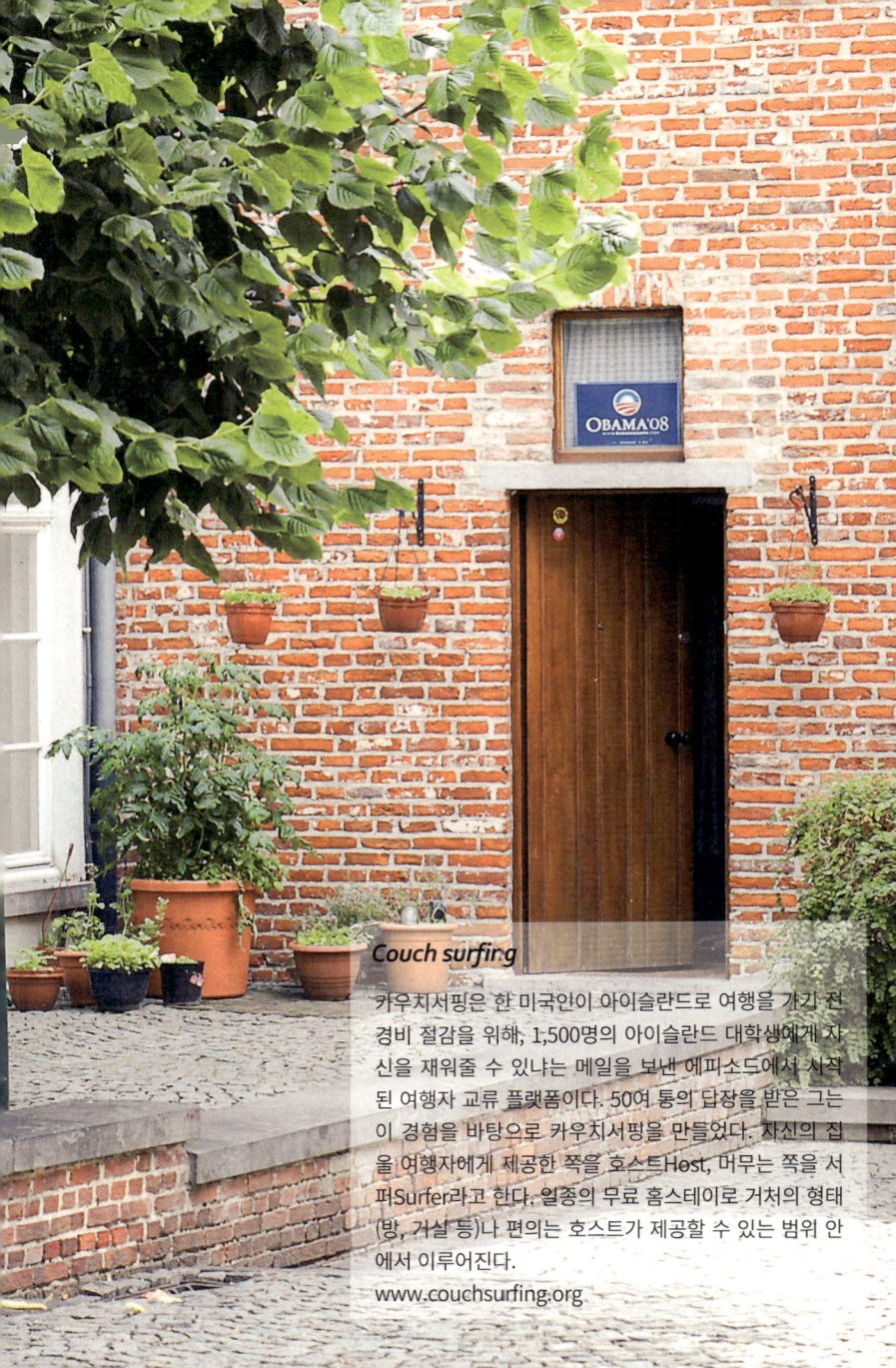

Couch surfing

카우치서핑은 한 미국인이 아이슬란드로 여행을 가기 전 경비 절감을 위해, 1,500명의 아이슬란드 대학생에게 자신을 재워줄 수 있냐는 메일을 보낸 에피소드에서 시작된 여행자 교류 플랫폼이다. 50여 통의 답장을 받은 그는 이 경험을 바탕으로 카우치서핑을 만들었다. 자신의 집을 여행자에게 제공한 쪽을 호스트Host, 머무는 쪽을 서퍼Surfer라고 한다. 일종의 무료 홈스테이로 거처의 형태 (방, 거실 등)나 편의는 호스트가 제공할 수 있는 범위 안에서 이루어진다.

www.couchsurfing.org

사람을 어떻게 믿습니까

"겐트에 꼭 가! 거기에 내 아파트가 있는데, 대학생 세 명에게 임대했거든. 지금 여름방학이라 모두 본가에 갔어. 열쇠는 내 친구가 줄 거야. 떠날 때 그 사람에게 돌려주기만 하면 돼. 뭐든 하고 싶은 대로 하고 지내. 거긴 네 집이야!"

열쇠의 주인인 클리오는 옆 동네 캠프힐의 봉사자다. 발도르프 학교에서 선생님으로 일하다 퇴직 후 세계 각지에서 도움이 필요한 곳을 찾아다니는 50대 여성이다. 캠프힐을 떠나기 전, 남은 월차를 털어 옆 캠프힐에 갔을 때 그를 마주쳤다. "벨기에 사람이라면서요? 저 다음 주에 벨기에에 가요."라고 말을 걸었을 뿐인데, 나는 지금 클리오 친구의 연락처를 쥐고 겐트에 와 있다.

아무렇게나 묶은 머리, 좌선에 적합한 스타일의 바지, 아시아 스타일의 장신구들, 무엇보다도 신선하고 맑은 눈. 나는 클리오를 보자마자 '세 마녀 클럽'이 떠올랐다.

클라라와 이바, 그리고 나는 자칭 '캠프힐의 세 마녀'였다. 두통이 있다고 하면 이바는 나를 앉히고 두 손바닥을 넓게 펼쳐 머리를 감싸며, 맑은 기운을 머릿속으로 전하는 테라피를 해주었다. 클라라는 악몽을 잡아낸다는 드림캐처를 만들어 내 침대 머리맡에 걸어주었다. 나는 여행 내내 그 드림캐처를 지니고 다녔다.

공동체 생활이 빡빡할 때면 "오늘 마녀의 밤 어때?"라는 말이 신호가 되어, 퇴근 후 캠프힐을 빠져나와 시내에 있는 이바의 집에 가서 밤을 보냈다. 거실에 와인과 치즈, 초콜릿을 늘어놓고 향초를 켜며 서로 마음을 나누었다. 멀쩡히 침대가 있는데도 굳이 거실에 침낭을 펼쳐, 고양이 자매들처럼 기대어 자기도 했다.

클리오의 집은 겐트 시내 한복판에 있는 고급 아파트였다. 잘 마감된 내부 인테리어는 사막의 카라반 같기도, 여왕의 처소 같기도 했다. 빨간 천장에 연보라 침실, 노란 거실, 하얀 주방, 파란 욕실을 아우른 클리오의 감각은 탁월했다. 집 사진을 찍어 이바에게 보냈다. "우리 마녀 클럽의 아지트로 어때?" 이바는 "Just perfect!"를 연발하며, 겐트에 머무는 내내 비가 내린 것도 단순한 우연이 아니라고 말했다. 나는 고개를 힘차게 끄덕였다.

클리오의 집, 클리오의 책상에 앉아 우리의 만남을 되새겨보면 어떤 사람들 사이에는 함께한 시간이나 경험의 양에 비례하지 않는, 특별한 연결이 존재함을 느낀다. 그런 사람을 만나는 순간에는 빛이 쏟아진다. 밀가루 체의 테두리를 손바닥으로 한 번 톡 쳤을 뿐인데, 그전까지 뭉툭하게 담겨 있던 밀가루 입자 하나하나가

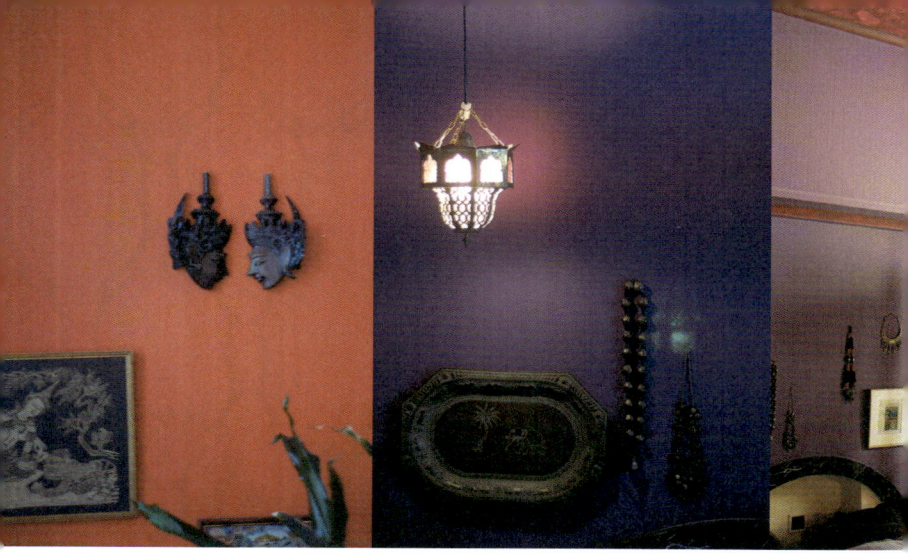

포슬포슬 쏟아져 내리듯 가뿐하고 소복한 빛. 단 한 번의 hello만으로 나에게 집 열쇠를 내어준 때, 클리오도 비슷한 느낌을 받았을까?

카우치서핑을 통해 내게 공간을 내어준 호스트들, 즉 '길 위의 친구'에 대해 호기심을 가진 사람들은 이런 질문을 했다.

"낯선 사람을 어떻게 믿을 수 있는가?"

호스트들의 프로필 페이지를 살펴보면, 텍스트나 사진 너머로 특별한 느낌을 주는 사람들이 있었다. 누구에게 연락할지는 오로지 나의 직감과 선택에 의지할 수밖에 없었다. 그래서 사람을 믿느냐는 질문은, 결국 나를 믿느냐는 물음과 같았다.

역으로, 나는 클리오나 호스트들이 낯선 나를 왜, 어떻게 믿고 현관을 열어주는지가 궁금했다. 내가 할 수 있는 건 타인을 믿으려 애쓰며 내 불안을 꺼뜨리는 것이 아니라, 내가 안전한 사람이

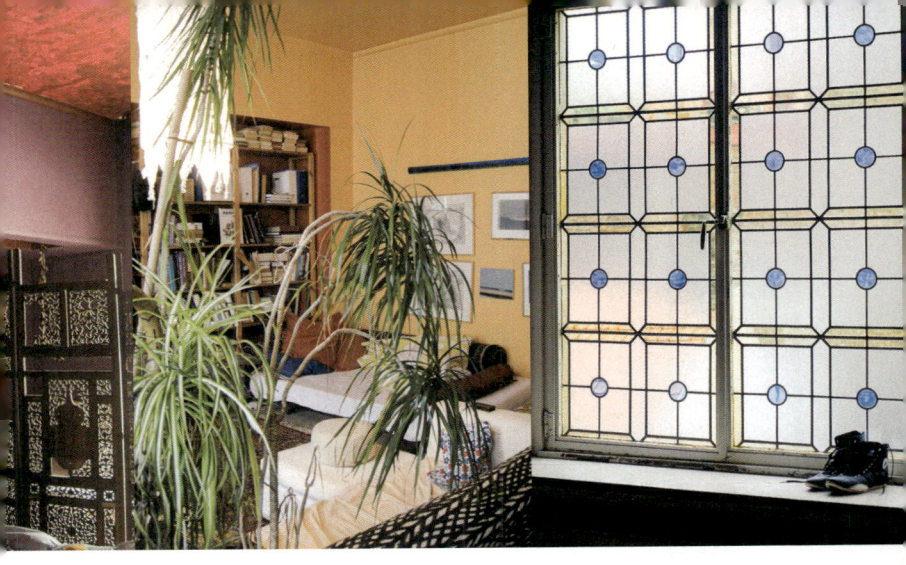

되어 상대의 불안을 해소해주는 일뿐이었다. 지나고 돌아보니, 우리는 암묵적으로 서로에게 그 일을 해준 것 같았다.

사람을 만나는 방법은 새로운 환경에 적응하며 변화한다. 지금까지는 모국어라는 명확한 도구와 자라온 사회에서 통용되는 가치를 잣대로 삼았지만, 이제는 '직관'으로 사람을 바라본다. 그리고 그 직관이라는 것은, 쓰면 쓸수록 예민하고 강력해진다. 마치 목이 길어진 기린이나 귀가 커진 토끼처럼.

이러니저러니 해도, 사람이 사람을 믿고 문을 여는 행위는 자판기에 동전을 넣고 원하는 음료를 뽑는 수준의 일은 아니다. 세상에는 정확히 답할 수 없는 질문들이 더 많다. 우리의 대장 마녀 이바는 이 선물 같은 만남의 의미를 단 한 단어에 담았다.

"운명!"

친구. 때론 친구 이상!

"클리오랑 나? 오랜 친구지. 때론 친구 이상! 이 길은 클리오가 하루 두 번씩 드나들던 길이야. 출근할 때, 그리고 퇴근할 때. 이 카페는 우리 단골집. 그냥 이렇게 지나가는 사람 구경하면서 종일 앉아 있곤 했지."

빛나는 은발의 루돌프는 겐트에, 클리오의 겐트에 있다. 클리오는 아파트 열쇠를 루돌프에게 맡기고 세계를 떠돌고 있다. 벌써 수년째 돌아올 줄을 모른다. 지금은 아일랜드에 있지만, 그다음은 인도라고 했다. 집에 돌아오는 길을 잃어버리기라도 한 걸까. 클리오의 여행은 여행이라기엔, 기다리는 사람을 한없이 아득하게 만드는 구석이 있다.

"인도에 같이 가지 그래요?"

"아니. 클리오라는 여자는 새처럼 날도록 놓아두어야 할 때가 있어. 그나저나 우편함 열쇠는 어디에 둔 거지? 클리오에게 중요한 편지가 온다고 했는데… 이거 참!"

이 느긋한 남자가 유일하게 초조한 순간은 클리오를 위한 무언가를 하지 못할 때다. 반대로, 가장 들뜬 순간은 클리오를 위해 무언가를 할 때다. 클리오가 보냈다는 이유 하나로 낯선 여행객을 나흘간 보살펴 주는 지금처럼 말이다.

루돌프는 명랑한 신사다. 리넨 소재의 사뿐한 슈트에 현란한 프린트 셔츠를 매치하고, 베레모와 캔버스 운동화로 마무리! 우산을 같이 쓸 때면 내 쪽으로 우산을 기울인다. 만나고 헤어질 때 볼에 해 주던 비쥬*는 정중하면서도 기품 있다. 수염 때문에 따끔할 만도 한데, 부드러운 기억만 남아 있다. 나는 비쥬가 익숙하지 않아 항상 엉덩이를 어정쩡하게 뒤로 빼고 목에 힘을 주곤 했는데, 루돌프와 며칠을 보내고 나서 누구와도 편안하게 비쥬를 나눌 수 있게 되었으니 나는 루돌프에게 제대로 된 키스를 배운 셈이다.

그는 매일 아침 같은 시간에 아파트 초인종을 눌렀고, 우리는 겐트의 운하를 따라 늘어선 카페테라스에 앉아 크루아상과 커피로 오전을 느긋하게 보냈다. 비 오는 날에도 우리는 바깥에 앉았다.

"곧 있으면 벨기에 카페의 30퍼센트는 망할 거야."

"경제가 어려워서요?"

"아니. 담배를 못 피우게 해서!"

그는 정부의 새로운 정책을 반기지 않는 눈치였다. 아니면, 실내에서 마음껏 담배를 피웠던 클리오와의 시절이 그리운 걸지도.

---

* 볼키스. 양쪽 볼을 번갈아(또는 한쪽 볼만) 대며 입술로 '쪽' 소리를 내는 인사법

점심시간이 되면 루돌프의 주무대는 부엌으로 옮겨진다. 그는 젊을 때 레스토랑을 운영하던 요리사였다. 나의 벨기에 요리사는 내 컨디션을 기가 막히게 파악해 딱 맞는 식사를 완성했다. 첫날엔 베이컨, 달걀, 감자, 잉글리시 머핀으로 완벽한 영국식 브런치를, 연일 비가 내리는 겐트를 돌아다니느라 으슬으슬 감기 기운이 돌던 날에는 파슬리로 향을 낸 벨기에식 치킨 수프를 만들어주었다. 기운 없을 때 엄마가 해주던 닭죽처럼, 마음마저 데워주는 맛이었다.

그는 재료를 넘치게 샀다. 요리를 마치면, 남은 재료며 쓰지 않은 새 재료들이 냉장고에 가득 차 있었다. 여행 경비를 아낀다고 대충 때우지 말고, 이것저것 만들어 먹으라는 듯한 조용한 호의였다. 겐트를 떠나던 날에는 그의 앞치마를 빼앗아, 고추장으로 맵싸한 닭도리탕을 해드렸다. 루돌프가 첫술을 뜨고 평가를 내릴 때까지 나는 빤히 기다렸다. 드디어 그가 입을 뗐다.

"이 자체로 이래야 할 것 같은 맛이야. 그 빨간 소스는 어디서 구할 수 있지? 클리오가 돌아오면 해주고 싶어!"

불공평하게도 마음을 더 많이 쓰는 쪽이 더 쓸쓸하다. 다리 없는 새 같은 여자를 끌어안은 루돌프는, 그 자체로 그래야 할 것 같은 사랑을 하고 있었다. 그녀가 곁에 있든 없든 간에.

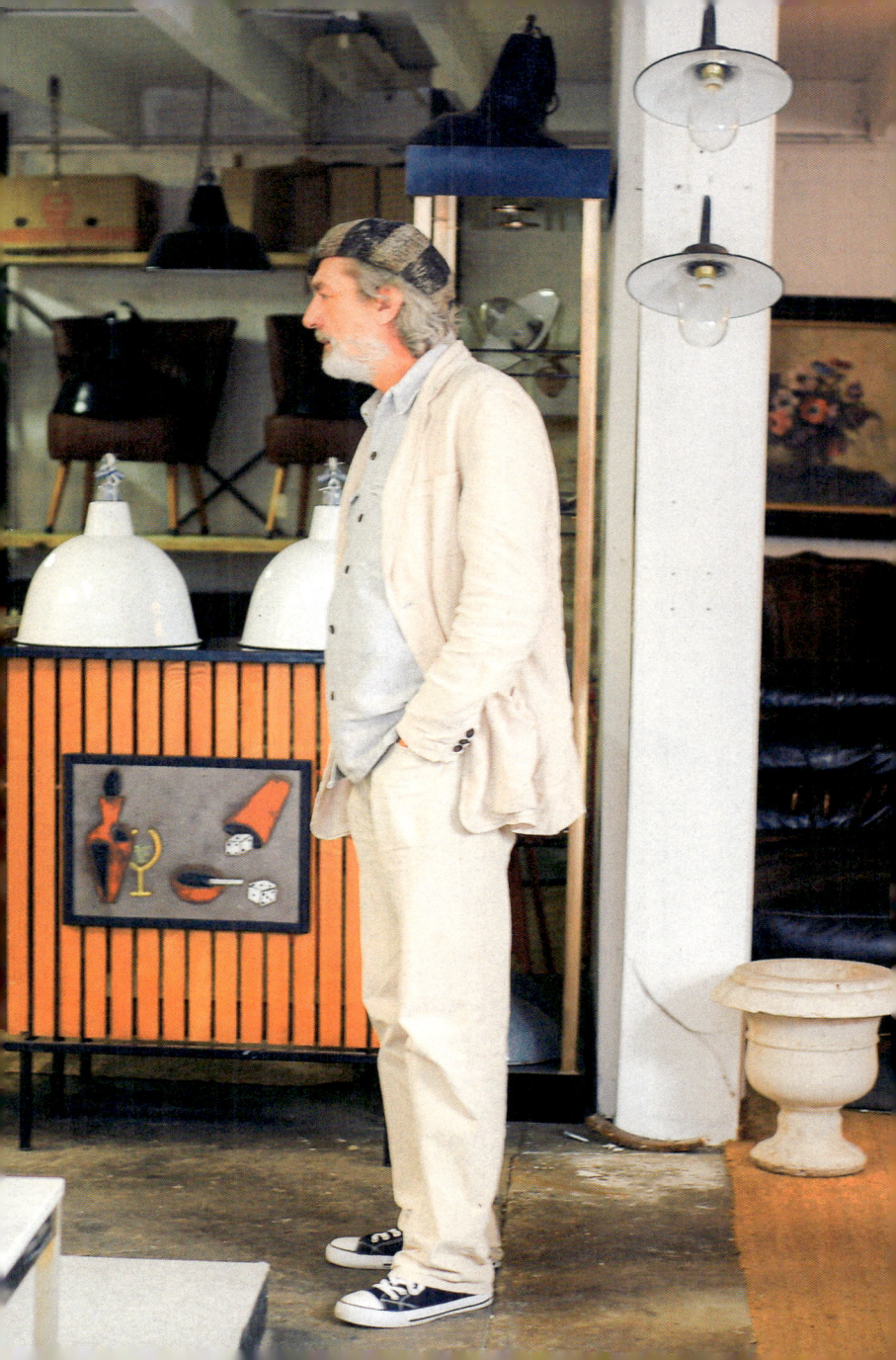

벨기에 해변에서는 한 번도 없었던 일

"오늘, 집에서 쉴 거야?"

페이스북 메시지 알림이 깜빡인다. 2층의 니코다. 방문을 열고 소리치면 들릴 텐데, 굳이 전파를 사용하는 이 녀석은 철저히 문명인이다. 스마트폰, 태블릿PC, 전자책 리더는 기본 소지품이며 언제나 온라인 상태를 유지한다.

"아니요. 벨기에 왕님을 알현하고 싶습니다."

답신을 보내자마자 녀석이 계단을 우당탕 뛰어 내려오더니 내 방문을 활짝 열어젖혔다. "10분 후에 나가자!" 여전히 파자마 차림인 니코는 신나 보였다. 반면에 나는 어제 겐트에서 브뤼셀로 오는 길에 비를 잔뜩 맞아 추욱 처진 상태였다. 그래도 내일이면 벨기에를 떠나는데, 오늘은 꼭 왕이 살고 있다는 곳에 가볼 참이었다.

며칠 전 브뤼헤Brugge에 갔을 때, 캠프힐 친구들에게 엽서를 보내려고 우체국을 찾았다. 우체국 직원이 엽서에 우표를 직접 붙여주는데, 웬 근엄한 남자가 우표에 인쇄되어 있었다. 누구냐고 묻자, 직원은 "우리 왕이에요"라고 답했다. 직원은 이때까지만 해도 차분하고 나긋한, 보통의 벨기에 사람이었다. 하지만 내가 "네? 벨기에에 왕이 있다고요?" 하며 놀라자, 나만큼 놀라며 흥분했다. "네? 왕이 있는 줄 몰랐다고요? 그러면 궁전에도 안 가봤다는 거잖아요? 브뤼셀에서 벨기에 사람이랑 함께 지낸다면서! 이런 안타까운 일이 있나! What a shame!" 브뤼셀에 돌아가면 왕궁에 꼭 가보겠다고 약속하자, 직원은 그제야 보통의 벨기에 사람으로 돌아왔다.

니코는 내가 자기 나라에 왕이 있다는 사실을 몰랐다는 말에 혀를 차면서도 "왕궁? 그런 데는 뭐 하러 가?"라며 나의 '왕 알현 미션'에는 시큰둥했다. 관광객답지 않은 나와 가이드답지 않은 니코의 왕궁 탐방은 당연히 짧게 끝났다. 녀석은 왕궁보다 더 신나는 게 있다며 어느 좁고 복잡한 골목으로 파고들었다. 그곳에는 벨기에의 트레이드 마크인 '오줌싸개 소년' 동상 대신 '오줌싸개 소녀'가 있었다. 여자아이가 쪼그리고 앉아 오줌을 싸는 동상 말이다. 동상 앞에 나를 끌어다 놓고 강제로 기념 촬영을 하며, 마치 "이것이 바로 벨기에다!"라는 듯 벅차오른 표정의 니코.

녀석이 인도한 다음 장소 역시 나는 전혀 알지 못했다.

"바다를 보러 가자! 기차로 금방이야!"

"뭐? 벨기에에 바다가 있어? 내륙 아니었어?"

"The Great Belgium Sea를 모른다고? 도대체 벨기에에 대해 아는 게 뭐야?"

"초콜릿이랑 와플!"

"무슨 그런 무식한 여행이 다 있담. 공부 좀 하고 다니시지!"

그러고 보니 나는 이 나라에 대해 아무것도 모르고 왔다. 체코에 가기로 한 후 지도를 펴보니 아일랜드와 체코 사이에 벨기에가 있기에 여기에 왔다. 일본어에 능통하고 서울에도 와본 적이 있다는 회사원 니코와, 한국어 공부를 열심히 하는 대학생 슈테판, 클리오의 친구 루돌프. 이렇게 세 사람의 연락처만 들고 왔다. 그동안 어떻게 불안하지 않았을까? 나는 벨기에 체류 마지막 날이 되어서야 이미 쓸데없어진 불안을 꺼내 보았다. 존재 자체도 몰랐던 바다로 향하는 기차 안에서.

북쪽으로 한두 시간 달려 도착한 The Great Belgium Sea의 공식 명칭은 'North Sea'였다. 풍광은 우리나라 동해처럼 시원시원했지만, 물빛은 서해와 닮았다. 해변의 이쪽 끝에서 저쪽 끝까지 걷고 싶다는 니코의 고집에 나는 응했지만, 아일랜드를 떠난 후 다시 만난 바닷바람에 온몸이 휘청거렸다. 바다까지 나올 거라고는 예상하지 못한 터라 우리는 가벼운 옷차림에, 심지어 구두를 신고 있었다. 1킬로미터도 안 될 것 같으니 끝까지 걷자는 니코와, 3킬로미터는 족히 되어 보이니 이쯤에서 그만두자는 나의 갑론을박으로 인적 없는 쌀쌀한 해변이 소란스러워졌다.

오늘따라 유독 고집을 부리는 니코에게 밀려 해변 끝까지 걸었다. 그런데 근처에 갈 만한 식당을 검색하려던 녀석이 깜짝 놀랐다. 분신과도 같은 스마트폰을 집에 두고 왔다는 것이다. 지금 시대에 스마트폰이 없다고 함은 단순히 통화를 못 한다는 말이 아니다. 지도도, 맛집 가이드도, 기차 시간표도 없다는 뜻이다. 나의 노키아 구형 핸드폰은 있으나 마나였다. 어차피 이렇게 된 이상, 우리는 원시적인 여행을 하기로 했다. 온전히 감에 의지하는 여행. 지도 없이 걷고 싶은 만큼 걷고, 배고프면 눈과 발이 닿는 범위에서 먹을 곳을 찾고, 느낌이 오면 기차역으로 돌아가자고 했다. 기차는 5분 안에 올 수도, 두 시간을 기다려야 할 수도 있었다.

식당이 늘어선 거리로 나가 가게마다 들러 메뉴와 가격이 적당한지를 살펴보았다. 그러다 문득 어떤 냄새에 정신이 번쩍 들었다. 우리의 발은 절로 그 냄새의 근원으로 향하고 있었다. 그곳엔 온 세포가 환영하는 익숙한 냄새와 석깔, 모양의 '그것'이 있었다. 그것은 바로… 전기 구이 치킨! 작은 정육점 앞에서 빙빙 돌아가고 있는 새빨간 전기 그릴은 마치 물랑루즈처럼 우리를 매혹했다.

"니코! 오늘 점심은 이거다!"

"포장해 가기엔 집까지 너무 멀어."

"해변에서 먹으면 되지. 음료수도 사 가자!"

"와! 해변에서 치킨을 먹는다고?"

"해변에서 먹는 치킨과 맥주는 진리야. 한국에서는 해변까지 배달도 되는걸!"

"말도 안 돼!"

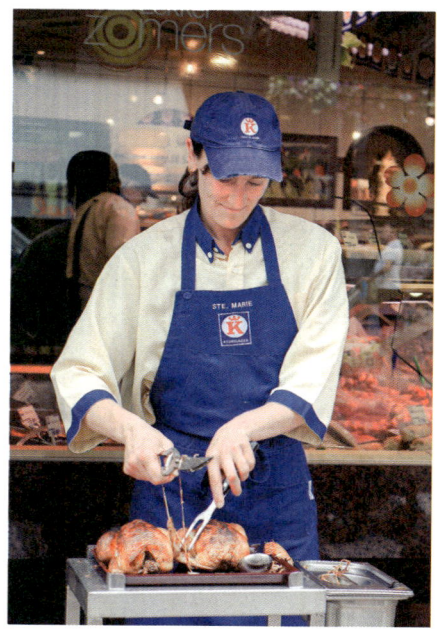

"쯧쯧, 너는 맛에 대해 아는 게 없구나!"

곧 음료수 두 개와 듬직한 치킨 한 마리가 우리의 손에 쥐어졌다. 바닷가에 늘어선 피서객용 오두막 중 하나를 골라 자리를 잡았다. 아직 피서철이 아니라 사람은 한 명도 없었다.

"이걸… 어떻게 먹지?"

능숙하게 치킨용 테이블을 세팅하는 내 앞에서 녀석은 어찌할 줄 몰랐다.

"뭐야, 여기에서 포크와 나이프를 찾는다고? 손으로 뜯어!"

팔까지 걷어붙인 숙련된 한국인 조교의 시범을 본 니코는 금세 청출어람, 조교보다 더 빠르고 정교한 솜씨로 닭을 발랐다. 우리는 닭 한 마리를 앞에 두고 새끼 여우 두 마리처럼 달려들었다. 이따금 바람이 불어 모래가 서걱거려도 아랑곳하지 않았다. 한 조각 뜯고 손가락을 쭙쭙, 또 한 조각 뜯고 쭙쭙. 우리의 손과 입은 순식간에 기름으로 번들거렸다.

"이거 정말 맛있어! 벨기에 닭을 벨기에 맛으로 구워 벨기에 해변에서 한국식으로 먹다니. 이거야말로 문화 교류네!"

니코는 너무 맛있어서 먹다가 죽을지도 모르겠고, 아예 죽어도 좋겠다며 호들갑을 떨었다. 평소에서 벗어난 연이은 해프닝 속에서, 녀석은 자유로워 보였다. 포크와 나이프가 아닌 손가락으로 뜨거운 고깃덩어리를 뜯는 자유, 구수한 기름이 흐르는 손가락 사이를 핥는 자유는, 각종 버튼과 자판의 감촉에 익숙한 우리의 손이 새롭게 만난 자유였다. 아무리 전자기기로 스마트하게 휘감아도, 결국 우리는 원래 동물이잖아?

해변의 유료 화장실에서 손을 씻고, 모래도 털어내고, 머리카락도 빗었다. 단짠 밸런스를 맞춘다며 바닐라 아이스크림을 하나씩 물고 기차역으로 가는 트램에 올랐다. 기차역에 도착해 시간표를 보니 브뤼셀행 기차는 한 시간 후에 있었다. 따스한 커피를 한 잔씩 앞에 두고 기차를 기다리던 카페에서, 나는 니코에게 언제가 될지 모를 초대를 했다.

"한국에 오면 해운대에 가자. 치킨 말고도 흥미로운 것들이 많아. 한국의 해변은 뭐랄까… 재밌어!"

"한국이라면 서울밖에 몰랐는데 공부 좀 해 갈게."

"아니, 그냥 와. 모르면 더 많은 걸 알 수 있어."

무작정 저지른 긴 여행이 어떤 콘셉트를 가질지, 어떻게 풀릴지 이제야 어렴풋이 그림이 그려졌다. 벨기에는 더없이 적당한 나라였다. 적당히 가운데에 있고, 적당히 작고, 적당히 젊고, 적당히 오래된 나라이자, 적당히 거리를 두고 적당히 끌어주는 사람들이 있는 나라. 큰 세계로 들어가기 전에 작은 시행착오를 겪어보기 좋은 나라. 좋은 시작이었다. 그리고 오늘은 좋은 이별이다.

안녕. 그리고 고마워, 니코. 이 여행은 아는 것을 찾으러 갔다가 원하는 것만 가지고 나오는, 그런 여행이 되지 않을 거야.

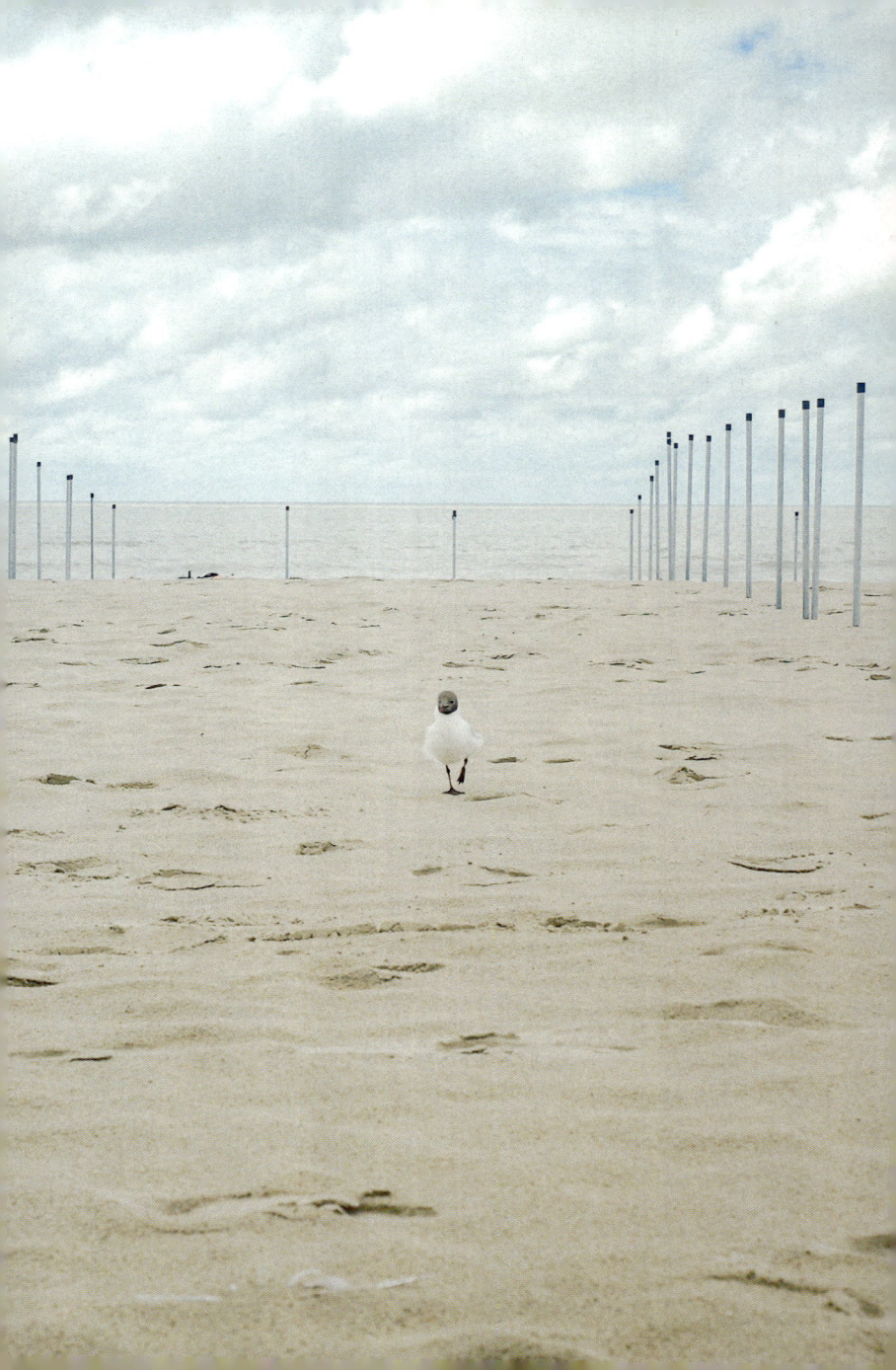

모든 비는 그친다

3년 전, 가족과 함께 왔던 체코는 전적으로 섬세하고 예뻤다. 내 카메라에는 체코에 다녀온 사람이라면 모두 찍었을 것들이 담겼다. 바츨라프 광장, 프라하성, 시계탑, 카를교, 황금 소로, 마리오네트, 그리고 카프카.

지금 나는 독일과 국경을 맞대고 있는 마을, 어느 시골집에 있다. 어디든 음식이 펼쳐져 있고, 하루에도 몇 번씩 우르르 들어와, 우르르 먹고, 우르르 일하러 나가는 농부들의 집. 『하울의 움직이는 성』(2004)에 나오는 불꽃 캘시퍼처럼, 살아있는 기운이 꿈틀대던 식탁. 두 번째 체코는 거칠고 투박하지만 뜨겁고 다정하다. 이곳은 캠프힐의 대장 마녀, 이바의 고향이다.

나는 농부들의 옷장에서 모직 체크 셔츠를 꺼내 입고, 다 늘어난 양말에 바짓단을 구겨 넣으며 아기자기하고 젊은 도시에서 묻혀온 긴장을 털어버린다. 이바의 작은 오빠에게 "이 정도면 농부의 격에 맞나요?" 했더니, 셔츠와 양갈의 후줄근한 정도는 완벽하나 바지의 무릎이 나오지 않았으므로, 냉정하게도 "탈락!"이란다.

이바와 나는 바비큐 불을 준비한다. 이바네 집에서는 그저께 돼지를 한 마리 잡았다. 소시지도 만들고 선지 수프도 만들었다. 겨울을 위한 비축 식량이다. 이바의 큰 오빠는 주머니칼을 꺼내 바지춤에 한 번 쓱 닦고는, 빵과 소시지, 숲에서 따온 버섯을 잘라 달궈진 그릴 위에 던진다. 들판에서 갓 돌아온 그의 팔뚝은 아직도 덥다.

맥주와 와인이 돌자, 막내 농부인 열다섯 살 조카도 술잔을 받아 든다. 아직 술을 마시면 안 되지만, 여기는 법보다 더 강력한 '농부의 마법'이 적용되는 곳이니까 괜찮다. 대장 농부인 이바의 아빠가 자두로 빚은 50도짜리 보드카를 꺼내 온다. 목이 타고 눈에 불이 오른다. 대장께서 "한국 노래 한 곡 뽑아라!" 하시니, 나는 벌떡 일어나 한 곡 바친다. 사람들 앞에서 노래를 하다니! 학창 시절 음악 실기 시험 이후로는 처음이다. 이게 다 보드카 때문이다.

그러는 사이, 비가 후드득 떨어진다. 농부들이 일제히 일어나 바비큐 테이블 위로 천막을 친다. 천막을 다 펼치고 보니, 네 다리 중 하나가 부러져있다. 아빠 농부가 부러진 쪽 다리를 들고 서 있기로 한다. 이바는 그 광경을 보고 배를 부여잡고 웃는다. 이것은 보드카 때문이 아니다. 쌀쌀한 기운이 돌자, 김이 모락모락 나는 선지 수프가 나온다. 선지는커녕, 내장도 안 먹던 나는 모두처럼 큼직한 스푼으로 수프를 떠먹는다.

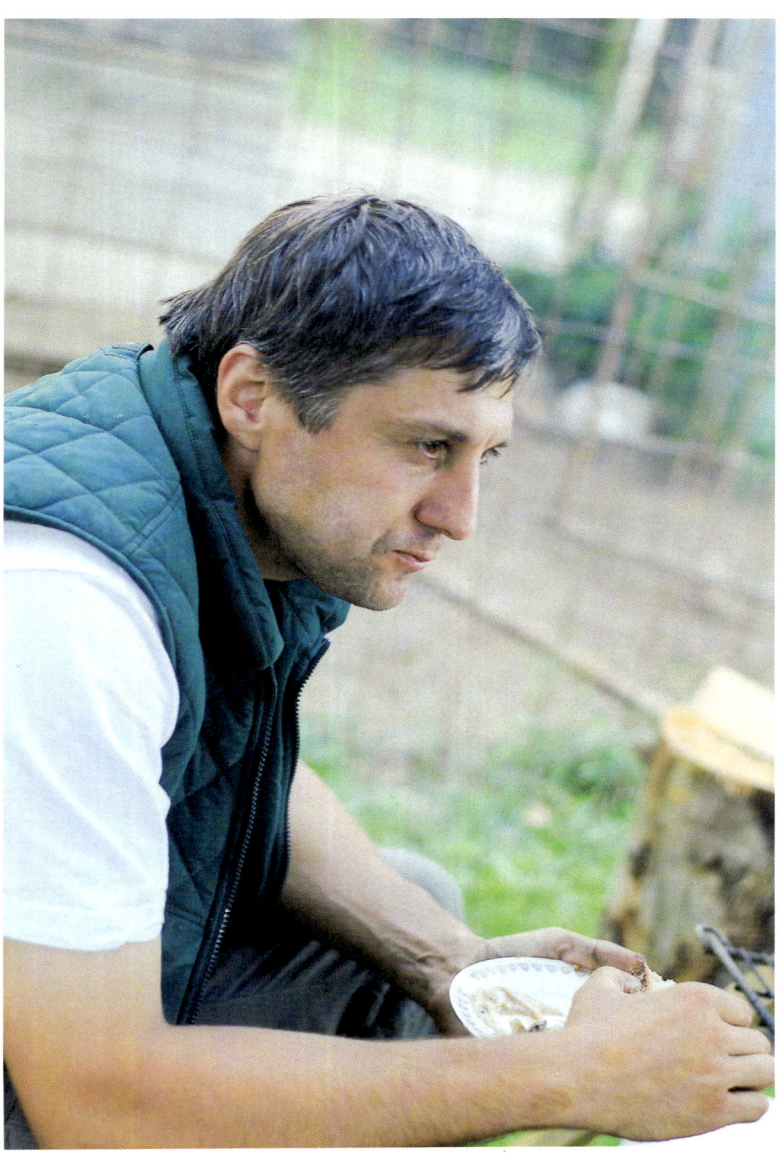

아지랑이 같은 것이 우리를 에둘러 피어오른다. 빗줄기에 먼지가 이는 것인지, 농부들의 뜨거운 몸이 식고 있는 것인지 알 수 없다. 자비로운 농부의 집에서, 잠자코 비가 그치기를 기다리는 시간이 조바심 나지도, 아깝지도 않다. 모든 비는 그친다. 무지개가 뜰 것이다.

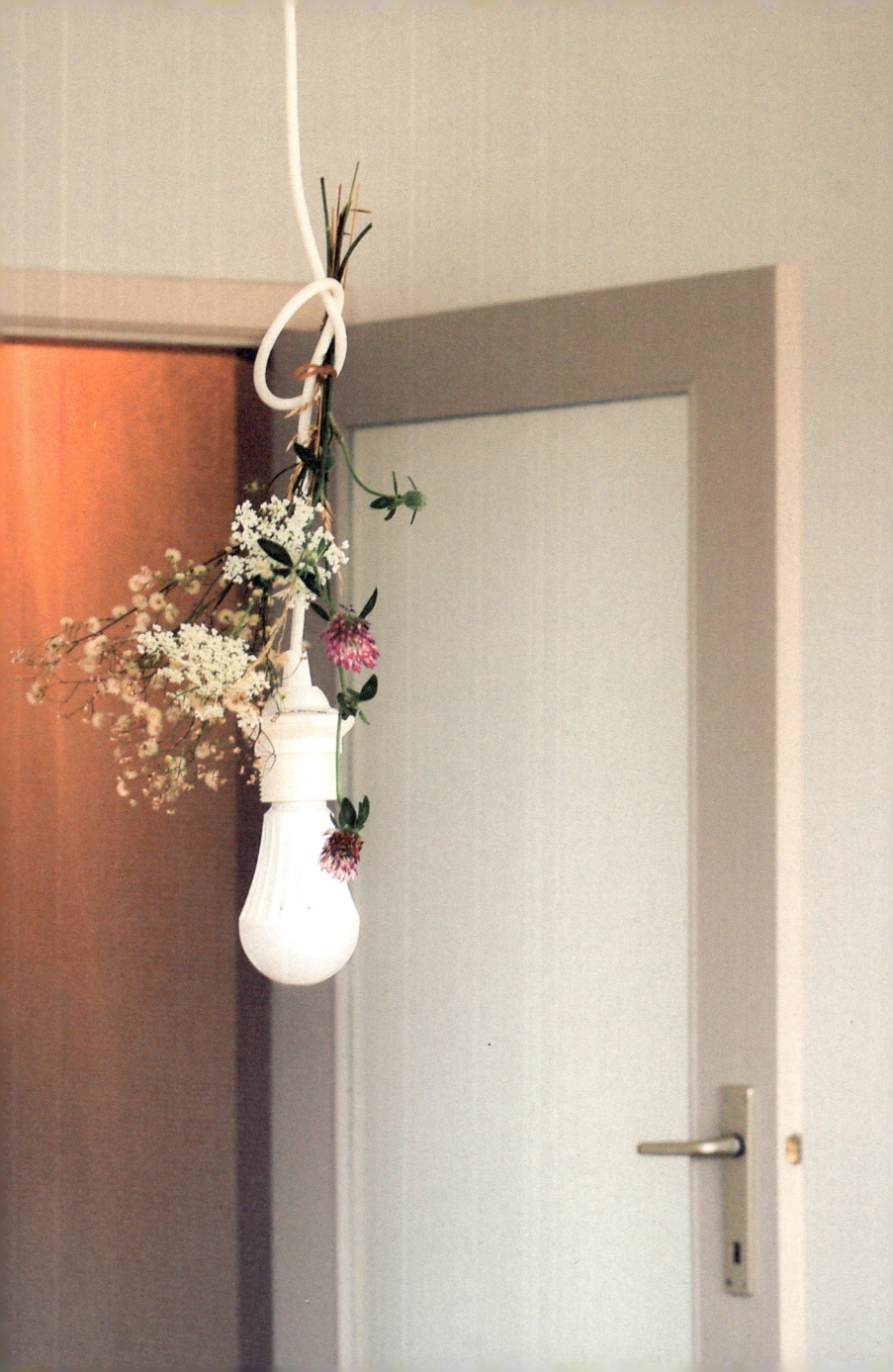

여자들은 진짜를 만들지

애플 스트루들 쇼! 쇤브룬 궁전의 고풍스러운 베이커리에서
갓 구운 애플 스트루들Apple strudel을 맛볼 수 있는 절호의 기회!

비엔나 시티 가이드북의 문구는 나의 침샘과 추억을 동시에 자극했다. 쇤브룬 궁전 베이커리는 자그마한 지하 요새 같았다. 관광객 대상 이벤트용으로 만든 공간이 아니라, 실제 영업 중인 베이커리였다. 종일 오븐이 돌아가서인지 실내 공기는 후끈, 텁텁하고, 빵 냄새가 가득했다. 광고 문구와는 달리(그럴 줄 알았지!) 미리 만들어 놓은 차가운 애플 스트루들을 받아 들고 베이커의 현란한 쇼를 구경하는 동안, 나의 여자들이 만들어주었던 진짜 스트루들을 소리쳐 자랑하고 싶었다.

◆ 디타의 애플 스트루들

나는 디타가 캠프힐에 데려온 아름다움을 기억한다. 디타는 체

코 출신의 싱글맘으로, 5살과 7살인 남매를 데리고 캠프힐에 왔다. 가족이 캠프힐 생활을 하는 경우, 부모는 대개 의료, 복지 분야에서 일했거나 발도르프, 인지학을 공부한 사람들로, 보통 매니저 역할을 맡기 위해 온다. 그러나 디타는 체코에서 특수교육 교사로 일했음에도 불구하고, 단순 봉사자 역할을 맡게 되었다. 매니저로서 충분히 능력을 발휘할 수 있었지만, 영어 실력이 부족했기 때문이다. 매니저는 서류 작업과 집 관리 등 더 많은 책임을 지기 때문에 영어 실력이 필수적이었다. 디타는 아쉬운 대로 봉사자로 근무하며, 영어 실력을 향상시키고 언젠가 매니저가 될 기회를 얻고자 했다.

반면, 디타네 집의 매니저는 매니저답지 못했다. 자기 좋을 대로 권한을 남용하며, 봉사자들의 사정에는 관심도 없었다. 캠프힐은 봉사자의 복지도 장애인만큼 철저히 챙기는 조직이기에, 매니저는 봉사자들도 잘 돌봐야 했다. 하지만 그 매니저는 자기 복지만 챙기는 사람이라는 평판이 파다했다. 디타는 다정하고 어른스러우며, 일도 잘했는데, 약삭빠른 매니저는 디타의 어깨에 자신의 짐을 얹고는 위세를 부리는 일만 꼼꼼히 챙겼다. 봉사자들은 디타를 안타깝게 여겼고, 때론 분개하기도 했다. 모두가 저 집의 매니저는 디타여야 한다고 생각했다.

어느새 디타는 봉사자 처우를 받으면서도, 매니저보다 더 많은 일을 하며 공동체에서 가장 바쁜 사람이 되어 있었다. 그럼에도 불평 한마디가 없었다. 한번은 세탁실에서 산더미처럼 쌓인 마른 수건을 개고 있는 디타를 보았다. 수건을 색상별로 분류하고, 그 안에서 채도에 따라 정렬하여 그러데이션을 만드는 사람은 처음 보았다. 이는 정리벽이나 집착이 아니었다. 그는 낡은 수건 더미에 파묻혀서도, 자신의 미의식을 포기하지 않았다. 심지어 흥얼흥얼 콧노래를 부르며, 자신보다 훨씬 편하게 사는 내 안녕까지 챙겼다. "안녕, 썸머! 오늘은 어때? 뭐 도와 줄까?"

캠프힐에 어느 정도 적응한 나는 이집 저집을 돌아다니며 구경도 하고 식사나 파티에 끼기도 했는데, 디타네 집은 어느 집보다 청결했고, 다정한 기분으로 가득 차 있었다. 그것은 그 못된 매니저의 기운이 아니었다. 집 안 곳곳에 싱싱한 꽃이 놓여 있고 테이블보는 새것처럼 깨끗했다. 슬라이스 치즈가 접시에 올려 나오는데, 한 장 한 장 비스듬히 겹쳐 공작의 꼬리처럼 펼쳐놓은 것을 보고는 두손 두발을 들었다. 그는 일을 아름답게 하는 사람이었다. 하다못해 일하기 싫어 도망치는 마틴의 뒤를 쫓아 언덕을 뛰는 모습마저도 아름다웠다.

나는 디타가 사과를 다룰 때 참 좋았다. 캠프힐의 식량 창고에는 시큼한 연녹색에 흠집이 많은 조리용 사과가 쌓여 있었다. 어린 봉사자들은 요리에 창의력을 발휘할 생각이나 여유가 없었고, 디타만이 그 사과를 찾았다. '맛'스러운 곳이라곤 찾을 수 없는 사과로, 디타는 마법을 부렸다. 잘게 썬 사과를 계피와 설탕에 푹 재워 맛을 들이고, 밀가루 반죽을 아주 아주 얇게 밀어 큰 보자기처럼 만들었다. 그 위에 사과 필링을 올리고는 돌돌 말았다. 길쭉하

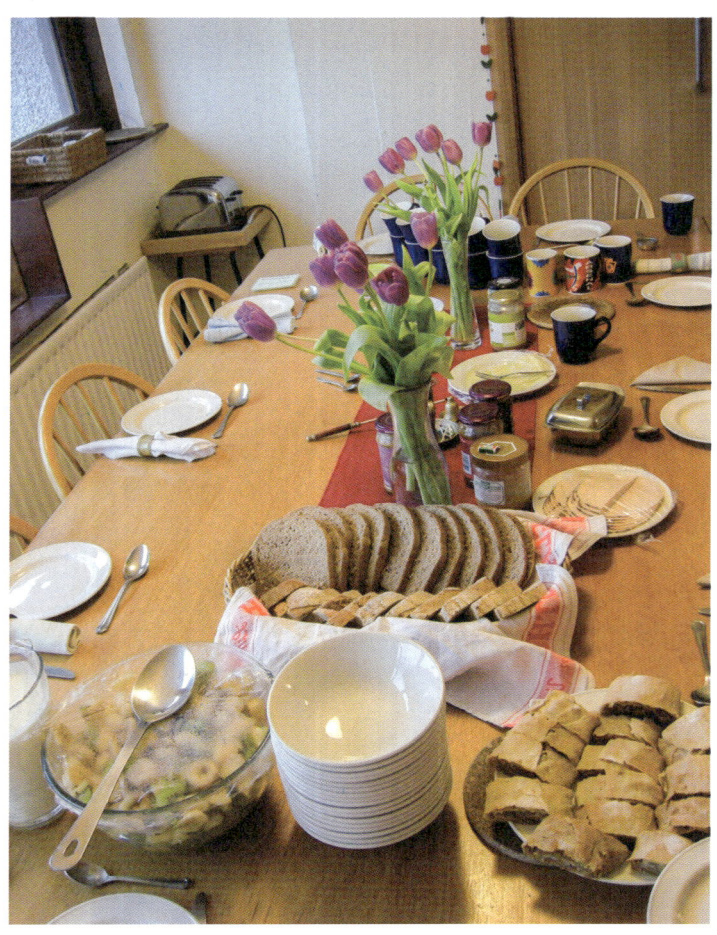

디타의 테이블은 언제나 식사 시간 한참 전에 준비가 완료
되었다. 개인 냅킨으로 흰색은 잘 쓰지 않는데(빨아도 말끔해
지지 않기 때문에) 이 집은 차원이 달랐다. 오른쪽 가장 아래
에 보이는 접시가 바로 디타의 애플 스트루들!

고 두툼한 빵은 아가 오븐을 꽉 채웠다.

겹겹의 외피는 크루아상처럼 바삭하고, 속에 든 사과는 새콤하고 달달하며, 촉촉하고, 아삭하더니 계피 향이 은은하게 퍼지며 차분한 마무리를 이뤘다. 사계절의 풍미가 한데 담긴 작은 디저트. 이것이 바로 디타의 애플 스트루들이다. 디타가 처음 스트루들을 만든다고 할 때는, 같은 체코 출신 이바와 오스트리아 사람 클라라만 환호했지만, 한번 맛을 본 후로는 너나 할 것 없이 "남은 거 없나?" 하며 디타네 집 주방을 기웃거렸다.

오픈 데이 전날, 디타가 베이커리에 찾아왔다. "스트루들을 구워 팔고 싶은데 그날 부엌에서 일해야 해. 대신 베이커리에서 팔아줄 수 있겠니?"라고 부탁했다. 돈을 벌기 위한 것이 아니니, 가격은 편한 대로 정해달라고 했다. 봉사자들은 그렇지 않아도 부당한 대우를 받는 디타가 굳이 바쁜 시간을 쪼개가며 스트루들을 만드는 것을 이해할 수 없다고 했다. 하지만 나는 알았다. 디타는 누가 자신을 어떤 상황에 던져 놓든, 어떤 시선으로 자기를 바라보든 상관없다는 걸. 뒤죽박죽될 수도 있었던 자기 삶을 아름답게 살아내는 사람이라는 걸. 그의 아름다움은 주눅 드는 법이 없다는 걸.

스트루들 스무 조각은 내 몫으로 하나 빼낼 틈도 없이, 순식간에 사라졌다. 디타에게 미안한 점은, 우리 베이커리 사람들이 스트루들의 가격을 제대로 모르고, 한 조각에 고작 75센트로 책정했다는 것이다. 비엔나 카페에서 4.8유로짜리 스트루들을 먹으며 때를 돌아보니, 나 또한 디타의 진가를 제대로 대접하지 못한 것 같아 뒤늦게 마음이 무겁다.

◆ 클라라의 애플 스트루들

"썸머, 오늘 밤 뭐해? 내가 근사한 거 만들어 줄게."

이건 클라라가 '무언가 먹고 싶은 게 있는데 자기가 만들어 준다며 나를 초대하고 결국 내가 그것을 만들어 그에게 선사하는 패턴'을 따르는 말이었다. 나는 "뭔데? 무슨 재료가 필요한데?"라고 답하며, 몸과 마음의 준비를 해야 한다. 그렇지 않으면 빼먹은 재료를 찾으러 몇 번이고 창고를 들락거리랴, 머릿속에 없는 그림을 상상하며 만들어내랴, 고생할 게 뻔하기 때문이다.

"애플 스트루들 만들 거야!"

"안 돼!"

나는 이미 디타가 스트루들을 만드는 과정을 봤다. 스트루들은 디타처럼 자기희생적이면서 성실하고 섬세한 사람만이 만들 수 있는 음식이다. 맛없는 사과에 맛을 들이고 밀가루 반죽을 보자기처럼 얇게 민다는 것은 그런 사람의 일이다. 나도 늘 먹고 싶지만 만들 엄두가 나지 않아 디타님이 나설 때까지 그저 기다리는데, 클라라? 네가?

이런 반응을 예상했다는 듯, 클라라는 실망은커녕 회심의 미소를 씨익 지었다. 나는 더 불안해졌지만, 그가 스윽 내민 상자를 보고는 함께 웃을 수 있었다.

상자는 다름 아닌 스트루들 반죽 완제품! 으하하하!

"엄마가 보내줬지롱! 힘들게 반죽을 밀 필요 없이, 사과 필링만 만들면 되지롱!"

그의 말대로 상자 안에는 얇디얇은 반죽이 접힌 채 들어 있었다. 비하자면 기성품 만두피가 있으니, 만두소만 만들면 되는 상황이었다. 클라라는 콧노래를 흥얼대며 사과 필링을 만들어, 그럴듯한 모양의 스트루들을 완성했다. 문제는, 오븐에 들어가기 전까지만 그럴듯했다는 것. 오븐의 가장 윗단에 넣고 굽는 바람에 옆면과 밑면은 괜찮은데 윗면이 새까맣게 타버렸다.

"클라라, 전에도 말했잖아. 빵은 오븐 바닥에서 올라오는 불을 받아야 하니까 가장 밑단에 두라고…."

실수할 때마다 미워할 수 없는 개구쟁이 웃음으로 상황을 무마하던 클라라가, 그날은 좀 달랐다. 나는 그때나 지금이나 웃길 뿐이지만, 그는 뭐랄까… 상심한 듯 보였다. 곧 울 것 같은 클라라의 표정에 당황한 나는 황급히 수습에 들어갔다.

"윗면만 탔고, 속은 말짱하니까 필링을 건져 내서 새 반죽에 싸서 굽자!"

"한 장밖에… 한 장밖에…."

이 웅얼거림은, 상자에는 세 장의 반죽이 들어 있었고, 그중 두 장을 쓰고, 남은 한 장으로 한 덩어리를 말기엔 부족하다…라는 뜻이었다. 우리는 잠시 멍하니 있다가, 윗면의 탄 부분만 칼로 도려냈다. 그리고 소중한 마지막 반죽을 여러 겹으로 접어, 스트루들 위에 뚜껑처럼 얹었다. 다행히 뚜껑은 옆면과 잘 들러붙어 온전한 스트루들 모양새를 갖추었고, 클라라는 개구진 웃음과 수다를 되찾았다. 자기가 사과 필링을 제대로 만들어서 이토록 맛있는 거라며, 아무나 이렇게 만들 수 있는 게 아니라며!

쇤브룬 궁전의 고풍스러운 샹들리에 아래, 전문 베이커들의 현란한 동작을 보자니, 이왕에 'Show'라면 클라라야말로 더 극적으로, 더 쇼답게 스트루들을 만들 수 있는 사람이 아닌가 싶었다. 나는 다 식은 스트루들을 한입 베어 물며 내년 캠프힐 오픈 데이에 이런 포스터가 걸리는 모습을 상상했다.

스트루들의 본고장
오스트리아에서 온 클라라의 쇼!
과연 스트루들이 나오긴 할까요? (환불 사절)

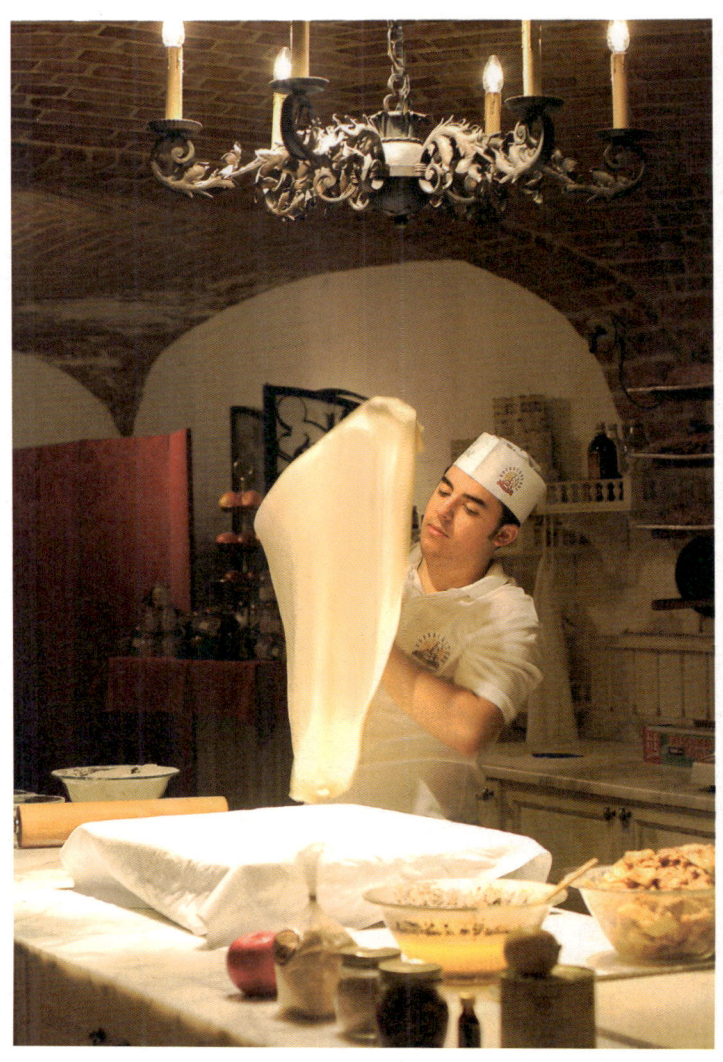

스트루들 반죽을 최대한 얇게 펴는 작업을 하는 쇤브룬 궁전의 베이커

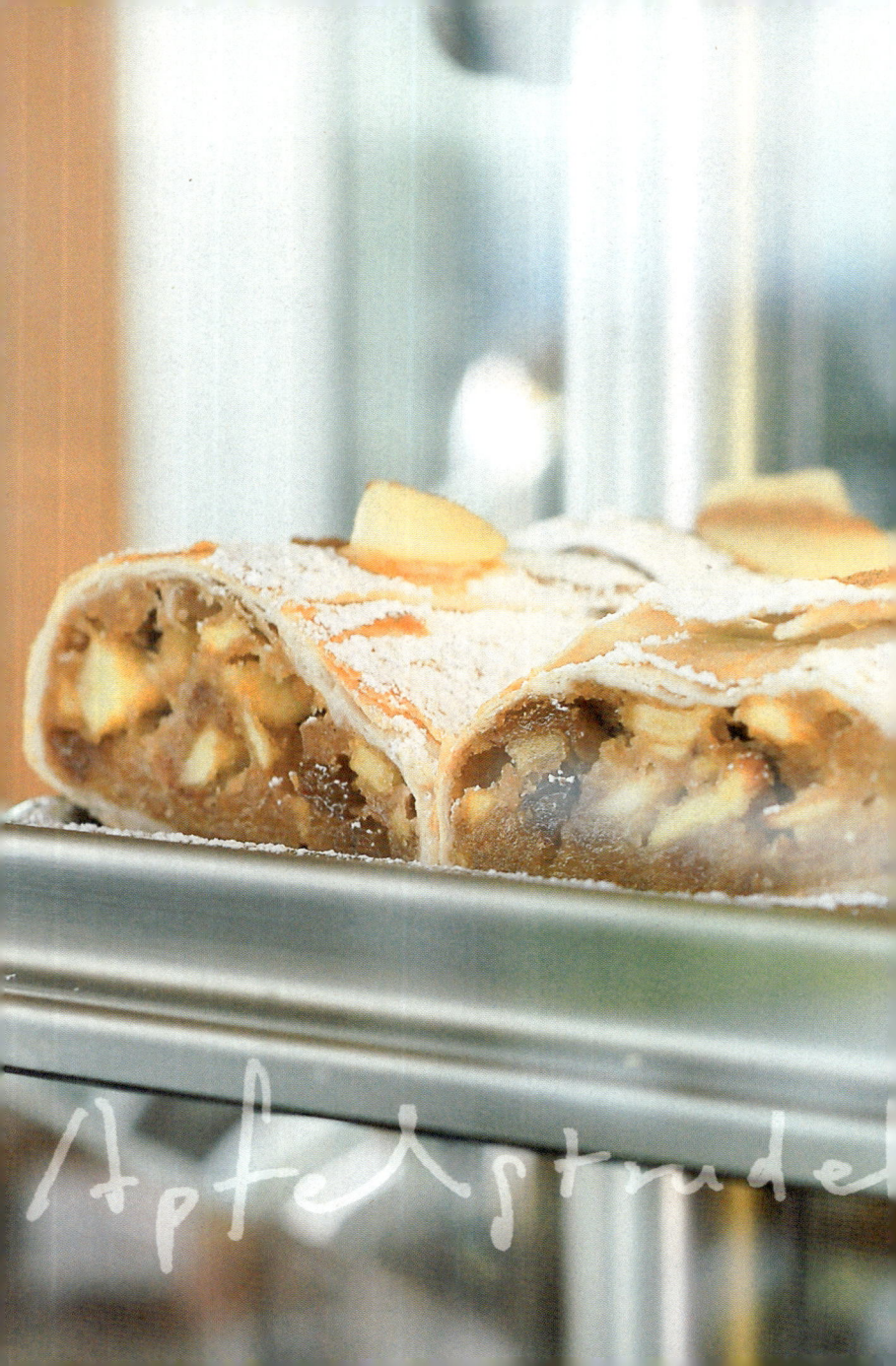

Apfelstrudel

애정과 헌신을 담아
애플 스트루들 Apfelstrudel

{ 반죽 }
강력분 200g
물 100ml
식물성오일 30ml
(포도씨유, 카놀라유 등)
소금 1/5tsp
식초 또는 레몬즙 1/2tsp

{ 필링 }
작은 사과 5개
빵가루 200g
설탕 80g
건포도 50g
호두 50g
시나몬파우더 1tsp
바닐라에센스 1tsp
럼 2tsp

녹인 버터 1/2컵

❶ 반죽 재료를 부드럽고 매끈해질 때까지 치댄 후, 표면이 마르지 않도록 기름을 충분히 바르고 실온에서 1시간 정도 둔다. 기름을 넣은 그릇에 반죽을 담가 두어도 좋다.

❷ 필링 만들기. 사과는 껍질을 벗기고 잘게 썰고 모든 재료를 한데 넣고 고루 섞는다.

❸ 밀대를 이용해 반죽을 최대한 얇고 넓게 편다. 반투명할 정도로 얇게 민다.

❹ 반죽 표면에 녹인 버터를 바른 후, 필링을 고루 올리고 반죽을 돌돌 말아준다.

❺ 말아놓은 덩어리 표면에 다시 버터를 바른다.

❻ 예열한 오븐에 넣고 200도에서 40분간 굽는다. 오븐에서 꺼낸 후, 슈거 파우더를 듬뿍 뿌린다.

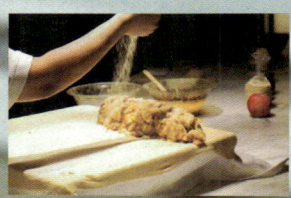
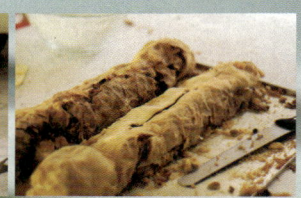

나로서 할 수 있는 건
타인을 믿으려 애쓰며
내 불안을 잠재우는 게 아니라,
내가 안전한 사람이 되어
상대의 불안을 해소해 주는 일뿐이었다.

지나고 돌아보니 우리는
암묵적으로 서로에게
그 일을 해 준 것 같다.

3부.

프랑스 - 이탈리아

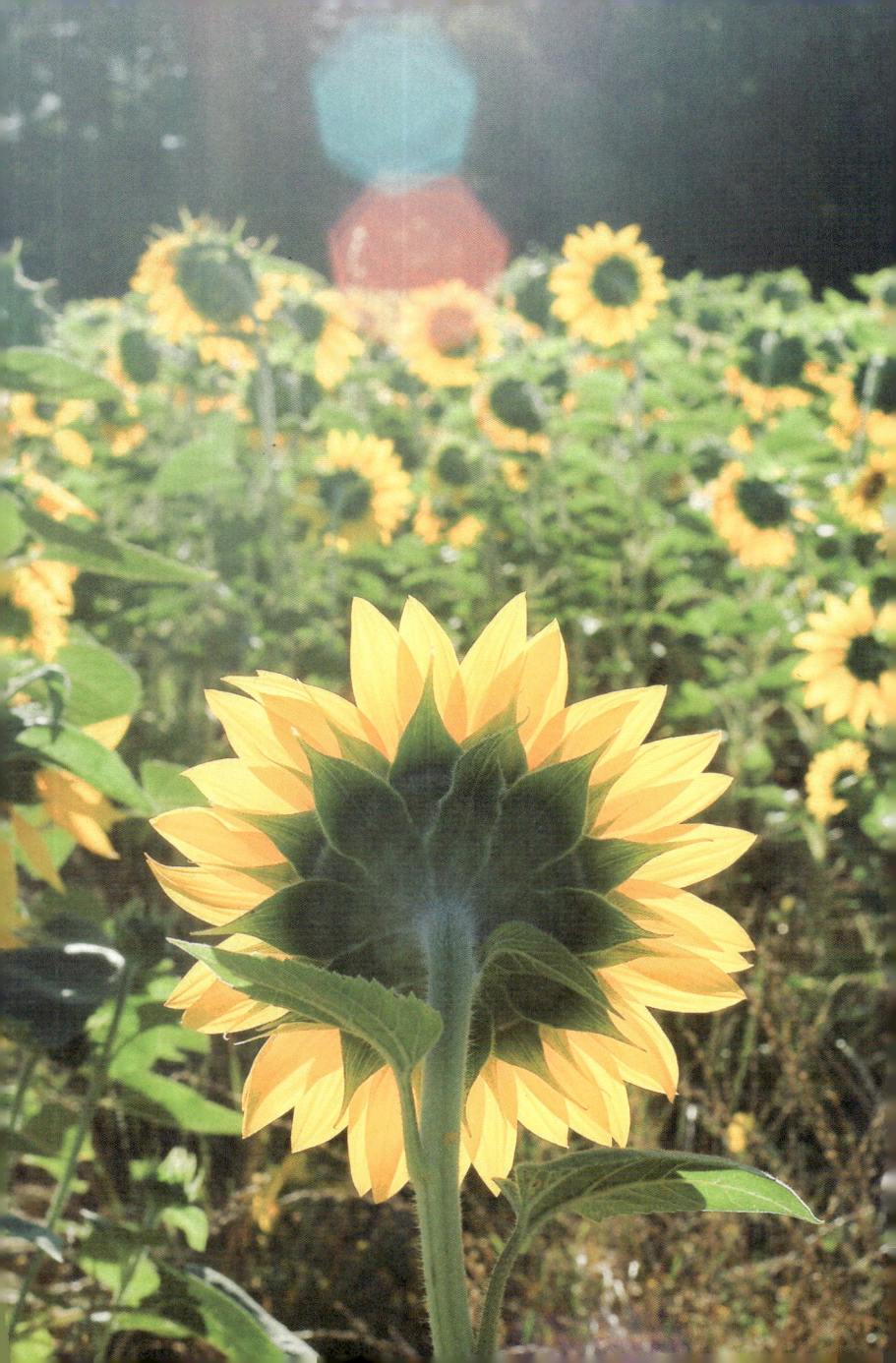

제대로 프랑스적인 삶

"썸머, 나 드디어 일을 구했어. 들어보면 분명 웃을 거야!"

"제발 웃게 해 줘."

"나… 푸아그라 공장에서 일해. 푸아그라 포장하기!"

"하하하. 굉장히 프랑스적인 일이다. Real French job이야!"

"응! 이보다 더 프랑스적일 순 없지. 별수 없더라고. 일단 그거라도 시작해 봐야지."

"포장하는 일은 험하지 않겠지? 거위 배 가르기보다."

"그 일도 제안받았어. '뭐 안 될 거 없죠'라고 답했지."

"네가 포장한 푸아그라를 먹기 위해서라도 프랑스에 또 가야겠어!"

"책은 잘 되어 가?"

"응. 동네에 퍼블리끄Publique라는 프랑스 빵집이 생겼어. 한국의 주택가 골목에 프랑스 빵집이라니. 캠프힐에 가기 전에는 없던 일이야. 여기서 슴슴한 빵 먹으며 원고 쓰는 게 요즘 낙이랄까. 계속 프랑스 노래를 틀어 주는 바람에, 이제 영어보다 프랑스어가 익숙해지려고 해."

"하하. 우리 둘 다 So French 하다. 그렇지?"

올라는 나보다 먼저 캠프힐을 마치고, 원래 살던 프랑스 남쪽 시골 마을로 돌아갔다. 그는 폴란드 출신으로, 프랑스에 정착하려고 고군분투 중이다. 폴란드와 벨기에에서 교육학을 전공하고 사무직 경력도 있어도, 프랑스에서의 경력은 푸아그라 공장에서 시작된다. 유럽 국가들이 국경을 개방했지만, 취업시장에서는 자국민 보호가 우선시되기 때문에 프랑스인 경쟁자에게 밀릴 수밖에 없다고 한다.

나는 3개월의 유럽 여행을 마치고 한국으로 돌아와, 친구네 집에 머물며 이 글을 쓰고 있다. 올라와 나는 마땅한 수입 없이 수개월을 보내고 있다. 올라는 열심히 구직 활동을 하며, 우스꽝스러운 일이 생길 때마다 내게 메시지를 보낸다. 그는 푸아그라 공장에서 최고치로 웃었지만, 나에게는 '종지기' 케이스가 백미였다. 올라가 사는 곳은 집 마당에서 벗고 있어도 괜찮을 정도로 인구가 적은 마을이라 고학력 젊은이를 위한 일자리가 있을 리 만무했다. 그 와중에 동네 교회에서 종지기 자리가 났다는 것이다. 매일 특정 시간에 교회 탑에 올라가 특정 횟수만큼 종을 치면 되는 쉬운 일이라고 했다. 그러나 올라는 크리스마스, 즉 교회에서 가장 중요한 날에 폴란드로 돌아가야 해서 종지기 자리를 따낼 수 없었다. 타로카드나 별자리, 손금, 부적 등 온갖 삿된 것에 혹하는 올라가, 성스럽게 교회 종을 치는 모습을 상상하며 나는 배를 잡고 웃었고, 올라는 일자리를 놓친 아쉬움에 그저 입맛만 다셨다.

올라의 프랑스인 남자 친구 프레드릭은 가족 농장에서 재배하는 과일과 채소를 팔고 있다. 올라는 여름 한 철 동안 목돈을 벌기 위해 프랑스 시골로 와서 멜론 따는 아르바이트를 하다가 프레드릭과 사랑에 빠졌다. 프레드릭은 봄에서 가을까지 일하고 겨울에는 내리 쉰다. 매장을 운영하지 않고 주로 야외 마켓에 출점하기 때문이다. 올라는 프레드릭의 간곡한 부탁에 폴란드로 돌아가지 않고 그의 집에 머물며 마켓 일을 돕고 있지만, 자신만의 커리어를 쌓고 경제적 기반도 다지고 싶어 한다. 특히 마켓이 없는 이 겨울에 집에만 있고 싶어 할 인물이 결코 아니었다. 지금 올라는 맨손으로 거위의 배를 가르라면 가를 각오가 되어 있다.

언젠가 올라는 프랑스 생활을 힘들게 하는 요소 가운데 하나가 French라고 했다. 프랑스어가 아니라, 프랑스 '사람들'. 모르는 나로서는 예술과 미식을 숭배하는 낭만의 노예들이 더없이 귀여울 듯한데, 사는 사람 입장에서는 다를 수밖에 없을 것이다. 파리 사람들은 프랑스를 '파리'와 '기타 지역'으로 구분하며 콧대를 세우고, 시골 사람들은 외지인이 들어오면 대놓고 수군거린다고 한다. 이웃이 돈을 잘 벌면 괴소문을 만들기 일쑤라고. 부유한 중년 프레드릭과 젊고 아름다운 폴란드인 올라 커플은 동네 사람들의 입방아에 딱 맞는 재료가 되었다. 그래도 올라는 마을 축제에서 진행 요원 자원봉사까지 해가며 지역사회에 적응하려 애쓰고 있었다.

사실 올라의 이야기는 남의 일이 아니었다. 나도 한때 파트너를 따라 미국으로 이주하려 했었다. 계획대로라면 지금쯤 미국에서 거위배에 상응하는 무언가를 가르며 엄마 생각, 고향 생각에 잠겨 있을 때였다. 한국 동네에서 맡는 프랑스 냄새가 신선하다며 허세를 부릴 것이 아니라. 새로운 곳에 내 짝과 둥지를 트는 모험. 나는 못 했고, 올라는 현재진행형이다. 올라에게는 그때의 나에게 없었던 것이 있다. 패기, 그리고 사랑. 올라는 프레드릭을 사랑한다.

프레드릭은 말할 것도 없다. 그는 올라에게 청혼했다가 올라가 부담을 느끼고 캠프힐로 사랑의 도피를 하자, 매일 전화로 어서 돌아오라며 사정했었다. 올라는 결국 그에게 돌아갔다. 올라가 그를 사랑할 수밖에 없는 이유를 나는 그들의 집에 머물기 시작한 첫날 알았다. 한쪽 팔에는 저녁 식재료가 담긴 봉투를, 다른 팔에는 붉은 장미 한 다발을 안고 퇴근하는 이 남자. 목숨 건 사냥을 마치고 동굴에 돌아오며 꽃 한 송이를 꺾어 오는 원시의 연인이 그려졌다. 원초적 낭만이 흐르는 퇴근길!

"꽃을 고르면서 그가 지었을 미소를 생각해 봐. 게다가 네게 키스하자마자 부엌으로 들어가 요리를 하잖아! 조심해. 이러다가 내가 프레드릭을 사랑해 버릴지도 모르겠어!"

우리는 '프랑스 남자=프레드릭'이라는 성급한 일반화의 오류를 기꺼이 저지르며 그를 찬양하는 노래를 만들어 흥얼거렸다.

"He knows how to make beauty. He knows how to be in the kitchen. He knows how to make his woman happy!"

'사랑'은 온갖 난해한 경우를 명쾌히 설명할 수 있는 참으로 경제적인 단어다. 특히 프랑스라는 나라에서는 그 활용도가 유독 높다고 한다. 그러고 보면 올라는 여러 면에서 제대로 프랑스적인 삶을 살고 있지 않은가! So romantic! So French!

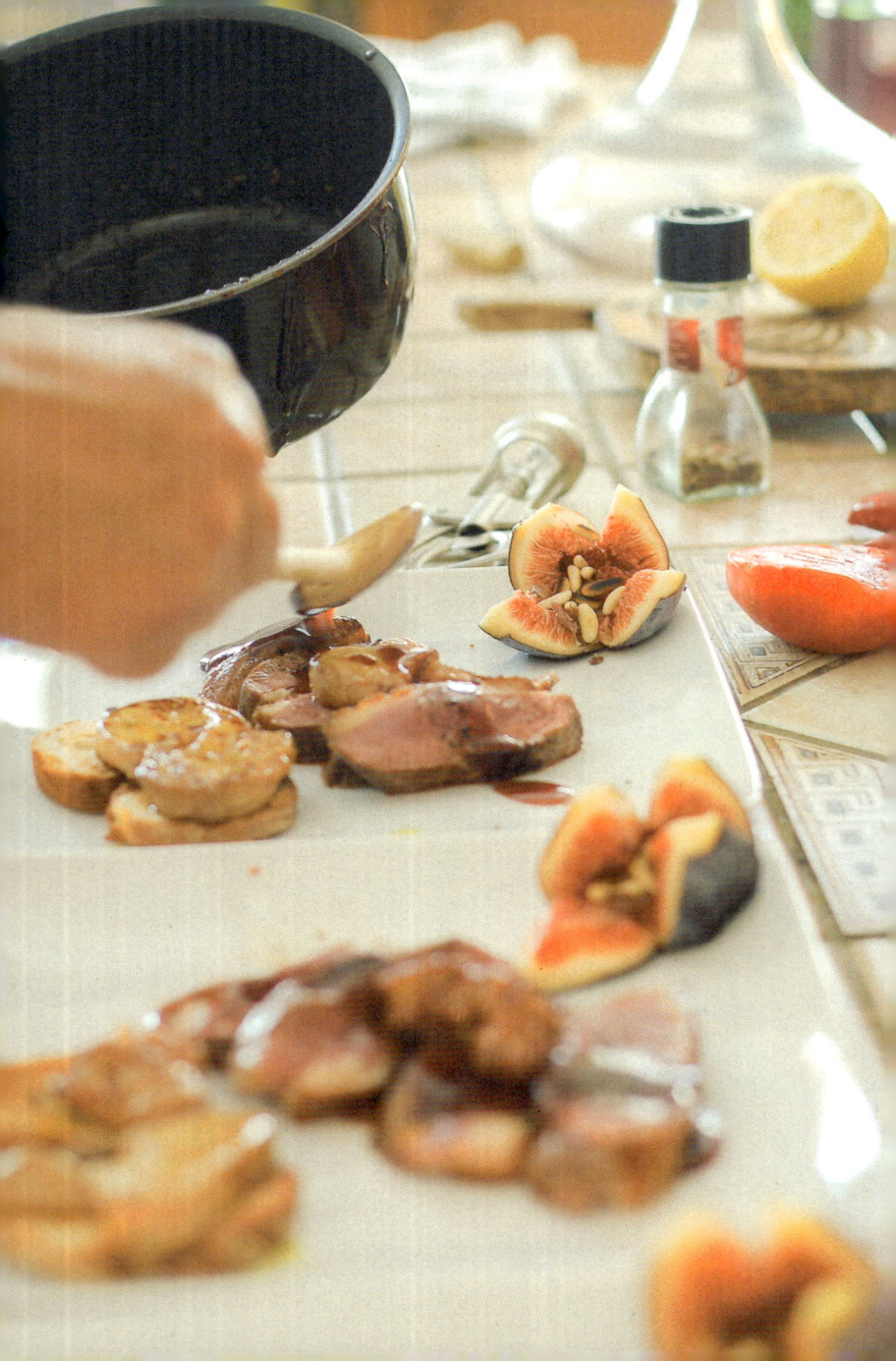

남자친구의 러시피
무화과 소스 오리구이

여자들끼리 산속 호수로 수영을 다녀온 사이, 부엌이 온통 달콤하다. 무화과를 오리기름에 졸이자 빠알간 소스가 만들어졌다. 프레드릭은 사랑하는 여자와, 그 여자를 응원하러 온 여자의 마음까지 사로잡는다. 프랑스의 여름, 무화과가 지천이지만, 올라와 프레드릭의 집에서 본 것만큼 매혹적인 열매는 없었다.

{ 재료 }
오리고기
(닭고기나 돼지고기로 대체 가능. 기름기 많은 부위가 좋음)
잘 익은 무화과
소금과 후추

❶ 팬을 뜨겁게 달군다.

❷ 오리고기를 구워 기름을 충분히 낸다.

❸ 고기는 건져 내고, 기름에 무화과를 졸인다. 무화과의 달콤한 과즙과 기름이 충분히 어우러지도록!

❹ 접시에 고기와 무화과를 담고 무화과 소스를 뿌린다. 소금과 후추도 살짝.

오해의 쓸모

"프레드릭! 글쎄, 썸머가 여기 오기 전에 얼마나 걱정했는지 알아?"

"그래? 왜?"

"프랑스 사람이 무서워서!"

올라가 웃으며 놀렸다. 그의 말대로 프랑스 여행을 앞두고 나는 전에 없던 긴장을 안고 있었다. 프랑스 사람만이 가지고 태어나는 F(french) 염색체, 꼿꼿한 문화적 자부심에서 비롯된 악명 높은 소문들을 여러 번 들었기 때문이다. 프랑스에서 영어로 말을 걸면 화를 내거나 무시할 거라며 겁주는 말들도 있었다. 캠프힐에 올 때 사 놓고 먼지만 쌓이던 전자사전을 다시 꺼내, 배낭 위쪽 꺼내기 쉬운 자리에 챙겨 넣을 정도로 마음의 준비를 단단히 했다.

하지만 막상 만나 본 프랑스 사람들은 달랐다. 젊은이들은 수줍으면서도 열려 있었고, 어른들은 손짓과 발짓을 동원해 소통하려는 외국인을 귀엽게 봐 주었다. 특히 '음식'이라는 주제만 나오면, 대화는 끊길 줄 몰랐다. 어제 프레드릭의 조카인 야닉, 그리고 그의 친구 올리비에와 함께 보낸 시간은 더욱 진했다. 둘은 현직 프렌치 셰프였고, 우리는 요리를 공 삼아 캐치볼을 했다. 첫날엔 야닉의 집, 다음 날엔 프레드릭의 집에 모여 서로의 음식을 맛보았다. 부엌엔 옅은 긴장감이 감돌았다. 물론 맛있는 긴장이었다.

야닉은 김밥이며 고추장볶음을 기꺼이 먹고는 한국의 식문화에 대해 꼼꼼히 질문을 던졌다. 손님에게 예의로 던지는 형식적인 질문이 아니라, 눈빛에서 진심이 느껴지는 탐구심이었다.

예전에 캘리포니아롤을 만들다 실패한 적이 있다는 그를 위해 시범을 보였다. 미국 이주를 준비하던 시절, 요리 학원의 웬만한 과정을 섭렵했는데, 그 안에 초밥 과정도 있었고 공교롭게도 캘리포니아롤도 배웠다. 그게 이렇게 프랑스 시골 부엌에서 쓰일 줄은 몰랐다. 삶은 늘 엉뚱한 곳에서 복선을 회수한다.

그렇게 얼결에 작은 쿠킹 클래스가 열렸다. 캘리포니아롤 마는 게 뭐라고, 두 셰프는 물론, 자리에 있던 모두가 진지하기 이를 데 없었다. '우월감 덩어리'라는 오해가 바스러지는 순간이었다.

이 나라의 저녁 식사는 다섯 시 무렵부터 시동을 걸어 아홉 시를 훌쩍 넘긴다. 테이블이 비워지고 집주인이 치즈를 내오면 슬슬 마무리라는 신호다. 끄트머리에 나는 두 셰프에게 머리 아픈 질문을 하나 던졌다.

"프랑스를 대표하는 요리를 '딱 하나만' 고르라면?"

"말도 안 돼!"

야닉과 올리비에는 손사래를 치며 그건 불가능하다고 말했다. 그래도 모처럼인데 따악 하나만 꼽아 보라며, 무엇을 고르든 다른 요리들이 섭섭해하지 않을 거라며 악마처럼 속삭였다. 결국 둘은 지상 최대의 난제를 받아 들고, 신중하게 고민하다가 마침내 외쳤다.

"사슴! 소금과 후추만 뿌려서 숯불에 구운 야생 사슴고기!"

예상은 빗나갔다. 푸아그라나 달팽이를 고를 줄 알고 대답과 표정까지 준비해 두었건만, 헛수고였다. 야닉은 이어, 자신이 야생 사슴을 마주쳤던 어느 숲의 이야기를 꺼냈다. 깊고 서늘한 북쪽 숲, 향긋한 버섯과 딸기가 가득하고, 포근한 이끼 카펫 위를 큰 뿔의 사슴 무리가 조용히 걸었다. 사슴들이 동시에 뿜어내는 축축한 숨결, 인기척에 고개를 틀어 이쪽을 바라보는 형형한 눈빛. 야닉의 이야기를 따라가다 보니, 어느새 나도 프랑스의 숲 한가운데 들어와 있었다. 숲이라니. 에펠탑과 센강밖에 몰랐던 나의 세계에 그렇게 '프랑스의 숲'이 처음 입력되었다.

우리는 종종 선입견이라는 렌즈로 서로를 바라본다. 오해는 쉽지 않다. 그것조차 애써 보려는 마음에서 비롯되기 때문이다. 그래서일까, 오해는 때로 새로운 이해의 입구가 되기도 한다. 모든 수고에는 그 나름의 쓸모가 있듯이. 우리는 그렇게, 조금씩 서로의 진짜 얼굴에 가까워진다.

죽은 마을의 산 것

고흐가 꿈꾼 낙원, 프랑스 남쪽 마을 아를Arles에서 사흘간 고흐의 황금빛 자취를 따라갈 계획이었던 나는 한 가족에게 카우치 서핑을 신청했다. 캠퍼에 먹을거리와 장난감을 잔뜩 싣고 아를의 해변에서 캠핑 중이라는 싱글대디와 세 아이. 아빠는 70대의 은퇴한 천문학자였고, 아이들은 모두 늦둥이였다.

낮에는 아를 시내를 둘러보고, 밤에는 해변의 집으로 돌아가는 아름다운 그림을 그렸다. 가족은 친절하게도 아를 시내까지 마중을 나와 주었지만, 해변이 시내에서 아주 멀고 대중교통도 없다는 사실은 정작 다정한 상황이 아니었다.

나는 아를 해변과 시내를 해운대와 부산 시내쯤으로 짐작했다. 위치를 제대로 확인하지 않은 내 실수였다. 더 큰 문제는 아이들이었다. 아니, 아이들을 바라보며 불편해지는 내 마음이었다. 머리는 까치집이었고 손톱에는 때가 끼어 있었다. 햇볕에 탄 등과 어깨엔 벗겨진 살이 일어나 있었지만 캠퍼엔 보습제도 선크림도 없었다. 다섯 살 막내의 새끼손가락 끝마디는 퉁퉁 부어 있었다. 모래놀이하다 무언가가 박혔다는데 어떤 치료도 받지 못한 게 분명했다.

술술 풀리던 여행이 그 지점에서 툭 끊겼다. 이제라도 시내로 나가 버릴까? 숙소를 못 구하면? 이곳은 바캉스 시즌의 남유럽, 프랑스 인구의 절반은 이 일대에 몰려있을 테니까… 그보다, 아이들은…?

물놀이에 지친 아이들은 소금기 가득한 몸으로 잠에 빠져들었다. 얇게 썬 오이를 등과 어깨, 주근깨 가득한 두 볼에 얹었다. 뺨에 붙은 머리카락을 쓸어 올려 주고, 조용히 캠퍼 밖으로 나왔다. 캠퍼 엉덩이에 달린 사다리를 타고 지붕에 올라앉았다. 해바라기처럼 노란 달이 둥글게 밝고, 새까만 해변 저쪽에서는 누군가 작은 불꽃놀이를 하고 있었다. 어깨에 둘렀던 숄 안으로 지중해의 바람이 살그머니 들어오더니, 온몸을 포근하게 휘감고 나갔다.

여행을 떠나기 전, 이런 다짐을 하나 했었다. 90일간의 여행은 길다. 그 사이에 분명 방향을 잃을 것이다. 어긋나고 갈등하고 원망하고 후회할 것이다. 그럴 땐 이렇게 하자. 생각을 멈추고, 당장 할 수 있는 것을 기꺼이 하자. 당장 곁에 있는 사람을 보자. 그 안으로 들어가자. 그게 나의 여행이다.

이틀은 가족의 아파트에서 지내기로 했다. 아를에서 북쪽으로 한참 올라가야 나오는 작은 마을이었다. 햇살도 좋고 공기는 보송보송한데, 묘하게 어둑한 기운이 감돌았다.

"이 마을은 죽었대요."

"무슨… 이렇게 사람들이 잘 살고 있는걸."

열한 살 첫째 딸이 뱉는 말에 내 마음을 들킨 것 같아 잠시 무안했다. 아이들은 해변에서 돌아온 이후 줄곧 시무룩했다. 그래도 간장으로 찜닭을 해 주자 먹성 좋은 아기 고양이들처럼 소스까지 싹싹 핥아 먹었다. 막내는 이날 하나 남은 앞니가 빠졌는데 울지도 않고 잘 놀았다.

마을에서 유일하게 활기를 띠는 곳은 아파트 옆에 있던 작은 샘이었다. 산에서 내려오는 물을 바로 받아 마실 수 있는 이 샘은 하루 종일 소나비 소리를 냈다. 샘 앞에 앉아 있으면 동네 사람들이 여럿 다녀갔다. 근처 레스토랑의 요리사는 유리병에 물을 가득 담아갔고, 주인과 함께 달리던 강아지도 와서 목을 축였다. 그럴 때마다 샘물이 사방으로 튀었고, 나는 까닭 없이 마음이 풀렸다.

햇볕을 쬐다 노곤해져 앉은 채로 잠시 눈을 붙였는데, 깼을 때 한 소년이 떠억 버티고 서서 나를 내려다보고 있었다. 그는 프랑스어로 말을 걸었고, 나는 영어로 "무슨 말을 하는지 모르겠다"며 웃어넘겼다. 보통은 이쯤에서 돌아서기 마련인데, 이 아이는 그럴 생각이 없어 보였다.

여행을 하다 보면 서로 다른 언어를 쓰면서도 기가 막히게 뜻이 통할 때가 있다. 라마단 중이라 아무것도 먹지 못하고 배고픔을 잊기 위해 산책 중이던 무슬림 소년과, 그에 합류하게 된 나처럼.

녀석을 따라 샘 뒤편 언덕을 오르자 아담한 공터가 나타났다. 그곳에서 마을 전체가 한눈에 내려다보였다. 먼지가 노랗게 내려 앉은 메마른 마을을 테제베TGV가 기세 좋게 가로질렀다. 내일 아침이면 나도 저 기차에 올라 이곳을 떠날 것이다.

공터 가장자리에 무화과나무 한 그루가 뜬금없이 서 있었다. 아이가 "먹을래?"라는 손짓을 보냈다. 나는 손가락 셋을 펴 보이며 "앙팡, 앙팡, 앙팡" 하고 답했다. 애들이 세 명 있다는 그 뜻을 아이는 곧 알아챈 듯했다. 금세 나무에 올라타더니, 통째로 털 듯 무화과를 따내기 시작했다. "너무 많아. 그만해도 돼"라고 말했지만, 아이는 못 들은 척했다.

샘 앞에서 아이와 작별 인사를 나눴다.

"나는 내일 니스로 떠나."

"나도 가도 돼?"

"그럼. 내 가방 안에 숨어서 기차 타자! 내 가방, 엄청 크거든!"

아이는 환하게 웃더니 손을 흔들며 멀어졌다. 나는 그 뒷모습이 사라질 때까지 눈길을 거두지 않았다. 하루 종일 굶었지만, 낯선 이를 위해 나무에 올라 무화과를 따 주던 아이. 모든 것이 죽은 듯 고요한 곳에서도, 다시 숨을 틔워주는 무언가가 있다. 어딘가에, 이렇게.

2011년 8월, 네 아이의 여름 한 가운데 내 여행이 스쳐 갔다. 우리의 시간이 포개졌던 그 며칠이 기억으로 자리 잡을 틈도 없이 아이들은 빠르게 자랄 것이다.

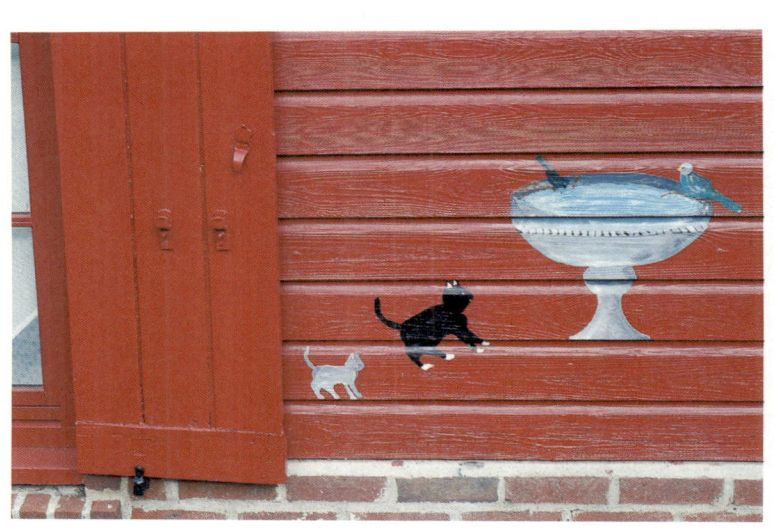

같이 뛰어내리는 거야!

14일 일요일엔 친구들과 Canyoning을 할 거야.
너도 하고 싶으면 Welcome!

8월 13일부터 닷새간 나의 호스트가 되어줄 니스의 로익에게서 그의 보름치 스케줄이 적힌 이메일을 받았다. 스펠링을 대충 훑고는 너무도 자연스럽게 '카누'를 떠올린 나는 "래프팅은 한국에서 해봤어. 하지만 물에 빠지면 구해주십시오" 정도의 귀여운 답장을 보냈다. 그리고 일요일이 왔다.

"흠… 그 신발은 곤란한데. 운동화 없어?"

샌들이긴 하지만 발목에 잠금장치가 있어 괜찮을 줄 알았는데, 로익이 걱정스러운 눈빛을 보냈다. 하지만 그는 고민할 틈도 주지 않고 친구 둘과 나를 트럭에 태우고 프랑스와 이탈리아 국경 근처의 깊은 산으로 몰았다. 산 중턱에서 차를 세우고는, 여기에서부터 산꼭대기까지 걸어 올라간다고 했다. 카누가 산꼭대기에 있는 걸까? 로익에게 물었다.

"카누에 몇 명이나 탈 수 있어?"

"응? 아주 여러 명. 아주 크니까. 아하하하하하!"

지나치게 긴 웃음을 의심해야 했다. 계곡을 왼편에 끼고 한 시간을 넘게 올랐다. 계곡을 꽉 채운 물줄기가 세차게 흐르며 만들어내는 바람이 서늘했다. 중간중간 작은 폭포와 깊은 웅덩이가 있었다. 일부 구간은 카누를 띄우기엔 수량이 부족하고 폭도 좁았다. 여길 어떻게 타고 내려간다는 거지? 의문은 들었지만 의심은 없었다.

마침내 산꼭대기에 올랐을 때, 그곳에는 건장한 남자 넷이 옷을 갈아입고 있었다. 그들은 전신 수영복과 헬멧, 암벽등반용 고리와 밧줄을 챙기고 있었다. 우리는 조로록 서서 남자들의 준비를 구경했다. 나를 제외한 일곱 명은 프랑스어로 무어라 무어라 이야기를 주고받았다. 채비를 마친 남자들이 깊은 계곡물에 텀벙 빠져들더니 곧장 시야에서 사라졌다. 맨몸으로 계곡을 타고 내려가는 듯했다. 로익은 그들을 바라보며 마치 달콤한 케이크를 앞에 둔 아이 같은 표정을 지었다. 나는 그에게 물었다.

"저 사람들 자살행위 아니야? 너무 위험해 보이는데?"

"썸머, 할 수 있겠어?"

"응? 네?"

그제야 알았다. 산꼭대기에 카누 따위는 없었다. 그곳에 있던 것은 카누Canoe가 아니라 협곡Canyon이었다. 너무 늦은 지금에서야 사전을 찾아봤다. 캐녀닝Canyoning이란 '신체의 모든 부위를 사용하여 급류를 타고 내려오는 익스트림 레포츠'라고 한다. '온몸'이라니. '급류'라니. '익스트림'이라니. 캐녀닝을 풀이하는 문장 속 단어 중 어느 하나도 내 인생과 어울리는 건 없었다.

이제 로익, 오드리, 제러미를 살펴보자. 그들은 모두 튼튼한 바지에 운동화 차림이었고, 오드리는 풀어헤쳤던 긴 머리를 단단히 틀어 묶고 있었다. 로익은 가방에서 밧줄을 꺼내고 있었다. 반면 나는 반바지에 민소매 셔츠, 햇빛을 가릴 요량으로 얇은 숄까지 나풀나풀 걸친 '한강 오리배 룩'. 낡였다는 기분이 들었지만 따지거나 한 발 뺄 여유도 없이 캐녀닝은 시작되었다. 먼저 간 남자들과 다른 점이 있다면 우리는 아무런 보호 장비도 없었다는 것.

결론부터 말하자면, 나는 살았다. 하지만 그 가혹한 과정을 실감 나게 풀어낼 자신은 없다. 나는 한국에서 자유형부터 접영, 오리발까지 레슨을 받았지만, 실내 수영장 외의 어떤 물에서도 수영해 본 적이 없다. 물속이 훤히 보이지 않으면 불안했고 물안경 없이는 물에 들어가지 못했다. 다이빙? 사람이나 바닥에 부딪힐까 봐, 장난으로도 물에 첨벙 뛰어들어본 적이 없었다. 한마디로 헛똑똑이였다.

그런 내가, 얼음장 같은 계곡물에 머리끝까지 잠겼고, 온몸의 통각이 동시에 깨어났으며, 타이타닉호 침몰 당시 사람들이 익사가 아니라 동사했다는 사실을 급히 체감했고, "Help me!"를 길을 잃었을 때나 화장실을 못 찾을 때가 아니라 정말로 익사를 눈앞에 두고 외쳐본 익스트림한 경험을 했다… 정도면 그날의 묘사로 적당할까.

절정은 2미터쯤 되는 폭포 앞에서였다. 발아래엔 깊이를 가늠할 수 없는 시커먼 웅덩이가 있었다. 물은 더없이 맑았지만, 우거진 수풀이 드리운 짙은 그늘 때문에 마치 지옥의 입처럼 시커멨다. 그보다 앞서, 첫 번째 웅덩이에서 나는 천진난만하게 걸어 들어갔다. 뚜.벅.뚜.훅! 누군가 밑에서 발목을 확 잡아끈 듯, 순식간에 몸이 빨려 들어갔다. 진심 어린 "Help me!"를 외쳤고, 로익이 곧장 물에 뛰어들어 내 목덜미를 잡아끌었다. 동료들은 그제야 내 목숨에 신경을 쓰기 시작했다.

"썸머, 먼저 뛰어. 내가 곧장 들어가서 널 건져줄게."

그 말은 이렇게 들렸다. "썸머, 일단 죽어. 그다음에 내가 살려줄게." 나는 로익을 신뢰하지만, 일단 죽고 싶지는 않았다. 고개를 가로저으며 제안했다.

"아니. 네가 먼저 뛰어. 아래에서 기다렸다가 날 구해줘."

"응! 그럴게."

하나, 둘… 잠깐! 녀석이 막 뛰려던 찰나, 나는 마음을 바꾸었다. 앞서 뛰어내린 로익이 웅덩이에서 나를 올려다보는 모습이 떠올랐기 때문이다. '당신에게 내 생을 걸고 있다'라는 절박한 눈빛을 읽히고 싶지 않았다. 우리의 자존심은 왜 이렇게 쓸데없는 곳에서 발동하는가.

"마음 바꿨어. 같이 뛰어내리자."

"응! 좋아."

녀석은 언제나 아무 의심 없이 "응!"이라고 대답한다. 뭐든 좋다. 나의 오른손과 녀석의 왼손이 단단히 맞잡혔다. 추격을 피해 도망치다가 폭포 끝에 몰린 영화 속 도망자들처럼 의미심장하게 하나, 둘, 셋에 맞춰 뛰어내렸다. 프랑스와 이탈리아 국경의 이름 모를 계곡에서 어제 처음 만난 사람과 내 인생 첫 다이빙을 기록할 줄이야.

생사를 함께한 전우들과 니스 시내로 돌아왔다. 아이스크림을 하나씩 들고 영국인 거리La Promenade des Anglais를 걸었다. 거리는 한껏 멋을 낸 관광객으로 가득했고 프랑스인 셋은 준비해 온 마른 옷으로 갈아입어 상쾌했겠지만, 나는 여전히 젖은 옷, 축축한 샌들 차림이었다. 그래도 살아있음에 감사할 뿐.

조심스럽게만 살아온 온실 속 잡초 썸머와 정글북 소년 로익이 함께한 '난생처음 어드벤처'는 그렇게 시작되었다. '해변'으로 유명한 고급 휴양 '도시' 니스에서 나는 자꾸 산과 계곡, 언덕과 숲을 헤집고 다녔다. 로익의 이동 수단은 낡은 픽업트럭이었다. 그 덕에 첫날 사놓은 니스 시내 트램 10회 이용권은 떠나는 날까지 다 쓰지 못했다.

신체발부 수지부모 하는 짓을 "까짓것, 해볼래!" 하고 나선 데에는 나름의 이유가 있었다. 카우치서핑 사이트에서 로익의 프로필을 클릭했을 때, 가장 먼저 보인 건 사진 한 장. 이스라엘 사막 한복판, 먼지 낀 대지 위에 핀 작은 꽃다지. 똑딱이 카메라로 찍은 듯한 그 사진에는 짧은 문구가 덧붙어 있었다. 'Flower in desert'.

사람들의 프로필은 저마다 요란했다. 누군가는 다른 나라의 문화유적을 밟고 올라서서 "내가 이걸 지었다!"라고 적어놓았고, 누군가는 저개발국 아이들을 배경 삼아 구세주처럼 서 있었다. 쉽게 경험할 수 없는 스포츠, 화려한 파티 사진도 흔했다. 돋보이려는 아우성 속에서, 아무런 미사여구도 없는 그 먼짓빛 사진은 단숨에 나를 끌어당겼다. 사막에 핀 꽃의 의미를 아는 사람. 그가 느꼈을 경이로움과 담담함이 모니터를 뚫고 전해졌다. 나는 그의 문을 두드렸다.

직접 만난 로익은 역시 생명력이 넘치는 사람이었다. 니스의 바다를 내려다보는 산자락에서 가족과 함께 정원을 가꾸며 살고, 빵과 쌀, 몇몇 공산품 외에는 자급자족한다. 원하는 것을 갖는 게 아니라, 가진 것으로 원하는 삶을 산다. 아시아, 남미, 아프리카를 누빈 로익의 모험담을 듣다가, 나는 그가 쉽게 죽을 운명은 아니라는 확신이 들었다. 가방 하나 메고 떠난 낯선 곳에서 잘 곳도 정하지 않은 채 수시로 길을 잃었으며 사람을 그저 믿었다는데, 내겐 왠지 위험하게 들리지 않았다. 그와 함께하는 나 역시 무사하리라는 추론은 전혀 논리적이지 않지만, 어쩌겠는가. 그렇게 되어버린걸!

예정했던 닷새를 넘겨 니스에서단 일주일, 그리고 사흘을 더 보낸 지금, 썸머는 살아있다는 보고를 드린다. 어떤 신발을 신었건, 어떤 옷을 입었건 뛰어들어야 할 물이 있다면 풍덩 뛰어드는 사람이 되어 가고 있다는 귀띔도 함께.

복숭아 씨앗을 발라내며

"고거 참 요상해."

"뭐가?"

"사람들이 자꾸 너에게 먹을 걸 주잖아. 우리 할머니도 매일 무화과를 주러 오시고, 우리 아빠도 그렇고. 나한테는 생전 안 그러시거든!"

"글쎄. 내가 좀… 허기져 보이나?"

캐녀닝을 함께 했던 제러미네 집에 놀러 간 날, 제러미 아버지가 나를 보자마자 복숭아 바구니를 내밀었다. 늘 그렇듯 사양 없이 받아먹는데, 로익이 옆에서 하나 집으며 질투한다.

한여름 프랑스 복숭아는 우리나라 것만큼이나 말랑하고 들척지근한 단물이 그득하다. 신기하게도 모양이 봉긋하지 않고 동글납작하다. 마치 옥춘당이나 치즈 덩어리 같다. 올라의 남자 친구이자 과일 판매상인 프레드릭의 말에 따르면, 프랑스 농부들은 복숭아를 수확한 뒤 한 번씩 발로 지그시 밟아 그런 모양을 만든다

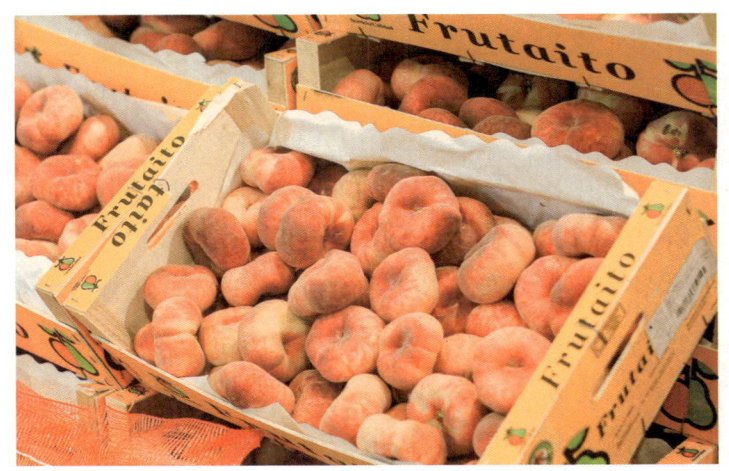

고, 굉장히 어려운 기술이라고 했다. 당신, 믿으셨나? 괜찮다. 나도 믿었었다.

한두 입이면 끝날 크기라 금세 과육을 다 발라 먹었다. 씨앗을 한쪽 볼에 밀어 넣고 어디에 버리면 좋을지 두리번거리는데, 로익은 한참을 더 오물거렸다. '녀석… 준 사람 안 아깝게 잘도 먹네' 하고 바라보는데, 그가 제러미 아버지에게 물었다.

"이거 fresh 한 거죠?"

"물론. 오늘 정원에서 딴 거야."

로익은 전보다 훨씬 더 섬세히 입을 오물거리더니 과육이 완벽히 제거된 깨끗한 씨앗을 손바닥에 뱉어냈다. 그리고선 싱크대로 가져가 물로 씻고, 키친타월로 물기를 제거한 다음 쿠킹포일로 정성껏 감싸 내게 건넸다.

"선물이야. fresh 한 거니까 심으면 복숭아나무로 자랄 거야."

언젠가 충청도에서 온 친구가 말했다. 시골에서 자란 사람은 도시에서 자란 사람보다 세상 이치를 잘 안다고. 씨앗이 심기고 싹이 나고 나무로 자라고 과실을 맺고 이파리를 떨구는 과정을 몸으로 겪으며 자란 사람은 어떤 원인이 어떤 과정을 거쳐 어떤 결과를 자아내는지, 즉 '인과'의 개념을 자신도 모르게 체득하고 그걸 인생에 적용할 줄 안다는 말이었다. 슈퍼마켓 과일이 공장에서 찍혀 나오는 줄 아는 사람과는 삶을 대하는 자세가 다르다고 했다.

나 역시 도시에서 자란 사람으로서, 결과만 뚝딱 제시되는 단절된 교육을 받았다. 그래서 로익이 말한 fresh가 무슨 뜻인지, fresh 하지 않으면 씨앗이 왜 역할을 못 하는지도 잘 모른다. 그저 내 볼 안에 넣어두었던 씨를 그가 했던 것처럼 따라할 뿐.

손바닥에 복숭아 씨앗 두 개가 놓였다. 나는 그걸 한국 땅에 심겠노라 약속했다. 그가 복숭아 씨앗을 건넨 순간, 그것을 진지하게 받아 든 순간, 여행 중에 잃어버리지 않았나 확인을 거듭하던 순간, 한국에 돌아와 새로 터 잡은 북촌을 산책하다 작은 흙이라도 보이면 여기에 심어볼까 가늠하던 순간… 어느 순간을 원인이라 불러야 할까. 어느 순간이 결과가 될까. 아직은 알 수 없다.

집에 가자

기억에서 가장 먼 곳이 때로는 가장 가깝고, 가장 아플 수 있다. 나는 아빠와 단절된 관계다. 뭐 하니? 일. 밥은 먹었니? 배 안 고파. 이 정도를 대화의 범주에 넣어주지 않는다면, 우리 사이엔 대화라 부를 만한 것이 존재한 적 없다.

나는 아들을 바라는 집안에서 민망하게도 줄줄이 태어난 세 딸 중 마지막이었다. 엄마가 나를 임신했다는 소식에 아빠는 끼고 있던 금가락지를 빼 방바닥에 내던졌다고 한다. 그걸 팔아 아기를 지우라는 뜻이었다. 그 이야기를, 아홉 살 여자애를 가운데 두고 친척들은 깔깔대며 '다 지난 일'이라 했다. 엄마는 "아유, 이걸 안 낳았으면 어떡할 뻔했어." 하며 나를 꾸욱 안았다. 푹신한 품 안에서 나는 아무 말 없이 굵은 선을 하나 주욱 그었다. 선 이쪽엔 나를 지켜 준 엄마가, 저쪽엔 나를 지우려 했던 아빠가 있었다.

차창 밖으로 낯선 풍경이 휙휙 스쳐 가는 속도에 맞춰 그날의 얼굴들이 빠르게 밀려나갔다. 니스의 버스 회사는 생폴드방스

Saint Paul de Vence*까지 단돈 1유로짜리 여행을 제공한다. 반짝이는 바다를 따라 한참 평지를 달리다 보면, 버스는 이내 가파른 산으로 접어든다. 푸른 언덕을 여러 번 넘고서야 마침내 산꼭대기에 자리한 마을에 닿는다.

생폴드방스는 정성껏 짜인 카펫 같은 마을이다. 돌로 지은 집들은 씨실과 날실처럼 단단히 얽혀 있고, 그 패턴의 완성도는 가히 예술이라 할 만하다. 피카소와 샤갈, 미로와 마티스, 그리고 내가 알지 못하는 수많은 예술가가 이곳에서 오랜 시간을 들여 한 줄씩 짜내듯 예술의 결을 더해왔다. 고성은 중세 시대부터 이 작은 마을을 지키고 있다. 이제는 창칼의 위협에서가 아니라, 예술가들이 이곳을 작업실로 선택했던 바로 그 이유를 지키고 있다. 예술가들은 마을을 모태로 삼아, 쏟아지는 햇살과 풍요롭고 안전한 땅의 기운을 마치 아이가 젖을 빨듯 빨아들였다.

생폴드방스를 영원한 안식처로 삼은 자들의 심미안을 기리듯, 언덕 꼭대기에는 아름다운 공동묘지가 있다. 그동안 본 묘지 중에서 유일하게 습기가 느껴지지 않았다. 묘지조차 지중해의 햇빛 앞에서는 화사하게 반응했다. 샤갈의 무덤을 내려다보다가 발걸음이 떨어지지 않아 버스 하나를 그냥 보냈다. 언젠가 다시 오겠다는 약속을 스스로와 나눈 후에야 겨우 다음 버스에 오를 마음이 생겼다.

지난 것들과 상쾌한 안녕을 고할 준비는 언제쯤 될까. 정답을

---

* 매해 250만 명의 관광객이 찾는 프랑스의 대표적인 예술인의 도시로 많은 화가들이 작업실을 꾸리고 있다. 인구 3천 명의 작은 도시에 70개에 달하는 갤러리가 있다.

얻기엔 돌아오는 길이 너무 짧았다. 니스의 버스터미널에 내렸을 땐 예상대로 집으로 가는 마지막 마을버스가 이미 끊겨 있었다. 숨을 한 번 폭 내쉬고 전화를 걸었다.

"어디야?"

"버스를 놓쳤어."

"잠깐만. 금방 갈게."

이어폰에서 흘러나오던 노래가 채 끝나기도 전에 파란 바이크 한 대가 터미널로 들어왔다. 뒷자리에 여분의 헬멧이 놓여 있었다. 멀리서 오래된 기억이나 복기하고 있던 나는 바보였다. 정작 시간은 가까운 곳에서 안타깝게 흐르는데…. 무겁던 표정을 털고 그에게 웃어 보였다.

"죄송합니다. 저도 한 번쯤은 혼자 힘으로 귀가하려고 노력은 했는데 말이죠."

"그럴 줄 알고 근처에서 기다렸어."

로익은 내가 니스를 떠나는 다음 날, 중국으로 떠난다. 상하이에서 2년간 침술을 배우고 돌아와 침술원을 차리고 싶다고 했다. 그는 떠나기 전, 친척들과 친구들을 만나 굿바이 키스를 해야 했고, 트럭과 바이크를 팔아야 했고, 의뢰인들의 사무실을 돌며 밀린 임금을 받아내야 했다. 그 와중에, 버스를 잘 놓치는 어리바리한 여행자도 돌봐야 했다. 그래서 요즘의 로익은 산속 집이나 작업장보다 시내에 있는 시간이 더 많았다.

여행자는 로익의 모든 친척과 친구를 만났고, 트럭과 바이크의 매매 현장에 함께했으며, 그가 의뢰인의 사무실에 들어가 체불을 따져 물을 땐 근처 벤치에 앉아 기다렸다. 한번은 늘 씩씩하던 로익이 어깨를 떨군 채 심각한 표정으로 사무실을 나왔다.

"돈을 줄 수 없대. 지금 돈이 없대."

"그래? 어디, 내가 가볼까? 사무실이 저기야? 저 건물에 불을 지르면 되는 거지?"

로익은 그 말에 폭소를 터트렸다. 그리고 큼지막한 손바닥으로 내 머리를 마구 헝클어뜨렸다. "돈 받아내야지! 어서 가자!" 분연히 일어나는 나를 말리며, 그는 임금을 뜯긴 사람 같지 않은 여유로운 톤으로 말했다.

"괜찮아. 돌아와서 받아 볼게. 집에 가자."

사라지지 않아도 좋은 상처

아직 해가 완전히 지지 않아 푸릇함이 남아 있던 시간, 발코니에 서서 눈앞에 펼쳐진 풍경을 보았다. 들이마신 숨 한 모금이 세상의 모든 공기를 가슴 깊숙이 밀어 넣은 것처럼 차올랐다. 신들이 인간 세상을 내려다보며 살던 곳이 아직 존재한다면 아마 이런 모습이지 않을까 싶었다.

지중해가 아득히 내려다보이는 산 중턱, 그의 정원은 산안개가 파고들어 곳곳을 간지럽혀도 점잖게 자리를 지켜 왔다. 가파르지만 아무것도 찌르고 싶지 않다는 듯 너그럽게 포개진 봉우리들 사이로, 드문드문 이웃들의 보금자리가 박혀 있었다. 어둠이 내려앉고 불이 하나둘 켜지면, 검은 천 위에 보석을 흩뿌려 놓은 듯 반짝이는 마을이 거기 나타났다.

좁고 복잡한 골목길은 심장을 향해 뻗은 미세혈관처럼 광장을 향해 이어졌고, 바닷가에 누웠던 사람들은 해가 지면 광장으로 쏟아져 나와 벌겋게 익은 몸으로 먹고, 노래하고, 춤을 추었다. 로익이 산 아래 사람이었다면, 나는 그날 그 밤, 레몬 나무 뒤로 떨어지는 일곱 개의 별똥별을 보지 못했을 것이다. 그러니 일곱 개의 소원 중 하나를 아껴 두었다가 그에게 주기로 한 건 크게 대단한 선심은 아니다.

나는 우리의 영어가 각자 모국어의 반의반만큼도 되지 않는 게 좋았다. 기막힌 수사 대신 쉬운 단어와 단어 사이의 빈틈들, 그 사이로 흘러드는 상상의 여지가 좋았다. 잘 들어보려고 서로에게 귀를 기울이고 몸을 기울이는 노력이 좋았다. 언어에 실수가 잦으니, 그가 말을 걸어오면 벌써 웃을 준비를 하게 되는 것조차 좋았다. 내가 웃어도 창피해하지 않아 좋았다. 에두르기도 없이 당돌하고, 때론 어린아이 같은 우리의 대화가 좋았다.

"난 요리의 신이 되겠어."

로익은 잠깐 갸우뚱하더니 곧 고개를 끄덕였다.

"그러고 보니 포도주의 신은 있어도 요리의 신은 없지."

"신전은 부엌이야. 우리가 요리하는 동작은 제례가 되고, 음식을 맛보고 내뱉는 탄성은 찬송가가 될 거야. 신전 한가운데에는 큼직한 경전이 있는데 거기에는 온갖 음식의 레시피가 적혀 있어. 제일 재밌는 파트가 뭔 줄 알아? 사제들의 유니폼이 앞치마라는 거지!"

웃음이 정원을 뒤흔들자, 레몬 나무에 내려앉았던 달이 조각조각 반짝였다.

"내가 신이 될 수 있다면⋯ 소통의 신이 될래. 사실 나는 오랫

동안, 한 10년쯤? 불통의 세계에 갇혀 살았거든. 세상 사람들이 다 나를 미워한다고 믿었고, 그래서 늘 혼자였어. 그게 내가 정원사가 된 이유야. 사람과 말하지 않아도 되는 일을 찾다 보니까 그게 정원사였어. 자연만은 날 미워하지 않는 것 같았거든."

그 말은 얼핏 가당찮게 들렸다. 왜냐하면 로익은 물 같은 사람이니까. 어떤 그릇에도 자연스럽게 흘러 들어가 편안하게 담기고 그러다 어느새 그릇의 일부가 되어 버리는 사람. 그는 내게 말하길, 내가 그의 친구들을 만나고 가족들과 어울리는 모습을 보면서 나를 자신의 인생에 들이는 일이 너무도 쉽다고 말했다. 하지만 그것은 그가 이미 모든 문을 열어든 사람이었기에 가능한 일이었다.

"3년 전이 최악이었어. 식구들과도 담을 쌓았으니까. 그러다가 심리치료를 받았는데 다행히 효과가 있었어. 그때부터 세상 사람들이 어떻게 사는지 너무 궁금하더라고. 10년간 못 했던 걸 한풀이하듯, 닥치는 대로 사람을 만났지. 특히 아주 다른 세계의 사람들 말이야. 아프리카, 인도 여행도 그즈음에 한 거고."

그의 등에 어울리지 않는 상처가 새겨져 있다면, 그 사람다운 모험이 코앞에 있었다. 어느 날 가지치기를 하다가 문득, 자신이 나무와 싸우고 있다는 기분이 들어 정원사 일을 관두기로 했고, 사람이 사는 이야기, 사람이 만나는 이야기, 사람이 사랑하는 이야기를 충분히 들은 그는 이제 사람 그 자체가 궁금해졌다고 했다. 그래서 사람 몸 안에서 일어나는 일을 배우기 위해 침술을 공부하러 중국에 간다고 했다. 사람에게서 돌아섰다가 사람 안으로 들어가기로 한 그의 결심은 이유도, 방식도, 결정도, 정확히 로익 다웠다.

그리고 그는 이미 사람을 치유하고 있었다. 계곡에서 캐녀닝 후 집에 돌아와 샤워를 하려 몸에 물을 흘렸을 때, 살을 에는 듯한 통증에 소스라쳤다. 언제 생겼는지, 손바닥만 한 찰과상이 왼쪽 허벅지 뒤에 새빨갛게 새겨져 있었다. 로익은 정원의 200년 된 올리브나무 열매로 짰다는 오일을 가져왔다. 그 안에 알 수 없는 허브를 빻아 넣더니 작은 용기에 가득 담아 내게 건넸다.

"매일 밤 바르고 자면 5년 안에 상처가 없어질 거야."

5년. 아득한 시간을 약속하는 그의 말은 확실하고 믿음직스러웠다. 안도해야 했을 그 순간, 내 마음에는 다른 생각 하나가 스며들었다.

'사라지지 않으면 좋겠어….'

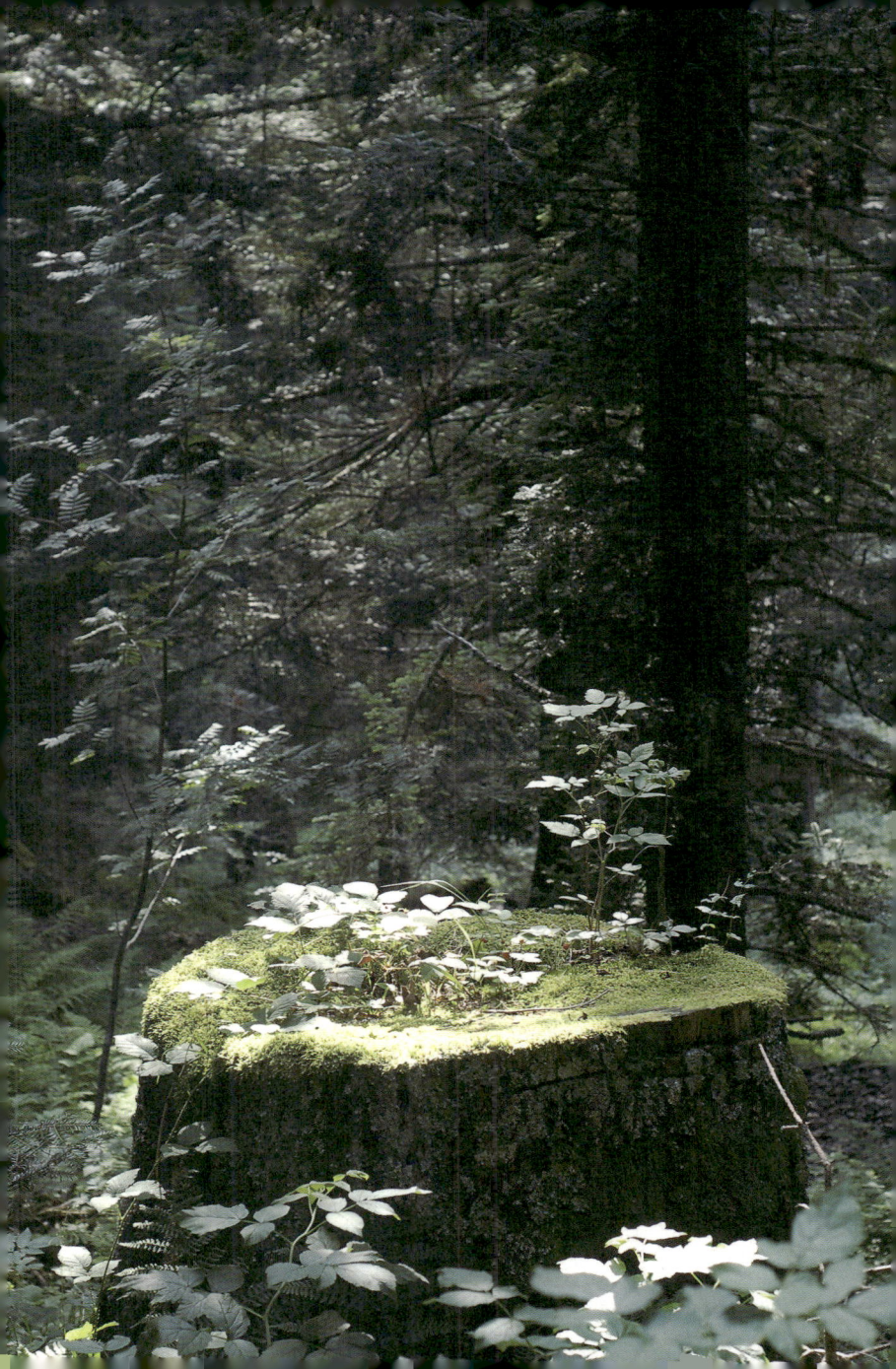

어디로 가야 할지 모를 때는

"Summer. In the future, if you don't know where to go, I think you can come here. My family will welcome you."

썸머. 나중에 어디로 가야 할지 모를 때는 여기로 와. 우리 가족이 널 맞아 줄 거야. 로익은 또박또박 말했다. 그의 출국 전, 마지막 가족 만찬에 나도 초대받아 외출 채비를 하던 중이었다. 어떤 맥락도 없이, 불쑥 건넨 말이었다. 이 사람… 무얼 알아챈 걸까. 나는 대답을 하지 못하고, 로션을 바르는 척하며 두 손으로 얼굴을 가린 채 한참을 있었다. 얼마 만에 흘린 눈물이었을까. "왜 그래?"라고 묻는 그에게 나는 "응. 너무 더워서…"라고 답했다.

우리는 피부색도 다르고, 말도 다르다. 그런데도 미래에 어디로 가야 할지 모를 때 찾으면 되는 사이가 되었다. 여행은 나에게 할아버지와 할머니, 아빠와 엄마, 언니 오빠와 동생, 사촌과 조카를 주었다.

한국에 돌아온 나는 군산의 부모님 댁에 내려가 한 달쯤 쉬다가, 다시 상경해 친구네 집에 머물며 이 책의 초고를 쓰기 시작했다. 또 한 달쯤 지나 어느 날 문득, 나는 이상한 기분에 사로잡혔다. 나는 왜 서울에 혼자 있는 걸까? 서울에 있어야 할 이유가 있었던 것도 아닌데 나는 또 가족에게서 멀어져 있었다. 고등학교를 졸업하고 처음 집을 떠난 그날 이후로 늘 그랬던 것처럼. 본능처럼, 버릇처럼.

여행 중 만난 가족들의 마음 앞에서 눈물을 흘리던 나의 눈은, 나도 모르는 사이 오래 못 본 척했던 내 가족을 향하고 있었다. 한 가족을 만날 때마다 그들이 나의 굳은 고개를 조금씩 돌려놓아 이제 응당 바라보아야 할 곳을 보게 된 사람처럼.

나는 바로 군산으로 내려갔다. 찬바람이 들어 조금 콜록대자, 엄마는 주사를 맞아야 금방 낫는다며 병원에 가자고 성화다. 아빠는 퇴근할 때마다 전화를 걸어 묻는다. "아이스크림 사 갈까?" 싫다고 하면 "과자는?" 또 묻는다. 이제는 형제들이 모두 떠나고 엄마와 아빠뿐인 집에서, 서른넷의 나는 열아홉의 내가 그토록 부러워하던 외동이로 살고 있다. 로익이 옳았다. 어디로 가야 할지 모를 때는, 가족에게 가는 거다.

새로운 향을 맡을 준비

손바닥으로 얼굴을 감싼 채 필사적으로 눈물을 말렸다. 어느 정도 진정되었을 때 얼굴에서 손을 뗐다. 로익은 내 앞에 서 있었다. 나는 괜히 투덜거리듯 말했다.

"다시 오면 뭐 해. 네가 여기에 없잖아. 내가 버스를 놓치면 누가 데리러 온담!" 그는 눈으로 웃으며 답했다. "그럼… 내가 있을 때 오면 되지."

눈물을 들키지 않으려 애썼지만, 소용없었다. 아무 말도 하지 않는 우리 둘 사이를 채우고 있던 건, 오후에 들렀던 그라스* 향수 박물관에서 왼쪽 손목에 뿌려본 라벤더 향뿐이었다.

나는 내일 유럽의 더 남쪽으로 향한다. 그리고 그다음 날, 그는 아시아로 떠난다. 아이러니하게도 우리는 자리를 바꾸어 서로의

---

* Grasse. 프랑스 남동부에 있는 도시. 꽃 재배 지역으로 프랑스 향수 제조업의 중심지이다. 영화 『향수』(2006)의 촬영지

세계로 들어간다.

향수 박물관의 조향사는 하루에도 수십 개의 향을 맡는다고 했다. 그는 우리 관람객을 앞에서 다른 향을 맡기 전 코를 리셋하는 법을 알려주었다. 그는 어떤 향도 묻지 않은 자신의 맨살, 팔 안쪽 가장 부드러운 맨살에 코를 가져다 댔다. 그리고 깊게 숨을 들이마셨다. 그렇게 코는 새로운 향을 맡을 준비를 마친다. 섬세하게 느끼고 상쾌하게 빠져나오기. 그러기 위해서는 남이 아닌 나에게 향하고 나에게 물어야 한다.

나는 리셋에 서툴렀다. 다음 목적지로 가는 기차 안에서, 지난 일의 미련에 애가 탔다. 지금 흐르는 아름다운 풍경을 낚아채지 못한 채, 언제든 빠져나올 채비를 했다. 전력을 다하지 않은 100미터 달리기 같던 날들…. 이번엔 다른 결말을 만들 수 있을까? 로익과 처음이자 마지막 포옹을 나누며 나는 내 살이 아닌, 뜨겁게 탄 그의 목덜미에 코를 닿을 듯 대고 깊은숨을 들이마셨다.

햇빛 조각을 비늘옷 삼아 유영하던 바다의 향, 야생 허브가 바람결에 실려 오던 산의 향, 나의 공간을 내어주고 싶은 향, 내 핏줄 안에 담아 내 것으로 삼고 싶은 향이 그곳에 있었다. 이 향을 어떻게 기억해야 할까. 물음에 대한 대답은 마치 온 세상이 한 곳을 가리키듯 의심의 여지가 없었다. 무서웠던 것이 더 이상 무섭지 않았다.

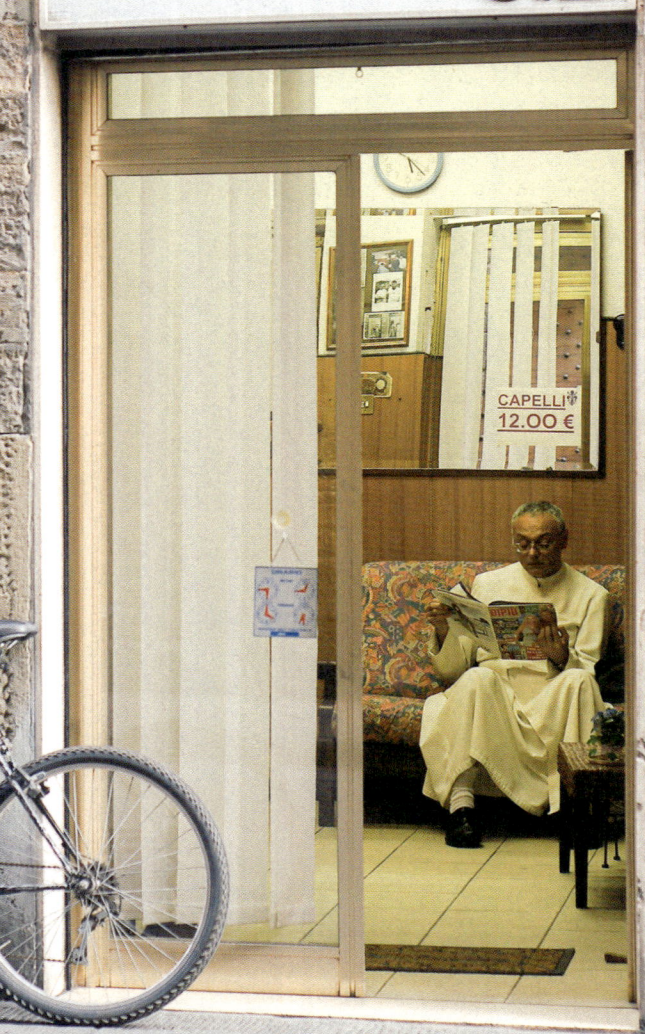

이탈리아에서 임자를 만나다

나의 첫 번째 이탈리안 친구, 피렌체의 루카. 그로 말할 것 같으면 나에게 '임자' 같은 존재다.

"난 요리를 좋아해. 머물 곳을 빌려주면 한국요리를 해줄게!"

카우치 요청에 이렇게 썼더니, "우리 집에 웰컴! 당장!" 루카는 단박에 초대장을 내밀었다.

음식에 관한 한, 그는 재료며 손질법, 역사에 음모론까지 속속들이 꿰고 있는 사람. 삶의 테마 자체가 음식인 듯했다. 그간 만나온 호스트들 역시 부엌의 일에 일가견이 있었으나 루카는 그중에서도 최고로 센 놈, 즉 끝판왕이었다.

아침 인사도 "어디 구경 갈 거니?"가 아니라 "오늘 점심(또는 저녁)은 집에서 먹을 거니? 아니면 밖에서?"였다. '식재료 수집'이 취미인 루카의 부엌엔 없는 게 없었고 심지어 둥근 쌀, 납작한 쌀, 검은 쌀, 붉은 쌀, 약이 되는 쌀, 이 나라 쌀, 저 나라 쌀… 아시아에서 온 나보다 더 많은 종류의 쌀을 갖고 있었다. 조리도구? 두말 하면 잔소리! 파스타는 전용 계량기나 저울로 정확히 재고, 삶을 때는 전자 타이머를 사용하는 칼같은 녀석이었다.

혼자 요리를 하면서도 한 종류만 내는 법이 없었다. 다양한 재료를 잔뜩 사서 동시에 여러 가지 요리를 척척 해냈다. 그가 처음 내놓은 요리는 바질페스토 파스타, 말린 참치알을 갈아 얹은 오일 파스타, 소금과 후추로만 간한 버펄로 모짜렐라 슬라이스. 그 와중에도 식후 커피를 잊지 않고 모카포트에 올렸다. 여기서 잠깐, 혹시 눈치챈 독자가 계시려나? 분명 게스트룸을 빌리는 답례로 내가 요리를 해 주겠다고 했는데, 녀석과 함께 일주일을 보내며 내가 만든 건 떠나기 전날 저녁 한 끼뿐이었다. 루카는 애초에 나에게 앞치마를 넘겨줄 생각이 없었다. 그는 자신의 요리를 먹어 줄 입, 다시 말해 실력을 선보일 대상이 필요했던 것이다.

재료 이야기가 나왔으니 말인데, 그가 가장 신이 났던 일 중 하나는 나를 시장에 데려가 이것저것 가리키며 묻는 것이었다. "이거 알아? 이거 본 적 있어?" 나는 시장을 정말 좋아한다. 어느 도시에 가든 시장부터 들르고, 시장이 좋으면 다른 건 없어도 된다. 사람들을 관찰하고 그들이 어떤 애정으로 식탁을 차리는지 느껴 보는 게 낙인데, 이번엔 그럴 수가 없었다. 척척박사 루카 녀석이 이건 이렇고 저건 저렇다며 재잘대는 바람에 관찰할 틈이 없었다. 더 큰 문제는 "이건 이래, 저건 저래" 다음엔 꼭 "먹어볼래?"가 나온다는 것.

나는 이미 캠프힐의 성분 무조정 전지우유Full fat milk와 벨기

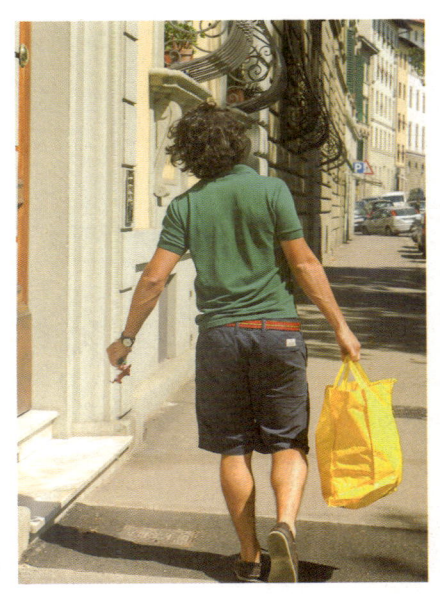

에의 초콜릿, 오스트리아의 케이크, 프랑스의 푸아그라와 치즈, 크루아상을 거치며 몸무게 10킬로그램을 증량한 상태였다. 그러니 녀석의 전투적인 급식 모드에 최대한 방어를 하려고 노력했다. "No thanks가 이탈리아말로 뭐니?"라고 물어봤을 정도다.

하지만 먹을 것을 권하는 선한 뜻을 거절하기란 어렵다. 게다가 "와, 이런 건 처음 봐!"라며 신기해한 이상, "그럼 먹어볼래?"로 이어지는 자연스러운 흐름을 깨기란 쉽지 않다. 그리하여 어제 점심으로 먹게 된 것이 바로… '양의 뇌'였다.

"꼭 어린애 뇌 같지 않니? 후후후."

루카는 뇌 주름 사이의 검붉은 핏덩이를 꼼꼼히 씻어내고 한입 크기로 썰었다. 이어서 물과 밀가루단으로 가벼운 튀김옷을 입혀 딥프라이!

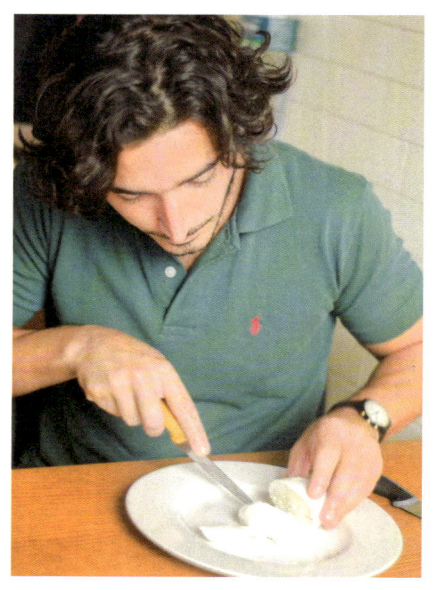

　"네 입맛에 안 맞을 수도 있으니까, 조금만 만들게!"라는 새빨간 거짓말과 함께, 이탈리안 한니발 렉터는 내 눈이 동그래지는 것을 즐기며 뇌 하나를 전부… 튀겼다. 동시에 다른 팬에는 로즈마리와 타임으로 마리네이드한 닭고기를 굽는 것이 녀석의 참모습.

　피렌체는 육식으로 유명한 지역이다. 두툼한 쇠고기를 살짝 구워 소금과 후추만 곁들여 먹는 비스테카 알라 피오렌티나Bistecca alla Fiorentina가 대표 요리다. 이탈리아 하면 피자나 파스타를 떠올리기 쉽지만, 이곳은 프랑스 못지않게 식재료와 조리법이 다양한 자타공인 식도락의 천국이다.

　"자, 다 됐어! 먹자!"

녀석이 접시 두 개를 테이블에 놓았다. 치킨 스테이크와 노릇하게 잘 튀겨진⋯ 뇌. 당대의 대문호가 나서서 아무리 맛깔나게 리뷰하려 해도 '뇌'라는 단어가 들어가면 어찌할 도리가 없다. 루카는 튀김 위에 신선한 라임을 짜고, 소금과 후추로 간을 하며 말했다.

"어서 먹어봐!" 눈에 웃음을 가득 담고 권하는 녀석의 다정함(?)에, 에라 모르겠다! 뇌 한 조각을 입에 넣었다. 어금니로 살짝 물었다가 각오하고 조심스레 씹어보는데⋯ 응? 바삭한 튀김옷 속, 푸아그라보다 백배는 부드러운, 형태가 있는 듯 없는 듯한 무언가가 말캉하고 씹히더니 크림처럼 사라졌다. 아⋯ 뇌⋯ 맛있다! 아니, 맛 자체는 담백하고 덤덤했다. 대신 혀와 입안, 목구멍의 감각이 단체로 기립했다. '맛'보다는 '감', 뇌는 뇌로 먹는 것이었다! 나는 기꺼이 코리안 한니발 렉터가 되어 "더 주세요!"를 외쳤다.

아까 우리는 시장 안 카페에서 에스프레소와 브리오슈로 아침을 먹었다. 나는 집에서 과일과 시리얼을 먹고 나왔기에 됐다고 했지만, 루카는 이탈리아 전통이라며 초콜릿이 담뿍 들어간 브리오슈를 들고 왔다. 장을 본 뒤엔 젤라또 가게에 들러, 그라니따 Granita(시칠리아식 셔벗)를 큼직하게 한 그릇 주입 당했다. 그러고 나서 곧장 점심으로 양뇌 튀김과 치킨 스테이크. 수십억 인류 중 이런 임자를 만난 건 복일진대, 문제는 루카의 태도에 있었다. 차고 넘치는 자기 확신! 말하자면 이런 식이다.

"점심 뭐 해 먹었니?"

"응. 파스타."

"뭐 넣고?"

"바질이랑 마늘, 토마토, 올리브유, 발사믹 식초 조금."

"뭐? 말도 안 돼! 파스타에 발사믹이라니! 퓨전에도 지켜야 할 선이 있어. 기본은 존중해야지!"

이런 훈계조 화법 때문에 이 친구와는 가까워지기 어렵겠다고 생각했다. 하지만 같이 장을 보고 요리하고, 일주일에 하루 출근한다는 그의 만만한 직장에 놀러 가 브런치를 먹고, 한밤중 배가 부르다며 산책을 나와서는 걷기는 뒤로 하고 젤라또를 먹고… 그렇게 며칠을 함께 보내고 나니 외둥이로 자란 그의 여린 속내가 차츰 보이기 시작했다. 자연스레 우리의 대화도 달라졌다.

"발사믹이 왜 안 돼? 난 실험적인 사람이야. 다음엔 고추장도 넣을 거야!"라며 아무 말이나 치고 나가면

"음… 그건 괜찮겠는데?"

"일본 된장은 어떨까?"

"에이~ 그건 좀 별로다."

"네가 일본을 가봐야 해. 된장 아이스크림도 있다고!"

"정말? 우엑!"

이런 식으로 대화가 풀렸다. 처음엔 루카를 꼿꼿하게 마주 보기 하느라 긴장했다면, 이제는 엄한 척 한껏 몸을 부풀린 그의 옆구리를 쿡! 찔러, 피시식 바람을 빼는 방법을, 녀석과 노는 방법을 알게 되었다고 할까. 그렇게 그의 일방적인 기운이 주던 불편함은

사라져갔다. 그리고 늘 그렇듯 이제 막 조금 알겠다 싶을 때면 헤어짐도 눈앞에 와 있다. 내일은 '이탈리안 임자'와의 마지막 날, 그의 부모님을 뵈러 토스카나 언덕의 포도원으로 여행을 떠난다.

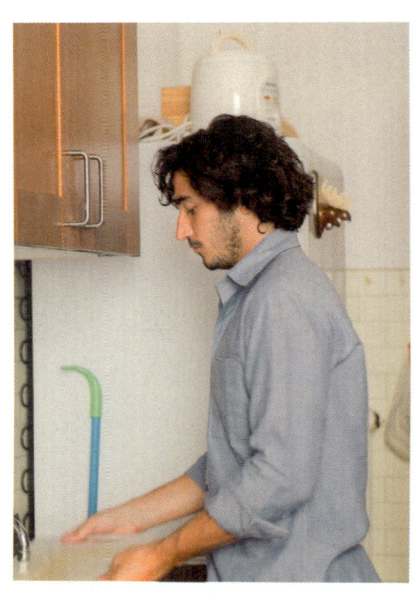

너는 젤라또

"건물 밖에서부터 정말 맛있는 냄새가 나는 거야. 속으로 빌었지. 제발 우리 집이기를! 우리 집에서 나는 냄새이기를! 복도를 지나 문을 여는데, 와… 진짜 우리 집이었어!"

해산물을 좋아한다는 루카에게 새우구이, 연어구이, 주꾸미볶음, 홍합 리조또를 해주고, 내 평생 요리 인생 중 가장 사랑스러운 칭찬을 들었다. 화려한 비유도 학구적인 분석도 아닌, 그저 숨김 없는 마음, 아이 같은 순수함이었다. 마치 "아이처럼 그리는 법을 알기 위해 평생을 바쳤다"라던 피카소의 그림처럼.

문을 열자마자 부엌으로 달려 들어와, 산타클로스를 만난 꼬마처럼 환하게 말하는데, 누가 이런 녀석을 미워할 수 있을까. 평소엔 입만 열면 훈수질이지만, 그 천진한 한마디에 모든 앙금이 날아갔다.

반대로 그가 요리할 때면 이렇다. "정말 맛있어!" 하고 엄지를 치켜세워 주면, 요리 전에 늘어놓던 찬란한 유세는 간데없고 부끄러워서 숨을 곳을 찾는다. 으허허 웃으며 어쩔 줄을 모른다. 날카로운 콧대에 깔끔하게 다듬은 옷, 단테의 언어*를 구사하는 도시 남자가 순식간에 무장 해제되는 순간이다. 빈틈없는 사람을 만나면 나도 따라 그렇게 된다. 루카를 만나 오랜만에 깍쟁이 도시 사람 품새를 잡고 있다가도, 그가 이렇게 풀리는 타이밍에서는 나도 맥없이 풀리고 만다. 그래서 우리 둘은 빈틈없는 티키타카를 주고받다가도, 어느새 마주 보고 실없이 웃는 일이 많았다.

성공적인 해산물 디너 후, 나는 밤 산책을 다녀오다 집 앞 골목에서 익숙한 실루엣을 발견했다. 곱슬머리, 피케셔츠, 하프팬츠, 가죽구두 차림. 그리고 두리번대는 움직임. 어딘가로 가려는 것도, 어디에서 돌아오는 것도 아니었다. 뭔가를 찾거나 누군가를 기다리는 움직임이었다.

나는 그 움직임을 본 적이 있다. 올해 초등학교에 입학한 내 조카 건하. 연중 한두 번 볼까 싶은 녀석과 어쩌다가 언니네 집에 단둘이 남은 적이 있다. 나는 미취학 아동과 대화를 이어가는 재주가 없고, 건하는 가족 같기도 남 같기도 한 서울 이모의 존재가 어색했다. 우리는 늘 애매한 간격을 유지하다가, 헤어질 즈음에야 조금 가까워지곤 했다. 그날 오후, 녀석이 자길래 잠시 산책을 마치고 돌아오는데, 아파트 복도에서 잠이 덜 깬 모습으로 서성이는

---

* 피렌체는 이탈리아 통일 후 4년간 이탈리아의 수도였다. 당시 지방마다 달랐던 언어를 통일하는 데 피렌체에서 쓰인 언어가 그 기반이 되었다. 피렌체의 언어는 가장 아름다운 이탈리아어를 구사했다는 단테의 『신곡』에서 비롯했으니, 이탈리아어는 곧 단테의 언어인 셈

건하가 있었다. 그때의 건하와 똑같은 쭈뼛거림이 지금 피렌체 남자의 실루엣에 고스란히 있었다. 나는 깍쟁이 도시 사람 행세를 그만두기로 했다.

"루카!"

동네 사람 다 깨울 기세로 이름을 불렀다. 그가 돌아봤다. 마치 북적이는 기차역에서, 방금 플랫폼에 내린 친구를 발견한 사람처럼, 나는 팔을 높이 들어 휘적휘적 공기를 힘차게 휘저었다. 사람이라곤 우리 둘뿐인, 고요한 밤 골목에서 말이다. 나는 계산도 체면도 모르는 아이가 되어 뛰었다. 건하에게 달려가던 그 복도로 되돌아간 듯이.

"여기에서 뭐 하고 있어?"

"어디 갔었니?"

녀석은 내 질문에 대답할 생각이 없다. 그래도 괜찮다.

"응. 우피치 앞까지!"

"젤라또 먹으러 가자."

루카의 단골 젤라또 가게는 불야성이었다. 우리는 컵 가득 젤라또를 받아 들고, 집 앞 천변으로 나왔다. 철제 벤치에 허벅지를 대는 순간, 그 차가움에 기분 좋게 놀랐다. 낮엔 너무 뜨거워 벌떡 일어날 정도였는데.

피렌체의 여름은 밤에서부터 이야기가 시작된다. 달콤한 젤라또와 시원한 벤치, 온화한 강바람, 그리고 작은 고백과 함께.

"썸머, 있잖아."

"응."

"나 사실… 네 영어 잘 못 알아듣겠어."

"나도 그래. 그런데 괜찮아."

"하긴. 좀 모르면 어때."

우리는 또 실없이 낄낄거렸다. 젤라또는 신기하게도 입 밖에선 금세 녹지만, 혀 위에선 쫀득하게 오래 머문다. 너는 젤라또를 닮은 사람. 그러니 겉돌지 말고, 쏙 안고 감아야 한다.

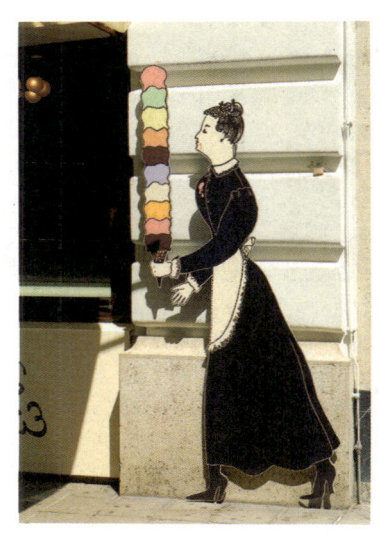

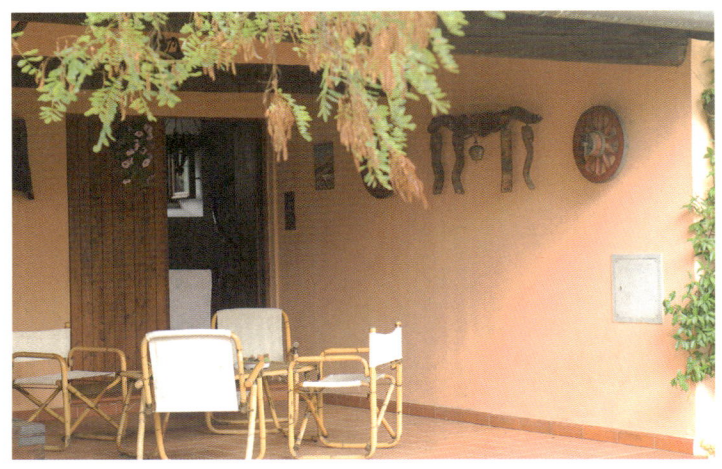

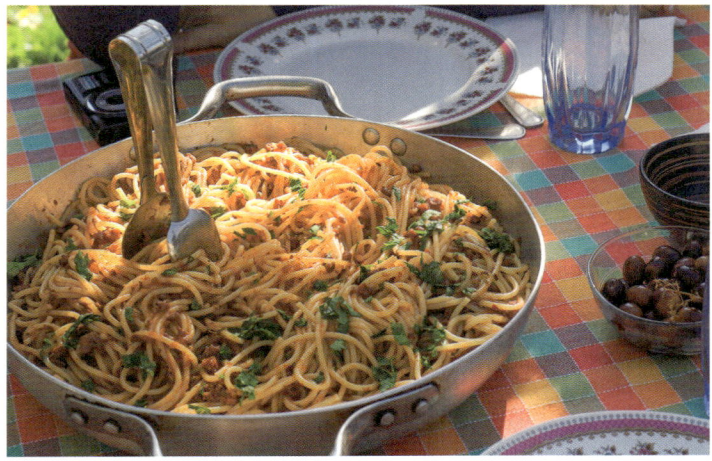

아그리투리스모 Agriturismo (www.agriturismo.net)

농업, 전원 Agrario와 여행 Turismo의 합성어. 숙박 시설이 갖춰진 목장이나 농장에서 보내는 휴가로, 우리나라로 치면 펜션 여행쯤 된다. 루카 부모님의 펜션이 자리한 토스카나 지방은 이탈리아에서도 가장 풍요로운 땅이다. 이날, 루카 어머니는 손수 이탈리안 빅 런치를 차려 주셨다. 토마토 샐러드, 파스타, 소고기구이, 호박꽃 튀김… 양도, 맛도 어마어마했다. 역시 루카 어머니답다고 해야 할지, 루카가 이 댁 아들답다고 해야 할지, 아니면 이 모두가 토스카나답다고 해야 할지!

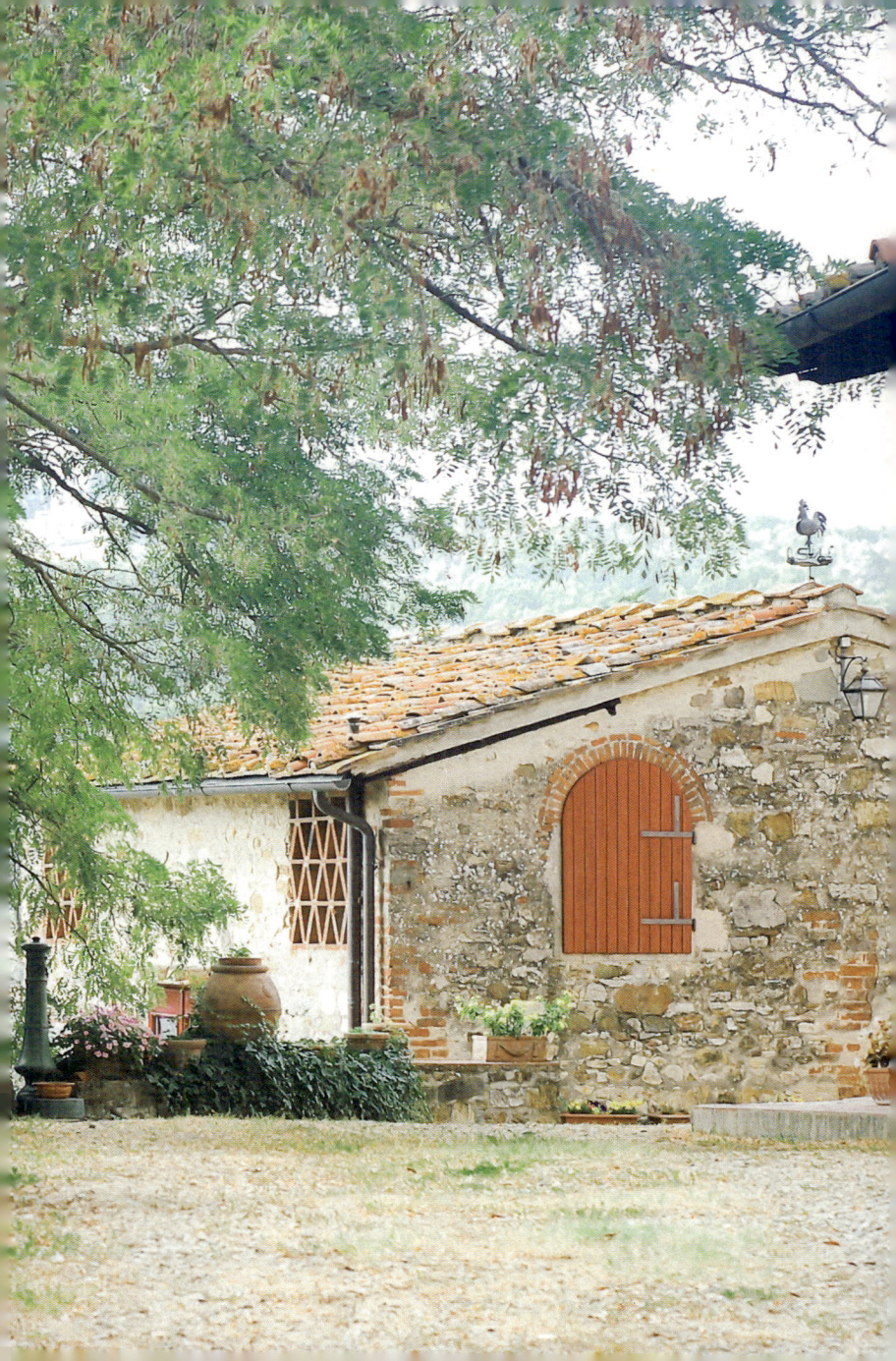

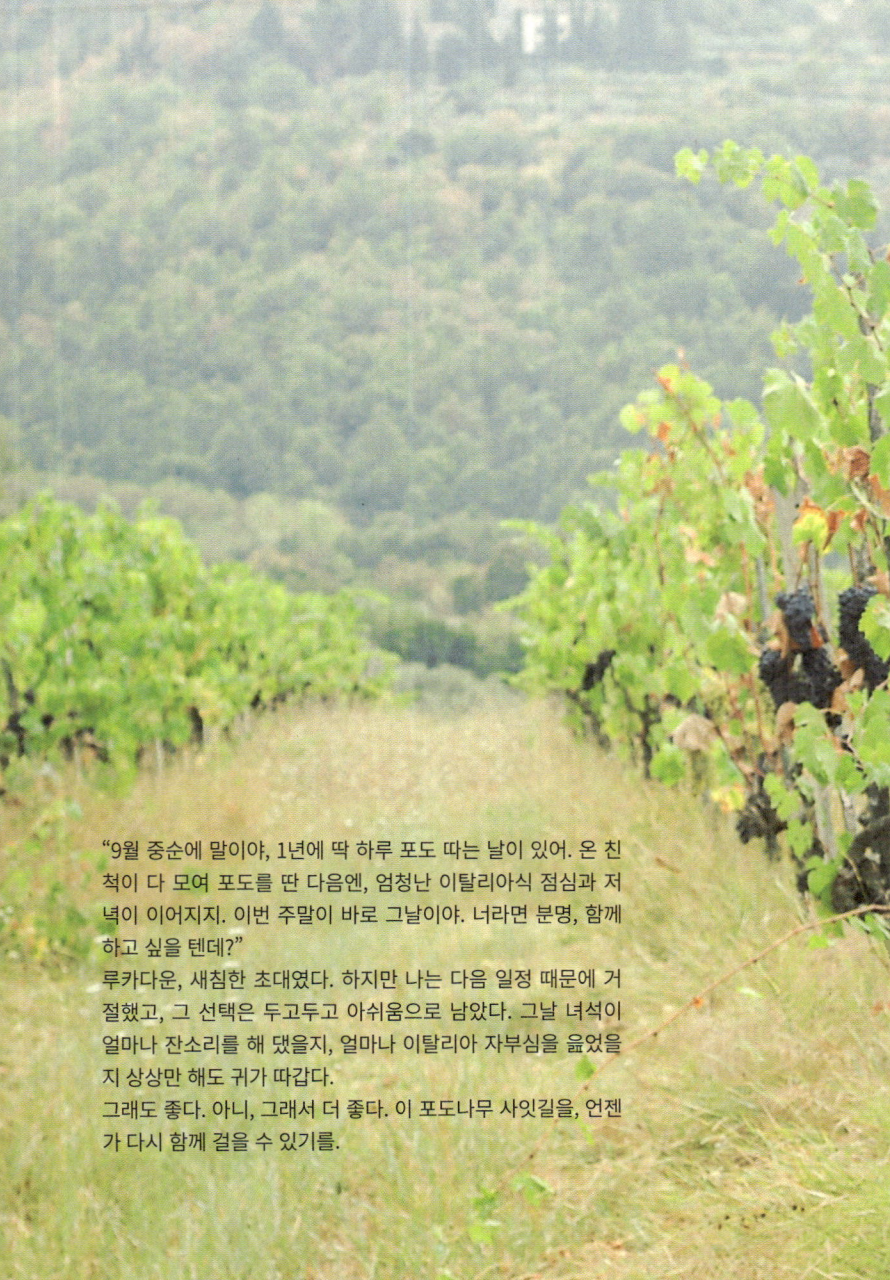

"9월 중순에 말이야, 1년에 딱 하루 포도 따는 날이 있어. 온 친척이 다 모여 포도를 딴 다음엔, 엄청난 이탈리아식 점심과 저녁이 이어지지. 이번 주말이 바로 그날이야. 너라면 분명, 함께하고 싶을 텐데?"

루카다운, 새침한 초대였다. 하지만 나는 다음 일정 때문에 거절했고, 그 선택은 두고두고 아쉬움으로 남았다. 그날 녀석이 얼마나 잔소리를 해 댔을지, 얼마나 이탈리아 자부심을 읊었을지 상상만 해도 귀가 따갑다.

그래도 좋다. 아니, 그래서 더 좋다. 이 포도나무 사잇길을, 언젠가 다시 함께 걸을 수 있기를.

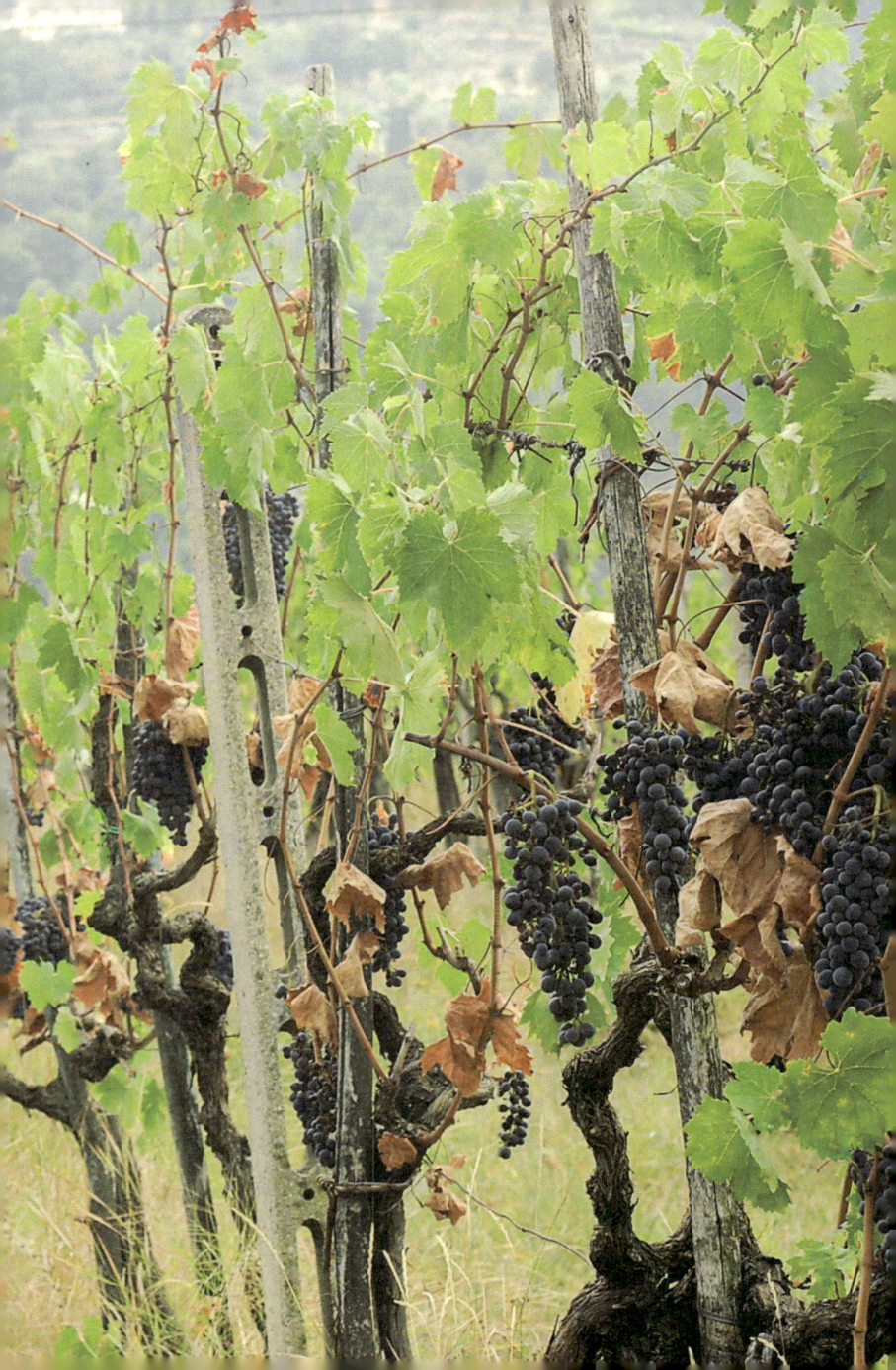

낭만에 대하여

"자, 썸머. 이 중에서 누가 여기 사는 사람이고, 누가 손님인지 맞혀 봐!"

나폴리 초초네 집에서만 할 수 있는 게임이다. 초초가 사는 아파트에는 일곱 개의 방이 있고, 거실엔 카우치 하나와 여분 침대가 하나 있다. 정식 거주자 일곱 명 외에도, 최소 두 명에서 많게는 여섯 명까지 드나드는 이 집은 조용할 날, 심심할 날이 없다. 손님이라 불리지만 완벽한 거주자 포스의 이들은 주로 거주자의 친구, 애인, 친구의 애인, 애인의 친구 등, 그야말로 무한의 파생 관계로 얽힌 사람들이다. 거기에 이상한 나라에서 온 카우치서퍼인 나까지.

이들은 함께 산 지 1년이 넘었고, 그동안 싸워 나간 사람도 없이 무탈한 동거를 즐기고 있다. 곁에서 지켜보니, 꼼꼼한 성격의 큰언니 같은 초초가 공과금 관리며 청소, 요리 당번 지정 같은 소소하지만 꼭 필요한 일들을 도맡고 있었다. 그래서 초초의 별명은

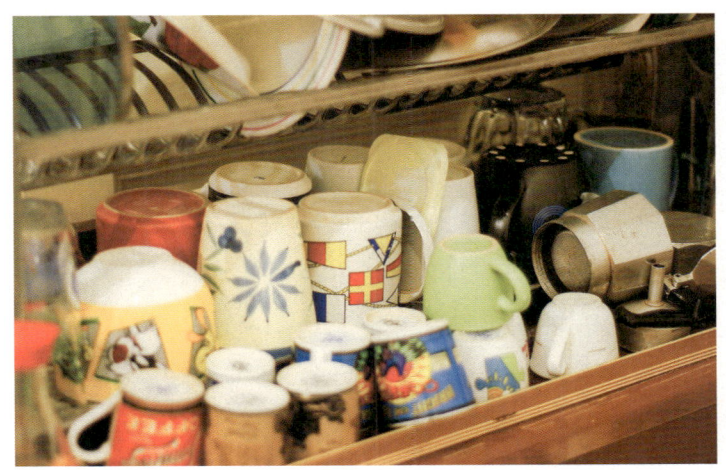

'신데렐라'.

초초는 내게 자기 방을 내주었다. 침대 시트와 베개 커버까지 새것으로 갈아입히고. "여길 내가 써 버리면 너는 어쩌려고?" 하고 묻자 "괜찮아. 이 집엔 어딘가 늘 빈방이 있거든!"이라며 웃었다. 정말이었다. 밤마다 초초는 어딘가로 사라졌다가 아침이면 푹 잔 얼굴로 나타났다. 이어서 초초와 비슷하게 생긴 시커먼 남자애들이 하나둘 트렁크 바람으로 나와 "본 조르노~ 두 유 원 커피?"를 웅얼거렸다. 화장실 수납장에는 여성용품과 남성용품이 한데 섞여 있었고, 문고리엔 누구 것인지 아무도 모르고 관심도 없는 파란색 줄무늬 끈팬티가 내가 도착한 날부터 떠나는 날까지 걸려 있었다. 이쯤 되면 이것은 인테리어일 수도 있겠다며 받아들이게 된다.

작은 부엌에선 하루에도 몇 번씩, 10인분이 넘는 요리가 만들어진다. 자연히 메뉴는 단출하다. 우리의 주력 메뉴는 아무 소스에나 비빈 파스타! 큰 냄비 가득 파스타가 익고, 닭갈비 팬만큼 커다란 프라이팬에선 소스가 보글보글 끓는다. 친구들과 어깨를 부딪쳐 가며 먹는 이 단순한 파스타, 끝내주게 맛있다. 그러다 누군가 본가에라도 다녀오면 메뉴는 아주 살짝 풍성해진다. 이를테면 고기가 식탁에 올라온 날은 키코가 본가에 다녀온 날. 키코네는 정육점을 운영한다.

테이블 위엔 늘 와인이 올랐다. 유리병이 아닌, 페트병에 담긴 와인. 가격표는커녕, 라벨도 없이 생수 라벨이 그대로 붙어 있는 정체불명의 와인이다. 이 동네 술 가게엔 커다란 오크통이 놓여 있고, 꼭지를 열어 빈 페트병에 와인을 직접 채워준다. 장면만 보면 마치 우리 아버지 세대가 막걸리 받으러 다니던 그 시절 같다. 값은 고작 1~2유로. 마시고 나면 다음 날 반드시 머리가 아팠지만, 나폴리를 떠날 무렵엔 아무렇지 않았다.

식사를 마치면 누구랄 것도 없이 설거지를 하고, 다시 테이블에 모인다. 기타를 치며 다 함께 노래를 부르고, 한쪽에서는 정치나 경제에 대한 불꽃 튀는 토론이 벌어지기도 한다. 곧 또다시 주섬주섬 일어나, 집 앞 10분 거리의 산 도메니코San Domenico 광장으로 나간다. 거기엔 '초초와 친구들'을 닮은 수십, 수백 명의 청춘들이 모여 있다. 거기서도 우리는 와인을 따르고 기타를 치고 노래를 부르고 토론을 한다. 이 루틴은 하루도 어긋나지 않는다. 아이리시는 펍에 가고, 나폴리탄은 광장에 간다. 꼭 밤이 아니어도 누군가 "슬슬 나가 볼까?" 하면 다 같이 나간다. 하루에 두세 번 나간 적도 있다.

이제는 유물이나 설화처럼 남은 '청춘의 낭만'이 이곳에 살아 있다. 이탈리아가 살기 좋아서? 전혀 아니다. 내가 나폴리에 머무는 동안, 이탈리아의 국가 신용 등급은 개발도상국 수준으로 떨어졌고, 베를루스코니 총리의 추문은 절정을 찍었으며, 마피아보다 신뢰 못 받은 정치인들, 높은 실업률과 낮은 임금, 마피아의 횡포 속에 청년 창업은 꿈도 못 꿀 일이었다. 그럼에도 나폴리 대학생들의 노랫소리는 밤이 깊은 줄 몰랐다. 밖은 썩었어도 안은 유쾌했다.

이들은 현실을 외면하거나 근거 없는 낙관에 기대 웃는 것이 아니다. 일단 모인다. 모여서 아름다운 것은 아름답다 말하고, 썩은 것은 드러내 이야기하며 서로의 생각을 나눈다. 이들은 수다스럽다. 그 수다 속에서 불안은 해소되고, 때로 해결의 실마리도 생긴다. 도서관에서 등 돌리고 있기보다, 모여서 얼굴을 마주 본다. 초초네 집은 아파트라기보다 아지트, 나폴리의 광장은 열린 아지트다.

이곳에서 나는 "내 친구들은 지금 이러이러한데, 왜 나만…"이라는 상대적 고민이나 푸념을 들어본 적이 없다. 이들에게 친구란 비교나 경쟁의 대상이 아니다. 집안이 좋아도, 학점이 높아도, 취업이 빨라도 그건 그 사람의 인생일 뿐이다. 애초에 인생이란 게 비교의 대상이 아님을 이들은 노래한다.

얼마 전 서바이벌 쇼를 보는데, 한 참가자가 심사위원의 혹평에 풀이 죽었다가 다른 참가자들이 더 심한 평가를 받자 활짝 웃으며 "쟤들보다 낫잖아요!"라고 하는 장면이 있었다. 초초는 이런 심리를 상상할 수 있을까? 타인의 불안에서 나의 안정을 찾으려는 마음을.

배를 드러낸 고양이처럼 몸을 부빌 수 있는 친구들이 있는 곳, 엄친아, 엄친딸이라는 허상이 존재하지 않는 곳에 비로소 낭만이 존재한다. 96학번으로 문과대학에 들어갔던 나는 기타 잘 치는 공대생 초초, 시 짓는 철학도 발레리오를 동경의 대상으로 삼을 수 있던 세대다. '대학의 낭만'의 끝물을 맛본, 운 좋은 세대. 그리고 지금, 나폴리에서 두 번째 학창 시절을 보내고 있다. 다시는 없을 줄 알았던 푸르른 봄날의 시절을.

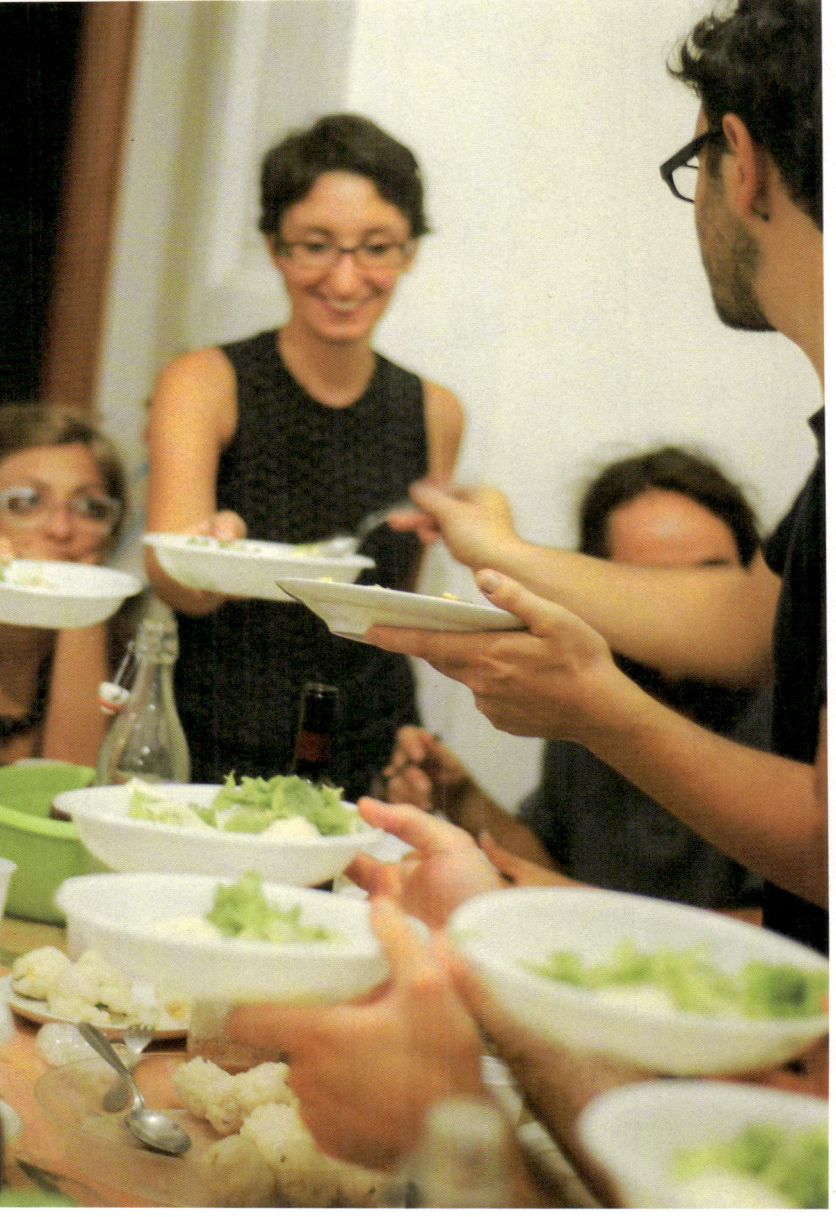

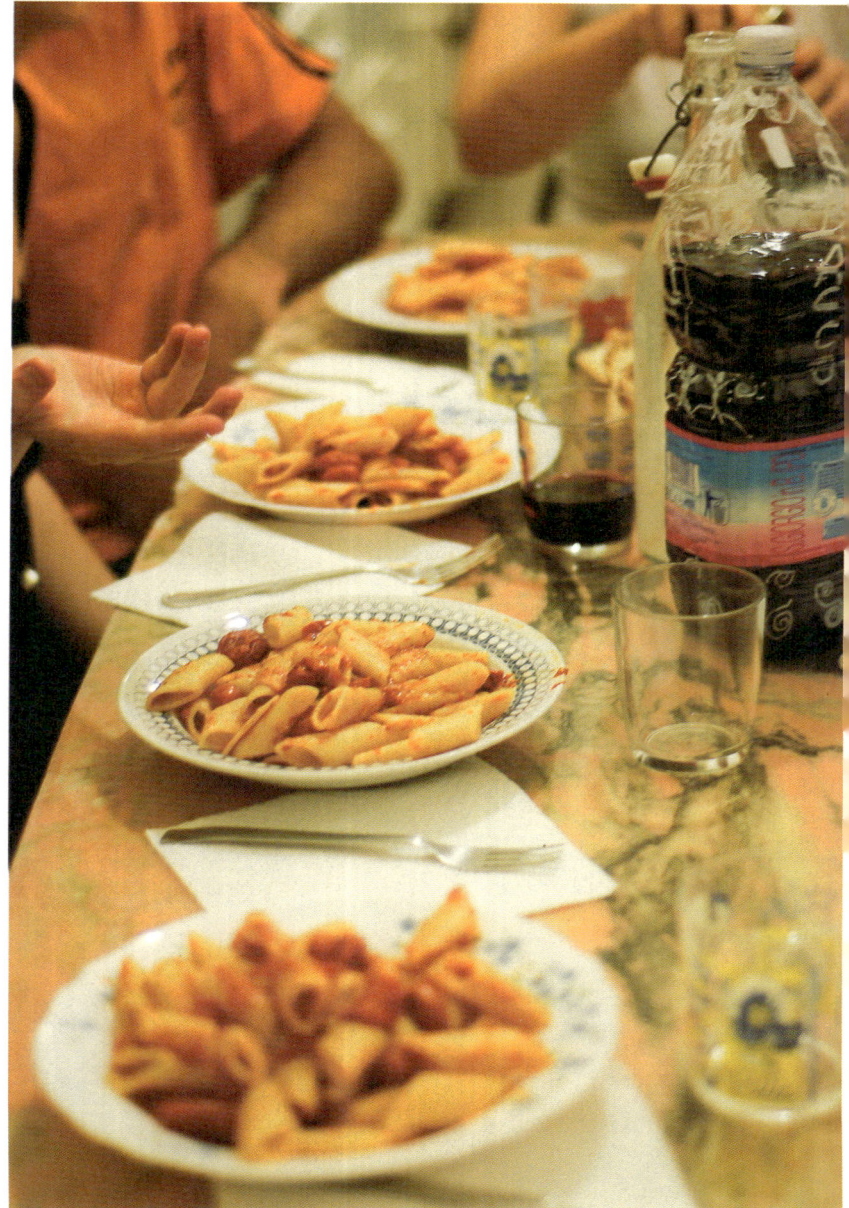

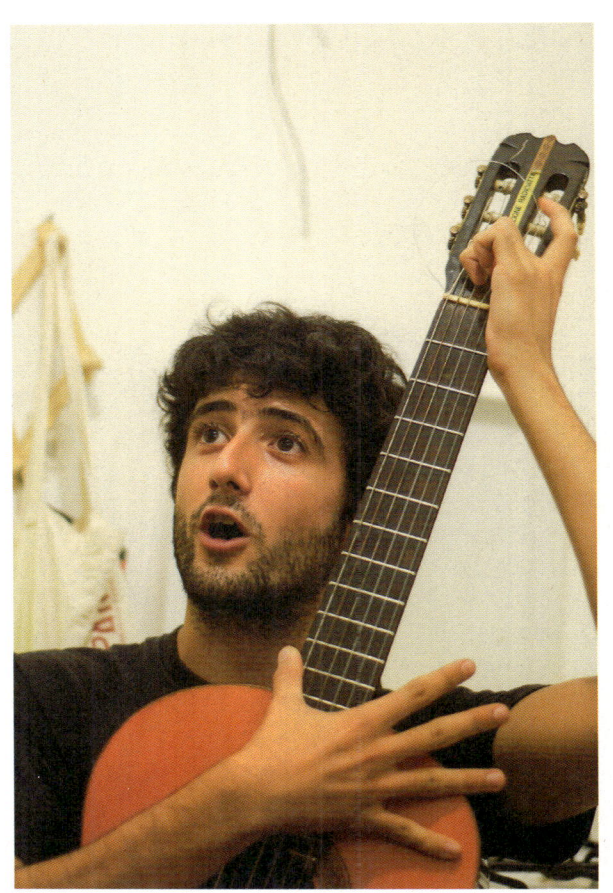

가난한 우리들의 뜨거운 한 끼
나폴리탄 파스타 Napolitan Pasta

토마토케첩과 비엔나소시지를 넣는 일본식 나폴리탄이
아니다. 나폴리 사람들이 즐겨 만드는 진짜 나폴리탄
파스타 레시피!

{ 재료 }
물 1L
얇게 썬 마늘 서너 쪽
햄 또는 베이컨 200g
감자 두 개
파스타 1인분 (펜네 또는
파르팔레같은 짧은 면이
좋다)
치즈 (파르메산, 체다 등
갈아 넣는 치즈 종류 아무
거나)
올리브오일

❶ 달군 팬에 오일을 두르고 마늘을 굽는다.

❷ 햄, 베이컨, 감자를 잘게 썰어 먹음직스러운
갈색이 되도록 볶는다.

❸ 냄비에 분량의 물을 반 정도 넣고 끓인다.

❹ ❸에 ❷를 넣고 으깬다.

❺ 남은 물을 넣고 팔팔 끓인 후 파스타를 넣고
삶는다. 필요하면 소금간!

❻ 접시에 담고 치즈와 후추를 곁들인다.

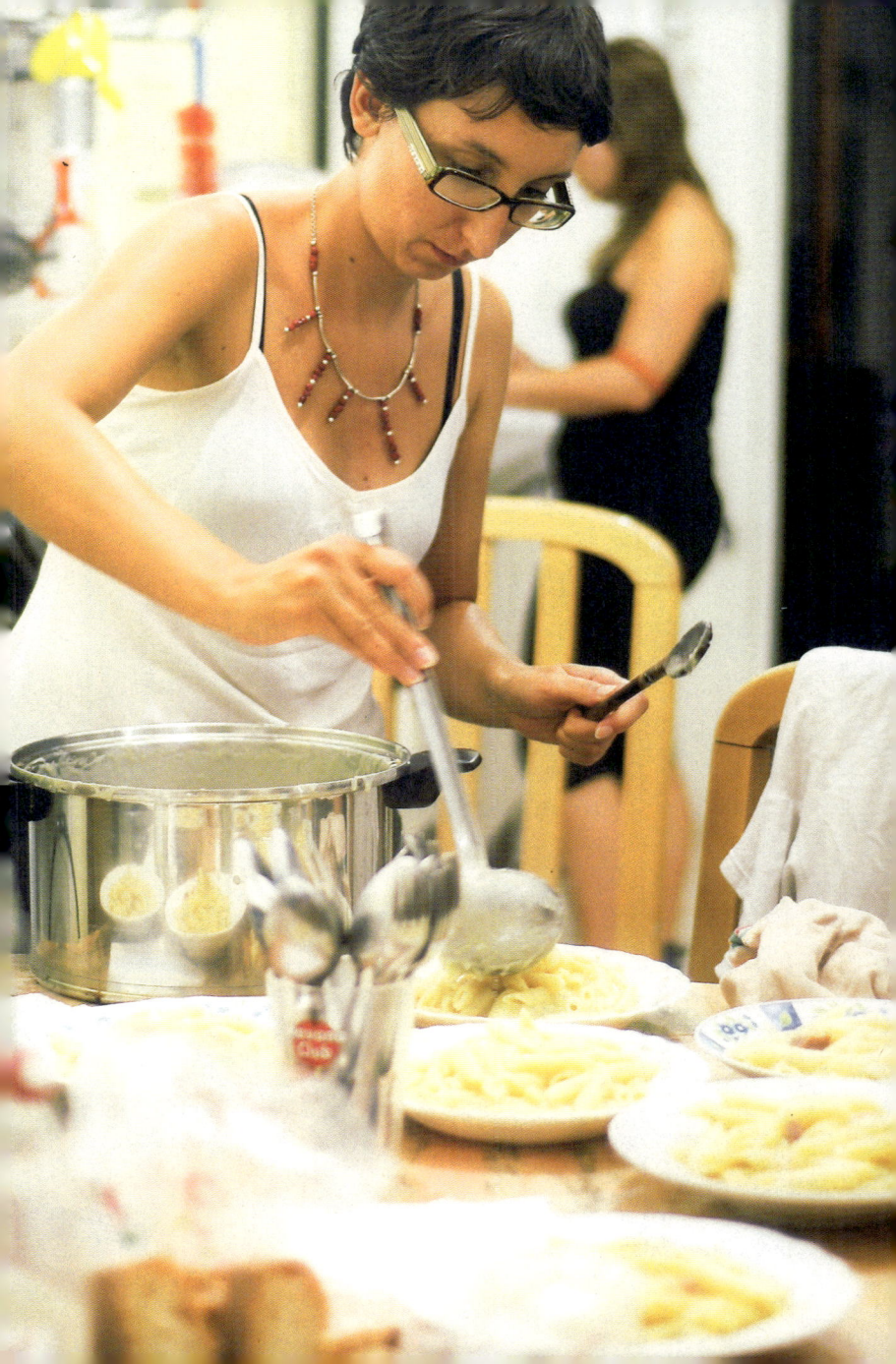

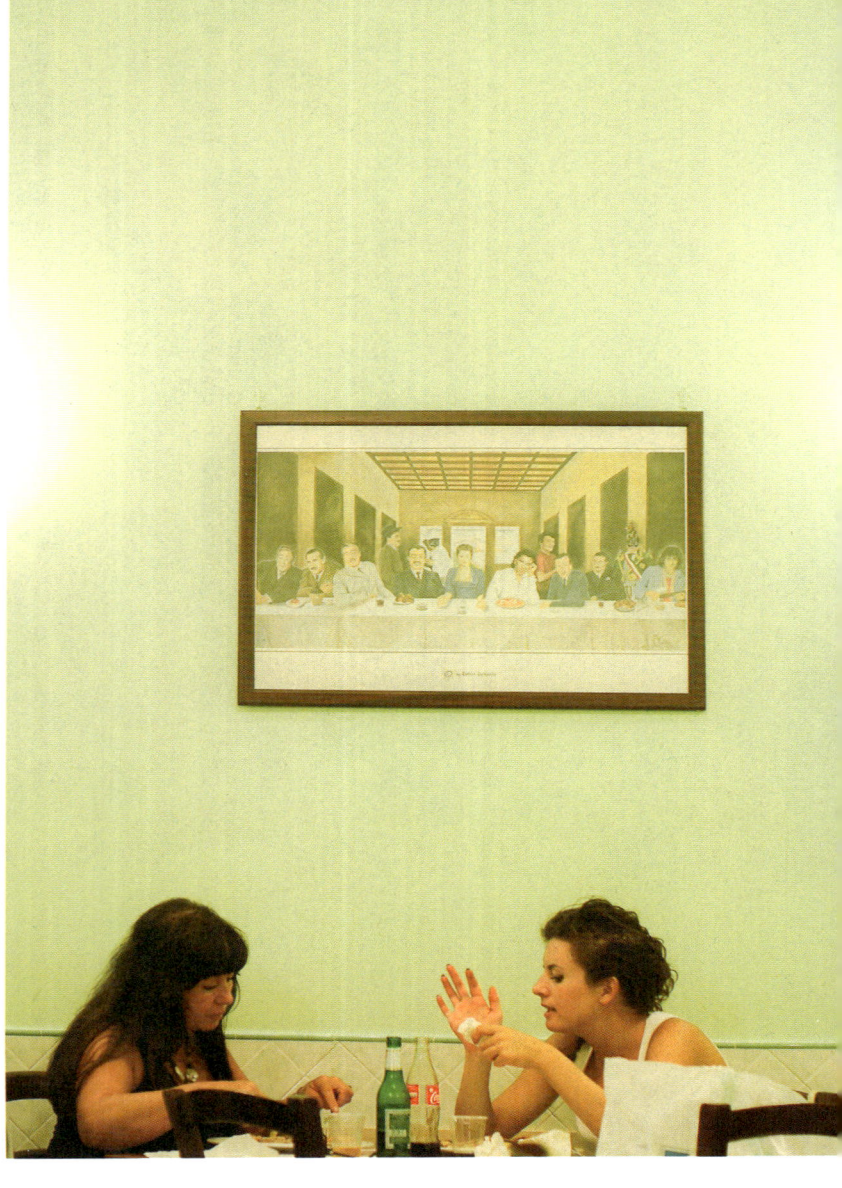

나야, 나폴리 피자

'마르게리따 피자의 생가, 피쩨리아 브란디Pizzeria Brandi에 가서 피자를 흡입한다!' 나폴리 여행 계획은 단순했고 어쩌면 건전하기까지 했다.

하지만 어느덧, 나는 나폴리탄 매트릭스에 편입된 채 이 광장 저 광장을 옮겨 다니며 페트병 와인에 흠뻑 젖다 보니, 알코올 의존 일보 직전의 여자가 되어 있었다. '나폴리는 곧 피자'라는데, 초초는 아직 나를 피쩨리아에 데려가지 않았다. 특별한 것만 골라 보여주고 싶은 마음에 자신들에게는 너무 흔한, 생활 그 자체인 피자는 미처 떠올리지 못했을지도 모른다(그렇다. 나는 모든 면에서 애들 처지에서 생각하고 있다). 나 역시 굳이 피자를 먹자고 조르지 않았다. 초초와 친구들이 쉼 없이 만들어내는 이벤트의 파도에 실려 부유하는 시간도 충분히 즐거웠으니까(그렇다. 나는 무조건 애들 편이다).

그러던 어느 날 밤, 사건이 터졌다. 열댓 명의 나폴리탄 틈에 끼어 식탁에 둘러앉은, 그저 평범했던 날이었다. 나는 순수하게, 어떤 의도도 없이 질문 하나를 던졌다.

"초초, 프랑스의 니스가 2차 세계대전 전에는 이탈리아 땅이었다지?"

"맞아. 니스가 지금은 프랑스지만, 토박이들 얼굴이나 도시 분위기에서 이탈리아 냄새가 물씬 나는 게 그 이유야. 그런 금싸라기 땅은 날름 빼앗기고, 소말리아나 쳐들어가는 게 우리 이탈리아지. 맘마미아!"

"니스에서 함께 있었던 가족이 프랑스와 이탈리아 혼혈이었어. 곧 피자 먹으러 이탈리아 간다니까 이러더라고. 니스에도 이탈리아 문화가 많이 남아있으니 충분히 좋은 피자를 먹을 수 있다, 이탈리아에 꼭 갈 필요가 없다, 그냥 니스에서 한 달 더 머무는 게 어떠…"

말이 다 끝나기도 전에 난리가 났다. 나와 초초의 영어 대화를 알아들은 자들이 일제히 다섯 손가락 끝을 모으며 소리치고 들고 일어났다.

"맘마미야!" "마돈나!"

초초의 콧등에는 분노의 주름이 잡혔고, 늘 그 자리에 있던 '반하지 않고는 배길 수 없는 초초의 눈웃음'은 온데간데없이 사라져 있었다.

초초는 단어 하나하나에 힘을 줘 말했다.

"우리나라에 오는 걸 막았다고? 프.랑.스.피.자.따.위.를 권하면서 말이야? 맘마미아!"

"막았다기보다 뭐… 이탈리아 음식이 끝내주긴 하지만, 결국 just pizza and pasta인데 한 달이나 머물기엔 too much 아니냐… 라던데?"

"무어어어야? J.U.S.T PIZZA AND FASTA?"

모두가 짠 듯이 앞뒤 맥락은 쏙 빼고, 'just pizza and pasta'만 따내어 이구동성으로 외쳤다. 불에 기름을 부은 격이었다. 이봐, 초초와 아이들! 나는 분명 소문자로 말했다고!

"내일 점심은 무조건 피자다! JUST PIZZA? 쥐뿔도 모르는 프랑스 놈들이 감히!"

"뭐야, 썸머는 아직까지 나폴리 피자를 먹어본 적이 없다고? 맘마미아~ 초초, 이건 네 잘못이야."

제나로가 거든다. 나는 속으로 '당장 레츠 고!'를 외쳤지만, 잔뜩 흥분한 초초가 귀여워서 조금 놀려주기로 했다.

"내일? 어쩌지. 점심에 프로치다 섬*에 갈까 했는데…?"

"닥쳐! 당장 내일인 거다. 어디 갈 생각하지 마!"

나의 사랑스러운 이탈리아노들은 임전 태세의 뉴질랜드 마오리족처럼 눈을 부라리며 격앙된 목소리로 '이탈리아에 대한 프랑스의 있을 수 없는 모독'에 대해 한참을 분개했다. 비록 알아듣지는 못했지만, 전반적으로 굉장히 자극적인 용어로 점철된 프랑스 비난 + 비방 + 험담이라는 건 쉽게 짐작할 수 있었다. 열기는 축구

---

* 영화 『일 포스티노 Il postiono』(1993)의 촬영지

경기나 정치 토론을 볼 때와 맞먹었다. 나는 새어 나오는 웃음을 꾹 참았다. 여기서 웃기라도 했다간, 프랑스에 세뇌당한 코리안 스파이로 낙인찍혀 당장 밤거리로 쫓겨날지도 모르잖나!

흥분의 밤이 지나고 결전의 태양이 떴다. 초초는 오후 2시에 퇴근하기 때문에, 제나로를 미리 피쩨리아에 파견해 자리를 맡아 두게 했다. 이탈리아 남부 남자들에게서는 좀처럼 보기 힘든 준비성과 기민함이었다. 어젯밤의 전투적 기운이 아직도 서려 있는 초초와 함께 우리는 피쩨리아 소르빌로Pizzeria Sorbillo에 당도했다. 제나로가 미리 와서 줄을 섰지만 가게 앞은 여전히 대기 인파로 가득했다.

사실 나는 마르게리따 피자의 탄생지인 브란디에 가게 되겠지, 예상했다. 하지만 전혀 실망하지 않았다. 관광객이 줄 서는 명소보다, 현지인의 입맛으로 선택한 소르빌로가 더 매력적이니까. 그래도 살짝 초초를 떠보았다.

"듣기로는 어떤 피쩨리아가 진짜 유명하다던데? 마르게리따가 만들어진 데라던가 뭐라던가⋯."

초초는 한심하다는 듯 나를 쳐다보았다.

"하아⋯ 썸머. 나폴리 자체가 피자의 성지야. 위.대.한. 피쩨리아가 단 하나뿐일 거라 생각해? 그건 마치 이탈리아에 훌륭한 축구선수가 단 한 명이어야 한다는 논리랑 똑같지."

빙고! 곧 가게 안에서 "제나로, 셋!" 하고 호출하는 목소리가 흘러나왔다. 1층 안쪽에서는 벽돌 화덕이 활활 타오르고 있었다.

붉은 속살을 훤히 드러낸 채, 열기를 뿜는 화덕 앞에서 흰 반소매 셔츠를 입은 건장한 남자들이 도우를 주무르고, 소스를 바르고, 토핑을 올리고, 오븐에 넣고 빼고를 쉴 새 없이 반복하고 있었다. 그들은 마치 대장간의 대장장이 같았다. 피부는 오븐 열기에 익어 반질반질 윤이 났고, 땀방울은 검은 머리카락을 타고 흘러내려 셔츠 속으로 사라졌다.

피쩨리아에서 가장 행복한 사람은 역시 쟁반만 한 피자를 앞에 둔 사람들이다. 두 볼이 불룩하도록 베어 물고, 조금이라도 흘릴세라 입술을 앙다문 채 정성껏 먹어 치운다. 우리 셋도 곧 그렇게 될 터였지만, 당장의 부러움은 어쩔 수 없었다. 자리를 잡고 엄청난 리스트를 자랑하는 메뉴판을 펼쳤다. 오랜 고민 끝에 세 가지 피자와 맥주를 주문했다. 가격은 2~3유로대가 대부분, 비싸봤자 5유로 안팎이었다. 벽에는 대를 이어서 가게를 운영해 온 가족들의 사진들이 당당히 걸려 있었다. 좀 둘러보며 10분쯤 지났을까. 드디어, 피자가 나왔다.

접시도 이미 컸지만, 피자는 그 밖으로 흘러넘칠 듯 크고 아름다웠다. 500도가 넘는 화덕의 열기를 증명하듯 하얀 도우 위로 검게 탄 동그란 반점들이 요염했다. 트마토소스의 붉은 융단 위에 얇게 녹아든 새하얀 버펄로 모짜렐라는 순하고 단정했다. 그 위에 아무렇게나 뿌려진 신선한 바질은 싱그럽고 자유로웠다. 이것이 바로, 나폴리 피자의 상징, 마르게리따!

제나로가 고른 피자에는 톡 쏘는 향이 매력적인 루꼴라가 듬

PREZZARIO

MARINARA	€ 2,50
MARGHERITA	€ 3,00
MARINARA CON TONNO E OLIVE	€ 5,00
MARGHERITA A FILETTO	€ 4,00
MARGHERITA A PROSCIUTTO	€ 4,00
MARGHERITA CON FUNGHI	€ 4,00
MARGHERITA ALLA COCCA	€ 4,00
MARGHERITA ALLA ROMANA	€ 4,00
MARGHERITA CON MELENZANE	€ 4,00
MARGHERITA CON WURSTEL	€ 4,00
MARGHERITA BIANCA Panna e Prosciutto	€ 5,00
MARGHERITA BIANCA Panna · Prosciutto · Funghi	€ 6,00
MARGHERITA CON TONNO	€ 5,00
MARGHERITA Peperoni · Salame · Olive · Fior di Latte	€ 6,00
CAPRICCIOSA	€ 6,00
TARANTINA	€ 5,00
LASAGNA	€ 5,00
QUATTROGUSTI	€ 6,00
BIANCA Salsiccia · Friarielli · Fior di Latte	€ 6,00
BIANCA Rucola · Parmigiano · Fior di Latte	€ 5,00
BIANCA Rucola · Parmigiano · Fior Di Latte · Prosciutto Crudo	€ 6,00
BOSCAIOLA Carne · Piselli · Funghi · Panna · Fior di Latte	€ 6,00
4 FORMAGGI BIANCA Gorgonzola · Soresina · Grana · Pecorino · Fior di Latte	€ 5,00
BUFALA Pomodorini · Mozzarella di Bufala · Formaggio · Basilico	€ 5,00
RIPIENO AL FORNO	€ 4,00
RIPIENO AL FORNO CON FUNGHI	€ 5,00
FRITTA RIPIENO	€ 4,00

뽁, 얇게 썬 프로슈토는 마치 숙녀가 떨어뜨린 손수건처럼 살포시 접혀 올라가 있었다. 내 피자에는 세계 최고의 버펄로 모짜렐라와 노릇하게 구운 가지가 풍요롭게 박혀 있고, 그 위에는 세계 최고의 (반복하지만 어쩌겠는가. 그게 사실인데!) 이탈리아산 올리브오일이 휘 갈겨져 있었다. "나야, 나폴리 피자"라고 말하듯.

우리는 각자의 피자를 세 조각으로 갈라 서로에게 한 조각씩 건넸다. 세 가지 피자를 골고루 맛볼 수 있는 아름다운 분배! 나는 마르게리따를 먼저 집었다. 토핑이 안으로 들어가도록 반으로 접어 한입 가득 베어 물었다. 이 순간부터 나는 묘하게 집중력이 살아나는 걸 느꼈다.

'순수하다'라고 하기엔 이 피자에 깃든 품위를 다 담기 어렵고, '단아하다'라고 하기엔 그 관능미를 놓치기 아까웠다. 정확한 형용사를 찾아 바치고 싶어지는 맛이었다. 그때, 나폴리에서 기차로 세 시간 떨어진 피렌체에서 루카의 돗소리가 들려왔다.

"좋은 피자의 조건 중 하나는 간결한 재료! 현지에서 생산한 신선한 재료로 만든 토핑이야. 나폴리가 왜 이탈리아 피자를 대표하는 줄 알아? 최고의 모짜렐라가 바로 그 지역에서 나오거든."

나는 더 이상 초초를 자극하는 데 흥미를 느끼지 못했다. 그저 '절대 맛' 앞에서, 꼼수를 내려놓고 고분고분해진 기분이랄까.

"이 피자도우, 이렇게 얇은데 파사삭 부서지는 게 아니라 쫄깃해. 토마토소스는 정확히 좋은 양이야. 아쉽지도 넘치지도 않아. 이런 고소한 모짜렐라는 또 뭐야! 이런 피자를 어떻게 만들어? 물론 국가 기밀이겠지?"

"무슨 호들갑이야~ 피자 한 조각 가지고. 나 참~"

대수롭지 않게 말하는 초초의 입은 이미 귓가까지 올라있었고, '누구나 반할 수밖에 없는 초초의 눈웃음'도 돌아와 있었다.

우리는 그 큰 피자 쟁반을 말끔히 비우고 후식으로 피스타치오와 레몬 젤라또를 한 스쿱씩 올려 집으로 돌아왔다. 나는 초초의 팔뚝을 톡 치며 말했다.

"내일 점심도 피자 어때? 그리고 그다음 내일, 또 그다음 날도. 매일매일 여기 와서 모든 메뉴를 다 먹어보자!"

"그러려면 두 달은 더 걸릴걸. 여기에서 살 작정이야?"

"안 될 게 뭐 있어! 나폴린데!"

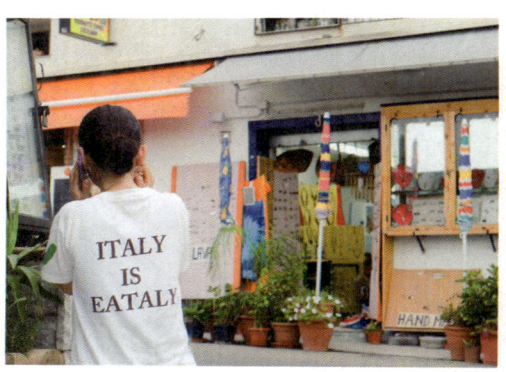

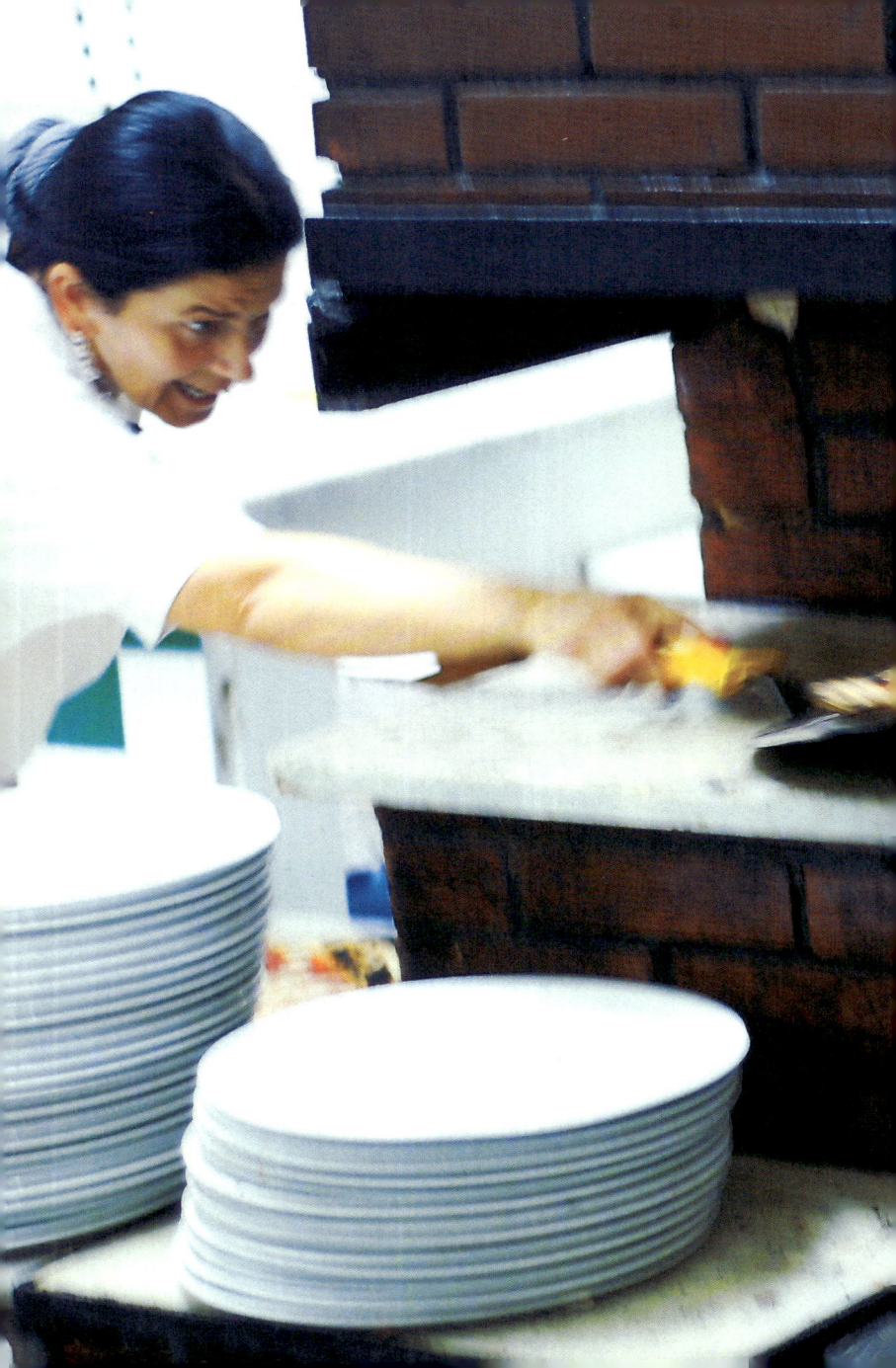

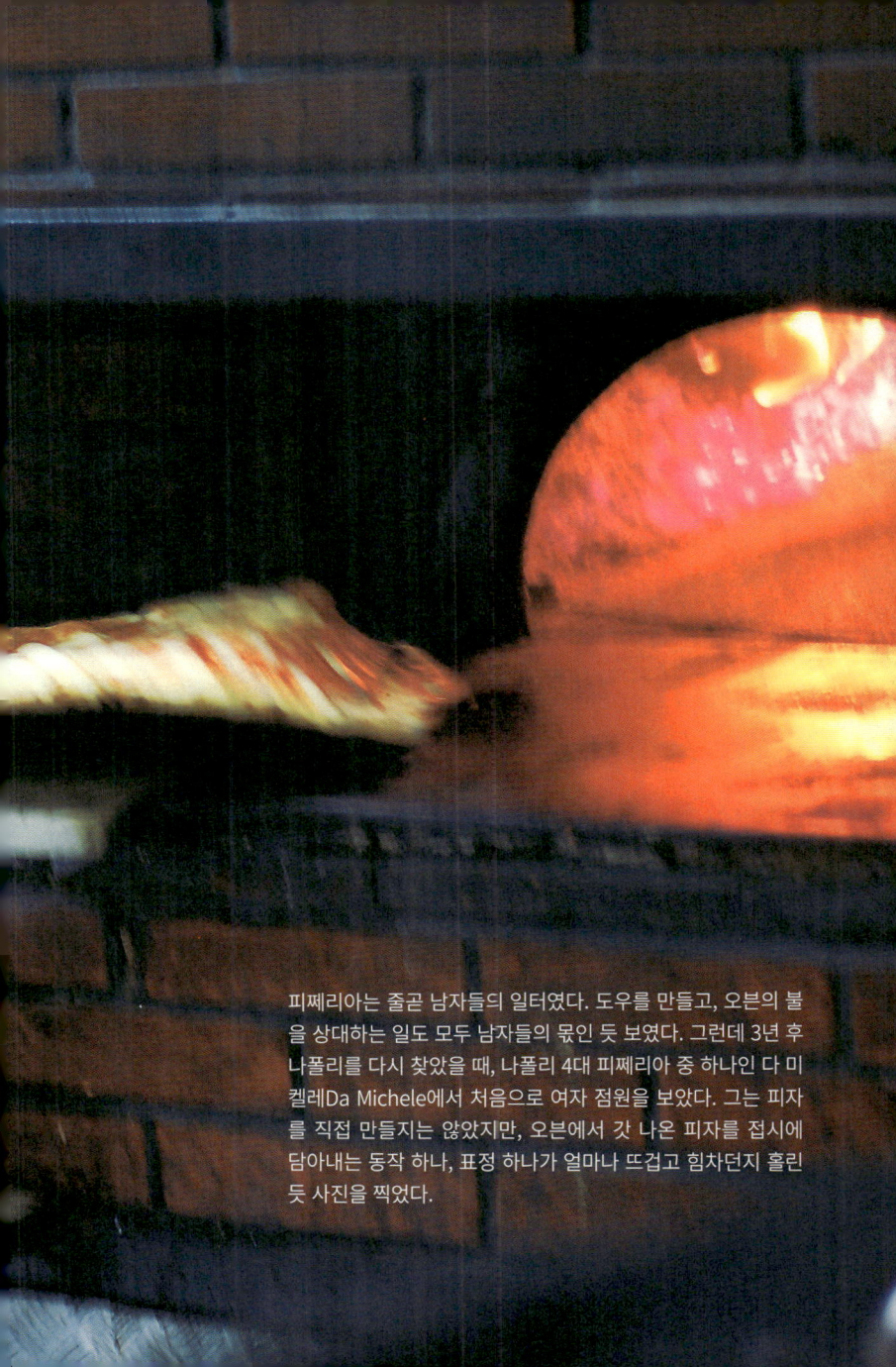

피쩨리아는 줄곧 남자들의 일터였다. 도우를 만들고, 오븐의 불을 상대하는 일도 모두 남자들의 몫인 듯 보였다. 그런데 3년 후 나폴리를 다시 찾았을 때, 나폴리 4대 피쩨리아 중 하나인 다 미켈레Da Michele에서 처음으로 여자 점원을 보았다. 그는 피자를 직접 만들지는 않았지만, 오븐에서 갓 나온 피자를 접시에 담아내는 동작 하나, 표정 하나가 얼마나 뜨겁고 힘차던지 홀린 듯 사진을 찍었다.

괜찮아, 다 괜찮아

나폴리.

'이탈리아 맛의 루트'를 짤 때 가장 오래 고민했던 도시다. 한눈팔면 주머니에 낯선 손이 샥 들어왔다 나가고, 마피아 소유의 청소 회사가 정부와의 알력 다툼으로 자주 파업을 벌여 거리는 쓰레기 산이라는 후기가 넘쳐났다. 악취는 기본이라는 말까지 덧붙으며.

루카에게 이런 고민을 털어놓자, 그는 "그건 사실이야. 하지만 나폴리엔 꼭 가야 해. 왜냐하면! 나폴리 피자를 먹지 않고는 이탈리아 음식을 논할 수 없거든!"이라며 내 근성을 자극했다. 결국 나는 선언해 버렸다. "그래. 간다, 가!"

피렌체를 떠나 친퀘테레와 살레르노를 여행하는 동안, 나폴리에서 머물 카우치를 구했다. 다른 지역보다도 현지인과 함께 있는 편이 안전하다는 판단에서였다. 여섯 명의 대학생과 함께 산다는 초초에게 '언제 갈지는 모르겠지만, 나폴리에서 하루이틀 묵고 싶다'라고 메시지를 보내자 곧장 답이 왔다.

"언제든 웰컴. 내가 바쁘면 다른 대들이 놀아줄 거야."

언제 가도 좋은 카우치를 구하고도 결심이 쉽지 않았다. 살레르노의 프란체스코네 집에서 엄마 아빠의 따뜻한 보살핌 아래, 삼시 세끼 홈메이드 이탈리안 푸드로 태불리 먹으며 살이 포동포동 오르던 때라 도무지 엉덩이가 움직이지 않기도 했다. 하지만 루카의 얄미운 말투가 자꾸 귓전을 울리는 건 참을 수 없었다. 그래, 딱 1박만 하자! 초초에게 전화를 걸었다.

"내일 가도 돼?"

"물론이지."

"부탁이 있어. 저녁에 시내 구경을 시켜줄 수 있어?"

"응. 오후 2시에 퇴근하니까 그 이후엔 가능해."

"원래는 혼자도 잘 다니는데, 듣자니 나폴리가 위험하다고 해서. 그래서 부탁하는 거야."

"하하하하! 그게… 하하하하! 뭐, 사실이긴 해. 하지만 걱정하지 마."

초초의 웃음은 내 걱정을 날리기에 충분히 상쾌했다. 그런데 그렇게 초초가 나폴리의 안전을 장담하는 순간! 수화기 너머로 귀를 찢는 듯한 앰뷸런스 소리가 들려왔다.

"우앗! 뭐야? 거기 무슨 일 있어?"

"하하하하. 별거 아닐 거야."

"아… 그래? 그나저나 너희 집 가는 길을 모르겠네."

"시간 맞춰서 역 앞에 나갈게. 아무 걱정하지 말고 와."

과연… 누군가가 앰뷸런스에 실려 가는 그 도시에서 나는 무사히 살아 나올 수 있을까?

나폴리는 듣던 대로 거칠었다. 유럽 어디에서도 느껴본 적 없는 범죄적 긴장감이 중앙역에 감돌았다. 사람들 눈빛에는 서로를 경계하는 기색이 역력했다. 거리에는 쓰레기가 산처럼 쌓여 코를 틀어막게 했고, 고색창연한 건물 외벽은 공격적인 그라피티로 뒤덮여 있었다. 차와 스쿠터, 보행자가 뒤섞여 질주하는 도로는 혼돈 그 자체였다. 신호등이 있어도 소용없었다. 차는 파란불에도 멈추지 않고, 사람은 빨간불에도 길을 건넜다. 알아서, 눈치껏 움직여야 했다. 그 눈치란 게 있을 리 없는 햇병아리 관광객인 나는 파란불에도 건너지 못하고 인도 끝에서 발만 동동 굴렀다.

그런 나폴리에서, 나는 무려 9일을 지냈다. 기차역에서 초초를 처음 만났던 날 저녁. 기차에서 내리기 전부터 나는 카메라와 지갑을 가방 깊숙이 넣고, 약간의 동전만 바지 주머니에 넣는 등 만반의 준비를 하고 있었다. 그때 초초에게 전화가 걸려 왔다.

"어디야? 나 역에 와 있는데."

저쪽에서 펄쩍펄쩍 뛰어오는 초초의 환한 눈웃음을 본 순간부터 나폴리는, 나의 도시는 안전했다. 초초는 항상 나보다 먼저 약속 장소에 나와주었고, 늦게 될 것 같으면 미리 전화를 주었다. 지하철 파업으로 늦겠다던 날조차 일찍 도착해 있었다. 늦은 시간에 대중교통을 이용할 땐 매표소가 닫을 것을 대비해 내 표까지 미리 준비해 두었고, 내가 언제 들어오는지, 밥은 먹었는지, 별일은 없는지를 늘 살펴주었다.

9일 동안 초초가 내게 가장 많이 한 말은 "걱정하지 마!"였다. 내가 어떤 걱정을 말해도, 어떤 부탁을 해도, 어떤 미안함을 전해도 그는 항상 말했다.

"걱정하지 마. 괜찮아. 아무 걱정하지 마."

특별할 것 없는 그 말이 참 이상하게도, 듣는 순간 마음이 터억 놓였다. 우리 나이로 서른인 초초는 호기심이 많아 "이게 뭐야? 그게 뭐야?" 하고 질문하기를 즐긴다. 그 소년 같은 사람이 세상 걱정 다 짊어진 예비 노파 같은 내게 "걱정 마. 나만 믿어!"라고 해주는데 그 말이 그냥 믿어지는 것이다. 나는 초초가 만들어준 안전한 공기에 푹 안겨버렸다.

초초는 모두가 "그곳은 위험해"라고 말하는 도시에 산다. 하지만 걱정이 많거나 예민하지 않다. 그의 친구들도 마찬가지다. 그들은 문을 걸어 잠그기보다 손님을 맞이하고, 광장으로 나가 오늘 처음 만난 이와 피자를 나눈다. 그래서 나에게 나폴리는 '절대 피자'의 도시도, 마피아의 도시도, 카오스의 도시도 아니다. 나에게 나폴리는, 초초다. 먼저 웃고 서로를 안심시키며 사는 초초 같은 사람들의 도시.

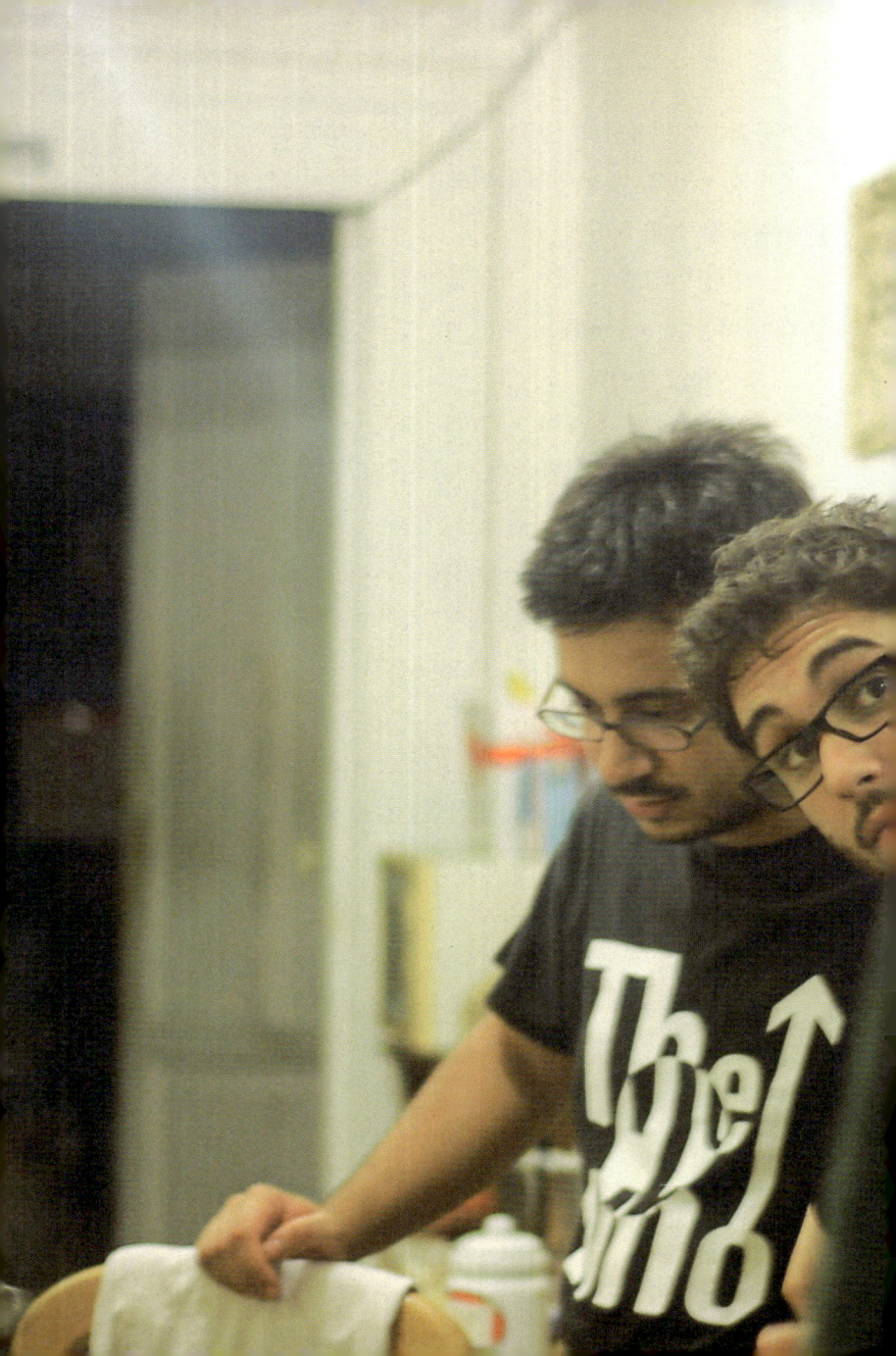

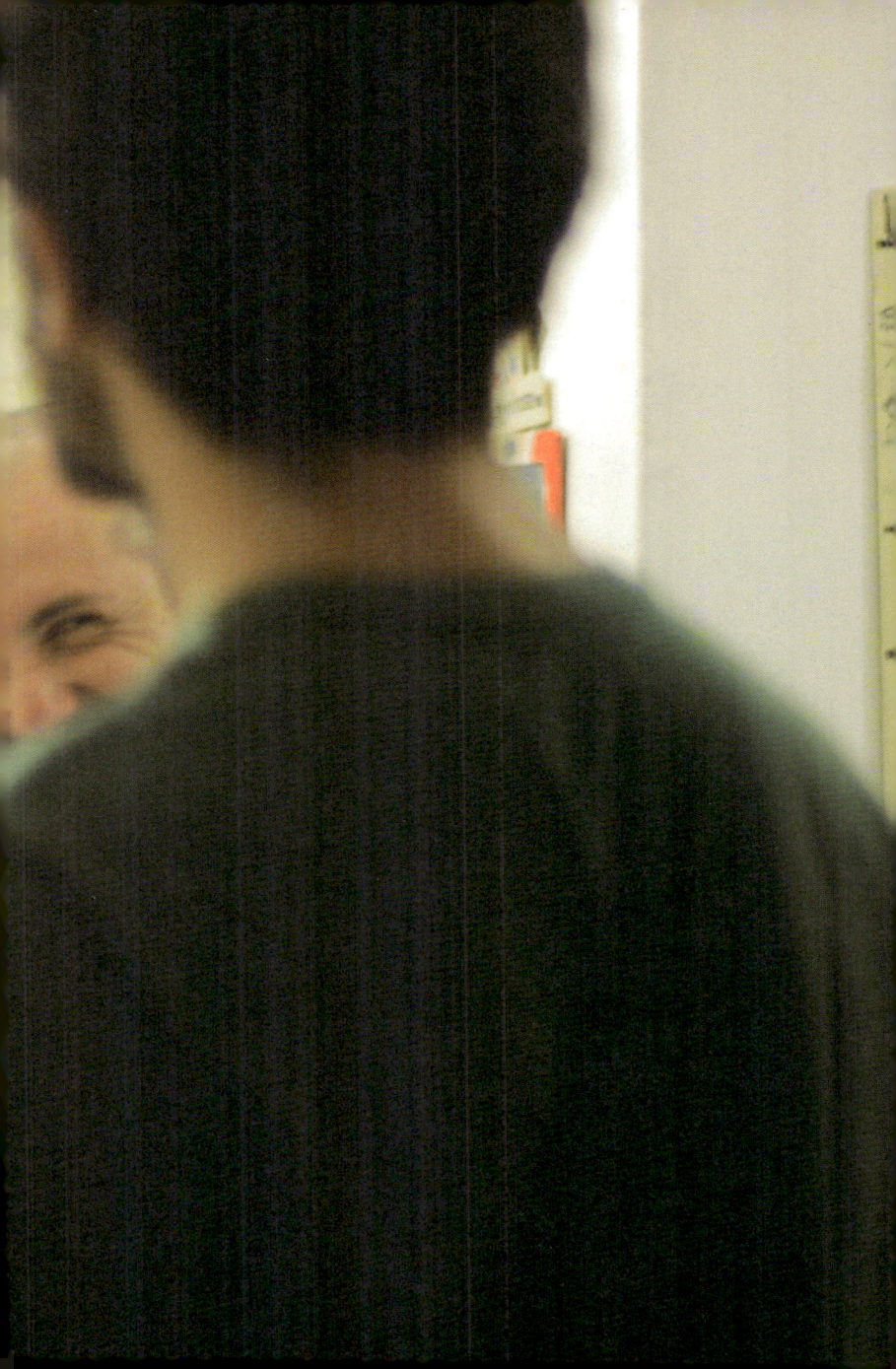

고양이를 버리다

텅 빈 2차선 도로였다. 저 멀리 갓길에 덩치 큰 개 한 마리가 앉아 있었다. 녀석이 잠깐 이쪽을 바라봤고 우리는 눈이 마주친 듯했다. 그러더니 느릿느릿 몸을 일으켜 도로로 들어섰다. 우리는 속도를 줄였다. 녀석이 길을 건널 시간을 충분히 주고 싶었으니까. 그런데 웬걸. 개는 우리 차선 한복판에 서더니 꿈쩍도 하지 않았다. 히치하이킹이라도 하려는 걸까? 차가 점점 가까워졌고 3~4미터쯤 남았을 무렵, 왜 거기 멈춰 섰는지 이유를 알게 되었다.

정말 작은 고양이였다. 아스팔트와 거의 구별되지 않는 잿빛 고양이. 구슬 같은 고양이 한 마리가 차선 한가운데에 앉아 있었다. 개가 고양이에게 뭐라고 말했는지, 고양이가 슬그머니 몸을 일으켜 천천히 길을 건넜다. 사뿐사뿐 풀숲으로 사라지자 그제야 개도 갓길로 돌아가 처음 자리에 다시 앉았다.

고양이를 지키는 일이 개의 사명이었던 걸까? 만약, 어느 날

개가 고양이를 지켜주는 일을 멈춘다면? 아무런 예고 없이, 그냥 갑자기. 그럼 고양이는 어떻게 될까?

나를 오래도록 지켜봐 주던 사람이 있었다. 내가 앞뒤 가리지 못하던 시절부터. 그 개처럼 조용하고 태연하고 당연하게. 문제는 그 당연함이었다. 그렇게 말하는 내가 문제였다.

어느 날 그는 나를 떠나겠다고 했다. 나는 그를 다시 내 길 안으로, 내 인생 안으로 데려올 수 있다고 믿었다. 그의 선택이 비논리적이니까, 내가 옳은 논리로 설득하면 돌아올 거라고. 그런데 어떤 선택은 논리와 비논리의 문제가 아니다. 이해나 설득의 영역도 아니다. 그냥, 그렇게 마음이 기운 거다. 그걸 바꿀 방법은 없다.

그 상태로 캠프힐에 갔다. 영어를 못해 사람들과 어울리지 못했는데 그게 오히려 좋은 점도 있었다. 관찰하는 시간. 입을 다물자 머리도 멈췄다. 그러자 바라볼 수 있었다. 말하는 대신 듣고, 이끄는 대신 따르고, 뛰는 대신 가만히 살폈다. 10대들의 유치한 토론을 경청하고, 비효율적인 결정에도 따라보고, 나무 공방 장애인들의 지루하지만 성실한 대패질도 지켜봤다. 위버리에서는 씨실과 날실이 서로를 끌어안듯 엮이며 카펫이 되어가는 과정을 눈으로 따라갔다. 화분에 허브 씨앗을 심고 언제 싹이 틀까 기다려도 보고, 언제 비가 올까 언제 볕이 들까 하늘도 물끄러미 바라보았다.

아일랜드 날씨는 정말 변덕스럽다. 아무 때나 비가 오고 바람도 사방에서 분다. 창문을 깜빡 열어두고 출근한 날에 소나기라도 오면 일하다 말고 집으로 달려갔다. 매트리스는 이미 흠뻑 젖은 다음이었지만.

사람이란 축축해진 양말, 갑자기 떨어진 단추, 집에 두고 온 지갑 하나에도 온 신경이 쏠려 하루가 엉망이 되곤 한다. 그런데 캠프힐 사람들은 달랐다. "비가 오는 걸 어쩌겠어." "눈이 올 줄 누가 알았겠어." 하고 만다. 젖은 머리는 수건으로 말리고, 진흙 묻은 신발은 발판에 잘 문질러 털면 그만이다. 그리고 이렇게 말한다. "무엇도 탓하면 안 돼" "아무도 탓하면 안 돼" "그냥 그런 일이 있었던 것뿐이야." 그 말들이 단지 날씨에 대한 말처럼 들리지 않았다.

그러니 나라고 별 수 있나. 축축한 매트리스를 침대에서 꺼내 라디에이터 옆에 세워 말리고 베이커리로 총총 돌아가 굽던 빵을 마저 굽는 거지. 뭐 어때.

"내가 준비되어 있지 않으니 이 비는 옳지 않아. 멈춰야 해!"라며 시시비비를 가릴 수는 없잖아? 자연을, 시간을, 현상을 받아들이자 비로소 사람이 보이기 시작했다. 각자 자기만의 룰로 살아가는 사람들의 모둠, 그 안의 삶 하나하나가.

삶은, 어쩌면 각자 자기 선 위를 걷는 일이다. 어느 순간, 선과 선이 교차한다. 함께 머물며 햇볕을 나누고 비도 흘려준다. 그러다 다시 각자 가고자 하는 방향으로 뻗는다. 선과 선의 만남이 점 하나일 수도, 길게 포개진 선일 수도 있다. 그건 각자의 입장이 낳은 각자의 선택이다. 누구도 누구의 선에 편입되지는 않는다. 그러니 큰 개는, 고양이를, 언제든, 떠날 수 있는 것이다.

그 순간 뒤엉켜 있던 실뭉치에 실마리가 보이기 시작했다. 나는 그와 함께한 시간이 내 인생의 일부이므로, 어떤 결정도 내 의지로 통제할 수 있다고 믿었다. 위대한 착각이었다. '내 인생의 주인공은 나'라는 명제는 맞지만, 조연의 등장과 퇴장은 주인공 맘대로 할 수 있는 일이 아니었다. 하물며 나 역시 그의 인생 라인에서는 조연이다. 그걸 인정하자 마음이 가벼워졌다.

지금은 사람들의 선택이 가지는 고유한 이유를 더 잘 이해할 수 있다. 그리고 그 이해는, 내가 선택할 수 있는 삶의 폭을 넓혀주었다. 타인이 내 논리를 위해 존재하지 않는다면, 나 역시 누군가의 입맛에 맞추어 살 필요도 없는 것이다.

그날 나는 한 견생과 한 묘생의 우화 같은 교차점을 보았을 뿐이다. 둘은 철저히 각자의 삶을 살고 있었다.

여기까지가 "캠프힐에서 무엇을 얻었느냐"는 초초의 질문에 대한 답이다. 이 답은 내가 캠프힐에서 얻은 두 번째 보물, 내 인생관이 바뀌게 된 사연이다.

첫 번째 보물? 두말할 것 없이 사람들이지.

되는 것도 없고 안 될 것도 없다!

"음식은 무조건 재료야. 우리나라에서 가장 좋은 토마토, 올리브오일이 나는 곳이 거기야. 이유가 더 필요한가?"

시칠리아는 너무 멀고 섬이라 싫다고 하자 루카는 "시칠리아를 포기할 거면 어디 가서 이탈리아를 안다고 말하지 마!"라며 엄포를 놓았다. 피렌체에 하루만 더 있었으면 녀석의 뒤통수를 한 대 후려쳤을지도 모른다. 하지만 그런 미묘한 신경전 덕에 두렵거나 번거롭다는 이유로 덮어두려 했던 일들을 여럿 해냈다. 결국엔 고맙고 그리운 사람이 되어버린 루카.

루카의 꾸준한 주입식 교육과 '안 가면 지는 것' 같은 승부 근성에 힘입어, 시칠리아에 가기로 결심했다. 먼저 교통편을 알아봤다. 항공편은 공항 접근성이 나쁘고 수화물 처리도 번거로워 최후의 수단으로 미뤘다. 배편을 알아보니 나폴리에서 60유로 조금 넘는 요금으로 한나절 걸리는 일정. 그런데 이미 소렌토와 카프리,

프로치타를 배로 누빈 터라 뱃전만 봐도 멀미가… '이거, 가지 말라는 신의 계시인가?' 슬쩍 덮으려던 차, 초초의 눈치 없는 오지랖이 입장했다.

"전 여자 친구가 시칠리아 출신인데 늘 기차를 타고 오가던데…."

초초는 곧바로 예매 사이트를 검색해 시칠리아의 가장 큰 도시 팔레르모까지 가는 49유로짜리 직행 기차편을 찾아냈다.

"기차로 바다를 어떻게 건너? 다리가 있어?"

내 질문에 초초가 대폭소한다.

"방금 그 말, 굉장히 정치적인 발언이야."

이야기인즉슨, 우리나라 정치인들이 선거철마다 선심성 토목 공약을 쏟아내듯, 이탈리아 정치인들도 시칠리아와 이탈리아 본토를 잇는 다리 공약을 들고나온다는 것이다. 물론 그런 다리는 아직 없다는 것. 그럼 기차에서 내려 배로 갈아타고 다시 기차를 타는 식이냐고 묻자, 초초는 의미심장하게 웃었다.

"아니. 넌 그냥 기차에 앉아 있으면 돼. 세상 어디에서도 못 볼 경험을 하게 될 거야."

며칠 후, 나는 초초의 곱슬머리를 마구 헝클어뜨린 다음 긴 포옹을 나눈 뒤 기차에 올랐다. 열 시간이 넘는 여정이었다. 출발 전, 카페에 들러 2리터짜리 생수와 큼직한 포카치아 한 덩어리를 사두었다. 기차 안에는 식사 서비스가 없으므로 준비를 안 했다간 시칠리아에 닿기도 전에 아사할지도 모른다.

사실은 그동안 하루도 빠짐없이 포카치아를 먹은 터라 이번에는 베이글을 사려고 했다. 유리 진열장 속 베이글을 손가락으로 짚어 보이며 주문했고 점원은 고개를 끄덕였다. 신용카드로 계산을 마친 뒤 내 손에 들어온 건 베이글 옆에 있던 포카치아. 베이글을 주문했다고 하자, 포카치아가 베이글보다 비싼데 어떻게 하겠느냐고 묻는다. 차액을 돌려줄 수 없다는 황당한 말. 결제 취소는 되지도 않는단다. 포카치아를 먹든지 손해를 보든지 하라는데, 먹고 싶지 않은 포카치아를 먹는 것은 손해가 아니란 말인가!

비슷한 일은 또 있었다. 살레르노에서 나폴리까지 가는 기차를 기다릴 때였다. 기차가 70분이나 연착된다는 알림이 전광판에 뜨길래 (가상하게도) 환불을 시도했다. 창구 앞 긴 줄에 서서 뒤에 있던 이탈리아 부인에게 통역을 부탁하자 그는 단호하게 말했다.

"환불? 꿈도 꾸지 마요. 환불 신청서를 작성해야 하고 지금 신청하면 두 달은 족히 걸릴걸요. 물론 그나마 역무원이 당신 서류를 누락하지 않았을 때, 즉 당신이 매우 운이 좋을 때 얘기고요. 가장 현명한 방법? 그냥 기다렸다가 타세요."

도무지 되는 게 없는 나라다! 나는 부인의 현실 조언을 받아들였다. 어쩌겠는가. 빵을 살 때는 내가 원하는 빵을 점원이 제대로 집는지 예의주시하고, 기차를 탈 때는 70분 연착쯤은 귀엽게 봐주는 성격을 갖출 수밖에.

아무튼, 억지 포카치아를 들고 기차에 올랐다. 6인용 객차에 나 이외에 단발머리 여자 한 명뿐이었다. 우리는 눈인사만 주고받

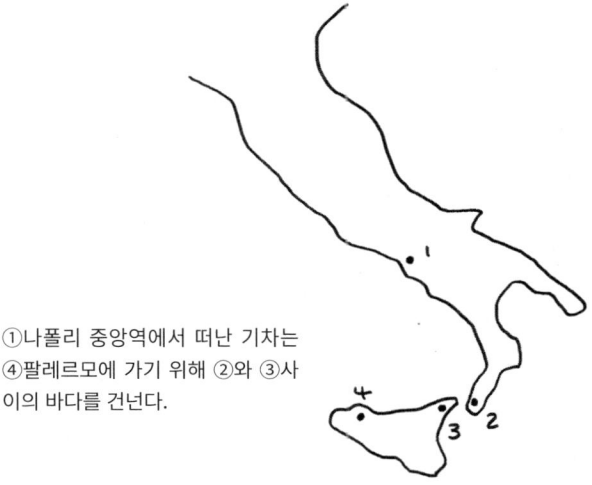

①나폴리 중앙역에서 떠난 기차는
④팔레르모에 가기 위해 ②와 ③사
이의 바다를 건넌다.

았다. 나는 실내용 슬리퍼로 갈아신고 캠프힐 위버리에서 작별 선
물로 받은 양모 숄을 발가락 끝까지 덮었다. 2와 3 사이에 무슨 일
이 일어나는지 궁금했지만 그대로 잠에 빠졌다.

기차가 멈춰있는 듯한 감각에 잠에서 깼다. 아직 눈을 뜨지 못
하고 있는데, 곧 후진하는 움직임이 감지되었다. 후진…? 기차가
후진을 하는 경우란 도대체 무엇인가. 창밖을 보니 기차는 부둣가
에 거의 닿을 듯 바다에 가까이 있었다. 가는 것도 멈춘 것도 아닌
무언가 '작업'을 하는 듯했다. 마주 앉은 여자가 입을 열었다.

"기차를 페리에 싣고 있는 거야. 놀라지 마."

우리는 나폴리에서 지금까지 6시간을 함께 달려왔지만, 단 한
마디도 나누지 않은 사이였다. 어리둥절해 있는 나를 안심시키려
는 그의 친절 덕에 관계가 시작되었다.

그의 이름은 막달레나. 시칠리아 출신으로 나폴리에서 대학에

다니며 이 노선을 자주 이용하기 때문에 지금의 상황에 빠삭했다. 기차는 부둣가에서 두 덩어리로 분리돼 페리에 실리고, 바다를 건넌 뒤 섬에 도착하면 다시 이어 붙여 섬 안의 선로를 달린다고 했다. 페리 안에는 선로가 깔려 있었고, 바다를 건너는 동안 주유를 하기 위해 기름 드럼통도 즐비했다. 막달레나는 기차를 왜 통째로 옮기는지에 대해서도 명쾌하게 설명해 주었다.

"귀찮아서지. 기차에서 내려 배를 갈아타고 섬에 들어가 기차를 또 탄다? 그런 걸 이탈리아 사람들에게 기대해선 안 돼. 우리는 그냥 이렇게 해버리는 민족이야. 이런 건 이탈리아에서나 볼 수 있을 거야. 좀 창피한 일인가?"

막달레나는 멋쩍게 웃었다. 두 동강 난 기차는 5킬로미터도 안 되는 좁은 바다를 건넌 뒤, 마치 분리 마술이라도 되는 듯 허리를 다시 이어 붙이고 태연하게 달리기 시작했다. 철로는 해안에 바짝 붙어 있어 파도의 포말이 차창 안으로 튕겨 들어올 것만 같았다. 사람도 싣고 차도 싣고 기차도 실어버리고 마는 시칠리아행 페리는 이탈리아 그 자체다. 어차피 되는 것도 없고, 까짓것 안 될 것도 없는 이런 막무가내가 결국은 그리워질 나라, 이탈리아!

떠나지 못하는 남자

"직업이 너무 좋으면 여행을 할 수 없어."

시칠리아의 카타니아에 사는 에디는, 여행을 사무치게 좋아하면서도 하지 못하는 이유를 이렇게 달했다. 그는 이탈리아에서는 드물게 안정적인 직장에서 높은 급여를 받고 있었다. 여행을 위해 사표를 던졌던 적도 몇 번 있었지만, 그때마다 더 좋은 조건의 스카우트 제안이 날아와 결국 받아들일 수밖에 없었다고. 그런 선택은 '당연하고도 행복한 결정'이었다고 했다.

에디는 수십 명의 서퍼들을 맞아온 슈퍼 호스트다. 그의 집은 여행자들이 남긴 선물과 엽서로 가득했고, 냉장고엔 한국 전통 혼례복 인형 자석까지 붙어 있었다. 한국인이 드물다는 이 카타니아에서 내가 세 번째 한국인 방문자라는 사실만 봐도 그의 '서핑력'을 짐작할 수 있었다.

그는 철두철미했다. 서랍에는 시칠리아 전역의 여행 안내서가 그득했고, DVD 진열장엔 『시네마 천국』(1990), 『지중해』(1991), 『일 포스티노』(1994) 같은 이탈리아를 알기에 도움이 될 만한 영화들이 따로 모여 있었다. 시내 구경도 시간 낭비 없이 완벽한 동선으로 안내했고, 해박한 설명은 전문 가이드 못지않았다.

하루는 "썸머, 마피아를 보고 싶지 않니?" 하고 묻는 것 아닌가. 시칠리아가 마피아의 본거지라는 이미지 때문에 관광객들이 걱정을 많이 하고 오는데, 마피아가 관광객을 건드리는 일은 없다고 했다. 그 이유는 간단했다. "마피아는 관광업으로 돈을 벌거든." 마피아와 엮이고 싶어도 그럴 일이 없어서 관광객들이 되려 아쉬워(?)한다며 마피아들이 모여 산다는 동네로 차를 몰았다. 겉보기에는 평범한 동네였지만 현지인들조차 주차를 꺼린다는 말에 나는 동네 분들의 심기를 거스를세라 정자세로 앉아 전방만 주시하며 감히 두리번거리지도 못했다. 우리는 속도를 늦추지 않고 그대로 드라이브 스루하여 마피아 동네를 빠져나왔다. 잘못한 것도 없는데 괜히 머리카락이 쭈뼛 서는 체험 코스였다.

내가 혼자 다닐 때도 에디의 '집중 케어'는 빛을 발했다. 시내 구경을 하겠다고 하면 버스 1회권과 1일권을 모두 챙겨주며 상황에 맞게 쓰라고 했고, 타오르미나에 가는 날엔 『론리 플래닛』시칠리아 편을 타오르미나 페이지에 책갈피까지 꽂아 식탁 위에 올려두었다. 돌아오는 시간에 맞춰 정류장으로 마중 나가겠다는 메모도 함께.

에디는 완벽한 직장에서 6시쯤 퇴근하고 돌아와 완벽하게 쾌

적한 아파트 부엌에서 파스타를 삶으며 여행담을 나눴다. 그동안 맞이했던 서퍼들과의 에피소드를 풀어놓거나 현재 진행 중인 내 여행기를 청했다. 처음 만난 순간부터 어색한 침묵이라고는 없었다. 적당한 농담과 분위기로 늘 공간을 편하게 만들 줄 아는 사람이었다.

하지만 에디에게도 고요해지는 시간이 있었다. 밤이면 그는 발코니에 나가 등을 동그랗게 말고 앉아 바깥을 바라보며 아몬드 와인을 홀짝였다. 키가 껑충한 그였지만 뒷모습은 작아 보였다. 식탁 위에는 그가 내 몫으로 따라둔 또 한 잔의 아몬드 와인이 놓여 있었다. 그는 혼자만의 시간을 가지면서도 게스트를 잊지 않았다.

첫날은 에디의 시간을 그대로 지켜주었고, 둘째 날엔 고양이 걸음으로 다가가 그의 시선을 따라가 보았다. 낮은 아파트가 촘촘히 늘어선 동네 위에 진한 감색 담요를 덮은 듯, 9월의 밤이 포근히 내려앉고 있었다. 에디는 숨을 깊게 들이마시고 오래 내쉰 뒤 물었다.

"썸머, 넌 어떻게 그리 자유롭게 다니지? 형제는? 부모님은?"

"우리 부모님은 자식들에게 기대는 걸 싫어해. 형제들이 부모님과 가까이 살면서 잘 챙기는 편이야. 난 막내이기도 하고 스무살 때부터 독립해서 우리 가족들은 내 삶을 잘 모르고 부담도 주지 않아. 모르는 게 약, 무소식이 희소식이랄까?"

내 농담이 무색해질 만큼 에디는 몸을 더 조그맣게 만들며 말했다.

"여기서 100미터 떨어진 곳에 우리 부모님이 사셔. 아버지는 알츠하이머, 어머니도 연로하시지. 하나뿐인 누나는 로마에 있어. 무슨 일이 언제 터질지 몰라. 오늘 점심에도 엄마가 불러서 다녀왔어. 벌써… 10년째야. 이 아파트에서 이렇게."

이런. 내가 무슨 말을 한 거지? 말 때문에 후회한 건 이번 여행에서 처음이었다. 에디의 아파트를 다시 둘러보니, 이곳은 완벽한 섬이었다. 그는 자기 섬을 단장해 여행객을 초대한다. 여행객들은 그가 보지 못한 세상의 이야기를 들려준다. 떠나지 못하는 에디는 그렇게 여행하고 있었다.

셋째 날 밤, 우리는 나란히 앉아 아몬드 와인을 마셨다. 아일랜드, 벨기에, 체코, 오스트리아, 프랑스, 이탈리아… 내가 지나온 길과 떠날 수 있었던 이유들을 떠올렸다. 늦여름의 밤은 짧았다.

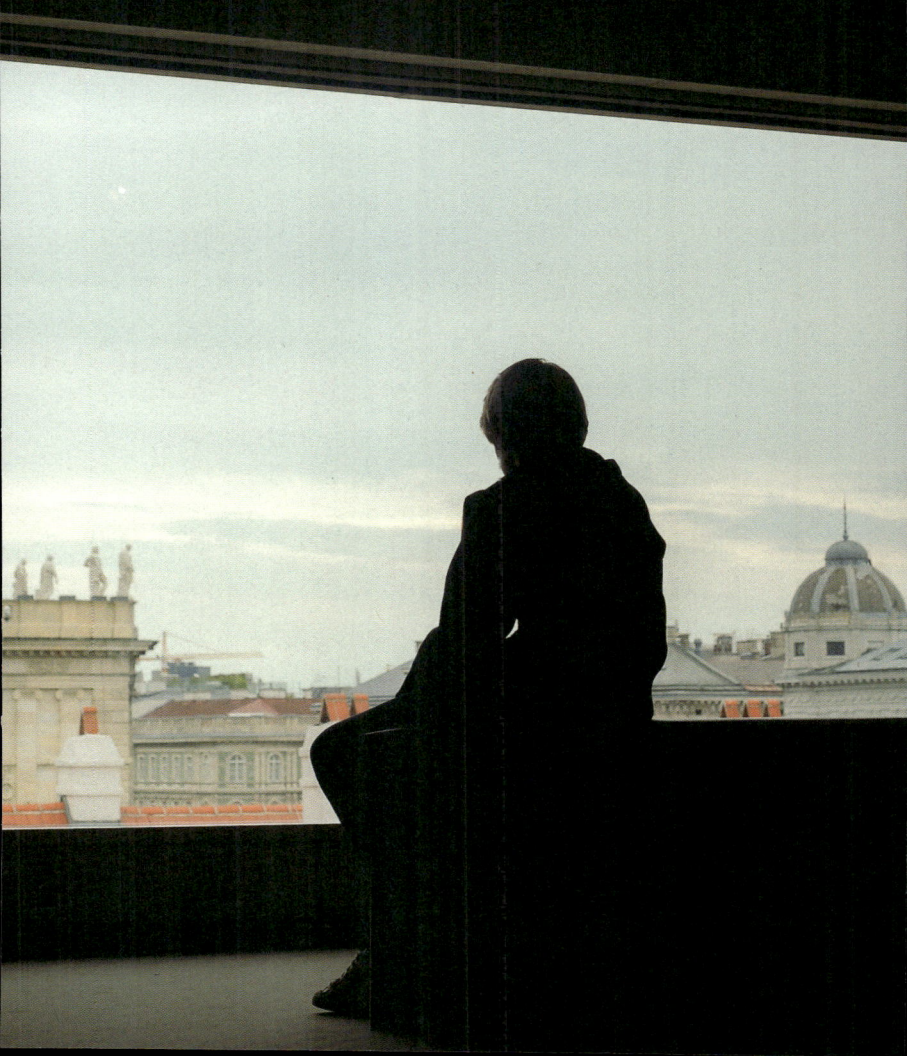

만남도 이별도 없는 여행

기차가 페리 안에 멈췄다. 막달레나는 짐을 봐줄 테니 구경하고 오라며 권했다. 그러면서 페리 매점에서 파는 아란치니*를 꼭 먹어보라고 했다. 시칠리아 전통 음식이니 시칠리아로 들어가는 페리에서 먹는 것도 좋은 추억이 되지 않겠냐고 말이다. 그의 말대로 아란치니 하나를 사 들고 데크에 나가 이탈리아 본토 쪽을 바라보았다.

가만히 서 있기조차 힘들 만큼 강한 바람이 페리를 밀어 시칠리아로 보내고 있었다. 점점 작아지는 육지. 그곳엔 이탈리아만 있는 것이 아니었다. 아홉 달을 산 아일랜드, 두 달 반 동안 훑어 온 나라들, 만난 사람들, 쌓인 이야기들이 다 저기 있었다. 나는 그 덩어리에서 혼자 뚝 떨어져 나가는 중이었다. 눈이 시리고 온몸이 부들부들 떨렸다.

---

* Arancini. 라구소스를 비빈 밥으로 주먹밥을 만들어 튀긴 시칠리아 음식. 주먹밥 안에는 고기, 시금치, 모짜렐라 치즈 등이 들어간다.

시칠리아에 가야겠다고 교통편을 알아보던 나폴리의 마지막 며칠부터 그랬다. 이탈리아 사람들도 부러워한다는 시칠리아 여행인데, 호기심이나 기대보다 착잡함이 먼저 찾아왔다.

섬. 아일랜드섬에서 벨기에로 갈 때는 '들어간다'라는 기분이었다. 반면, 유럽 본토에서 시칠리아섬으로 향하는 지금은 '나간다'라는 감각이 선명했다. 입장과 퇴장. 그동안 수십 번 짐을 싸고 풀고 수십 개의 문을 나서며 수십 번의 굿바이를 말해왔지만, 늘 다음이 있었다. 이번은 진짜 '떠남'이었다.

야속하게도 마지막 정거장인 시칠리아는 그동안의 추억을 싣고 들어와 그에 젖는 낭만을 허락하지 않았다. 팔레르모역에는 한밤중에야 도착했다. 첫 번째 행선지로 가는 버스 시간표는 미리 인터넷으로 알아본 것과 딴판이었다. 심지어 팔레르모에서 한 시간 거리라던 카우치 호스트의 말과 달리, 실제로는 두 시간 반은 족히 걸린다는 매표원의 말에 당혹을 넘어 공포까지 밀려왔다. 신경질적인 판매원의 독촉에 일단 표를 끊었지만, 그마저도 두 시간 후에나 오는 버스였다. 카우치도 버스도 취소하고 근처 숙소를 잡을까 고민했는데 이미 산 표는 환불이 안 된단다. 베이글을 원했는데 포카치아를 떠안아야 했던 이탈리아적 논리에 또 한 번 굴복했다.

버스를 기다리며 초초에게 잘 도착했다는 전화를 했다. 수화기를 타고 스쿠터 경적, 사람들 웃음소리, 음악 소리로 시끌벅적한 나폴리 광장의 풍경이 전해졌다. 도착한 버스에 올라 기사에게 정거장 이름을 써 보이며 도착하면 알려달라고 부탁했다. 기사는 영어를 못했다. 손짓과 발짓을 동원해 이야기하면 대충 통하는데 이번엔 아니었다. 버스는 출발했고 옆자리 할아버지에게 통역을 부탁했지만 역시 불통. 그러는 사이 저 멀리 뒷자리에 앉아 있던 승객이 다가와 도와주었다. 언제나 누군가 어떻게든 도와주었다.

이런 통과의례를 거치고 나면 늘 그랬듯 안도하며 느긋해졌어야 했는데, 이날은 달랐다. 도움을 준 승객에게 인사를 하고 자리에 앉자마자, 눈물이 쏟아졌다. 두 손으로 얼굴을 감싸고, 가슴을 꾹꾹 눌렀다. 옆자리 할아버지의 걱정스러운 눈길이 느껴졌다. 우는 이유를 모르니 그칠 수도 없었다. 그 뒤 9일간 내내 그랬다. 팔레르모, 카타니아, 타오르미나로 발걸음은 이어졌고 새로운 친구들과 추억이 쌓였지만, 같은 만큼의 미안함도 함께 쌓여갔다. 그때 만난 다섯 명의 친구는 내게 최선을 다했지만 나는 그렇지 못했다.

캠프힐에서 겪은 감정의 파고는 만만치 않았다. 긴 여행은 생각보다 많은 에너지를 요구했다. 짐을 푼 횟수만큼 만났고, 짐을 싼 횟수만큼 헤어졌다. 새로운 경험과 관계들… 무엇 하나 버리고 갈 수 없었다. 다 챙겨 들고, 결국은 왔던 곳으로 돌아가야 한다. 그런데 내 가방은 너무 작고 약했다. 맞다. 처음이었다. 가이드를 따라 계획된 일정으로, 정돈된 공간에서, 안전한 것만 누리는 '관광'은 해봤지만, 몸으로 부딪치고 몸에 고스란히 새겨지는 '여행'은 처음이었다.

한숨 쉬자. 365일의 마지막 4일은 시칠리아 남동쪽 끝 작은 마을, 시라쿠사에서 홀로 보내기로 했다. "시라쿠사는 반나절이면 다 보는 곳이야. 아주 작고 조용해. 나흘씩이나 있을 필요가 없어." 에디는 그렇게 만류했지만, 나는 그 점이 좋았다. 작고 조용하게, 혼자. 만남도 이별도 없는 여행을 하자.

시라쿠사의 처방전

    시라쿠사에 대해서는 아무것도 몰랐다. 숙소 예약도 하지 않았다. 이민 가방에 배낭까지 30킬로그램이 넘는 짐을 지고 거리를 헤맨다거나, 바가지를 뒤집어쓰면서도 어쩔 수 없이 허접한 숙소에 묵게 될 수도 있었다. 그럼에도 이상하게, 운을 걸어보고 싶었다. 어떻게든 해결되었고, 누군가는 늘 도움을 주었던 이번 여행에서의 마지막 운.

    이탈리아 최남단답게, 시칠리아의 햇살은 9월 말에도 따가웠다. 볼거리와 숙소들이 모여 있다는 구시가지를 향해 걸었다. 무거운 짐과 더위, 거기에 운을 건다고 해도 완전히 사그라뜨릴 수 없는 불안까지 겹쳐 걸음이 버거웠다.

    20분쯤 걸어 구시가지에 도착했다. B&B 간판이 눈에 띄면 무작정 벨을 눌렀다. 시설은 깔끔했고 주인은 친절했으며 가격도 합리적이었다. 그런데 결정이 내려지지 않았다. 무난히 괜찮은 것

말고 좀 더 '나다운' 무언가가 뒤에 있을 것 같은 촉이 동했다. 그리고 무엇보다 '힘들고 지치니 그냥 여기로 해버리자'라는 식으로 상황에 몰리고 싶지 않았다.

관광안내소에 가면 숙소 리스트라도 받을 수 있을까 싶어 B&B 직원에게 위치를 물었다. 시내에서 10분쯤 더 걸어 항구로 가야 한단다. 숨을 깊이 들이마셨다가 내쉬었다. 산 넘어서 산이다. 나의 안락한 침대까지 몇 겹의 산이 더 남았을지, 알 수 없지만 일단 가보자.

직원이 알려준 위치에는 도무지 안내소로 보이는 건물이 없었다. 대신 바닷가 앞 작은 스탠드 하나가 보였다. 'Info point'라는 간판 아래, 여자가 관광객과 무언가를 이야기 중이었다. '시골의 관광안내소란 역시 단출하구나.' 생각하며 다가가 내 차례를 기다렸다가 숙소 리스트를 요청했다.

"어떤 걸 찾으세요?"

"호텔이나 B&B."

"내가 아는 데가 있어요. 바닷가 근처고 부엌도 있어요."

"얼마예요?"

"하루에 60유로쯤? 성수기엔 80유로였죠, 아마?"

"비싼데…."

"며칠 밤?"

"3박이요."

군더더기 없는 문답 후, 여자는 어딘가로 전화를 걸었다. 이탈리아어가 오갔다.

"됐어요. 1박에 40유로. 혼자니까 깎아준대요."

여자는 시내 지도를 꺼내더니 바닷가 쪽 광장에 동그라미를 그리며 말했다.

"1시까지 여기 가면 주인이 마중 나올 거예요. 지금 12시니까 시내 좀 둘러보다 가면 되겠네요. 그 무지막지한 가방은 여기 두고 가세요. 주인이 스쿠터로 실어다 줄 거예요."

엉겁결에 거래가 성사되었고 몸도 마음도 가벼워졌다. 조금 전까지는 위치와 옵션을 내 눈으로 확인해야 마음이 놓였던 내가, 그저 '느낌'만으로 오케이를 했다. 하기야 지도를 받기 전까지 지도조차 찾지 않았다.

나중에 알게 된 사실인데, 그곳은 안내소가 아니었고 여자는 안내원도 아니었다. 스탠드는 보트 여행 상품을 파는 곳이었고, 여자의 이름은 플로렌시아였다. 나중에 시장에서 마주쳤을 때는 올리브오일을 팔고 있었다. 도대체 당신의 본업은?

정작 관광안내소는 도무지 찾기 힘든 곳에 숨어 있었고, 항구를 헤매던 관광객들이 'Info' 사인을 보고 홀리듯 다가와 그에게 이것저것 묻기 시작했단다. 맘 좋은 플로렌시아는 시내 지도까지 갖추고는 오는 관광객을 다 상대해 주고 있었다. 국가 행정의 공백을 민간이 매운 셈. 그런 이를 만났으니 확실히 여행운은 내 곁에 붙어 있었다.

"헤이! 당신이 플로렌시아가 보낸 사람인가?"

시간에 맞춰 도착한 광장엔 동글동글한 아저씨와 스쿠터 한 대, 여분의 헬멧 하나가 기다리고 있었다. 짐을 어찌어찌 스쿠터에 얹고 나는 뒷자리에 올라타 아저씨의 허리를 잡았다. 스쿠터가 달리자 더웠던 여름 공기는 이내 시원한 바닷바람으로 바뀌었다. 스쳐 가는 바닷 마을 풍경은 여유와 낭만이 깃들어 있었다. 이곳은 로마가 아니고, 아저씨는 그레고리 펙이 아니며, 나 역시 오드리 헵번이 아니지만, 오늘이 '로마의 휴일'이라고 한들 아무도 이의를 제기하지 않을 것이다. 빨래를 널던 동그란 할머니들, 공을 차는 아이들, 삼삼오오 노닥이는 청년들, 매끈한 고양이 몇 마리를 지나, 청소도구와 세제가 잔뜩 쌓인 집 앞에 스쿠터가 멈췄다.

"집사람은 청소 중독이야. 여보, 손님 왔잖아!"

주인아주머니는 밝고 쾌활한 이탈리아어로 뭐라 뭐라 말하며 나를 껴안아 주고는 다시 청소에 돌두했다. 그만해도 될 법한데 마르고 닳도록 청소하는 아주머니 덕에 아파트의 모든 것이 반짝였다.

아파트는 가족 단위도 충분히 지낼 만큼 넉넉했다. 현관은 바다와, 후문은 조용한 정원과 닿아 있었다. 정원 쪽으로 난 창문 아래에는 메인 침대, 옆에는 아이들이 좋아했을 이층 침대. 3박에 침대 세 개, 매일 다른 침대에서 자볼까? 가장 마음에 든 곳은 부엌이었다. 온갖 조리도구에 최신형 전기 오븐까지 있고, 결정적으로 인덕션 대신 화력 좋은 가스레인지가 있어 요리 본능을 자극하는 공간이었다. 때마침 점심시간. 시장이 열려 있는지 물었더니, "끝내주는 동네 시장이 있는데, 지금쯤이면 파장이야. 당장 먹을 게 없을 테니 우리 집으로 갈래? 우리도 막 먹으려던 참이거든." 라는 말에 "네!" 망설임 없는 대답이 나왔다.

부부의 이름은 이바와 벤지였다. 이바 아주머니가 폴란드에서 왔다는 말에, 우리는 해외에서 동포라도 만난 듯 반가움을 나누었다. 폴란드 출신 올라 때문이었다. 올라는 만나야 할 때 만나고, 있어야 할 때 있어 준 사람이었다. 그가 나의 외로움을 먼저 알아채고 외면하지 않았기에, 첫 번째 캠프힐을 좋은 기억으로 마무리할 수 있었다. 여행을 하겠다고 겨우 익숙해진 캠프힐을 다시 떠나야 했을 때도, 그는 거기 있었다. 선뜻 자신의 프랑스 집에 오라고 문을 열어주며. 그리고 오늘, 친구 집도 카우치서핑도 아닌 처음으로 숙박시설에서 머물게 된 이날, 올라는 이바를 통해 다시 나타났다.

프랑스에서 올라와 함께 보낸 맛있던 날들, 폴란드식 만두 피에로기와 오이피클, 사랑만큼이나 뜨거웠던 폴란드산 보드카까지⋯ 나는 올라와의 추억을 내 안에서 꺼내어 부부 앞에 펼쳐 보였다. 작은 내 안에 구깃구깃 접혀있던 그 기억들은, 이렇게 때를 만나자 봄싹이 트듯 자연스레 튀어나왔다. 새로 돋은 싹 잎에는 어떠한 구김살도 없었다.

나는 부부의 안락한 부엌에서 순식간에 다시 혼자가 아니게 되었다. 어쩌면⋯ 나는 혼자였던 적이 없었는지도 모르겠다.

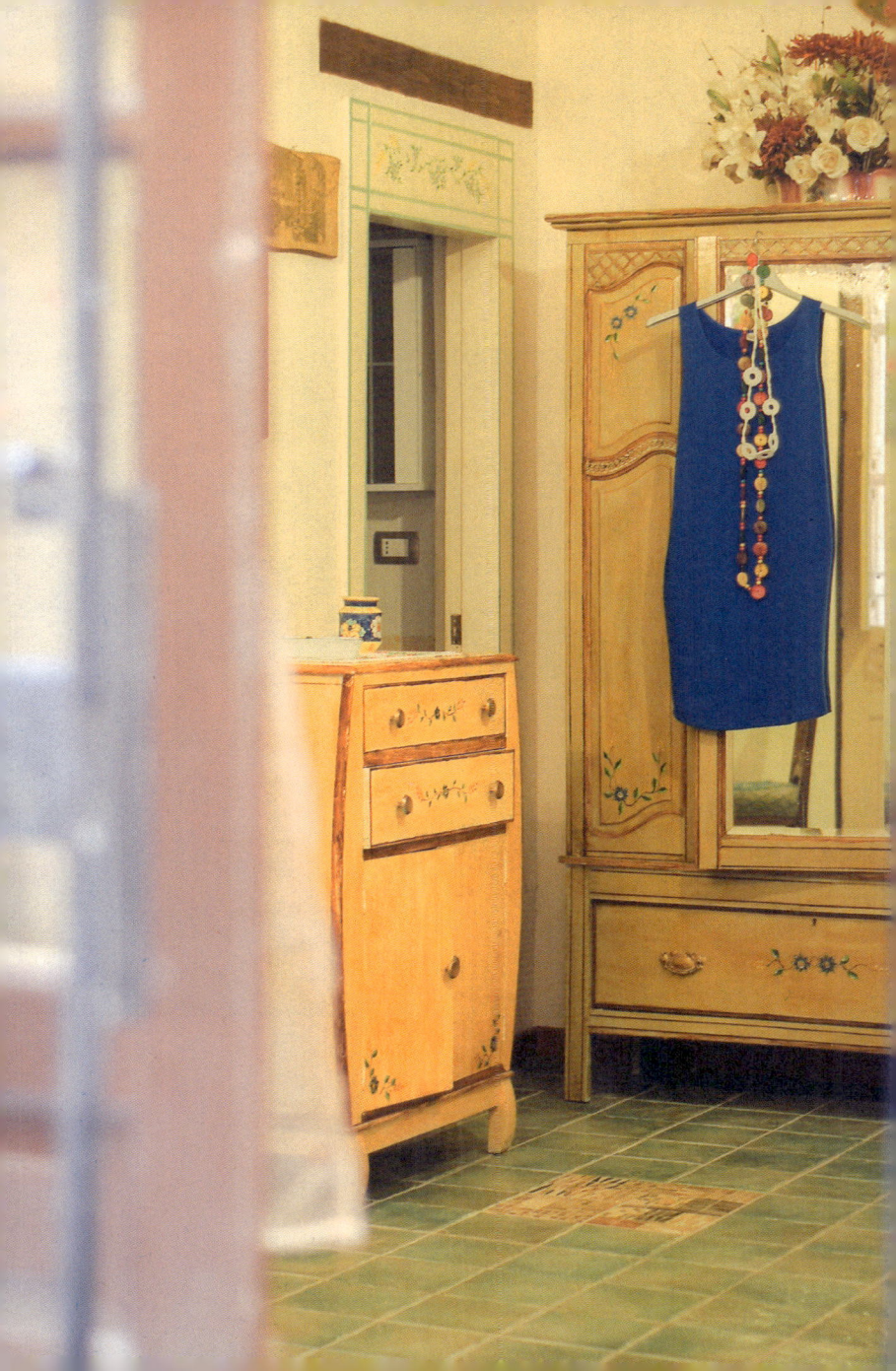

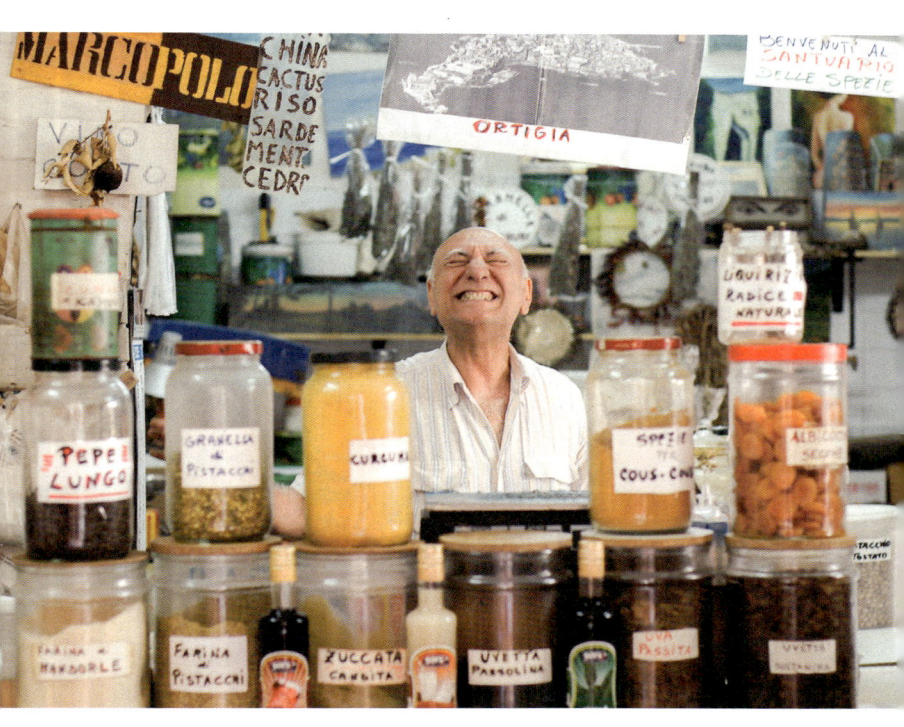

시장이 좋으면 다 좋다

시장은 현재진행형이다. 과거를 보려면 박물관에, 현재를 보려면 시장에 가야 한다. 나는 시장의 직접적이고 적나라한 면이 좋다. 논리는 필요 없고 오감이 살아나 작동하는 곳. 침샘이 자극되어 턱은 시큰해지고, 온몸에 피가 도는 경험을 하고 싶다면, 당장 시장에 가자.

벤지 아저씨가 말한 '끝내주는 우리 동네 시장'은 그 역할을 충분히 한다. 시칠리아답게 어시장이 주인공이다. 규모는 작지만, 생명력만큼은 지금껏 만나온 어느 시장보다 싱싱하다.

피렌체처럼 내륙에 있는 도시에서는 고기 품질이 좋지만(양의 뇌를 기억하라!), 생선은 구색 갖추기 수준이었다. 그런 도시에서는 결코 느낄 수 없는 어시장만의 생생함이 이곳에는 있다. 사실 시장의 많은 것은 이미 죽었거나 죽어가는 중이다. 특히 육류는 가장 노골적이다. 우리는 살아있는 소나 돼지를 보고, 또는 마당을 쪼는 닭을 보고 군침을 삼키지 않는다. 그것들은 도축되고 적당히 조리되어야 비로소 인간의 구미를 돋운다.

하지만 해산물은 다르다. 그물에서 퍼덕이는 순간이 가장 매력적이다. 바다에서 건져낸 직후부터 그 매력도는 급격히 떨어진다. 아무리 근사하게 조리해도 산 것만 못하다. 그러니 생선 가게 상인들이야말로 유혹의 달인이다. 이미 죽은 것을 가지고 선도를 끌어올려 내보이는 그들의 내공이란!

이탈리아의 생선 가게에서 흥미로운 점은, 상인이 모두 남자라는 것. 손질도, 포장도, 계산도 전부 남자들이 한다. 담배를 삐딱하게 문 채 고래고래 호객을 하면서도, 절대 담배는 떨어뜨리지 않는다. 한쪽에선 맨손으로 생선 대가리를 뚝뚝 따고, 다른 쪽에선 정교한 손길로 안초비의 뼈를 바른다. 흥정은 손님을 잡아드실 기세로! 채소 가게에서는 얌전했던 손님도 이곳에서는 덩달아 박력이 생긴다. '이탈리안 마초'를 보고 싶다면 어시장이 제격이다.

화끈한 어시장을 지나면 푸르른 채소코너가 펼쳐진다. 유럽에서 흔히 보던 토마토나 허브도 이탈리아 것들은 유독 생기가 넘친다. 비교하자면, 프랑스에서 본 것들은 아름답지만 낙낙하고 온순했다. 프랑스의 토마토가 수채화라면 이탈리아의 토마토는 유화다. 불타오르고 날뛰는 유화.

뭐든 이탈리아가 세계 최강이라고 주장하는 루카조차 "치즈는 프랑스…"라며 꼬리를 내렸지만, 나에게 최고의 치즈는 시라쿠사 시장 끝 왼쪽에 있는 작은 가게에 있다. 시라쿠사에 간다면 이곳은 절대 놓치지 말아야 하며, 놓치고 싶어도 놓치지 못할 수 있다. 모른 채 지나치려고 해도, 고소한 치즈가 가득 담긴 시식 접시가 당신 코앞까지 들이밀어질 테니까.

말이 시식이지 큼직한 덩어리를 몇 번이나 건네는 통에, 거의 정식으로 먹는 수준이다. 특히 겉은 불에 그슬려 시커멓고 속은 두부처럼 촉촉한 리코타 치즈는 질리지가 않았다. 한번은 동네의 말썽꾸러기 무리가 시식 접시를 업고 튀었다…고 하기엔 너무 여유로웠으므로 그냥 가져갔다는 말이 맞을 듯하다. 치즈 가게 주인은 "이 녀석들!" 하고 호통은 치면서도, 녀석들을 붙들진 않았다. 아이들도 주인도 손님들도 그저 웃을 뿐이었다. 그 광경을 보고 있는데 그중 한 녀석이 "먹을래?" 하는 표정으로 접시를 내밀었다. 나는 본능적으로 엄지와 검지를 뻗어 치즈를 집었고, 그렇게 치즈 서리의 공범이 되어버렸다.

치즈 가게의 필살기는 샌드위치다. 넉넉한 빵에 큼직한 치즈를 듬뿍, 프로슈토를 즉석에서 샥샥 썰어 넣고, 발사믹 소스를 휘익 뿌린다. 그러고는 숭덩숭덩 잘라서 지나가는 사람들에게 시식이라며 또 내민다. 치즈를 사고 싶어 추천을 부탁하자, 치즈를 이것저것 잘라 푸짐한 샌드위치를 만들더니 일단 먹어나 보라며 준다. 따지고 보면 내가 산 치즈보다 덤으로 받은 샌드위치가 더 비쌌을 것이다.

나는 기타노 다케시의 영화 『자토이치』(2004)의 마지막 군무 장면을 정말로 좋아한다. 논밭에서 일하는 사람들의 곡괭이질, 집

짓는 이들의 톱질과 망치질이 제각각이다가 어느 순간 어우러져 박자를 갖춘다. 그렇게 마을 전체가 거대한 춤의 무대가 되고, 사람들은 각자의 본분에서 댄서가 되어 탭댄스를 추는 장면. 우리가 내는 지극히 생활적인 소음들이 리듬이 되고 음악이 되고 춤이 되고 예술이 되는 광경을 나는 이 시장길에서 본다.

한번은 라틴 댄스에 푹 빠진 지인을 만났는데, 그 춤이 얼마나 매력적인지 설명하던 그가 내 쪽으로 바짝 다가오더니 누가 들을 세라 이렇게 속삭인 적이 있다.

"있잖아요, 제대로 춘 살사는요… 섹스보다 나아요."

그땐 의아했지만, 지금은 그 말의 뜻을 슬쩍 알 것 같다. 댄스홀이 아닌 이탈리아의 시장 한복판에서.

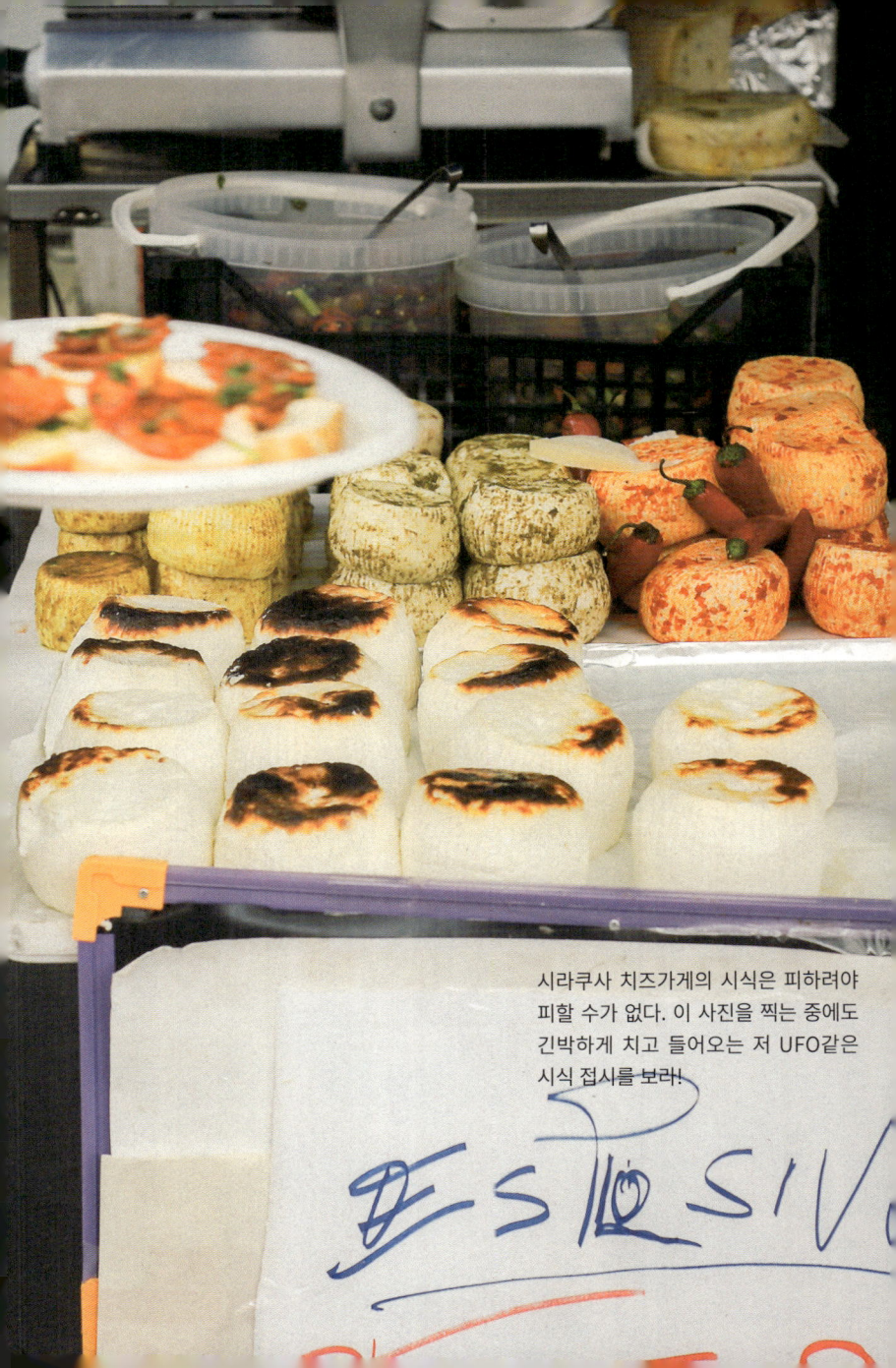

시라쿠사 치즈가게의 시식은 피하려야
피할 수가 없다. 이 사진을 찍는 중에도
긴박하게 치고 들어오는 저 UFO같은
시식 접시를 보라!

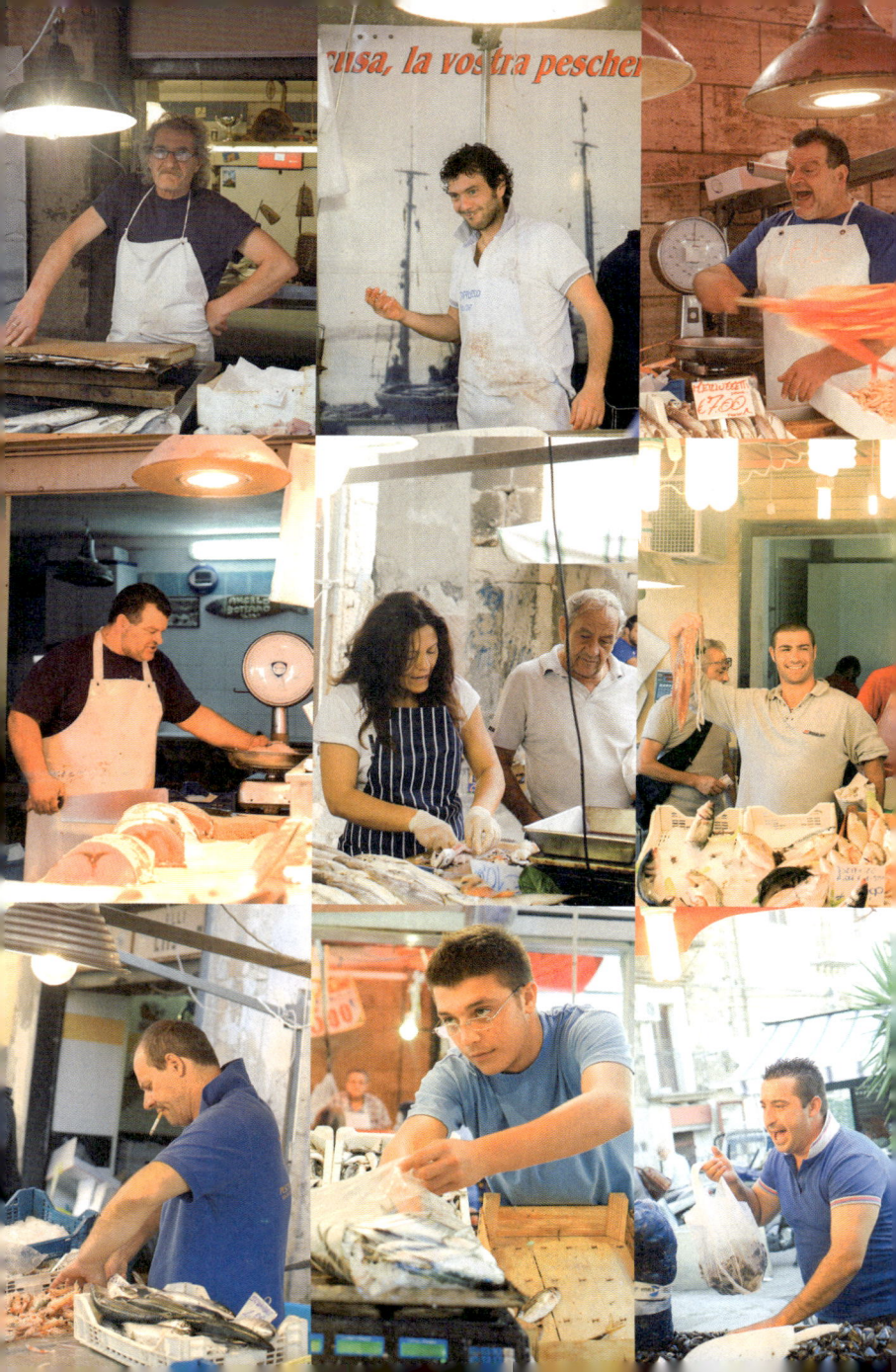

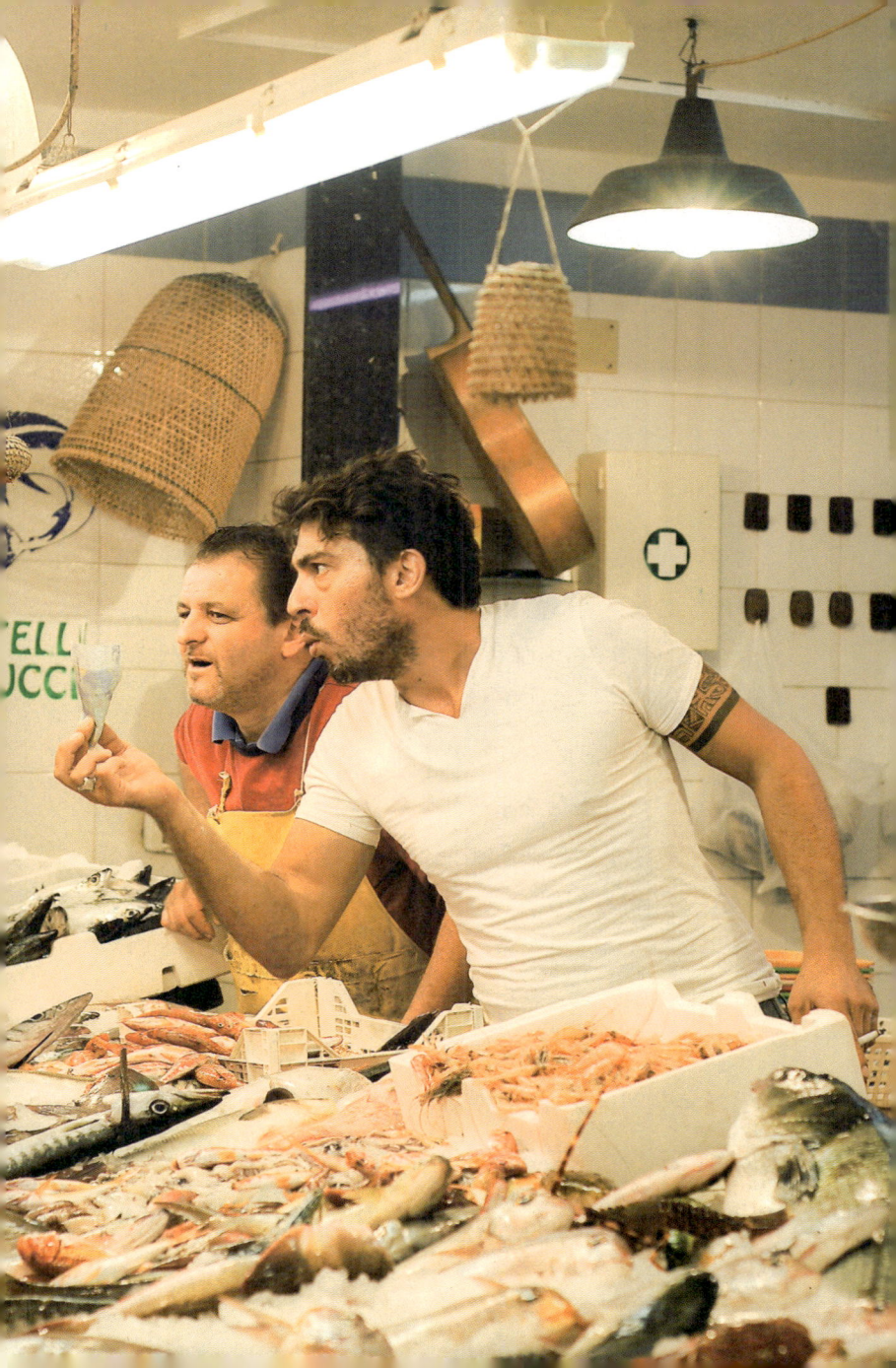

백지 사전

마지막 아침은 시장에서 시작된다. 치즈 가게에서 통후추가 박힌 치즈와 산양젖 치즈를 주먹만 한 크기로 세 덩어리씩 산다. 두 개씩은 한국의 친구들에게 줄 요량으로 빼놓고, 남은 하나씩은 나폴리의 초초네로 보낼 참이다. 초초와 친구들을 떠올리며 소소한 선물을 하나씩 넣다 보니 이바 아주머니가 구해준 신발 상자는 금세 찬다. 아주머니는 상자를 포장지로 한 번 싸고, 비라도 올까 봐 랩으로 돌돌 말아준다. 초초네 주소를 적어달라고 부탁하자 유성 매직으로 확실하게 써준다.

같은 알파벳이나 숫자라도 내가 쓰는 것과 현지에서 통하는 것은 천지 차이다. 캠프힐에서 가장 먼저 한 일은 평생 써온 숫자를 유럽 사람들이 알아보는 모양새로 바꾸는 일이었다. 한번은 '빵 11개 주문'이라는 메모를 보고 77개를 만들 뻔했다. 다음은 알파벳. 내가 쓴 G를 C와 아주 작은 T의 결합으로 읽은 사람도 있었다. 중요한 메모는 한 글자 한 글자, 또박또박 대문자로 쓰는 습관이 생겼다. 지금은 어느 정도 익숙해졌지만, 이렇게 현지인과 함께 있다면 대신 써달라고 부탁하는 게 마음 편하다. 부탁이란 창피하고 번거로운 일이라 여겼지만 나는 곧 바뀌었다. 기대고 호의를 베푸는 그 사이의 공기가 얼마나 포근하고 귀여운지 알아버렸기 때문이다. 얼마 후면 나의 원래 숫자, 나의 원래 알파벳이 통하는 곳으로 돌아가니, 남은 시간 동안 나는 최대한 많은 부탁을 하리라!

치즈와 자잘한 기념품뿐이지만 이바 아주머니의 단단한 단속 아래 대단히 중요한 신분이 된 신발 상자를 우체국에 맡긴다. 이탈리아 우체국의 일 처리가 아무리 엉망이라 해도, 이 상자만큼은 반드시 도착할 것이다. 오는 길에 식료품 가게 '올리브'에도 들른다. 올리브는 시라쿠사에 있는 가게 중 가장 아름다운 곳이다. 처음 갔을 때 흑판에 일본어 안내문이 붓펜로 적혀있었는데, 글씨가 번져있어 말끔하게 새로 써드리고 한국어 안내도 겸사겸사 추가했다. 가게 주인인 쟝 할아버지는 "Good girl, good girl!"하며 페페론치노 초콜릿을 답례로 주셨다. 다음 날 아침에는 우리 집 앞바다에서 수영을 함께하고, 오후에는 할아버지 댁으로 자리를 옮겨 홍차를 마셨다. 프랑스 사람인 할아버지는 휴가차 들렀던 시라쿠사에 반해 아예 정착해 버렸다. 프랑스인이 운영하는 이탈리아 식료품 가게! 이를 가리켜 금상첨화라고 하겠지?

점심으로는 탈리아텔레 생면, 낙지와 토마토, 바질, 트라파니 소금, 루카네 농장에서 받아온 올리브오일을 넣고 파스타를 만들기로 한다. 혼자서, 나만을 위한 식사인데도 이상하게도 어느 때보다 많은 사람과 함께 있는 기분이 든다. '여행을 하며 사람을 만나고 요리를 하겠다'라던 계획은 여행을 시작하자마자 바뀌었다. 나는 사람을 만나며 요리를 했고, 그러다 보니 여행이 되었다. 같은 단어들의 조합인데 의미는 사뭇 다르다.

사람, 요리 말고도 어떤 단어들이 이 여행 위에 있었던가, 끓는 소금물에 파스타를 넣으며 복기한다. 실수, 완벽, 장애, 나이, 공동체, 일, 돌봄, 우정, 오해, 사랑, 기대, 불안, 도전, 시작, 과정, 끝… 익숙한 단어들인데 이상한 나라들을 거치며 낯설어졌고, 어떤 건 처음 듣는 말처럼 어색했다.

예를 들어 '눈물'이 그랬다. 첫 번째 캠프힐에서 '부적응 대책 회의'에 끌려갔다가(39쪽) 방으로 돌아와 터지는 눈물을 억지로 삼키고 있을 때였다. 계단을 오르는 발소리가 들리더니 누군가 문을 두드렸다.

"썸머, 나와서 같이 이야기하자. 응?" 독일인 봉사자 마리앤이었다. 나는 "지금 당장 울 것 같아서 나갈 수 없다. 이 모습을 보일 수 없다"고 답했다. 그러자 마리앤이 말했다.

"괜찮아, 썸머. 우는 건 좋은 거야."

그 순간, 눈앞에 눈물 대신 섬광이 번쩍였다. 이게 무슨 말이지? 약한 모습을 들키면 안 된다고 배웠다. 특히 어린 사람 앞에서는 더욱 의연해야 한다고 배웠다. 그런데… 울어도 된다니? 우는 건 '좋은 거'라니? 이제 갓 고등학교를 졸업한 마리앤이 서른셋의 나를 위로하는 말에 내 마음은 더욱 갈피를 잃었었다.

　여행은 마치 모르는 책 한 권이 툭, 나의 발 앞에 떨어진 것을 발견하면서 시작된 이야기 같았다. 재미와 행복만을 기대하며 순수하게 집어 든 그 책의 제목은 『백지 사전』이었다. 아직 아무것도 쓰이지 않은 백지의 사전. 첫 장을 펼치자, 문장 하나가 적혀있었다.

세상의 말들을
나만의 정의로 풀어
이곳을 채울 것
주어진 시간은 1년

　구체적인 지침도, 베껴 쓸 모범답안도 없었다. 부모님과 선생님, 교과서와 조직이 쥐여준 사전에 충실히 살아온 나는 이 미션을 '시도'가 아니라 '시험'으로 받아들였다. 내 몸과 마음은 뻣뻣했는데, 다행히 사전은 관대했다. 틀리면 끝인 줄 알았지만, 매번 다음 장이 있었다. 배우지 않은 일 앞에 스스로 놓여보고, 주전선수가 아닌 벤치의 관찰자가 되어보고, 나이가 달라도 친구라 부르고, 자기의 공간과 시간을 낯선 이에게 내어주는 이상한 사람들과 어울리는 동안, 사전은 차곡차곡 채워졌다. 그렇게 나는, 틀려도 괜찮은 세계를 처음 살아보았다. 고치면서, 다시 시작하면서.

　그들이 내 주머니에 넣어준 잉크에 펜촉을 적셔가며, 우리만의 경험에서 추출한 정의를 밤새워 풀어 쓰는 즐거움이란! 가장 즐겨 쓴 것은 '호의'라는 잉크. '여유' 잉크도 빠질 수 없지. '포기'나 '단절'의 잉크도 꼭 필요했다. 웃음과 긍정, 성공뿐인 세상은 완벽하지 않다. 물론 내 사전의 '완벽'에 따르자면 말이다.

빙긋빙긋 웃는 사이 파스타는 금방 익었다. 접시째 들고 해변에 나가 싹싹 비운 뒤, 항구 쪽으로 향한다. 항구 근처에는 시라쿠사의 명물이 있다. 울창한 거목 사이로 엄청난 소리로 지저귀는 새 떼가 모여드는 작은 공원. 그 소리는 공원 50미터 전부터 들리기 시작하는데, 처음 들었을 때는 그곳에 폭포가 있는 줄 알았다. 흥미롭게도 이 새들은 어떤 약속에서인지 해가 질 녘부터 밤사이에만 운다. 낮에도 가보았지만 쥐 죽은 듯, 아니 새 죽은 듯 고요했다.

새소리가 슬슬 들려오기 시작하는 곳에서 나는 멈춘다. 그곳이 석양을 보기에 가장 좋은 자리다. 자연스럽게 그 주변에는 근사한 레스토랑들이 늘어서 있다. 와인 잔 부딪히는 소리, 접시에 포크와 나이프가 닿는 소리, 여러 언어로 웅성대는 소리가 혼자 석양을 보기에 적적하지 않도록 배경음악이 되어준다.

시라쿠사의 석양은 카프리에서 본 것만큼 강렬하진 않다. 파랗던 하늘이 어느덧 분홍이 되었다가 보랏빛으로 깊어지고 감청색으로 조용히 가라앉는다. 그 섬세하고 차분한 변화를 따라 시라쿠사의 모든 것이 바다와 함께 물들어간다.

365일의 마지막 석양을 바라보며 나는 의심하지 않는다. 내가 내일 이곳을, 이 사람들을 떠난다 해드 새로운 여행은 다시 시작된다는 것을. 또 한 권의 백지 사전이 나를 기다리고 있다는 것을. 그렇다면 나는 그것을 기쁘게 주워 들겠다는 것을.

The European Trilogy

이상한 나라를 떠나 덴마크 밭 한복판으로, 그리고 귀여운 할머니의 집으로!
썸머의 다음 백지 사전을 펼쳐보세요.

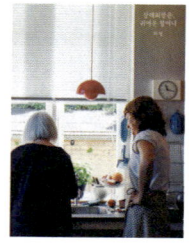

장래희망은, 귀여운 할머니
하정 지음 / 256페이지 / 20,000원

에세이 한 권은 우리를 어디까지 데려갈 수 있을까?
여정의 시작은, 덴마크 여행을 마치고 독일로 향하는 버스 안.
누구와도 친구가 되고 싶지 않았던 당신은, 자기만의 고민에 빠져 있
었다. 그때, 옆자리 사람과 눈이 마주친다. 그는 덴마크인이었고, 당
신을 무작정 집으로 초대한다. "우리 집에 올래?" 하지만 당신은 독
일에서 한국으로 돌아갈 계획이었다. 당신의 선택은?

장래에 귀엽고 싶다면 미리미리 읽어두길.
귀여움은 어느 날 문득 찾아오지 않는 법이니까! @서점지기

나른한 기분으로 읽고 있으니 내 인생이 아주 아름답게
흘러갈 거라는 예감마저 들었다. @페브레로

처음 이 책을 골랐던 때보다 조금 더 이 책이 좋아지고
두 배쯤 이 책이 궁금해졌다. 어쩌면, 나에게, 이 작은 책은
두고두고 간직하다 누군가에게 이야기와 함께 물려주는
아네뜨의 물건처럼 될 것 같다. @gazer

요즘 트렌드와 완전히 상반되는 책. 어릴 적 썼던 시와 글,
끄적거렸던 그림들이 사라졌다는 사실이 슬펐다. 더 크고
광활했던 나의 세계를 지켜야만 했는데. 엄마에게 편지를
쓰고 싶어졌다. @hongchic

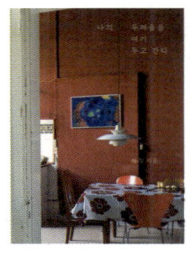

나의 두려움을 여기 두고 간다
하정 지음 / 304페이지 / 18,000원

천상 도시 여자의 '북유럽 농활기'이자 『장래희망은, 귀여운 할머니』의 프리퀄. 여름 휴가차 머문 덴마크 공동체 '스반홀름', 덴마크 시골 밭 한복판에서 보낸 여름을 만나본다. 잡초 뽑고 당근 캐는 이야기가 이렇게 웃기고 이렇게 울 일인가!

덴마크 그 먼 곳에 누군가 써둔 문장은 그저 책을 읽는 나까지 소름 돋게 만들었다. 나는 나이고 너는 너고, 단편적인 모습들로 판단하기에 사람들은 모두 입체적이다. @monobutton

'단순한 순환과 건강한 관조'. 이 문장을 반복해서 되뇌어 본다. 나에게 꼭 필요한 글이었다.
@joyfulcoffee_andbooks

떠나온 세상과 단절하는 동시에 새로운 눈으로 다시 자신이 만들어갈 세계를 발견해내는 하루가 쌓여간다.
@m1d.ordinaryday

줄을 그어도 그어도 다음 장에서 또 긋게 된다.
덴마크의 낮은 하늘 아래 형광색 당근을
꼭 만나고 싶다. @sera_hj

이상한 나라의 괜찮은 말들

초판 1쇄   2021년 7월 7일
개정 2판 1쇄 2025년 5월 6일

지은이   하정
교정   구희진 @undobooks
사진보정   박연선 @oandfilm
표지디자인   허희향 @eyyy.design

펴낸곳   좋은여름
출판등록   2019년 5월 2일(제2019-000053호)
주소   서울시 마포구 성산동 112-9 3층
이메일   77summerdays@gmail.com
인스타그램   @studio.goodsummer

지은이 하정 @goodsummer77
서울 북촌에서 잘생긴 고양이 동동이와 산다. 어려서는 엄마가 좋아하는 대로 살고
어른이 되어서는 살고 싶은 대로 산다. 여전히 미래직업과 장래희망을 궁리한다.
무엇을 하고 살든지 내게 일어나는 사적이고 사소한 사건을 '대단하지 않되 그럴싸한
책'으로 엮는 일은 꾸준히 하고 싶다.
『장래희망은, 귀여운 할머니』(2019), 『나의 두려움을 여기 두고 간다』(2020)

▪ **크고 작은 고민을 함께 한 사람들**
   이은하, 서미경, 유혜영, 박세정, 한영심, 손경여, 김민강, 최서영, em

▪ ISBN 979-11-967029-4-6(03810)